Das alte Jahrhundert 10

Peter Kurzeck

Frankfurt–Paris–Frankfurt

Roman

Aus dem Nachlass
herausgegeben von Rudi Deuble
unter Mitarbeit von Jan Habermehl

Schöffling & Co.

Erste Auflage 2024

Texterfassung: Tatjana Anderson (†)
Satz: Fotosatz Amann, Memmingen
Druck & Bindung: Pustet, Regensburg
Konzeption der Gestaltung der Bücher von Michel Leiner und Peter Kurzeck, Umschlag unter Verwendung eines Gemäldes von Peter Kurzeck
ISBN 978-3-89561-694-5

[1]

Über die Brücke und den Fluß entlang in den Mittag hinein und mir noch einmal unseren ersten Herbst in Frankfurt erzählen. Müd dem Tag hinterdrein, überstürzt und verspätet unsre Ankunft am Abend. Immer wieder das Geld gezählt. Es war der 31. August 1977 und das überladene Auto, übriggeblieben von unserer vorjährigen Griechenlandreise, schon fast am Zusammenbrechen. Das Geld und die Sorgen. Und die Zeit, wird sie uns reichen, die Zeit? Wir hatten kaum Geld und mußten uns darauf verlassen, daß wir es schon irgendwie schaffen würden. Ich hatte noch bis zum Nachmittag in Gießen in einer Buchhandlung gearbeitet, dann erst in Staufenberg mit Sibylle unser abgeschlossenes voriges Leben zusammengepackt und eingeladen, viele Geschichten. Erst Sekt und dann Rotwein dazu getrunken und am Ende bei meinem Freund Manfred in Gießen (es ging auf den Abend zu, ein Gewitter zog auf) mit uns und dem Tag und dem Wein und dem Abschied wie immer kein Ende gefunden.

Noch einmal die Ankunft, noch einmal die glorreiche Gegenwart des ersten Septembermittags und wie alles sich um mich her einfindet. Das Fenster, der Tag, ein Tisch und ein Arbeitsstuhl. Ein Platz für mein Manuskript. Eine Lampe. Eine elektrische Schreibmaschine, geliehen, die erste in meinem Leben. Schreibmaschinenpapier. Ein weißes Blatt Papier eingespannt, auf dem das Mittagslicht zittert. Hin und her in Gedanken. Das bin ich! Und jetzt auf dem weißen Blatt Papier, auf dem das Mittagslicht zittert, mit der Reinschrift der letzten Fassung von meinem ersten Buch anfangen, von dem ich vorher ein paar Jahre lang dachte, es bringt mich um. Immer wieder von vorn angefangen. Rot eine Markise am offenen Fenster, ein Sonnensegel. Mittag, noch warm. Hell das Licht. Bienen am Fenster. Vor dem Fenster himmelhoch die Kastanien vom Hessenplatz. Eine Dachwohnung mit großen Fenstern in Bockenheim in der

Basaltstraße. Mein Freund Jürgen hat uns hier für die ersten paar Wochen ein Zimmer besorgt.

Morgens über den Hessenplatz und die Leipziger Straße entlang. An der Ecke ein Zeitungsladen, in dem ich mir Zigaretten kaufte. *Elvis kurz vor dem Tod: Mutter ruft mich aus dem Grab!* Nur einfach einen Monat lang jeden Morgen die Hauptschlagzeile aus der Bildzeitung aufschreiben, jeden Tag eine Zeile, vielleicht wird ein Gedicht daraus. Es gab Zigaretten, Zeitungen und Schußwaffen in diesem Laden. Feuerzeuge, Taschenlampen, Taschenmesser, feststehende Messer, Dolche, Luftpistolen, Geldkassetten, Türketten, Sicherheitsschlösser, Warn-, Droh-, Verbotsschilder, Schreckschuß- und Gaspistolen, Sprühdosen, Sport- und Jagdwaffen. Dynamit nicht. Hundepeitschen, Schlagstöcke und Handschellen. Gaffende Kinder. Der Besitzer mit Polizeihemd und Sachkunde, knarrend auf und ab der Besitzer. Hausfrauen auf dem Heimweg. Vorher im Aldi, im Bilka, im Schade den heutigen Tag eingekauft und jetzt hier die Bildzeitung und dazu die neue Hörzu, Gong, Sieben Tage, Das Grüne Blatt (wie die Zeit vergeht) und mit der Frau des Besitzers über die Preise und über Krankheiten. Das Fernsehprogramm, der Blutdruck und daß sie wieder nicht wüßten, was kochen; gestern auch schon nicht.

Die Leipziger Straße entlang, vor bis zur Warte. Auf dem Hessenplatz immer Kinder. Von oben, vom Fenster aus (aus der Vogelperspektive) winzigklein eine Hinterhoftankstelle, wo nie einer tankte und sie nur den ganzen Tag jeden Tag Autos zurechtfrisierten-hämmerten-schweißten und umspritzten, geschickte finstere Levantiner. Die ersten paar Tage gingen wir jeden Schritt Wegs zusammen, Sibylle und ich.

Nach vorn der Hessenplatz und gleich um die Ecke die Leipziger Straße. Damals noch mit ganzen Ansammlungen von Milchläden, Obsthändlern, Zeit, Wespen, Spätsommer, sonnigen Vormittagen, Obst und Gemüse. Auf und zu die Ladentüren, hell das Licht von draußen herein; Glöckchen bimmeln. Auf jeder Türschwelle die Erinnerung und eine Morgenkatze, die sich für die Erinnerung putzt. Blaue Katzen. Mit dem Tag, mit der Straße vom Morgen an in den hellen Mittag hinein und schon deine kommenden Tage daherkommen sehen. Eine Zeitungsfrau, ein Briefträger, zwei Fensterputzer, Plakatankleber. Zahlreich die Morgensäufer, manche schon jahrelang auf dem Heimweg. Die Schulkinder siehst du heimgehen. Zuerst die ganz Kleinen. Vor einer Apothekentür im weißen Kittel der Herr Apotheker. Und läßt sich Zeit, blinzelt, und putzt seine Brille. Es muß sein Geburtshaus gewesen sein. Vielleicht dazu auch noch sein Geburtstag. Bäcker und Metzger und ihre verzweigten Familiengeschichten wie aus dem Bilderbuch deiner Kindheit. Jedes Ding, jeder Augenblick. Und fangen zu sprechen an, reden mit vielen Stimmen. Und hinter dem Haus, kaum zwei Straßen weiter, die ersten Schrebergärten. Apfelbäume, Brennesseln, Disteln, Hagebutten, Holunder, ein alter Schuppen, Kopfweiden, Pappeln, ein Wassergraben, Wind, Steppengras, eine Sandgrube, Indianerland für die Kinder. Schlehen und Brombeerhecken, Rainfarn, Ginster, der Bahndamm, ein Feldweg, Gras, Blumen, Wind, Vögel, Wolken, ein Fußpfad den Bahndamm entlang und auf dem Bahndamm die Züge nach Norden; die gleichen Züge wie jetzt von der Friesengasse aus.

Um den Hessenplatz herum so viele Kneipen, daß ich sie auch nach einer Woche noch nicht auseinanderkannte, nicht einmal ihre Namen. Hier kannst du jeden Abend mit deinen Gedanken und Notizzetteln von Tür zu Tür gehen, immer ein anderer Mensch. Mittags die Kinderstimmen vom Hessenplatz herauf und meine rote Markise am offenen Fenster. Und nachts die Laternen im Laub der Kastanien und ihr Licht auf dem Gehsteig; jetzt sind wir in der Stadt. Eine fremde Wohnung. Nachts ließen wir Badewasser einlaufen, hörten die Züge fahren und sprachen mit Flüsterstimmen zueinander, Sibylle und ich. In der

Küche ein Boiler mit blauen Flämmchen, die hell emporbrannten, viele, während rauschend das Wasser einlief; noch nie zuvor hast du mit so einem Boiler gelebt. Inzwischen hatte ich mit der Reinschrift angefangen und Sibylle fand eine schlecht bezahlte Aushilfsarbeit in einem Büro in der Innenstadt. Mitten im September bleibt sie jeden Mittag stehen, die Zeit.

Ich saß und schrieb. Es gab dort Musik: Radio, Plattenspieler, Cassetten und Tonband. Tagsüber bin ich meistens allein in der Wohnung. Mein Freund Jürgen kam. Er brachte einen Glaskrug voll Rum mit, braunes Glas. Laß uns türkischen Kaffee trinken! Wir setzten gleich Wasser auf. Ich zeigte ihm, obwohl er das alles schon kannte, noch einmal die elektrische Schreibmaschine, geliehen. Sieht sie nicht aus wie zum Fliegen gemacht? Hier meine Freude, den Tisch am Fenster und die rote Markise! Mittag, das Fenster offen, vor dem Fenster der Hessenplatz. Ist er nicht auch wie eine friedliche Mittagsbucht und ich hier wie auf einem Felsen, wie auf einem Schiff? Hier siehst du mich sitzen. Rot wie ein Segel die Markise im Wind. Sie bläht sich, sie rauscht immerfort und um mich her, wie vom Meer herein, im Zimmer die Lichtflecken, wie sie zittern. Wie auf dem Meeresgrund. Sitzen und schreiben. Links von der Schreibmaschine mein Manuskript, die vorletzte Fassung. Wie ein Koffer so groß, wie ein Meßbuch, ein Gedenkstein, ein Ungeheuer und liegt da. Wahrhaftig, wie eine Grabplatte und mit meinem Namen drauf. Jetzt scheint es doch noch ein Buch zu werden (ich zeigte ihm, wie ich sitze).

Und hier rechts kommt Seite um Seite die fertige Reinschrift hin, den Platz extra freigeräumt, siehst du. Bei der Musik auf Cassetten und Tonbändern weiß man nie, was als nächstes kommt. Genau wie im wirklichen Leben. Damals trank ich noch. Bis der Kaffee fertig ist, wollen wir umsichtig schon ein bißchen Rum trinken. Weil es so heiß ist, in ganz kleinen Schlückchen. Wie aus einer Piratengeschichte der Glaskrug mit seinem Korken, wo hast du ihn her? Es ist heiß, die Markise rauscht und das Licht zittert; vor dem Fenster die Kinderstimmen. Gleich ist der Kaffee fertig, türkischer Kaffee, und wie gut die Zigaretten, der Glaskrug, der Rum und der heutige Nachmittag dazu passen. Genau wie vor vielen Jahren einmal in Marseille und einmal in Istanbul, so sitzen wir hier. Und immer noch unterwegs. Es ist heiß. Wir sitzen und hören die Züge fahren. Musik, das sind doch die Rolling Stones: Take me to the station, und viele Vergangenheiten. Barfuß. Vorher beim Schreiben die Schuhe aus – wo sind jetzt die Schuhe? Mitten im September bleibt sie jeden Mittag stehen, die Zeit. Noch warm die Mauern, die Steine. Haben auch ihren Sommer. Mitten in unserem Leben sitzen wir und sehen uns sitzen und rauchen und trinken. Bis es Zeit ist, im Vorabendtrubel die Leipziger Straße entlang Sibylle entgegenzugehen, dann mit ihr im Gegenlicht.

Am Abend die Fremde. Mit ihr, mit Sibylle die Straßen, die fremden Kneipen, Wein, Schnaps, Haustüren, Mauern, Sonnenuntergänge, Müdigkeit, sie und ich, und hinter jeder Straßenbiegung eine neue, eine andere alte Welt. Viele Stimmen. Noch vom Krieg diese Abendruinen.* Buden, Baustellen, die Fabrikstraßen hinter dem Westbahnhof, Lagerhäuser und Speditionen. Der Römer, der Eiserne Steg, die Strömung, das Licht auf dem Wasser und du selbst ja als Kind schon verlorengegangen. Der Industriehof, ganze Stadtviertel von Mietskasernen und die S-Bahn als Hochbahn, Eisenbahnbrücken.

Einen Sonntagmorgen bei uns in der Straße ein ehemaliges Kino, ein alter Versammlungssaal, noch aus der Kaiserzeit. Vor dem Eingang eine breite Treppe, ein Vordach. Noch die Schau-

* Als sei hier in Frankfurt der Krieg noch längst nicht so lang vorbei wie in den Provinzstädten, sagst du dir, noch überall Spuren. Der Krieg, der nie aufgehört hat.

kästen mit den alten Fotos und Filmplakaten. Mit Samt ausgeschlagen. Samt, Staub, tote Fliegen. Der Samt verblichen, die Plakate verblichen, die Fotos wie blind. Eintrittspreise und Vorstellungsbeginn. Parkett, Loge, Sperrsitz und Spätvorstellung, das hat es alles gegeben. Ob sie für den Anfang ein Glöckchen hatten? Für jede Vorstellung, für die Zuschauer? Damit die Leute wissen, jetzt fängt es gleich an? Es kann noch nicht so lang hersein, seit sie mit der letzten Vorstellung aufgehört haben. Die leere Straße, Sonntagmorgen, wir standen und wunderten uns.

Ein alter Mann kam und blieb bei uns stehen. Jaja, erbaut 1903 oder 1909, mehrfach umgebaut. Dschijilp! Spatzen, eine Horde Spatzen im Rinnstein, die wie die Sonntagmorgenstille auf einer ausgeleierten Schallplatte quietschten. Und er steht da und hält leer die Hände vor sich hin. Ja, sagt er, ja. An jeden Sonntag, an jeden einzelnen Augenblick kann er sich erinnern, jederzeit. Nicht nur wer es erbauen ließ und der Reihe nach die Besitzer, das wechselnde Geschick der Besitzer und was für Zeiten das waren, jeden einzelnen Maurer und Handlanger hier auf dem Bau kann er uns noch mit Stundenlohn, Namen und Lebenslauf. Hier in der Sonne am hellen Morgen. Eine neue Fuhrmannsmütze hat er auf und die Schuhe blankgeputzt, Sonntagsschuhe. Wer den Mörtel angerührt und die Ziegelsteine gekarrt hat, noch jeden einzelnen Sand- und Speisträger kann er uns benennen. Er zeigt uns den Seiteneingang, die Notausgänge, Hof und Garten, eine hölzerne Laube, einen Laubengang, Kieswege und da unterm Vordach die seinerzeitigen Sonntage. Aufgestapelt wie zerbrochene alte Gartenstühle und zu nix mehr jetzt zu gebrauchen. Zierbäumchen, die kugelrund zurechtgestutzt waren und wie sie sich verwachsen haben. Ihre Schatten genauso. Mit der Zeit, mit der Zeit. Einmal die Rosa Luxemburg! Hat hier eine Rede gehalten, er wußte auch noch das Datum. Bevor er geht, stopft er sich eine Pfeife und ich geb ihm Feuer. Und sind stehengeblieben, Sibylle und ich, in einem abgenutzten staubigen Sonntagslicht. Stehen immer noch, stehen wie in unsrem Gedächtnis auf einem alten Bild, elf Uhr morgens, und als müßten wir und der Sonntag, die Gegenwart, dieser jetzige Augenblick jahrelang hersein. Jahrzehnte. Er kam zurück. Dann Bier, sagt er, Bier getrunken, die Rosa Luxemburg mit den Arbeitern und Genossen. Weil sie recht gehabt hat, nach ihrer Rede im Hesseneck Bier getrunken. Wo jetzt der Grieche drin ist als Wirt und deshalb die Türen und Fenster blau. Das ganze Haus blaubemalt, sagt er und grüßt noch einmal und wir nickten.

Bei uns gegenüber, zwei Stockwerke tiefer, eine Reihe von Fenstern mit blaßroten Vorhängen und wie sie mich jeden Abend an meinen ersten Sommer in Paris erinnern. Im Juli 1961, da war ich achtzehn. Ich hatte eine Rückfahrkarte, gültig zwei Monate. Ich hatte ein Hotelzimmerfenster, das bis auf den Fußboden ging. In der sechsten Etage. Davor kaum kniehoch ein verschnörkeltes Eisengitter. Das Fenster offen. Du rückst den Tisch ans Fenster. Beinah als ob du in der Luft sitzt, so hoch, so viel Himmel. Die Rue du Général-Lanrezac ist eine ruhige kleine Querstraße im XVII. Arrondissement, nur eine Ecke weit vom Étoile. Abends saß ich am Fenster und rauchte und schrieb oder malte Aquarelle im Lampenlicht und in der Straße wurde es dunkel.

Erst Juli und dann August. Jeden Sonntagvormittag ein Mann mit einer Zinkwanne voll Rosen auf den Schultern. Sogar von der sechsten Etage aus siehst du, daß er vom Land kommt. Die Straße führt sanft bergab. Er kam von der Avenue Carnot her. Er ging von Haustür zu Haustür und sang in die Häuser hinein: Rosen, schöne Rosen, ganz frisch! Ich konnte kein Wort Französisch, aber ich kannte jede Straße in jedem Stadtviertel von Paris und Paris gehört mir. Ich kannte dort keinen Menschen und hätte doch bleiben wollen für immer. Ich hatte nicht genug Geld und meine Zeit ging zuende. Ich lebte von Weißbrot, Käse und Weintrauben, die Zigaretten sind billig, und mußte viel Wasser trinken; meine Tage sind lang. Abends saß ich am Fenster. Sobald die Lichter angingen, wurde jedes fremde Fenster mir zur freundlichen Heimstatt. Wie eine liebe Familie. Von außen, ich kannte sie alle. Ich könnte jetzt noch beschwören, daß damals schräg gegenüber, zwei Stockwerke tiefer, genau solche Fenster waren, die gleichen wie hier. Ob es Franzosen sind, die da wohnen? Ob sie 1961 im Sommer in Paris im XVII. Arrondissement in der Rue du Général-Lanrezac auf der anderen Straßenseite gewohnt haben, schräg gegenüber, und dort jeden Abend die Vorhänge zuzogen und jetzt hier? Die gleichen Fenster, die gleichen Vorhänge, die gleichen Lampen und dazwischen die Zeit. Wer sind sie? Wo sind sie gewesen? Tapeten und Teppiche nicht zu sehen, doch hätte man sie sehen können, ich hätte sie augenblicklich wiedererkannt! Genauso die Ecke des Bilderrahmens, den Spiegel, den Abglanz des Abends über dem Spiegel und die gedrechselten Füße von Lampe und Beistelltischchen im Lampenlicht auf dem Teppich und mich und die Zeit!

Das gleiche Radioprogramm, längst verjährt. Das gleiche alte französische Liebeslied, erst im Radio und dann auf einer Schallplatte. Sogar noch bei mir selbst die Stille in meinem Gedächtnis hätte ich wiedererkannt. Mittags das gleiche milde Licht auf der Hauswand. Ich erzählte Sibylle davon. Ich zeigte es ihr, ich mußte es ihr immer wieder vom Fenster aus zeigen. Zu jeder Tageszeit. Mehrmals täglich fast aus dem Fenster, kopfüber! Aber oft auch mit ihr die Straße hinauf und hinunter, eigens um das Haus und die Fenster, die Vorhänge und das Leben von allen Seiten betrachten zu können.

Abends am meisten. Abends ist es am besten, das heißt am schlimmsten, also am deutlichsten, siehst du! So eindringlich, daß man sich betrinken muß, nur um es auszuhalten! Ich sehe die Fenster an und bin wieder achtzehn. Paris und mein erster Sommer in Paris. Jeden Tag wieder die Fenster ansehen und sich hineinreißen lassen. Ich konnte nicht aufhören, davon zu sprechen! Wie ein Kratzen im Hals. Dauernd muß man sich räuspern und kann keine Ruhe finden. Auf jedem Heimweg am Ende jedesmal noch einen Umweg, einen Bogen, nur um die Fenster zu sehen. Als ob du es bist, die da wohnt. Als sei ich es selbst, der da wohnt! (Soll ich rufen? Nach wem? Nach mir selbst? Nach mir und der Zeit? Fremde Menschen!) Und ganz zuletzt jede Nacht von unserem Nachtfenster aus noch einmal, sonst wäre der Tag nicht gewesen. Und dann einen Sonntagabend schon spät im September brach hinter den Fenstern ein Feuer aus und die Vorhänge brannten, die ganze Etage brannte. Die Feuerwehr mit Sirenen und Blaulicht mit drei großen Wagen.

Mit ihr, mit Sibylle nach Sachsenhausen und auf Schritt und Tritt ihrer Kindheit begegnen. Wir kannten uns seit drei Jahren. Immer noch dabei, uns unsere Leben zu erzählen, viele Geschichten. Wir gingen und suchten die Häuser, Haustüren, Bäkkerläden, ihre vergangenen Tage und Schulwege auf. Mit bunter Kreide ein Hickelspiel, Himmel und Hölle. Hier und dort und auf vielen Wegen, da kommt sie. Allein, ein aufrührerisches gottverlassenes Kind mit Pferdeschwanz, Sandalen und Faltenröckchen. Und ihr Schatten, acht Jahre alt, wie er mit ihr hüpft auf dem leeren sonnigen Gehsteig. Vor zwölf, vor gut vierzehn Jahren, rechnest du aus, und da kommt uns wie die Vorhölle mit offenen Türen und ausgebreiteten Armen groß und breit eine geschwätzige Frankfurter Eckkneipe entgegen, in der sie als Kind oft ihre Mutter gesucht hat. Gespenster. Der Südbahnhof und die Darmstädter Landstraße. Lang ein Güterzug fuhr über die Brücke. Beim Lokalbahnhof den Bahndamm entlang eine Reihe von finsteren alten Abbruchhäusern, die schon als Ruinen dastanden, die Bahnkolonie. In ihrer Kindheit ein fremdes Land.

Immer hat es hier Mord und Totschlag gegeben. Bedrohung, Geschrei, Durcheinander, keifende Frauen und schon am frühen Morgen für den Rest ihrer Tage betrunkene Männer. Und was ist aus den Kindern geworden, mit denen die Kinder nicht spielen durften und sich die meiste Zeit auch gar nicht getraut hätten? Noch das Gerümpel der Vorzeit, Holzschuppen, Fahrradschuppen, halbe Fahrräder, Teerfässer und Kaninchenställe im Hof. Hat so viel Stille sich angesammelt und Zeit. Alle Fenster und Türen blind, leer, vernagelt und zugemauert.

Und beim nächstenmal, wenn du vorbeikommst, komplett ein Einkaufszentrum, vier Supermärkte und 29 Boutiquen. Sportartikel, Hallenbad, Sauna, Solarium und Fitness-Studio, aber auch Altenpflegeheim, Kindergarten, Sozialstation, Drogenberatung und die Sonne abgeschafft, Glashimmel. Zwei Bürohäuser mit je acht Etagen à 2224 qm. Banken, Sparkassen, Reisebüro, Service-Center und 48 gehobene Eigentumswohnungen mit Tiefgaragen, Zinsknechtschaft und Vorfinanzierung, und wer bist du dann? Ein Güterzug fuhr über die Brücke. Die meiste Zeit Abend. Scharen von Mauerseglern und ein Meer von Abendhimmel vor jeder Tür. Die nächste Eckkneipe. Im Stehn einen Schnaps an der Theke. Noch einen Schnaps und gleich weiter. Schon spät, doch auf Schritt und Tritt noch der Singsang spielender Kinder.

Im Bahnhofsviertel, in Bockenheim, Bornheim, im Ostend und in Sachsenhausen. Überall damals noch Ruinen und Abbruchhäuser, in denen arme Leute, Studenten, Wohngemeinschaften, Künstler und Narren und Ausländer wohnten. Fremd, einsame wortlose Männer mit dunklen Augen, die meisten sind Kettenraucher, und Familien mit vielen Kindern. Allgegenwärtig die Kinder und weit in den Abend hinein hell ihre Stimmen in den verdämmernden Gassen, Höfen und Haustoren. Ganze Stadtviertel von Mietskasernen, ganze Stadtviertel längst auf Abbruch verkauft. Auf dem Kurfürstenplatz beim Brunnen die Frauen und Kinder. So spät noch und werden bald heimgehen jetzt. Und vier alte Männer, Zementstaubgesichter, Hände wie Dachziegel, krumme Rücken. Und sitzen nebeneinander auf einer Bank wie Brüder in einem fremden Land. Müd jetzt am

Abend. Müd und krumm, jeder anders krumm, aber immer noch unbesiegt. Und vor ihren Füßen Boccia-Kugeln, die sind einen weiten Weg gekommen.

In der Seestraße ein niedriges altes Haus. Mit Balken abgestützt, krumm und schief. Und sinkt mählich so weg und wird zur Ruine. Im Erdgeschoß ein Zimmer mit drei Fenstern zur Straße. Die Dämmerung, eine grüne Lampe am Abend und Frauen mit Kopftüchern, die bei der Lampe um einen niedrigen Tisch herum sitzen. Eine mit einem Säugling im Arm. Im Hof zwei Männer, zwei eilige stumme Schatten, die im Licht einer Kabellampe (die Schnur ist zu kurz) mit Eifer an einem alten Fordbus arbeiten. Als müßte er heute noch fertigwerden, sie wüßten sich sonst kein Fortkommen und keinen Ausweg. Gegenüber eine Tankstelle, da sind sie am Zumachen. Kinder rannten vorbei und im Dunkeln ein fremder Wind. In Edirne, sagte ich zu Sibylle, und Skopje, kannst du dich an uns und an Skopje erinnern? Wie vor dreitausend Jahren eine ferne mazedonische Vorzeit oder erst gestern? Kinder mit Holzschwalben an langen Stangen und wie sie sie durch die schwankenden Abende vor sich her tragen. Blau die Gassen. Abendfeuer und Rauch. Und jetzt hier in Frankfurt. Fremd in der Dämmerung, fremd und mit großen Augen. Wohin, wo gehen wir hin? Ich hatte ein handliches kleines Fläschchen mit Ouzo, mit Rum, Cognac, Wodka mit. Mit Schraubverschluß, immer gut ausspülen. Einunddasselbe Fläschchen für jeden Weg, ein Fläschchen zum Nachfüllen. Und mir war, als ob wir schon ein ganzes Leben lang, sie und ich, abends durch fremde Gassen gingen. Wie am Ende ein einziger langer Abend und wir immer auf den Horizont zu.

Die Reinschrift. Ich und die Reinschrift. Am Nachmittag wie jeden Nachmittag die fertigen Seiten gezählt (mein ganzes Leben im Gedächtnis und unterm Fenster die Kinder) und dann über den Hessenplatz und die Leipziger Straße entlang, Sibylle abholen. Heimkommen und ins Bett und als wir aufstanden, war es schon dunkel. Am offenen Fenster, wer bin ich, wie spät wird es sein? Abends, nachts die Laternen im Laub der Kastanien und ihr Licht auf dem Gehsteig; bald Herbst. Und unter den Bäumen die Straße entlang die Schritte, die du jetzt hörst, das sind vielleicht unsre eigenen; wo denn hin? Um den Hessenplatz herum und um die nächsten paar Ecken in die angrenzenden Straßen hinein jeden Abend wieder so viele Kneipen, daß wir sie auch nach drei Wochen noch nicht auseinanderkannten, noch nicht einmal ihre Namen. Daß du denkst, am Abend gehen die Kneipen im Reigen. Rings um den Platz immer wieder herum, griechische, deutsche, türkische, jugoslawische, spanische und italienische Kneipen, alte und neue Kneipen. Und die Straßen auch: haben sich in Bewegung gesetzt, fangen zu wandern an. Kommen da um die Biegung herum und bedächtigen Schritts dir entgegen, die einen. Und die anderen vor dir her und locken dich, winken mit vielen Gebärden, daß du aufmerkst und mitkommen sollst und mit ihnen dahin und dorthin und am Ende auf und davon.

September. Mittags noch Sommer auf allen Wegen, jeder Mittag eine leuchtende Ewigkeit. Und so kühl jetzt am Abend. Nach Rauch riecht es. Und wie das Laub raschelt; bald Herbst. Einen Zug hörst du fahren und weißt nicht, wie spät es ist. Sibylle mit vielen kleinen Parfümfläschchen vor dem Spiegel, Gratisproben. Ich hatte sie beim Aufstehen damit bedrängt, daß sie jetzt gleich mit mir kommen, wo ist der Tag denn hin?, daß sie ihren dünnen blauen Cordmantel anziehen soll und nichts drunter! Oder höchstens kaum ein bißchen Unterwäsche und Strümpfe und so mit mir durch die Kneipen am Abend. Das ist nicht meine fixe Idee, was denkst du, sondern nur weil der Mantel so schmal ist, daß man sowieso immer denken muß, du bist unter dem Mantel zu jeder Zeit nackt. Jede Kneipe ein Spiegel; bald drei Jahre, seit wir uns kennen. Und von Kneipe zu Kneipe sollst du mir geile Geschichten erzählen! Ist dir auch nicht zu kalt? Sprich weiter! Erzähl! Sobald wir stehenbleiben und sehen uns an, gleich merken wir, daß wir Hände haben und Augen und Lippen. Hier im Lampenlicht unter den Bäumen. Unser dritter Herbst. Rings um den Hessenplatz, aber auch in den Jazzkeller. Gibt es das alte Storyville noch? Hinter dem Affentorplatz in Sachsenhausen neu eine Kellerkneipe, die Globetrotter heißt. Gleich als ich den Eingang zum erstenmal sah, war mir als ob ich sie kennen müßte. Als ob ich erst kürzlich davon geträumt und was mag es damit für eine Bewandtnis? So viele Kneipen, daß du dich darin selbst kaum wiedererkennst. Fremd jederzeit, ein Fremder, überall fremd.

[2]

Das Schöne an ihrer Aushilfsarbeit war, daß es ging, daß sie ab und zu außer der Reihe einen Tag freihaben konnte. Ohne Bezahlung. Und daß die Bezahlung so schlecht war, daß wir uns jederzeit leicht vorzurechnen vermochten, wir könnten uns das auch ab und zu leisten: ihre eigene Zeit. So fuhren wir zweimal in die Pfalz. Einmal mit Edelgard und einmal mit Jürgen. Seit sie sich getrennt hatten, mußten wir uns und die Tage und Anlässe mühsam verdoppeln und mit jedem einzeln dahin und dorthin. Noch unser großes altes Auto, ein Vorwand ist leicht zu finden. In Mainz, in einem Vorort von Mainz, in einem Dorf bei Mainz, hinter Mainz, da herum muß es ein Altkleidersammellager vom Roten Kreuz, heißt es, soll es da geben. Vielleicht auch gegeben haben. (Wo geht die abgetragene Zeit denn hin und wohin all das alte Zeug?) In einer Lagerhalle, in einer großen Scheune, vom Hörensagen. Berge von frischgereinigten warmen Jacken und alten Pullovern. Spottbillig, es geht nach Gewicht. Für einen guten Zweck also und wie immer der Winter stand vor der Tür.

Zuerst mit Edelgard. Sie und ihr Sohn Besino seit der Trennung in einer Frauenwohngemeinschaft in der Gartenstraße in Sachsenhausen. Vier Frauen, alle mit Bafög, und es wurde Mittag, bevor wir abfuhren. Edelgard in einem graugrünen Pullover und engen Jeans, Sibylle hatte ein kurzes hellblaues Kleid an. Das Kleid war schon alt, verwaschen und himmelblau. Mir zur Freude zog sie es an. An diesem Tag war der Himmel bedeckt.

Wir fanden das Dorf und die richtige Scheune. Am Tor ein Schild, ein Stück Pappe: Bin bald zurück! Sieht das Schild nicht so aus, als ob es immer da hängt? Zumindest seit vielen Jahren? Die Dorfstraße und kein Mensch. Alle Hoftore zu. Ein Bäcker, ein Metzger, ein Edeka-Laden. Beim Bäcker schon zu. Beim Metzger wollten sie eben zumachen über Mittag. Bevor wir zu warten anfangen, erst ein Stück Wurst jeder. Gleich in die Hand die Wurst und zum Abbeißen. Ein Stück Brot dazu, eine Salzgurke. Da ist ja ein Mäuerchen zum Draufsitzen. Das Dorf steht und blinzelt. Friedfertig ein Hund kommt und sieht uns beim Essen sachkundig zu. Gleich fallen dir all die Handlangerarbeiten, Frühstückspausen und Abenteuer ein, bei denen du auch so ein Stück Wurst direkt aus der Hand: aufgewachsen in Deutschland und die Wurstzipfel für den Hund.

Dann in die mittagsleere Dorfkneipe mit den grünen Läden und einem Ochsenkopf über der Tür. Sibylle und Edelgard mit mir und beide sehen mir zu, wie ich erst einen Korn trinke und dann noch einen Korn. Ein langes Leben. Die Wirtsmutter sieht mir auch zu. Tagsüber ist sie allein daheim. Der zwote Korn dann ein doppelter, klar. Der Bierhahn tropft. Wie spät mag es sein? Zu viert den Fliegen zusehen: wie sie teils fliegen, teils kriechen, die Fliegen. Sind Kneipenfliegen und sind so viele.

Dann der Lagerverwalter auf einem Moped und macht das Tor auf. Gleich Berge von alten Kleidern und er erklärt uns, wie sie sortiert sind. Als ob du in haufenweis abgelegten Leben sollst wühlen und suchen und kramen. Zuerst ist lang nichts zu finden für uns, doch immerhin zahlreiche Einfälle, sagst du dir. Eigentlich Rauchverbot, klar! Aber wenn, dann mit Vorsicht, klar! Seinerseits raucht er Stumpen, zieht einen Kamm heraus und kämmt sich im Gehen, ein grauer Kittel. Schon jahrelang kämmt er sich so. Was er allein schon an Zeit sich dabei erspart hat! Und dabei immer orn-lich! Angesichts all der Sachen, die wir nicht wollten, mir ausdenken, wie ich mir das Altkleidersammellager vorgestellt hätte, wenn wir es nicht und nie hätten finden können, jahrelang nicht. Zu dritt. Beinah einen älteren nachtschwarzen Schal gekauft, dann aber doch nicht. Keiner von uns! Der Lagerverwalter hätte gern gewußt, wie es ist mit zwei Frauen gleichzeitig. Auch noch so schöne! Sonderpreise, sagte er und ließ uns nicht aus den Augen. Kindersachen für Besino, jetzt ist er acht, und gleich für noch ein paar Spielgefährten. Für mich eine Weste. Aus schafwollfarbener Schafwolle, keine Knöpfe und ziemlich klein. Gehäkelt, eigentlich wie eine Bleistiftskizze nur die Andeutung einer Weste. Nur so um die Achseln herum und um Schultern und Rücken knapp zu bedecken.

Beim Schreiben jedesmal wird dir heiß von den Wörtern, sogar in der Kälte. Jacken ja sowieso, aber auch jeden Pullover mußt du dir ausziehen. Das Hemd auf, dir den Bauch reiben und die Haare raufen. Erst an und dann aus den Pullover. Kein Schal da? Wo ist jetzt die Jacke? Schrittweise hin und her. Aus jedem Wort gleich ein Amulett, aus deiner Ergriffenheit ein Gemurmel; wenn du allein bist, gedämpft ein großes Geschrei, ein Gefuchtel, allwissend und allgegenwärtig. Das Hemd aus der Hose zerren und im übernächsten Moment fremd und wortlos ein Zittern und Zagen. Gesichter schneiden, es nicht einmal merken und unentwegt frieren. (Immer auch über den Kopf an und aus die Pullover und wie das beim Denken stört!) Gerade dafür und dagegen schien sie gemacht, diese Weste. Und gegen Rückenschmerzen, verspannte Schultern und einen steifen Nakken. Und wie für Gedanken- und Fingerspiele die Häkellöcher. Und ist dir ein Halt und läßt sich dehnen, wenn du sie anhast. Mit sanftem Gegendruck ziehen und dehnen, jedesmal neu. Egal was du schreibst, paßt immer! Wir nannten sie fortan mein Schriftstellerjäckchen. Entweder ich zog sie beim Schreiben an oder sie hing in Bereitschaft auf der Lehne von meinem Arbeitsstuhl, auch da noch gut gegen Rückenschmerzen (wie ein bewährtes Gebet, reine Schurwolle).

Auch für Sibylle die Weste, aber immer nur höchstens leihweise. Wenn sie im Herbst, in den Winter hinein Gitarre spielt, abends. Wenn sie Briefe und Tagebuch schreibt und Porno-Geschichten für mich. Genau nach Maß die Geschichten, und ich seh ihr dabei zu. Edelgard jetzt mit einem Jeansrock mit Schlitz, den sie an sich hielt. Paßt er? Bis wohin der Schlitz? Wie soll der Lagerverwalter das aushalten? Und im letzten Moment einen dicken alten Pullover, handgestrickt, den ich dann einen schweren Winter lang jeden Tag anhatte. Bis zum letzten Kapitel. Man könnte auch darum noch streiten, mit sich selbst darum streiten, ob dieser Pullover dunkelrot oder braun? Tee mit Rum, Grog und Glühwein trinken, im Lampenlicht, lange Abende, die sich rund in den Gläsern spiegeln, rotbraungold, und den ganzen Winter lang darum streiten (am Ende des Winters, an einem düsteren schweren Vormittag, zerfiel der Pullover zu grauem Staub – der Staub wie ein Häufchen überzähliger Satzzeichen). Der Lagerverwalter als Waagemeister. Am Ende kostet alles zusammen eine Mark zehn oder eine Mark vierzig. Am liebsten hätte er uns zur Beobachtung dabehalten. Noch beim Bezahlen sah er uns beschwörend an: daß wir hierbleiben und es vor seinen Augen treiben sollten! Auf diesen Bergen von alten Kleidern, allesamt frisch gereinigt und gut sortiert. Für einen guten Zweck. Waschbecken, Waage und Radio vorhanden. Wir können im Hof parken. Sollte uns etwas fehlen, wird er gleich das Schild ans Tor hängen und auf dem Moped losreiten. Was das Herz begehrt. Jetzt ist er vierundzwanzig Jahre vorbildlich verheiratet. Geht es so oder soll er uns eine geschmeidige bildhübsche Plastiktüte? Untröstlich! Auf Wiedersehn, dann gegangen.

Der Hund hat auf uns gewartet. Er geht mit bis zum Auto. Und wie höflich er sich vorhin bedankt hat, bei jedem von uns für jeden Wurstzipfel einzeln höflich bedankt. Drei im ganzen, so ein menschlicher Hund. Den ganzen Morgen war der Himmel bedeckt, aber jetzt ist doch noch die Sonne durchgekommen und da wird vor unseren Augen der Kaufladen wieder aufgemacht, Edeka. Umständlich jetzt eine Flasche Wein aussuchen, die erste für heute. Korkenzieher im Auto, im Handschuhfach. Weitgereist ist dieser Korkenzieher. Und wenn wir schon links vom Rhein sind, gemächlich weiter im zwoten Gang und von Dorf zu Dorf. Heidesheim, Ingelheim, Wackernheim und dann Richtung Nierstein, Richtung Alzey, Richtung Bad Kreuznach, überall sind wir richtig. So viele Blicke trägt jeder zeitlebens auf sich herum. Das Dorf steht und blinzelt. Der Hund hat sich am Straßenrand aufgestellt, damit er uns als Hund traurig nachsehen kann, wie für immer.

Ein paar Tage später mit Jürgen noch einmal den gleichen Tag. Diesmal ganz ohne Vorwand, höchstens daß wir das Altkleidersammellager vom Roten Kreuz, den kommenden Winter und die Zeit, wie die Zeit vergeht, die Vergänglichkeit, leider, wie Bauchweh, das Herz, ein Ziehen am Herz, wie Zahnweh mit Honig, die dumme Vergänglichkeit beiläufig erwähnen. Von Dorf zu Dorf, es war heiß. So leicht, beinah andächtig fuhr mit uns das Auto an diesem Tag und suchte sich sacht seinen Weg, als ob es nicht schon vor einem Jahr auf unserer großen Reise durch zehn Länder jeden Tag hätte zusammengebrochen sein können für immer. Wir auch andächtig mit uns selbst auf all unsren Wegen. Und der Sommer, als ob er diesmal doch bleiben wollte, so ein Sommer ist das. September. Die süßen Pflaumen, die Brombeeren, Äpfel und Birnen und auf den Hängen siehst du ihn gemächlich reifen, den Wein. In der Hitze, im hellen Licht. Noch einmal die Gegend zwischen Mainz, Nierstein, Bad Kreuznach und Alzey. Da sind solche Hügel, da liegen die Dörfer so zwischen den Hügeln, da liegt so ein Mittagslicht auf den Hügeln. Sowieso im September bleibt sie mittags oft stehen, die Zeit.

Zwischen den Hügeln und über die Hügel, auf Seitenstraßen und Erntewegen. Von Dorf zu Dorf und den Wein kosten, laß dir Zeit! In den Höfen ist Schatten. Nur eben ein bißchen blau und als hätten wir Zeit im Überfluß, jederzeit, ein begnadeter Zustand. Unwillkürlich fängst du zu lächeln an. Jeder Weinbauer wird sich die Zeit nehmen und uns seine Jahrgänge, Reben und Lagen erklären und warum eh und je die Äcker so heißen. Familiengeschichten und Geschichten wie aus der Bibel. Die Frauen und Mütter kommen und stellen sich mit verschränkten Armen dazu. Wie auf alten Bildern und im Hintergrund drängen sich Kinder. An diesem Tag war mir, als ob ich sie alle aus den nahen und fernen Kindheiten vieler früherer Leben kenne und sie mich auch. Und genauso die Dörfer und Hügel, die Höfe und dazu jede Tür, jeden Zweig, jeden Winkel. Als ob du ein Bild betrittst, das du eh und je kennst. Augenblicke. Hier eine Flasche und dort eine Flasche, die nehmen wir mit. Im Auto mein Korkenzieher, im Handschuhfach. Blau wie ein altes Sommerkleid ist der Himmel. Gemächlich die Straße: fängt an zu fahren. Und wir weiter bei jedem Schluck und von Dorf zu Dorf die Brunnen, die Hoftore und die Kirchtürme grüßen und sie mit den Brunnen, Hoftoren, Kirchtürmen auf den Weinflaschen-Etiketten und in unsrem Gedächtnis vergleichen, ein einziger langer Tag.

Vorher in Oppenheim. Der Marktplatz, der Brunnen, das Rathaus, die alte Kirche. Mittag, die Häuser mit Schlafgesichtern. Die Schlafgesichter der Tauben. Du gehst und hast keinen Schatten (beinah keinen Schatten). Wie oft schon mit der Fähre über den Rhein gekommen, wie in alten Zeiten. Weithin dein Leben und die Rheinebene weißt du hinter dir leuchten und alles an seinem Platz, den Kühkopf, die Tage, die Schiffe, die alten Handelsstraßen. Aus Rom durch das Mittelalter und bis in die Gegenwart. Mittag, der heutige Tag. Haben Glocken geläutet. Schiffe auf dem Fluß. Und schleppen die Zeit mit sich mit. Es ist alles da. Und Tag und Nacht Eisenbahnzüge die Rheinebene hinauf und hinunter, mit schwingendem Schienenschlag. Wie es scheint, alle paar Jahre wieder kommst du hierher, nur um dir selbst zu begegnen. Weiter oben am Berg weißt du lang schon ein altes Haus, da könntest du jeden Tag hinter dem Giebelfenster sitzen und schreiben, Jahre und Jahre. Und ein Stück weiter bergauf noch ein zweites. Mit Turm und Erker, beinah schon ein Schloß, hinter hohen Bäumen. Da auch, aber gleichzeitig oder wie? Oft in der Pfalz ein Himmel wie auf alten Heiligenbildern.

Am Abend zurück in Frankfurt. Gleich mitten im dichten Verkehr, gleich alles vielzuschnell. Mehrfach im Kreis um einen hohen Turm, der mir bekannt vorkam (weil er der Bockenheimer Warte ähnlich, aber nicht zum Verwechseln ähnlich). Autos hupten, die Kupplung ging falsch. Die Autos in Viererreihen; Zeitungsverkäufer, und eben wechseln die Ampeln. Autobusse, Läden, ein Kino und Scharen von Menschen. Die Lichter glühen. Ich wußte nicht, wo wir sind; ich hätte mir gern dieses Bild, Großstadtabend und wie es dunkel wird, in Ruhe betrachtet und eingeprägt, mitgenommen. Stattdessen eingefangen vom rasenden Kreisverkehr, der Turm gafft, und am Steuer nicht genug Hände frei. Sibylle saß neben mir, hatte weder Führerschein noch Fahrpraxis, wußte die Richtung nicht und hätte mir gern den Weg freigeräumt oder sollen wir das Auto hier kentern lassen, uns dort auf die ruhige kleine Insel mitten im Kreisverkehr hinüberretten und zu Fuß weiter? Wovor fliehen, wohin? Dort die Verkehrsinsel mit dem Turm. Wer weiß, ob ich nicht noch Leuchtturmwärter? Als alter Mann Leuchtturmwärter und Tag und Nacht mit dem Meer streiten! (An das Meer muß man glauben!) Da kam mein Freund Jürgen auf dem Rücksitz endlich zu sich und beugte sich vor, um uns herauszuhelfen. Er war vor Darmstadt schnell eingeschlafen, vorsorglich, weil ihm vor Unfällen auf der vollen Autobahn grauste. Der Eschenheimer Turm, sagt er und zeigt mir, wie ich fahren muß. Sogar wann ich schalten und blinken soll, sagt er mir. Dann halten wir unter den Kastanien vor seinem Hauseingang in der Hansaallee. Nein, wollen jetzt nicht mit, heute nicht! Wir ließen ihn aussteigen und gleich weiter.

Von der Hansaallee in die Basaltstraße. Das war in Frankfurt der erste Weg, den wir mit dem Auto konnten. Aber nur in die eine Richtung, umgekehrt dann noch lang nicht! Sibylle kannte Frankfurt aus ihrer Kindheit. Kam uns eine Kreuzung entgegen und wir hätten uns längst einordnen sollen, vier Fahrspuren in jede Richtung, die Kreuzung vollautomatisch an uns vorbei und Sibylle sagte: Da hätten wir *vielleicht* links – ihr Blick weit zurück, um uns quietschten gehässig die Taxis – oder halb links oder? Vielleicht sogar zwei Ecken vorher schon? Wo jetzt das Eckhaus steht, stand vorher viel länger ein anderes Eckhaus! Ich wußte nicht, wie man parkt, wenn es eng ist.* Wir fanden auch lang keinen wirksamen Gegenzauber gegen die Einbahnstraßen, außer nach Mitternacht. Und jederzeit böswillig streunende Straßenbahnen, die mir wie Eisberge in den Weg, wie Gespensterschiffe, die Spitzen der Eisberge und ich in Gedanken woanders! (Willst du dich aber beim Fahren ein bißchen umsehen oder gar, weil du ein Mensch bist, nach Menschenart eine Geschichte erzählen, ist dir das Auto mit all seinen Teilen, ist mit seiner Ungeduld und Rechthaberei der gesamte Verkehr dir erst recht im Weg!)

Jetzt das letzte Stück Heimweg, es ist eben noch hell. Spät im Sommer, der Tag geht, die Sonne geht abends nach Frankreich. Auf einmal müde und halbwegs blau. Ohne Trost. Wo ist das Licht, wo ist meine Freude denn hin? Schon als Kind wußte ich,

* Mit Mühe geparkt und gleich ausgestiegen. Na also, steht doch nicht schlecht! Steht zwar ein bisschen schief, doch nicht direkt im Weg – wird schon gehn. Selbst auch in Eile oder es kommt dir zumindest so vor, doch wie du beinah schon glücklich verschwunden bist in deinen Gedanken, beinah schon auf und davon, da *packt* es dich! Doch schnell noch ein bißchen besser, mehr in die Reihe rein, ordentlich, Kleinigkeit! Also nochmal einsteigen und mit Konzentration, mit Fingerspitzengefühl, mit Rückspiegel und Erfahrung – du hast genau gewußt, wie es geht, aber die Reifen störrisch, das Lenkrad aalglatt, Gas und Bremse liegen miteinander im Streit, der Tag knirscht, das Licht flimmert, dein Nacken schmerzt, der Schalthebel ist eine Schlange, die Straße wollte nicht stillhalten, der Rückspiegel hat rechts und links verwechselt und will kein Einsehen!

daß man sich auf Tagesausflüge nicht einlassen soll: sie gaukeln uns die Ferne nur vor. Und in dem Nachmittagslicht, bevor es vergeht, ist schon unser Scheitern und Sterben beschlossen. Du kommst zurück, dein eigenes Bett – wie ein Sterbebett, wie ein Sarg wird es stets auf dich warten. Vier Wände, der Tag vorbei und alles wie nicht gewesen. Stattdessen fremd in der Fremde, Zigeuner, und fremdbleiben lernen! Wir hätten in einem Dorfgasthaus (muß man vorher sein Geld zählen!), in einer Scheune, im Wald, in einem verlassenen Steinbruch, sowieso im Auto immer ein paar alte Decken zur Hand, den Himmel und als Nachtgebet ein Villon-Gedicht, Korkenzieher, Wasser und Wein, wir

Schon auch die ersten Fußgänger als kommentierende Augenzeugen. Besser man hört nicht hin, besser du ignorierst sie! Erst nur das Heck ein bißchen in die Fahrbahn hinein (da war es beinah noch sozusagen eine Art Ansichtssache, höchstens ein Schönheitsfehler), jetzt aber insgesamt stehst du als Mensch und als Fahrzeug so existenziell verquer und mit jedem Versuch wird es schlimmer. Es muß mit der Erdanziehung, im Zweifelsfall mit den Radlagern, der Rotation und den Schwarzen Löchern. Auch immer mehr Zeugen, von nix keine Ahnung und rotten sich so zusammen. Die feindlichen Häuser auch. Wie das Laub sich schon färbt, vergänglich. Den Motor läßt du aufheulen wie ein glücklos betrunkener Autodieb! Aus der Parklücke raus kommst du auch nicht mehr. Nicht rein und nicht raus! Gleich ein Auflauf, was heißt denn Zeugen, sehen allesamt wie bezahlt aus! Bleibt dir wie nach einem mißglückten Attentat nur noch die Flucht zu Fuß und daß du dich möglichst weit von dir, dem Fahrzeug und diesem Parkvorgang distanzierst, nur schnell weg! Am besten die Stadt, die Epoche, die Zivilisation und deine fadenscheinige Identität so schnell wie möglich verlassen, rückwirkend verlassen! Und erst in der Ferne wirst du wehmütig dich erinnern, wie vergleichsweise gut und schön dir der erste Versuch gelang. Wie du früher gelebt hast: es muss ein Frieden gewesen sein und du hast es nicht gewußt. Sozusagen auf Anhieb gelungen dieser gelungene erste Versuch, nur fehlt dir jetzt leider ein Zeuge dafür.

hätten im Auto schlafen können. Warum nicht auch ohne Schlaf und morgen noch einmal im Paradies, sagst du dir. Seit der Hansaallee ein Streifenwagen hinter uns her. Durchs Westend die Abendstraßen, unter den Bäumen ist es schon dämmrig.

Am Hessenplatz, noch bevor ich geparkt hatte, versperrten sie uns den Weg. Zu zweit und bewaffnet, sie stellten sich rechts und links an den Türen auf: Ausweise, Führerschein, Fahrzeugpapiere. Sibylle gibt ihnen alles durchs offene Fenster, auch meinen Ausweis, den Führerschein und die Fahrzeugpapiere, und ich beiße in einen Apfel. Die Äpfel lagen auf dem Rücksitz. Sibylle zog an ihrem Kleid, das zu kurz war, verwaschen und himmelblau, ein Minikleid aus vielen vergangenen Sommern. Weil ich sonst kein Wort gesagt hätte, zwangen sie mich, die Angaben im Ausweis laut und deutlich zu wiederholen. Zum erstenmal sprach ich mein Geburtsdatum und sogar den eigenen Namen voller Zorn aus. Direkt aus dem Paradies gekommen und im Zorn den Apfel zuende essen. Viele Lichter im Abend. Ich dachte, ich und das Auto müßten betäubend nach Wein riechen! Sie betrachten die Papiere von allen Seiten und geben sie dann durchs Fenster zurück, jedes Stück einzeln; dann salutiert und gegangen.*

Der Streifenwagen fuhr ab. Hinter ihm eine lange Reihe von Autos und keiner wagte zu hupen. Nicht nur meine Fahne hatten sie ignoriert, sondern auch nicht beanstandet, daß mein Name im Ausweis anders geschrieben stand als im Führerschein. Hinter dem Streifenwagen her die Autos der Reihe nach, langsam. Von Kind auf esse ich meine Äpfel ganz, nur der Stiel bleibt am Ende übrig. Jetzt die schwere Arbeit des Einparkens. Ich konnte nie parken. Müd und im Suff erst recht nicht. So eng sind hier die Parkplätze, daß man die Autos hineintragen müßte. Hast du es endlich mit Mühe geschafft und steigst aus, gleich

* Daß einer, wenn er so groß und breit ist, dann auch noch Polizist werden darf!

kommen grüßend Scharen von Verbotsschildern daherspaziert und wie kann ein einziges einzelnes Auto so außer der Reihe, nur weil es meins ist, so kreuz und quer und im Weg stehen? Nicht die Äpfel vergessen! Kleine süße Äpfel, die Sorte, die wir als Kinder in Staufenberg Weinäpfelchen nannten. Vom Mittagsrain und wie gut sie riechen. Wenigstens auch hier, sagst du dir am Abend, noch einigermaßen fremd. Kaum erst zwei Wochen hier. Einen Zug hörst du fahren. Bitter und fremd in der Luft ein alter Kellergeruch, sogar hier in der Stadt ein Geruch nach Herbst und Kartoffeln und Rauch. In der Dämmerung, du kennst dich ja selbst kaum, hier vor der neuerdings eigenen Haustür.

Am Abend die Kneipen, die Lichter, die vielen Stimmen. Jeder läßt sich Zeit. Bald wie im Sommer noch, solche Abende. Alle Türen offen. Sie standen vor den Eingängen und auf dem nächtlichen Gehsteig unter den Bäumen. Im Licht der Laternen immer noch grün das Laub und regt seine dichtgefiederten Nachtschatten. Wir wollen uns Zeit lassen. Als sei der Sommer stehengeblieben und kehrt vielleicht noch einmal um. Aus den Kneipen Musik und Gelächter. Fußgänger, Heimwege. Sie standen und konnten sich nicht trennen. Nicht voneinander, nicht vom Leben und nicht von sich selbst. Immer noch einen Tag, einen Abend und bis weit in die Nacht hinein. Ein langer Sommer. Als ob wir uns jetzt erst kennenlernen und doch auch wie ein Karussell. Oft so heimgegangen. Du suchst dir die Jahre, die Namen, die Heimwege in deinem Kopf zusammen, um sie wieder und wieder mit in den Schlaf zu nehmen. Oft so heimgegangen. Und einmal, spät in der Nacht, fängt es wie vorbestimmt an zu regnen, wie für immer.

[3]

Immer in Deutschland wird alles anders, weil das Wetter sich ändert. Am hellen Mittag, mitten ins Schreiben hinein, Jürgen mit vielen Zeitungen. Die zweite Woche nach der Schleyer-Entführung. Ein Werktag, eben erst zwölf vorbei. Der Himmel bedeckt. Er hat sich beeilt. Jetzt mit den Zeitungen mit großen Schritten im Zimmer herum und sagt: Ich halt das nicht lang mehr aus! Jaja, sagte ich, laß mich nur diese eine Seite, laß mich hier den Absatz zuende! Willst du einen Apfel? Wo sind denn nur meine Schuhe? Du weißt ja, das soll endgültig meine Reinschrift jetzt! Also die letzte! Wollen wir Kaffee trinken? Türkischen Mokka? Er ging in die Küche. Er kam auch sonst oft in meine Arbeit hinein, aber immer bereit, sich in eine Ecke zu setzen und geduldig das Ende der Zeit abzuwarten. Noch den einen Absatz zuende! Auf dem Tonband die Rolling Stones. Schon fängt es an, nach Kaffee zu riechen. Er liest im Gehen. Er kann sie kaum bändigen, die Zeitungen in seinen Händen. Hin und her. Erst durchs Zimmer, dann mit den Zeitungen durch den Flur in die Küche. Die Markise bläht sich. Es zieht, in meinem Gedächtnis fällt eine Tür zu. Auf dem Tisch, auf dem Stuhl, auf dem Fußboden: überall Zeitungen und der Wind füllt die Seiten. Jetzt endlich mit dem Absatz gleich fertig. Noch heiß der Kaffee (wie in Istanbul) und warum nicht ein bißchen Rum dazu. Mit Vorsicht, in kleinsten Schlückchen. Sowieso bloß ein Rest. Dann Schuhe an und ins Hesseneck zu dem Griechen, die Basaltstraße hinauf, zur Lina oder in welcher Kneipe Wein und Kaffee und Schnaps, bis daß uns der Abend herabsinkt? Nacheinander drei oder vier ruhige Mittagskneipen. Dazwischen ging er noch mehr Zeitungen kaufen und ich versuchte die Zeit im Auge zu behalten (wie hatten beide keine Uhr). Auf einmal keine Zigaretten mehr und bald auch schon Zeit für den Lärm und Wirbel der ersten Abendausgaben. Und daran denken, daß Sibylle bald heimkommt jetzt! Wo sind wir hier? Und wo ist der Tag uns hin?

Die Zeit und die Zeitungen, das blöde Volk und der niederträchtige Staat. Genug, sagt er, am liebsten ein anderes Land. Eine griechische Kneipe mit Wandmalereien in der Florastraße. Sich wiederfinden. Wie spät? Die Tür offen, ein schwerer Himmel. Mir tut der Kopf weh. Es ist windig und kühl. Der Tag wie erstarrt. Wir trinken Retsina. Nicht nur vor der Tür der Rinnstein, der ganze Gehsteig mit Abfall bedeckt. Wir trinken, wir sind die einzigen Gäste. Gleich viele Länder fallen uns ein. Nach all den Gefängnissen, Jahre und Jahre, nachdem ihn der Staat von früh auf beharrlich verfolgt hat: zuletzt dreizehn Monate U-Haft, Einzelhaft, eine offene Rechnung, und seither ermitteln sie noch. Sie hören nicht auf zu ermitteln. Ob du kommst oder gehst, sagt er und zwei Männer mit Hüten und Aktentaschen von draußen herein und packten gleich Brillen und Zeitungen aus. Kreuzworträtsel. So schief und grell die Schafe und Landschaften da an der Wand! Wer mag sie da aufgemalt haben? Die Schafe mit beinah wie Menschengesichtern und Windmühlen auch. Und wie alles dich von der Wand herab anbrüllt, ein grelles Gefuchtel! Der Fiebertraum eines taubstummen Hirten, der haltlos im Gehen schläft, ungewollt in unwegsamem Gelände und scheints auch noch farbenblind! Ölfarben! Aber wer hat die Bilder gemalt? Der Wirt selbst in einem fürchterlichen Delirium (mit Stehleiter) oder ein guter Freund von ihm, ein Verwandter? Wir kamen darauf, daß wir schon einmal hier waren. Klar, sagte ich, wir schaffen das schon! Dann in das Eiscafé in der Friesengasse. Gleich zwei Poliere mit weißen Unfallschutzhelmen und gelben Asbesthandschuhen von draußen herein. Kugelschreiber und Lottozettel. Oder in Wahrheit entlaufene städtische Müllarbeiter, dem Ewigkeitsmüll und der täglichen blauen Frühe entlaufen, in orangeroten Overalls? In der vorigen Kneipe die Wandmalereien. Als seien mit dem schlafenden Hirten, den Schafen, Windmühlen und Horizonten die Wände selbst ins Torkeln geraten! Und die zwo Männer mit Hüten und Aktentaschen in ihren Kreuzworträtseln drin und nicht einen einzigen Blick für die Wände. Dann eine billige Stehpizzeria mit Barhockern in der Adalbertstraße und noch mehr Wein und Espresso. Palmen, Capri, der Vesuv, der Golf von Neapel mit Reißzwecken an der Wand und alles wie in einer Stehpizzeria mit Barhockern in New York. Die Musik auch wie in einer Stehpizzeria in New York. Frank Sinatra. Erst Frank Sinatra, dann Ella Fitzgerald. Warum ist der Wein so billig? Rotwein, Chianti, das Glas für einszehn. Große Gläser. Und wer ist das, an den uns der Wirt hier, der Pizzabäcker jetzt schon seit zehn Minuten mit jeder Bewegung so deutlich erinnert? Zwei amtliche Gasuhrableser mit amtlichen Kontrolleursgesichtern, Aktentaschen und Dienstmützen von draußen herein. Haben Formulare zum Ausfüllen mit. Für die täglichen Arbeitsstunden und für die Überstunden. Autos hupten. Sirenen. Ein Martinshorn. Polizei, Feuerwehr, Krankenwagen. Überall Baustellen. Straßenbahnen direkt vor der Tür vorbei. Himmelhoch dröhnend und klimpernd der Abend die Straße entlang. Hör zu, sagte ich, laß uns jetzt Sibylle abholen und mit ihr das Auto finden. Wenn sie nicht dabei, weißt du ja, gleich verfahre ich mich, das Lenkradschloß klemmt, ich schlafe am Steuer ein. Meistens nur Blechschäden. Sollten noch rechtzeitig Wein kaufen! Mit vielen Lichtern der Abend. Wein und vielleicht auch ein Brot. Dann mit dir in die Hansaallee oder wo du hinwillst, wir bringen dich hin. Du rufst an und spät am Abend dann sehen wir uns. Vergiß nicht, wir können jederzeit alles! Vergiß das bloß nicht!

Nach Sachsenhausen, das muß ein paar Tage vorher. Nachmittags, er rief an und stand auch schon vor der Tür. Nach Sachsenhausen zur Edelgard. Ein Buch, ein Bügeleisen, einen Fön, einen Krankenschein, einen amtlichen Brief, eine Kiste mit Fragen und Antworten. Entweder abholen oder hinbringen, es sei dringend! Warum verstand ich nicht gleich, daß er sie sehen muß, heute, jetzt gleich und ich soll sein Zeuge! Wolkenhimmel.

September. Kaum ein Dreivierteljahr, seit sie sich getrennt haben. Ich stand bei der Tür. Mir ist noch schwindelig vom Schreiben, so jäh aufgehört. Nach Osten die Wolken. Und bald auch vorbei der September. Soll er anrufen, vorher anrufen oder nicht? Drei Uhr nachmittags. Er rief an. Ich trank meinen Wein aus. Schuhe an. Ich trank einen Aquavit, sah die Wolken ziehn und wir fuhren gleich los. Gleich zahlreiche Umwege fielen ihm ein. Die Innenstadt läßt uns nicht durch. Er braucht Zigaretten. Aus jedem Wort wird ein Hindernis (dauernd muß er sich räuspern). Ich wußte den Weg nicht, mit dem Auto erst recht nicht. Wir gerieten auf den Untermainkai und fuhren den Fluß entlang. Die Sonne kam durch. Der Fluß fing zu leuchten an. Es kam mir wie spät am Nachmittag vor. Wie soll das gehen, vom Untermainkai nach links auf die Friedensbrücke? Grell die Sonne, schon tief. Ein Streifenwagen kam uns entgegen. Schräg im Gegenlicht. Wie sie mit der Sonne zu uns ins Auto starren. Dann mit Sirene und Blaulicht. Sie wenden! Im Rückspiegel siehst du sie wenden im dichten Abendverkehr.

Vor der finsteren alten Gutleutkaserne stellten sie uns. Sie waren bewaffnet. Wir wurden an die Wand gestellt. Arme hoch, da an die Mauer! Dreifach abgetastet, kontrolliert, beleidigt, herumgestoßen, kontrolliert und nicht auf der Flucht erschossen. Ich las immer wieder das Straßenschild an der Ecke: Schleusenstraße. Ich war wie taub. Ich wußte genau, wer ich bin. Gegenüber ein Kiosk, ein Frankfurter Büdchen mit Eisfähnchen, Zeitungen, bunten Blechschildern. Als ob es uns winkt. Und dicht dabei auf dem Gehsteig die Kinder. Als ob sie in einem Film mitspielten, womöglich schon länger. Und wüßten das auch. Die Polizisten steckten ihre Schußwaffen weg und die Sprechfunkgeräte. In Feindschaft, sie grüßten uns nicht einmal. Sie ließen uns einfach stehen. Die Kinder jetzt weiter weg, reglos. Die Sonne weg, Bleiwolken. Gleich als ob du schlecht siehst, so trüb. Komm, laß uns fahren! Über den Baseler Platz, wie ferngesteuert von Ampel zu Ampel, und jetzt auf die Friedensbrücke – also unter der Brücke durch und einmal ums Viereck, so geht es, so fährt man nach Sachsenhausen. Zur Edelgard in die Gartenstraße. Buch, Bügeleisen und Fön nicht zur Hand, auch keinen amtlichen Brief. Das ist jetzt nicht wichtig, jetzt haben wir eine Geschichte zu erzählen. Edelgard in der Stille in einem langen Kleid. Die Haare mit einer Spange zusammen. Was ist das für ein Kleid? Warum hast du die Haare so? Ist euch jetzt auch, als sei alles schon einmal gewesen? Oder als sei jetzt immer? Immer jetzt, immer der gleiche Moment? Oder kommt es mir jedesmal wieder so vor? Oder nur weil jetzt Nachmittag, die Zigaretten so gut, und Edelgard vor mir im Rauch wie auf einem Bild. Und beim Zuhören Kinderaugen. In der Gartenstraße in Sachsenhausen eine Frauenwohngemeinschaft, ein altes Haus. Ein Erkerzimmer und ein Zimmer für Besino. Manchmal kann ich sie denken hören. Auf der Fensterbank eine Lampe vom Flohmarkt, die sie reparieren will. Der Lampenschirm aus Pergament. Parkettfußboden. Still und blau in den Fenstern der Nachmittag, Wolken ziehn. Das letzte Licht und dämmert so weg. Ich ging Sibylle anrufen. Der Fußboden knarrt. Von der Tür her ein Luftzug. Wie schon einmal, wie vor acht oder zehn Jahren, der gleiche Moment. Da ging mir der kommende Winter auf. Dann Tee, jetzt siehst du uns in der Küche. Ein Glas klirrt. Ich mußte an meine Mutter denken, wie sie an einem Herbsttag wie heute in Staufenberg in der Küche sitzt. Sieben Jahre tot und doch, wie wenn ich ihr immer noch zusehe und mein Leben ihr auch immer weiter erzähle. Tag um Tag oder nur eben jetzt? Beim Ofen sitzt sie. Kaffee oder Tee? Noch kein Licht in der Küche. Auf der Herdplatte eine böhmische Abendsuppe. Und wartet, daß ich bald heimkomme. Auf den Abend zu. Und jetzt hier in Frankfurt. Edelgard mit dem Tee. Sibylle wird gleich hereinkommen. Da war es, bei Edelgard in der Küche, daß er zum erstenmal sagte: Am liebsten ein anderes Land!

Aber wohin? Er betrieb seine Emigrationsvorbereitungen und kam mehrmals täglich, um mir davon zu berichten. Zwischendurch rief er an. Von wo rufst du an? Ich bin sein Zeuge, seine Hoffnung, sein guter Stern. So oft er kam, alle paar Stunden, Berge von Zeitungen, die mir schwer auf der Seele zu liegen kamen. Allein schon ihr Preis, wenn ich daran dachte (gleich fängst du zu rechnen an, erst addieren, dann umrechnen: umrechnen in Wein, Zigaretten, Brot, Mahlzeiten, Bücher, Schuhsohlen, Wärme, Leben und Zeit!), und erst recht dann der Inhalt, so ein Geschrei! Sie färben ab und sie riechen schlecht. Und wieviel Platz sie doch brauchen, auch noch in meinem Gedächtnis. Wohin damit? Dazu erstens die Tage und Fluchthelfer, zwotens zahlreiche Fluchtadressen und er hat eigens dafür ein neues Notizbuch, Leder mit Goldschnitt und am Rand ein Register. Wie ein teures Geburtstagsgeschenk, eher noch wie glatt geklaut. Du mußt die Adressen erst aufschreiben, dann auswendig und dann das Notizbuch vor meinen Augen auffressen, eilig und gründlich! Am besten die Zeitungen auch mit auffressen, solche Mengen. Oder ein Feuer anzünden, aber wo? Mit viel Rauch ein verdächtiges Feuer! Meistens kam er und wir gleich in drei-vier Kneipen. Wie um uns selbst zu suchen oder den Tag. Die Tage jetzt deutlich schon kürzer. Er hatte Landkarten mit, Europa, Nordafrika, Naher Osten. Trotz Observierung geklaut. Hier in der Stadt weite Wege, die er jeden Tag geht, und bald Herbst. Mit den Landkarten zu Dionysos, so heißt hier ein Wirt, und wieder die Wahl haben zwischen Samos, Ouzo und Retsina. Wie in alten Zeiten vor einer großen Reise. Ich sah uns schon als eigensinnige alte Männer am Bahndamm bei einem Feuerchen. Jeder mit seinem Flachmann. Penner. Warum nicht nach Portugal, nach Marokko? Zwei Kuriere in Motorradanzügen von draußen herein. Mit Hartschalenkoffer, Dienstnummer, Helm und Visier. Für jede Fahrt einen Fahrauftrag. Für jeden Fahrauftrag drei Formulare. Wenn du erst im Nahen Osten bist, mußt du in den Fernen Osten, so geht es. Er hatte ein bißchen Geld, aber auch noch nicht lang. Es hätte sein Reisegeld sein sollen und (von Kneipe zu Kneipe immer besser der Wein!) wir verbrauchten den größten Teil schon für die Vorbereitungen. Als ob wir hier noch den Sommer suchen, solche Tage sind das gewesen.

Dazwischen weiter ich und die Reinschrift. Sie bleibt ja nicht stehen, die Zeit. Ich hatte Jahre und Jahre nur für mich selbst geschrieben, für den Schrank, und dies sollte nun endlich mein erstes Buch werden. Ich fing jeden Tag wieder von vorn an. Eigens für die Reinschrift nach Frankfurt gekommen. Wir wußten, es konnte nur gehen, wenn wir mit äußerster Sparsamkeit, ein Balanceakt, wenn wir jeden Tag wieder keinen Pfennig zu viel ausgeben. Als ob du die Luft anhältst, soll man sich totstellen? Ich sah mich in meinem Kopf sitzen, dicht unter der Decke, und immerfort rechnen. Dann ein Sonntag, der wie von allein verging. Wie schon gewesen. Wir suchten uns einen Weg bei den Schrebergärten und am Bahndamm entlang, Sibylle und ich. Septembergärten. An den Eingängen Fahnen, Vorschriften und Verbotsschilder. Für Nichtvereinsmitglieder Betreten verboten! Betonpfeiler, Brombeerhecken, Hagebutten, Holunder, Draht, Stacheldraht. Ich suchte Schlehen und fand keine. Manche Zäune drei Meter hoch. Allein schon nur auf den Zäunen oben drauf die drei Reihen Stacheldraht, sagte ich zu Sibylle, und was die Verbotsschilder kosten, alle aus deutschem Eisen. Nur allein davon schon könnte man als Mensch ein paar Jahre ganz gut leben. Als Mensch. Wie denn hier alt werden? Und wenn du dann alt bist, wie hältst du es aus? Am Bahndamm das Gras verbrannt. Brennesseln, Disteln, Stadtrandgestrüpp, der Himmel wie eine rostige Konservendose, ein trüber Spiegel. Ein Zug fuhr vorbei. Der Wind uns entgegen, ein vertrautes Gespenst. Wir dachten an Staufenberg und uns war, als hätten wir unser dortiges Leben im Stich gelassen. Verzagt auf dem Heimweg. Wie schon verlassen am Stadtrand die alten Mietshäuser, die

Sonntagnachmittagstraßen leer und zur Nacht gerichtet. Siehst du denn nicht: Keine Farben und alles wie blind! Und kein Kind zu sehen!

Daheim ein Zettel, daß er uns gesucht hat, Jürgen. Kaffee und Zigaretten, ich ging herum und wußte mein Manuskript auf dem Tisch. Auf der Suche nach Zeit und Zuversicht wieder den Holunder und die Hagebutten mir ins Gedächtnis. Und wie für den Winter Marmelade daraus gekocht wird. Besser noch Fruchtmus rühren, wie in meiner Kindheit die armen Leute in Staufenberg, Flüchtlinge. Das sind wir doch selbst gewesen, die armen Leute. Jetzt auch wieder arm und bald Winter. Wo sind wir dann? Gern ein paar Schlehen jetzt! So sauer, daß du gleich zur Besinnung kommst, gleich zu dir selbst zurück. Vorher sie blankreiben an deinem Ärmel. Und auch nicht eine einzige Quitte in diesem Jahr. Die doch zum September gehören, so schön gelb und riechen so gut. Stehen, mitten im Zimmer stehen und fremd hier. Fremd in der Wohnung, nur vorübergehend ein Zimmer. Leihweise für sechs Wochen ein Zimmer in einer Wohngemeinschaft. Es gab eine Hausbar, poliert, ein kleines Schränkchen voll Flaschen und innen beleuchtet. Die Auswahl nicht schlecht. Erst einen spanischen Brandy, dann einen Aquavit (durchs Fenster den Himmel). Wir hörten die Züge fahren. Sibylle in der Küche, sie kocht sich Kakao. Es war so ein Tag, da war sie wie ein trauriges gottverlassenes Kind. Genau wie das Weltall, so traurig und gottverlassen. Fremd, das ist, wie wenn du nicht aufhören kannst zu frieren. Wir wollten gerade für den Rest des Tages verzagt ins Bett (wie für immer), als er wieder anrief. Ob wir ihn treffen könnten, jetzt gleich? Ich vergaß in Frankfurt vom einen zum andern Mal nicht nur wo das Auto stand, sondern sogar daß wir ein Auto hatten. Sogar deinen Namen vergißt du hier oft genug. Mit fast leerem Tank die Bockenheimer Landstraße entlang, ein großes ramponiertes Auto mit Gießener Nummernschild. Zu Fuß über den Opernplatz. Zwei dunkle Gestalten, längst außer Rufweite. In weiter Ferne sah ich uns gehen. Ich kannte solche Stadtsonntage nicht. Es war so öd und so still und die Lichter waren so traurige Lichter. Am Nachmittag schon. Die wenigen Passanten in der Goethestraße vor den Schaufenstern selbst wie entlaufene Schaufensterpuppen, die sich verirrt haben. Leere Augen, Sonntagsgesichter. Und finden den Weg nicht, verlorene Seelen. Hier in dieses Café, um auf ihn zu warten. Schon hatte ich wie nur je eine Märchengestalt, die verloren ist, den Rückweg vergessen. Ein Café mit weißen Kugellampen. Und Gäste, die mit ihren Kuchentellern und Gesprächen in goldenen Spiegeln sitzen, wie alte Bekannte aus einem früheren Leben.

Er kam wie einer, der unwiderruflich schon unterwegs ist. Unbedingt wird er an einem der nächsten Tage die Stadt und das Land verlassen, unbedingt! Aber wohin? Wir saßen, als ob wir beratschlagten. Nach Rußland! Die Kellnerin kam. Kaffee, Tee undsoweiter, alle warmen Getränke – sonntags nur Kännchen! Kuchen und Torten am Buffet, ein deutscher Sonntag. Für den Kuchen Kontrollzettel. Ich sah uns im Spiegel sitzen. Die Preise! Allein nur ein Kännchen Kaffee kostet schon ein Vermögen und wann wird das Buch endlich fertig? Ich wünschte, ich hätte wenigstens ein winziges Schnapsfläschchen mit. Einen Flachmann oder noch kleiner. Nach Rußland. In den Kaukasus, nach Usbekistan, Kasachstan, in die Mongolei. Doch gibt es Rußland, wo ist es? Vielleicht nur in unseren Köpfen, in der Vergangenheit und in alten Büchern. Nicht einmal Landkarten gibt es. So viele Wanderungen, Reisen und Eisenbahnfahrten durch Rußland, die ich in meinem Gedächtnis jetzt wiederfand. St. Petersburg, Gogol, Čechov, die Steppe, Odessa und Isaak Babel. Mein Freund Jürgen saß mir gegenüber und sah aus wie Dostojewski (er hatte mich von jeher an Dostojewski erinnert!). Und wollten wir nicht schon unser Leben lang nach Rußland, schon immer? Wie oft nachts in Staufenberg in der Küche, Sibylle und ich, und von Rußland geredet und draußen lag hoher

Schnee. In Nacht und Stille das Dorf. Unter unserem Fenster die Kreuzung längst zugeschneit, zugeschüttet mit Schnee. Wir haben uns, weil es so kalt ist, in der Küche beim Ofen ein Bett gemacht. Kein Geld, aber Rinderbraten, Lebkuchen, Datteln, Orangen. Und die Bücherstapel aus der Bibliothek. Grog, Glühwein, Lampenlicht, Zeit. Das nächste Mal ein Ragout, Nüsse, Äpfel, ein Lammrücken, Roquefort, Kastanien, eine fette Gans oder nur Brot und Salz und Olivenöl. Und wir reden und reden von Rußland, bis es wieder anfängt zu schneien. Und jetzt als Fremde hier in den Spiegeln, als ob wir in einem fahrenden Zug sitzen. Werden gleich unauffällig unser Geld zählen müssen. Nichtvereinsmitglieder und unbefugt. Ohne Grundbesitz und auch keinen Pachtvertrag, keinen Nutzungsvertrag mit der Welt. Wo steht das Auto? Lieber zum Bahnhof jetzt, denkst du dir aus. Langsam zu Fuß zum Bahnhof. Schon dem Winter entgegen. Schon die Kälte der künftigen Winterabende, Nacht, Wind, Schnee im Gesicht. Wie Sterne die Lichter und fangen zu flimmern an. Die Kaiserstraße, der Bahnhofsvorplatz, der sich steil vor uns aufstellt im Schneesturm. Und wir mit dem Nachtzug nach Rußland. Wenigstens noch bis weit in die Dreißiger Jahre hinein mußte es dieses Rußland wirklich gegeben haben. Wißt ihr den Weg? Wollen wir nicht zu Fuß zum Bahnhof, solang es noch hell ist? (Bevor es zu schneien anfängt, sagte ich mir für mich selbst! Eine Troika mit Silberglöckchen. Mein Rußland, wo bist du?)

Spät am Abend rief er noch mal an. Norwegen, sagte er, wenn schon nicht Rußland und nicht Armenien, dann Norwegen! Als sei ich schon lang dahin unterwegs, so denke ich jeden Tag wieder daran, also dorthin. Pan, Hamsun, Kristiania, sagte er. Jetzt heißt es Oslo, sagte ich, aber das hörte er nicht. Im Hintergrund Kneipenlärm. Weißt du noch, sagte er, du warst das ja, der mir Hunger von Hamsun zu lesen gab. Ich sah ihn vor mir beim Telefonieren. Er sah aus wie der frühe Hamsun. Auch früher schon sah er so aus. Aber jetzt sah er auch noch aus wie Johann

Nielsen Nagel und August Weltumsegler. Wann war es, daß du mir Hunger zu lesen gabst? Er war ein bißchen besoffen, aber nicht allzu sehr. 1960, sagte ich, im Herbst 1960. Richtig, sagte er, ich wußte es. Nur die Zahl wollte mir eben nicht einfallen, diese Zahl, die man Jahreszahl nennt. Also Norwegen, also bis morgen!

[4]

Am nächsten Tag kam er nicht, rief aber dreimal an. Jedesmal aus einer anderen Kneipe. Ich saß und schrieb. Dann abends spät bei der Lampe sitzen und wieder die verbleibenden Tage und die fertigen Seiten zählen. Wie immer. Die Zeit, die mir bleibt. Barfuß. Willst du einen Apfel? Zum Schreiben erst billigen Samoswein aus dem Kaufhof, dann wie gestern einen Schluck spanischen Brandy aus der fremden Hausbar. Jedesmal wenn du das Schränkchen aufmachst, ist es innen beleuchtet. Halb leer jetzt die Flasche. Sowieso für den Besitzer bald eine nachkaufen. Das Fenster offen. Kühl die Nachtluft und von der Straße herauf Schritte und Stimmen. Gelächter. Eine Autotür zu. Es ging auf Mitternacht oder Mitternacht eben vorbei. Wind, die Kastanien rauschen im Wind. Dazwischen wie Pausen, da hörst du es sacht nur rascheln, das Laub. Gerade die Zeit, da die Leute sich an sich selbst und an den morgigen Tag erinnern und müd und untröstlich aus den Kneipen heimgehen, die ersten. Und hier sitzt du und hast dein ganzes Leben im Gedächtnis. Bald schlafen dann.

Sibylle auf dem Sofa. Ein schwarzes Ledersofa wie in einem Porno-Roman. Wie Honig ihr Haar im Licht, frischgewaschen und riecht gut. Seidenstrumpfbeine und ein buntes Hemd, das war wie ein schönes Kleid. Vielzukurz, gleich den Saum mit der Hand hoch, mit beiden Händen. So kurz, aber lange Ärmel. Schwarz und dunkelrot dieses Hemd, das sie für mich als Kleid trug. Jetzt könnte ich: Komm! sagen. Ein großer Spiegel an der Wand. Sie hat an diesem Abend neue Saiten auf die Gitarre. Sitzt im Spiegel und ist noch dabei, sie zu stimmen. Der Samoswein auch wie Honig und bei jedem Schluck in weiter Ferne die Insel. In honiggoldener Dämmerung in einem honiggoldenen Meer. In der Flasche drin. Ich trank aus der Flasche. Aus dem Kaufhof, DM 1,79. Beim Stimmen die Töne langsam durchs Zimmer. Als ob sie einen Platz suchen, um sich niederzulassen. Wie

Schmetterlinge. Ein langer Abend. Sie summt. Haar fällt ihr übers Gesicht, sooft sie sich vorbeugt. *We shall overcome!* Immer schon mir eine Straßensängerin als Freundin gewünscht, als Geliebte. Wir hätten gleich losfahren können, sie und ich. Europa und alle Lieder. Lieber noch das Auto vergessen und trampen. Wenigstens bleibt mir für morgen zur Arbeit noch Brandy, wenn ich die Flasche schon nachkaufen muß. Lebendig als Bild im Spiegel der heutige Abend. Gern dieses Bild für immer!

In mein Zähneputzen hinein rief er nochmal an. Was ich über Irland wüßte. Wie es schien, war er ziemlich blau. Aus dem Hintergrund Kneipenlärm. Meinst du Island oder Irland? Ja richtig, wenn es zwei sind, am besten dann beide! Also nochmal die Brandyflasche und zweimal Bevölkerung, Klima, Landeskunde und Literatur. Beinah als ob ich mir die Inseln vor langer Zeit Schluck für Schluck selbst ausgedacht hätte. Dann einen Island-Film, Land und Leute, den ich mit acht sah, also 1951. Vom Schullehrer empfohlen. Blaß der Filmvorführer, städtisch gekleidet. Aus Darmstadt oder aus Wiesbaden. Er kam zweidreimal im Jahr. Ein brauner VW, der damals neu war. Vorführgerät, Leinwand und Filmrollen, alles drin. Von Lollar her über die Schanz und die Vorstadt herauf. Vielleicht die ganze Strecke im zwoten Gang. Eine langsame Staubwolke hinter ihm her. Ein neuer brauner VW und immer in einer umständlichen Schleife auf den Schulhof. Die Kinder stehen und gaffen. Du kannst auch da auf der Treppe sitzen. Bevor er anfängt, zieht er einen sauberen grauen Kittel mit umgeschlagenen Ärmeln an. Filmvorführung nachmittags im großen Saal in der roten Schule. Beginn 15:00 Uhr. Eintritt für Kinder 20 Dpf. Für Kinder von Kriegerwitwen und auch wenn dein Vater vermißt ist, nur zehn. Schon den Saal verdunkeln dauert jedesmal eine halbe Ewigkeit. Außer dem Schullehrer meistens der Flickschuster Raith und noch zwei oder drei erwachsene Sonderlinge und Spezialisten, sonst nur Schulkinder. Sie hieß die rote Schule, weil sie aus rotem Backstein gebaut war. Und weil es noch eine braune gab, aus Sandstein und braunen Schamottziegeln. Die braune heißt neuerdings wieder Goetheschule. Die rote Schule war aber viel schöner als die braune. Überhaupt die schönste von allen roten Backsteinschulen in den Dörfern der ganzen Gegend. Sie lächelt, die Fenster voll Himmel. Im Dorf also die rud Schoul. Schon damals wußte ich, wenn die eine, die nicht so schön ist, schon Goetheschule heißt, dann muß die schönere natürlich später nach mir, das ist klar! Bloß außer mir weiß es noch keiner! Ich erzählte ihm jetzt diesen Film, den ich im Jahr 1951 sah. Bestimmt damals schon, dieser Film, gut zwanzig Jahre alt. Eher dreißig. Die Boote fahren hinaus. Also Island, nicht Irland. Zwei sind es, zweierlei Inseln.

Ja, sagte er, morgen besorge ich Landkarten. Ob sie dort Zahnärzte haben? Wo bist du, fragte ich, von wo rufst du an? Aus einer Kneipe. Er wußte nicht, wie sie heißt. Unterwegs in den Jazzkeller. Falls der Jazzkeller zuhat, in eine Jazzkneipe in der Berliner Straße. Schon den ganzen Tag heute unterwegs. Andernfalls eine dritte Jazzkneipe, die am Main ist. Bei der Alten Brücke hinter dem Eisernen Steg. Nicht auch bald Vollmond? Oder über den Eisernen Steg und hinüber nach Sachsenhausen, da gibt es ja auch noch Jazzkneipen. Mindestens drei oder vier. Die können doch nicht alle am Montag Ruhetag. Er sagte das so, als sei am Ende ich dafür zuständig. Nein, sagte ich, alle bestimmt nicht. Den ganzen Tag unterwegs, sagte er, dann also bis morgen. Mir vorher schon ausgedacht, wie ich ihn bald in Norwegen besuche. Jetzt Norwegen in Island umändern, die Bilder in meinem Kopf. Und dann den Film noch ein paarmal in meinem Gedächtnis. Jedesmal besser der Film. Europa ja mehrfach, aber bis heute nie eine Straßensängerin als Freundin gehabt, als Geliebte.

Am nächsten Tag ruft er an und hat vielleicht schon ein Haus. Es muß in Portugal oder in Spanien sein. Falls es klappt, mal sehen, vielleicht. Bis jetzt nur vom Hörensagen. Er wird den Besitzer oder wer das ist, der da zuständig ist, um vier am Theaterplatz treffen. Das Café im Schauspielhaus, wie heißt es denn nur? Er rief aus einer Kneipe im Bahnhofsviertel an, eine Eckkneipe in der Münchener Straße. Wie heißt denn die Kneipe? Bald schon wieder Zeit für die heutigen Abendzeitungen. Bis nachher also, bis dann! Gleich zurück an die Schreibmaschine. Immer noch zwei Uhr; vorhin war es auch schon zwei. Immerzu an und aus den Pullover. So heiß und so kalt. Den ganzen Tag schon die gleiche Seite, seit neun Uhr morgens. Sooft ich nicht weiterwußte, fing ich von vorn an. An diesem Tag nicht die rote Markise. Keine Sonne, ein Fließpapierhimmel, ein leergelöffelter Suppenteller als Himmel, und mein Leben wie eine Küchenuhr, wenn sie steht und das Zifferblatt hat einen Sprung. Vielleicht ein Haus in Bilbao, vielleicht ein Haus in Cadiz? Ich hätte gern aus Staufenberg meine Bücher gehabt, damit sie mich von der Wand herab grüßen. Nachher bald Sibylle abholen. Müßten Essen einkaufen, Brot, Käse, Obst, aber praktisch jeder Einkauf hier in Frankfurt ging über unsre Verhältnisse, schon lang. Zum Glück gute Äpfel noch. Noch aus der Pfalz. Erst einen Schluck spanischen Brandy und dann wie ein Dieb einen winzigen Aquavit, damit er endlich ingang kommt, der Tag.

Nicht weit von Gibraltar das Haus. Am Abend kommt er und hat schon Fotos und hat auch den Schlüssel. Weintrauben bringt er mit. Wir betrachten den Schlüssel. Wie es scheint, gehört ein Brunnen mit Schöpfrad und Eimer zum Haus und eine Steinmauer wie aus der Steinzeit. Sonst nichts als Felsen. Wer hat die Mauer gemacht? Wer mag sie sich ausgedacht haben? Und wo wird das nächste Dorf sein? Vielleicht gibt es kein nächstes Dorf. Solche schweigenden Felsen! Wir sitzen und staunen. Ein einfacher schwarzer Eisenschlüssel. Wo kommst du her? Warum ist der Schlüssel so kalt? Die Weintrauben aus der Markthalle. Spanische, grüne und blaue. Algeciras ist dort, es muß da in der Nähe! Er sei erschöpft, er sah auch so aus. Alles weitere morgen! Wir hatten schon ins Bett gehen wollen, Sibylle und ich. Jetzt ging ich noch mit ihm mit bis zur nächsten Ecke. Im Scheinwerferlicht eine Notbaustelle. Vielleicht eine Gasleitung undicht und muß gleich repariert oder was werden sie so spät am Abend hier in der Erde suchen? Dunkle Gestalten, und wie die Lampen flackern.* Er und ich in der Leipziger Straße in eine Eckkneipe, bevor sie gleich zumachen. Im Stehn einen Schnaps, derweil ich sie warten wußte, Sibylle. Schon spät und bald Herbst. Und dann daheim gleich verzagt ins Bett und mich selbst nicht mehr kennen oder mit letzter Kraft mein Gedächtnis umräumen, das Manuskript zurechtrücken und dem Tag hinterdrein nochmal anfangen. Noch wenigstens zwei Seiten Reinschrift, zwei gute Seiten! Er wäre sonst nicht gewesen, der Tag. (Noch im Schlaf nach ihr und mir und dem Weg und der Zeit suchen. In Unruhe, in Bedrängnis, ein Schatten mit anderen Schatten. Noch im Schlaf nicht daheim. Wie denn ankommen?)

Mittwoch kommt er und hat schon beinah alles beisammen, das Geld auch in Aussicht. Und für sich und für mich Zigaretten auf Vorrat mit. Sogar auch schon angefangen zu packen, viel Gepäck braucht er nicht. Hat er nie gebraucht. Über Paris und warum nicht jetzt im September eine Woche in Paris, zwei Wochen? Auch in Paris hat er eine Adresse (wo hat er jetzt die Adresse?). Sowieso viele Leben. Sogar die Papiere alle beisammen und diesmal nichtmal im Fahndungsbuch. Und heute passend zu seinen Augen einen schönen meergrünen Pullover. Wie aus Island. Selten genug, daß er wie jetzt einen gültigen Paß. Und auch noch vom Staat, richtig echt. Gültig für alle Länder. So ein Paß: du kannst darin blättern, du kannst ihn von allen Seiten betrachten. Wahrhaftig die Daten. Stimmt alles, stimmt

* Oder öffentlich ein Geheimnis, eine geheime amtliche Kiste, die sie hier geduckt begraben. Gleich Mitternacht!

haargenau! Auch ja wirklich nicht abgelaufen! Und ob es ihm ähnlich sieht, sein eigenes Bild? Und darunter die eigenhändige Unterschrift, sieht sie nicht wie gefälscht aus? Ob er die je wieder so hinkriegt und dazu den Gesichtsausdruck auch? Trotzdem, sagt er, was heißt legal, mir graut vor der Grenzkontrolle! Verdächtig im Zug und allein zwischen lauter hüstelnden Staatsbürgern mit Fahrkarten und Fernsehgesichtern. Lieber illegal, zu Fuß und im Regen! Ich hatte seit Sonntag den spanischen Brandy des Wohnungsbesitzers so sparsam wie möglich, jeden Tag wieder beim Schreiben in kleinsten Schlückchen getrunken und jetzt ist die Flasche fast leer. Der Aquavit auch fast leer. Ich trank und er saß da in seiner Müdigkeit, er saß da wie Dostojewski. Allein schon hier in der Stadt die vielen Wege, Zeitungen, Kneipen und Menschen jeden Tag wieder, seit wann denn schon unterwegs? Nach all den Gefängnissen, Jahre und Jahre, und sitzt mir jetzt hier gegenüber und sieht wie Dostojewski aus, mein alter Freund Jürgen.

Und weil ihn der Staat von früh auf beharrlich verfolgt hat, und ich bin für ihn eh und je die Gerechtigkeit und das Leben und bin dafür zuständig und der einzige furchtlose Mensch, den er kennt, und deshalb sagte ich jetzt zu ihm: Wenn du willst, fahr ich dich über die Grenze! Wir fahren nach Metz. Es kostet uns nur das Benzingeld und den Wein unterwegs. Und von Metz aus fährst du mit dem Zug weiter. Die nächste Grenze kann dir dann schon egal sein. Laß uns nochmal den Schlüssel betrachten! Ein einfacher schwarzer Eisenschlüssel wie aus meiner Kindheit in Staufenberg. Gern ja auch ihn nach Paris gefahren, nach Madrid, Algeciras und, egal wie schlecht am Ende die Wege, bis vor die Steinzeitmauer beim Haus. Und den Brunnen mit Schöpfrad und Eimer mit eigenen Augen gesehen. Genauso Gibraltar, und dann nach Marokko, aber es ist bald Herbst und bin ich mit dem Buch und mit meinem Leben (wie spricht man Algeciras denn eigentlich aus?) nicht seit Jahren schon hoffnungslos in Verzug? Hast du Hunger? Woher hast du die Zigaretten? Er weiß, wo er den teuren spanischen Brandy, den ich hier ersetzen muß, umsonst kriegen kann. Also mitnehmen, leicht, und genauso den Aquavit. Also noch einen Schluck! Vor dem Fenster die Nachmittagswolken. Jede Wolke hat ihren eigenen Blick. Am besten, wir fahren am Freitag, sagten wir zueinander. Freitag ist übermorgen. Mach dir bloß keine Sorgen, Mensch!

[5]

Mit uns seine Freundin Doris und sein Sohn Besino, Edelgards Sohn. Als er klein war, haben wir zusammen gelebt und jetzt ist er acht. Am Freitag, es wurde Mittag, bevor wir abfuhren. Besino hat bei ihm in der Hansaallee geschlafen. Wir mußten dann aber doch nochmal zur Edelgard und im letzten Moment noch Besinos Spielzeug, sein Gepäck, seine warme Jacke holen. Zuletzt mit ihr in der Küche, zuletzt mit ihr auf der Treppe, zuletzt mit ihr vor der Haustür. Zuletzt steht sie und winkt und die Straße fängt an zu fahren. Sah es nicht bis zuletzt aus, als ob sie mitfahren wird in Lederjacke und Jeans? (Vielleicht hat die Reise, vielleicht hat für meinen Freund Jürgen sein Leben, der heutige Tag und die Emigration überhaupt nur den Sinn, daß er sich zum Abschied ein lebendiges Wort von ihr einhandeln will, einen Blick und wenn es der letzte wäre? Daß sie ihn ansehen soll und staunen und sich erinnern!)

Wir fahren, jeder Augenblick wie für immer. So fährt der Tag mit uns mit. Ich wollte nicht Autobahn fahren. An Mainz vorbei und da endlich ging mir auf, daß ich es nicht schaffen würde, am gleichen Abend zurückzukommen. Ich rief Sibylle an. Sie war noch bei der Arbeit. Sie ließen ihr kaum Zeit zum Telefonieren. Wir haben uns vor drei Jahren kennengelernt und seither nicht mehr getrennt. Freitagnachmittag. In einer Stunde ihr Feierabend. Wie hatte ich ohne sie fahren können? Umkehren! Zurück und noch einmal beginnen den heutigen Tag! Doch es war, als bliebe uns keine Zeit. Wie immer noch auf der Flucht, Jahre, Jahrzehnte, es hört nie mehr auf. Ein Tankstellentelefon mit Gebührenzähler. Dann weiter! Mit uns der Tag nach Westen. Mit uns das Ende des Sommers, Musik, Zigaretten und Wein.

An der Grenze. Wir kommen an und sie haben auf uns schon gewartet. Gleich sind wir umstellt! Aussteigen, Abstand und da an die Mauer! Sie räumen das Auto aus. Uns blieb eben noch Zeit, sie auf Besinos Spielzeugpistolen hinzuweisen: daß es Spielzeugpistolen sind, so bunt wie sie sind. Sind aus Plastik! Extra aus Saarbrücken oder woher die anwesenden weiblichen Kripo-Beamten in Bereitschaft für Frau und Kind? Gleich getrennt, jeder einzeln. Kinder haften für ihre Eltern! Mit all deiner Vagabunden- und Gefängniserfahrung doch nicht gewußt, daß sie an Grenzübergängen unterirdische Zellen haben, ca. einsfünfzig mal zwei Meter fünfzig. Mit Eisentüren und ohne Fenster. Beton und Kacheln und ein Betonblock, um darauf zu sitzen. Keine Blutflecken. Neonlicht, doch sie machten es jedesmal gleich wieder aus. Draußen der helle Tag (unerreichbar!) und bis jetzt weiß ich nicht, ob uns in der Dunkelheit Licht zugestanden hätte, ja oder nein? Licht aus, kein Wasser, die Zeit auch abgestellt. Vor jeder Zellentür zwei Bewaffnete, und als wir lebendig weiterfahren durften, war der Tag schon vorbei (die Krähen hatten den Tag gestohlen!).

Auf der französischen Seite fragten uns die Beamten, was los war und wer wir sind, Profession? Aus dem Ausland alles beobachtet. Schriftsteller, sagte ich und merkte es im gleichen Moment. Zum erstenmal in meinem Leben sagte ich, daß ich Schriftsteller bin. Écrivain. Komplett ganze Sätze konnte ich auf Französisch nicht. Dann müde in Forbach zwei Hotelzimmer. Billig nicht, aber schäbig. Zum Essen ist es zu spät. Noch nicht einmal Mitternacht und doch ist uns, als seien wir die ganze Nacht durch gefahren. Besino schläft. Träumt Robin Hood und die Welt. Der Wein ist uns ausgegangen. Mit je zwei kleinen grünen Bierfläschchen werden wir in dem größeren der beiden Hotelzimmer bei der röchelnden Heizung sitzen. Schwarz die Nacht vor dem Fenster, bitteres Bier. Im Ausland, im Niemandsland. Wie die rastlosen Helden in einem Buch von mir, einem alten Manuskript, von dem es damals schon viele verschiedene Fassungen gab, und wie oft werde ich es noch schreiben müssen? Du schreibst etwas und erkennst es im Leben dann wieder. Als sei es am Ende immer der gleiche späte Traum oder Film, in dem du dich wiederfindest. Und zuletzt auch immer die gleiche Nacht.

Schlaflos. Wie unter der Erde. Die Heizung röchelt. Rangierlärm, Güterzüge in deinem Kopf. Gleich als ob du nie mehr Schlaf finden sollst. Schlafen, wie geht das? Wenigstens einmal eigenhändig in den eigenen Reisepaß hinein! Ein Gedicht, Notizen, Einkaufszettel, die täglichen Ausgaben und was dir einfällt. Eine Seite, zwei-drei-vier Seiten. Und warum nicht auch ein paar Bilderchen noch mit dazu hinein? Mit Kugelschreiber, mit Buntstiften. Vielleicht auch ein bißchen Deutsche Butter? Auf das fälschungssichere Staatspapier. Mit der Schere ein Muster aus Löchern. Und dazu pfeifen. Ein Ornament, aber schief, aber dennoch gelungen. Wunderbar! Wie geklöppelt! Wie gern ich jetzt einen Apfel hätte! Und dann doch in den Schlaf hinüber. Mit den Füßen voran, eine lange Reise.

Samstagmorgen in Metz. Immer in Frankreich muß man sich zuerst Zigaretten kaufen! Solang ich trank, jedesmal die Frage: soll ich zum Frühstück schwarzen Kaffee mit Pastis, soll ich schwarzen Kaffee mit Rum oder soll ich Milchkaffee trinken und den Cognac extra dazu?* Am liebsten gleich mehrere Leben. Hausfrauen, Säufer, Algerier, französische Zeitungen und die Hunde im Rinnstein. Das Pflaster ist naß. Ein geschäftiger Morgen. Noch kühl. Die alten Häuser, die Straße führt sanft bergauf. Hier bin ich mit sechzehn gegangen, ein Fremder. Ich wollte, daß alles anders sein soll, als ich es aus Deutschland kenne. Jedes Ladenschild, jeder Stein, jede Tür sollten mir ein Beleg dafür sein, daß es eine Fremde, daß es – erlaubt oder

* Ich sah sie, Sibylle, allein einen Samstagmorgen in Frankfurt am Main anfangen – wie geht ein Samstagmorgen, wenn ich nicht dabei bin? Und Deutschland auch aus der Ferne.

nicht – dieses Anderssein gibt. Daß es eine Kunst gibt, daß es mich gibt, Paris, und daß man darin leben kann, in der Kunst. Daß die Kunst ihren Platz hat im Leben. Noch der Himmel an jeder Ecke, die Schrift, jeder Hauseingang, jeder verwitterte Farbfleck schien mir immerfort ja zu sagen zu mir. Es war das Jahr 1959, ich seh mich jetzt noch da gehen. Ich ging wie einer in einem ungelesenen Buch. Ich ging als sei ich in Paris. Seither achtzehn Jahre, sagst du dir jetzt, und immer noch unterwegs. Bergauf die Straßen, eine Biegung, die Häuser rücken zusammen. Gerade daß du denkst, gleich wirst du dich verlaufen haben für immer. Noch eine Ecke weiter, da erkennst du den Platz, deine Freude und die Bögen der Kathedrale. An Ort und Stelle. Sind all die Zeit dagewesen. Und in ihrer Höhe die Vögel am Himmel. Und hier, siehst du, ist eine Kneipe. Und neben der Kneipe ist noch eine Kneipe daneben. So ein Samstagmorgenandrang hier vor der Theke. Am besten ein kleines Glas Rotwein im Stehn. Zum Auskehren auf dem Fußboden Hobelspäne, und im Spiegel das bist du selbst mit dem heutigen Tag. Einen weiten Weg gekommen.

Mit Besino ein Spielzeug kaufen. Kein Panzer, kein Rennauto, einen Plastikindianer. Wie ein Veilchen so klein. Zum Aufstellen, zum Herumtragen. In der Hand, in der Jackentasche. Unbesiegbar. Und soll nicht verlorengehen. Drei Francs. Als er klein war, Besino, waren wir mit unseren Blicken, Gedanken und Schritten daran gewöhnt, nebeneinander herzugehen, er und ich. Durch viele Länder nebeneinander her. Und die Welt uns entgegen. Da war er zwei Jahre alt. Erst zwei und dann drei. Und jetzt acht. Braune Augen. Gestern an der Grenze waren sie hell, beinah grün vor Empörung. Die Sonne kommt durch, September, bald Mittag. Jetzt wollen wir uns Wein kaufen, Oliven, Käse und Brot. Und reife Feigen, weil sie so gut riechen. Laß dir nur Zeit. Korkenzieher und Messer im Auto. Sogar Löffel für Joghurt, noch aus unserem langen griechischen Sommer. Einmal im Januar auf der Fahrt von

Paris nach Prag hier durch: hier über den Platz, es war kalt, der Himmel noch eben hell. Schneehaufen überall, und die Kathedrale in der Dämmerung wie ein gestrandetes Schiff. Jetzt eine saftige süße Septemberbirne, die Besino sich ausgesucht hat, sommergelb, siehst du, und lächelt. Zigaretten. Dann mit dem Brot und den Flaschen und Tüten hinunter zum Fluß und sich Zeit lassen. Gegenüber die Altstadtinsel. Kastanien, ein Mäuerchen. Auf dem vergänglichen warmen Stein in der Sonne sitzen und der Zeit und den Wespen bei ihrer Arbeit zusehen, September. Langsam der Tag, der Fluß fließt vorbei. Jeder Abschied ein Abschied für immer. Einmal an einem Neujahrstag in dem Restaurant da am anderen Ende der Brücke. Im Lampenlicht in der Stille vier Stunden lang zu Mittag gegessen. Am Fenster sitzen. Ein altes Haus und der Fluß fließt vorbei. War ich damals nicht auch auf der Flucht? Längst verjährt der Neujahrstag. Jetzt suchst du dich, suchst dir die zugehörigen Jahreszahlen im Kopf zusammen. So eine Festmahlzeit, soviel Zeit und Stille, soviel Geld und Geduld. Sechs Gänge, Kristalllampen, die Gedanken und Wörter dazu. Gespräche. Den besten Wein, ein Kaminfeuer und ringsum an den Wänden dunkelt die Zeit. Und ich? Wer gewesen? So gute Nerven gehabt, bald fünfzehn Jahre muß das jetzt hersein. Also doch immer wieder gekommen.

Am Bahnhof wartet der Abend. Wir hatten uns zwei Züge nach Paris herausgeschrieben. Es wird Zeit. Mittags fast Sommer noch, allgegenwärtig eine goldene Stille, und am Abend ist Herbst. Kettenrauchen, den Wein austrinken, die Gedanken zusammensammeln, den Fluß grüßen und sich auf den Weg machen. Abendstraßen, ein Kasernentor, Nutten, Soldaten, eine Vorortkneipe mit bunten Lichtern, eine Kreuzung, Pappeln, eine Bushaltestelle, Radfahrer, Heimwege, und wird kalt auf die Nacht. Wie gottverlassen und jämmerlich doch jeder französische Soldat aussieht, sobald er am Abend allein ist. Zu Fuß unterwegs. Und hat sich verlaufen, die falschen Stiebel, und weiß nicht wohin. So ist die Stadt jetzt am Abend doch wieder die finstere alte Festung und Garnisonstadt geworden, die sie immer auch war. Gleich fängst du zu frieren an. Noch beim Parken auf dem Bahnhofsvorplatz drängt sich mir immer wieder der Bahnhof von Straßburg davor und dazwischen. Es fing eben an, dunkel zu werden. Wie das Laub raschelt, Herbst. Jeder Ton, jeder Atemzug sagt dir, wird kalt auf die Nacht. Und der Knall, mit dem eine Autotür zufällt. Zeitig im Herbst ein Abend, noch früh. Männer mit Aktentaschen, eine Frau mit einem Kinderwagen, eine Familie. Vater und Mutter und zwei müde frierende Erlkönigkinder. Wermutsäufer, ein Taxistand, Polizisten, Autobusse, die Bahnhofsuhr, die Lichter wie Nadelstiche. Jedes Ding fängt zu flüstern an.

Samstagabend. Müdigkeit. Heimweh befiel mich. Oder wenn wir wenigstens in Nancy oder auf dem Weg dorthin – sonst von Metz aus immer mindestens noch nach Nancy. Meistens gleich nach Paris. Auf den Eingang zu. Düster der Bahnhof aus dunklem Gestein. Beinah ja auch wie der Gießener Bahnhof in Gießen. Mit einer Kuppel, die in meinem Gedächtnis gleich immer so wegkippt und wegsinkt. Der Tag auch mit weg, Gegenwart, und am Himmel das letzte Licht fliegt im Bogen davon. Pendeltüren. Kein Lotterielos. Kaffee und Schnaps am Buffet und ununterbrochen rauchen. So krank jetzt vor lauter Herbst, Abend, Suff, Müdigkeit, Sehnsucht und Kälte, daß du dir deinen Namen vorsagen mußt, um dich nicht zu verlieren. Noch mehr Kaffee und Schnaps, die Uhr im Auge behalten und dabei an die vielen Bücher denken, die ich alle noch schreiben muß – ich wüßte sonst nicht, wer ich bin! Ich könnte nicht bei mir bleiben! Mein Freund Jürgen mit einer deutschen Zeitung. Wir hatten für ihn zwei Züge nach Paris herausgeschrieben und natürlich wird es der zweite. Keine Grenze mehr und spät am Abend wird er in Paris sein. Ich sah alles vor mir. Erst als er beim Einsteigen war, traf mich jäh der Anblick seiner alten Reisetasche.

Jäh ein Andrang von Leben und Zeit und Erinnerungen. Nie den Abschied gelernt.*

Stehen und frieren und das Zögern und Rucken der Zeit auf dem Zifferblatt wie wachsende Zahnschmerzen spüren. Bis in die Haarwurzeln und in die Zehenspitzen hinein, ein immerfort schmerzhaftes Ziehen, und dann hast du vor lauter Warten mit kalten Füßen dich selbst vergessen. Mit kalten Füßen und heißem Kopf. Erst wenn er weg ist, der Zug, spürst du auf dem Bahnsteig dich und die Nacht und den Wind. Das Gewicht, das du spürst, ist die Schwerkraft. Der heiße Griff an meiner Hand ist sein Sohn Besino, der immer noch winkt. Halb im Schlaf schon, als sei er nach dem langen Tag jetzt am Abend am Ende doch wieder klein geworden. Als käme jetzt gleich die Grenze. Als stünden wir noch von gestern dort. Mein Freund Jürgen im Zug von uns weg, und neben mir seine Freundin Doris, die nicht aufgehört hat zu reden. Samstagnacht, und die Heimfahrt noch vor uns.

* Die in der zugigen Finsternis auf dem abfahrbereiten Bahnsteig im eigenen müden Abendgedächtnis anonym zurückblieben, dunkle Gestalten ohne Heimweg und ohne Bestimmung, das sind jedesmal wieder wir gewesen, und zuletzt ist es immer die gleiche Nacht. Fahr los und komm nie an!

[6]

Sitzen und schreiben, mein Tag reicht nicht aus. Tagsüber meistens allein in der Wohnung. Eben erst neun vorbei und jetzt schon gleich elf. Die Musik, meinen Morgenschnaps, einen Kaffee mit Rum. Sogar noch mein eigenes altes Hemd ließ mich beim Schreiben Sibylle an mir spüren. Sooft der Wohnungsbesitzer kommt, jedesmal wie wenn ein Wecker, wie wenn in meinem Kopf ein Wecker losrattert, schrill. Sooft er kommt, ihm den Tag und meine Arbeit erzählen und mir ja auch selbst immer wieder. Jetzt scheint es doch noch ein Buch zu werden, und wie es heute damit aussieht. Gegenwart, Mittag, ein Werktag. Nie das gleiche Buch und ich jedesmal anderer Mensch. Er war Redakteur bei einer Studentenzeitung. Politik und Kultur. Layout auch und am Ende jedesmal auch noch der Drucker. Gewesen, sagt er, jetzt nicht mehr. Sich erstmal ein Weilchen umsehen! Von ihm auch die elektrische Schreibmaschine auf meinem Arbeitstisch, die Schreibtischlampe und ein perfekter Drehstuhl. Natürlich war auch der Tisch sein Tisch. So in die Zeit hinein. Eine Dachwohnung mit großen Fenstern in Bockenheim in der Basaltstraße. Jürgen hat uns das Zimmer besorgt. Vielleicht dachte der Wohnungsbesitzer als Redakteur und Wohnungsbesitzer, ich sei als Schriftsteller ein Mensch von Bedeutung, ein wichtiger Mensch. Oder warum nicht wenigstens so tun, wenn ich schon in Frankfurt bin? Oder es bald werden in Frankfurt? Wenigstens am Anfang wird er das gedacht haben.

Seine Freundin gefiel mir. Besonders wenn sie sonntags nackt in der Wohnung herumspaziert. Barfuß, auf Zehenspitzen, und sich Zeit läßt dabei. Rote Haare. Sibylle zog sich auch ganz gern aus. Alle Türen offen. Vor dem Fenster der Tag. Am Himmel die Wolken sind stehengeblieben. Sonntagswolken, ein Stadtsonntag, Sommer auch vorbei. Der Wohnungsbesitzer mit Korrekturfahnen für ein Veranstaltungsprogramm, die Rolex-Uhr in der Hand. Ein schwarzgelber Bademantel. Duschgel, Deodorant und After Shave. Und hielt uns einen Vortrag, zwei Vorträge. Es muß ganz am Anfang unser erster trüber Stadtsonntag, wieviel Uhr? Ein Germanist, er hat ein poliertes Schränkchen voll Schnaps, kein Säufer. Er und ich einen Aquavit. Kleine hellgrüne Schnapsgläser. Er seinen dann doch nicht und ich also zwei. Und handeln zum Spaß gleich aus, welche Flaschen und Abteilungen von Flaschen ich bei der Arbeit jederzeit austrinken kann. Sonntagmittag, drei Uhr. Jedesmal wenn du das Schränkchen aufmachst, ist es innen beleuchtet. Er hat noch zwei Wohnungen. Deshalb nicht oft hier. Er hat einen vw-Bus mit Luxus-Campingausstattung. Neuwertig, ein Gelegenheitskauf. Und weiß, wie man Geld anlegt. Wird sich nächstens gewinnbringend an einer Diskothek! Vielleicht an zwei Diskotheken, aber sich erstmal umsehen! Deshalb in nächster Zeit nicht oft hier! Er zeigt mir seine vorjährige Diplomarbeit und ein paar staatsfeindliche Artikel, die er gerade geschrieben hat. Und hier noch zwei, die sind vom letzten Jahr. Sehr gut gebunden ist die Diplomarbeit. Er ist achtundzwanzig, er kennt sich aus. Mit dem vw-Bus eine gelungene Griechenlandreise und ein gelungener Versicherungsbetrug. Dazwischen war ich wie taub. Wir standen beim Tisch, ich stand neben mir selbst. Gleich halb vier. Aus dem Café Laumer der Kuchen. Wir wollten gleich alle vier Kaffee trinken. Sonntagnachmittag, ein trüber Stadtsonntag. Geht auf vier. Noch die gleichen Wolken, der gleiche Sonntag. Und viel mehr an Freundschaft wird es wohl auch nicht. Immer beim Schreiben seine Musik und sehr froh dafür. Plattenspieler, Tonband, Cassettenrecorder. Meistens tagelang die gleiche Cassette. Die Anlage neben dem Schnapsschränkchen und ein Lautsprecher bei uns im Zimmer. Tagsüber meistens allein in der Wohnung.

Schreiben, Sibylle abholen. Mit dem Abend die Leipziger Straße entlang. Ladentüren, Schaufenster, wie willst du dir all die Gesichter merken? Einkaufen, aber kein Geld! Bei aller Sparsamkeit immer zuviel verbraucht, schon immer im voraus zuviel! Von Staufenberg aus war es leicht, sich auszurechnen, daß wir hier in Frankfurt im Spätsommer bei gutem Wetter froh eine Weile mit wenig, mit sehr wenig Geld, ein paar Mark pro Tag, beinah nix! Oft genug ohne Geld gelebt. Doch hier scheint mit jedem Tag alles teurer. Klopapier, Streichhölzer, Straßenbahn, Brot, Telefon, ein Komplott. Dreimal mußt du anrufen, bevor du einen erreichst und dann ist es der falsche Tag und der falsche Mensch, aber vielleicht kannst du es ja gern jederzeit später nochmal, noch öfter! Das war vormittags um halb elf beim Suhrkamp Verlag. Die Milch in Pappkartons. Ein Achtel Kalbsleberwurst, wieviel ist ein Achtel? Die Milch in Pappkartons und vergiß nicht, auf das Haltbarkeitsdatum zu achten! Und wer du selbst bist! Das Brot, denkst du, wird eine Mark achtzig, zwei Kilo, da verlangen sie lächelnd dreiachtzig! Vor Schreck hast du kein Gesicht mehr (die Währungsreform und wie meine Mutter und ich in Gießen als kleine dunkle Gestalten müd und schwer vor den Schaufenstern standen, ich war fünf!), kein Gesicht und läßt fast noch das Wechselgeld liegen.

Tagelang jeden Pfennig gespart und die Tage und Pfennige im Kopf zusammengezählt und gerechnet und dann aus einer Telefonzelle für neun Mark mit der Stadtverwaltung in Gießen, bleiben Sie am Apparat, mit dem Einwohnermeldeamt, wir verbinden! Immer wieder meinen eigenen Namen buchstabiert! Wir verbinden Sie weiter! Mit der Stadtkasse, mit dem Finanzamt, mit den unbelehrbaren Gespenstern der Allgemeinen Schicksalsverwaltungszentrale telefonieren, neun Mark dreißig, ein Vermögen, ein amtliches Mißverständnis, ein Irrtum – und dabei sind mir noch vier kostbare Zigaretten wegverraucht (was fehlt, fehlt für immer!). Sie hatten mir aus Gießen als Zukunft eine Lohnsteuerkarte für das kommende Jahr geschickt – wie ein Gerichtsurteil, einen amtlichen Fluch. Eine Telefonzelle auf einem traurigen kleinen Platz, den ich nie zuvor sah. Lagerhäuser, ein Eisengitter, ein hohes Tor. Zwei Wächter mit Schäferhund. Vielleicht eben Schichtwechsel. Mittag, zwei Uhr, und der Himmel bedeckt. Hund mit Maulkorb. Die Wächter, der eine alt und der andere jung. Du siehst sie noch stehen und die Uhren vergleichen. Soeben ein Lastwagen abgefahren. Und wirst ihn nie wiederfinden, den Platz. Den Schreck am Herz und im Magen spüren und die fehlenden Münzen deutlich noch auf der Hand. Ich stand, als ob ich mein Leben verwirkt hätte (ging blitzschnell!).

Am gleichen Tag einen Strafzettel für falsches Parken. In einer Straße, in der man gar nicht anders als falsch parken kann, in der legal parken gar nicht geht! Und im Kopf erbittert Briefe an die zuständigen Behörden, im Gehen. Gerechtigkeit! Eine Lohnsteuerkarte ist doch keine Zukunft. Die Zahlungsfrist auf einem Strafzettel ist auch keine Zukunft. Nacheinander fünf Streichhölzer bis die nächste Zigarette brennt, dabei ist es windstill. Nach Heizöl riecht es. Der Tag schweigt verstockt. Wie schon einmal gewesen der Tag, ein Wetter aus zweiter Hand. Noch besser den Polizeipräsidenten zu mir bestellen (spätnachts soll er kommen, wenn ich nicht schlafen kann) und ihn zwingen, daß er mir hinfort jeden Tag einen Parkplatz *bringt! Er selbst!* Nicht sein Stellvertreter! (Der Stellvertreter soll auf der Treppe warten!) Wir hätten das Auto gleich abschaffen sollen hier in der Stadt, doch mir schwebte vor, es könnte uns noch einmal retten. Gleich zu Fuß einen Umweg von drei oder vier Kilometern und im eigenen Kopf hin und her. Und dann, als ich schon glaubte, mich mit dem Verlust vielleicht doch noch abfinden zu können (zwecks Weiterleben), da merkte ich erst, daß sie nicht beiläufig zwanzig, sondern meine Unterwerfung und dazu vierzig Mark verlangen! Und dazu noch das Porto für die Überweisung innerhalb von vier Wochen. Deinen Zorn und den Zettel dann lebenslang als Beleg aufbewahren, ein geordnetes Staatswesen. Und jetzt sollst du den Rückweg finden!

Immer in Staufenberg beim Schreiben mit wenig Geld gelebt. Zuerst ich allein, jahrelang, dann mit ihr, mit Sibylle. Und mußten nicht einmal daran denken, nicht dauernd. Hier, kam uns vor, sei das nicht zulässig. Auf Schritt und Tritt brauchst du Geld. Ohne Geld bist du gar nicht da. Weil es so wichtig ist, tut jeder so, als käme es nicht drauf an. Vielleicht auch der Preis für das Brot bloß ein Irrtum! Ohne Absicht zwei Mark zuviel und wird keiner je merken! Den ganzen Tag jeden Tag mit dir selbst wie im eigenen Kopf herum und auf allen Straßen und die Preise vergleichen? Und dich am Abend am Ende selbst nicht mehr kennen? In weiter Ferne! Heimwehhimmel. Alle Straßen immerfort durch mich hindurch und jetzt auch gleich weg und gegangen der Tag. Ein Vorort und ohne Namen. Wer bin ich? Wohin? Blöde Bilder auf den Milchkartons. Schaufenster. Fremde Menschen. Was tragen sie in ihren Taschen und Köpfen? Wo gehen sie hin? Alle Straßenbahnen überfüllt und was für ein Gedränge in meinem Kopf. Wie willst du dir all die Gesichter merken? An der Haltestelle. Stehen und warten. Noch hell. Viele Lichter im Abend. Jeder Straßenbahn immer gleich ansehen, ob es die richtige ist, ob Sibylle drin sitzt oder nicht. Schon von weitem. Wenn es kalt wird, erst recht. Dann mit ihr, mit unseren Achteln an Leben und Sorgen und Einkäufen, noch fremd hier, mit dem Abend die Leipziger Straße entlang und einander abwechselnd uns und das Leben und immer wieder uns unseren heutigen Tag auch erzählen, Heimwege. Der Tag vor uns her im Gedränge: da vorn geht der Tag.

Alle paar Tage zum Suhrkamp Verlag. Da ist ein Lektor, der mein Manuskript kennt, die vorletzte Fassung. Sind Ende Januar von Staufenberg aus zum erstenmal im Verlag gewesen, Sibylle und ich. Wir hatten das Manuskript mit. Ein dicker gelber Ordner, beinah wie ein Koffer so groß. Ich hatte vorher angerufen. Wir kannten dort keinen Menschen. Das Manuskript mit meiner alten Schreibmaschine auf karierte Doppelbögen, die gelocht sind und sich im Ordner schlecht umblättern lassen. Mit engstem Zeilenabstand, immer von ganz oben links bis ganz unten rechts und dazwischen hinein mit der Hand. Meine vielen verschiedenen Handschriften, mit Bleistift, Buntstiften, Filzstiften, Tinte und Kugelschreibern in allen Farben. Dazu Kennziffern, Pfeile, Verweise. Fußnoten sowieso. Anmerkungen. Zwischen- und Gegentexte auf jeder Seite. Vorderseiten und Rückseiten. Und oft Zettel angeklebt, Faltblätter, Nachträge, Verlängerungen. Wie Pläne die Seiten, wie Landkarten, manche wie Schneegestöber. Achthundert Seiten ohne Anfang und ohne Schluß. Auch noch keinen Titel und nahezu unlesbar, außerdem kaum zu entziffern. Jahre und Jahre damit zugebracht, sagte ich mir. Und sitzen jetzt hier mit dem Manuskript, als ob wir es gefunden hätten, Sibylle und ich. Gefunden oder geklaut! Zehn Uhr morgens, Heizungswärme. Ich hätte nicht gedacht, daß ein Lektor bei Suhrkamp in so einem engen Büro. Mit Doktortitel. Aufmerksam, ein freundliches Gesicht. Wir sitzen zu dritt um den Tisch herum. Vielleicht ist er auch noch nicht lang beim Verlag, sagst du dir, selbst noch neu. Wie alt? Vielleicht dreißig, drei Jahre jünger als ich. Und jeden Tag hier. Ob er erschrocken ist? Ich hätte nicht gedacht, daß es überhaupt so enge Büros gibt. Oben auf dem Dach. Beinah schon ein Kämmerchen. Nicht fürs Denken gemacht und einheitlich weißlichgrau, wie vor dem Fenster der städtische Himmel. Ein Wintertag. Eine kleine Flasche Schnaps in meiner Manteltasche und eine kleine Flasche Schnaps im Auto. Das Auto zwei Häuser weiter wie ein Fluchtauto schief auf dem Gehsteig.* So eng hier und überheizt!

* In aller Frühe in der Finsternis aufgebrochen und kamen um acht Uhr morgens in Frankfurt an. Wie immer auf der B3 gekommen. Und zu meinem Freund Jürgen und mit ihm von Bornheim aus quer durch die Stadt, durch den dichten Morgenverkehr. Wir hätten ohne ihn nicht hierher gefunden. Jetzt sitzt er im Café Laumer. Kaffee, Zigaretten, Asbach Uralt und Eier im Glas. Sein letzter Zwanzigmarkschein. Er raucht, liest Artaud und die Rundschau und wartet auf uns. Ende Januar 1977. Das erste Mal, daß wir ihn nach der Trennung von Edelgard sahen.

Sollte man nachdenken, sich erregen, auf- und abgehen wollen, müßte man auf den Gang hinaus oder aufs Dach (da war eine Dachterrasse, aber kein Zugang). Wenn du auch noch gestikulieren willst mit dir selbst, am besten die Luft anhalten, gleich mit dem Aufzug hinunter und eilig hinaus aus dem Haus, ein Geflatter, hinaus auf die Straße. Die eine oder die andere Richtung und für immer aus deinem Leben verschwinden (der Himmel ein Rätsel und bleibt).

Ob er als Lektor sich traut, es anzurühren, das Manuskript? Das erste Kapitel fehlt, es ist noch nicht geschrieben. Das zweite, das ist hier der Anfang, und einen Teil des dritten erst kürzlich neu abgetippt. Jetzt fragt er, was für ein Buch, was für ein Text, was ist es? Ich sagte, ich kann es nicht sagen! Ich hab es geschrieben! Sibylle jetzt, sie versucht ihm zu sagen, warum ich es nicht sagen kann. Er liest ein paar Sätze und fragt eine leichtere Frage. Ich dachte lang nach (niemand kam vor dem Fenster am Himmel, am Rand des Himmels vorbei) und sagte dann wieder: Ich kann es nicht sagen! Sibylle stöhnte an meiner Stelle. Ich zuckte die Schultern und merkte, daß sie danach nicht zurücksanken, sondern oben blieben. Vielleicht weil es so eng hier und weit und breit kein Gedanke, der mich erlöst. Mit mir allein ist mir meistens als hätte ich Flügel. (Vielleicht ihm die Flügel erklären?) Dazwischen wie taub. Ich sah mich in weiter Ferne als Kind auf dem Heimweg. Von Lollar bergauf und über die Schanz. An den Behelfheim-Baracken vorbei. Am versunkenen Judenfriedhof vorbei. An der neuen katholischen Flüchtlingskirche vorbei, die noch im Rohbau dastand. Auf das Dorf zu, müd heim am Abend. Noch kein Licht im Dorf. Es muß im Spätherbst 1949 oder im Vorfrühling 1950 gewesen sein. (Der Vorfrühling heißt dort Nachwinter!) Als Fremder in einem Dorf aufgewachsen, in dem die Menschen, die Einwohner, sich selbst fremd und konnten mit Fremden nicht reden. Und muß daher zeitlebens, das bleibt, muß für jeden Anlaß neu, muß immer mühsam erst sprechen lernen, jedesmal wieder. Der Autor, ich selbst, also ich! Der Verfasser. Geschrieben von Kind auf. Mit vierzehn angefangen zu arbeiten und seither immer nachts geschrieben. Ich schlief nicht, ich trank und schrieb. Und alles was ich schrieb, es wurden Bruchstücke, immer nur Bruchstücke und die verschiedenen Fassungen von Bruchstücken einunddesselben einzigen ewigen Buchs. Und jetzt hier. Mich wiederfinden und mit Staunen erkennen, daß all diese Situationen zu meinem Leben gehören.

Mit achtundzwanzig jeden Tag Personalchef in einem Neunhundert-Mann-Betrieb. Und eines Morgens wachte ich auf und wußte, ich dürfte nie mehr in mein Büro, nie mehr hingehen. Es war der 19. August 1971. Am Vorabend noch den Wecker gestellt, wie immer. Sowieso immer schon rechtzeitig vor dem Klingeln aufgewacht und was jetzt? Es wäre immer noch Zeit gewesen oder warum nicht ein paar Tage frei, das geht, doch zu meinem Schrecken erkannte ich, daß es mir ernst war damit (gegen mich bin ich machtlos!). Schon dein ganzes Leben lang, mußt du dir sagen, schon dein ganzes Leben lang willst du schreiben! Und machst es ja sogar auch, doch behältst dafür immer nur die schlechteste Zeit des Tages übrig. Müd und stumpf und mit nicht genug Atem, auch nur einen einzigen eigenen langen Gedanken in Ruhe zuende zu denken. Nie ganz bei dir, in Wahrheit kennst du dich nicht. Schon seit sie dich in die Schule geschickt haben, da warst du fünf, hat deine Zeit dir nicht mehr gehört. Und jetzt bist du achtundzwanzig, angeblich Personalchef, erwachsen, dieser und jener. Jetzt rufst du an und sagst, daß du nicht mehr kommst!

Der 19. August 1971, ein Sommermorgen, noch früh. Von da an dann bei mir selbst, meine eigene Zeit, und als erstes die verschiedenen Fassungen der Bruchstücke alle noch einmal abgeschrieben. Für den Schrank, für die Ewigkeit. Damit mein Kopf und der Küchentisch leer werden. Das dauert bis in das Jahr 1973 hinein und dann sagte ich mir: Jetzt schreibst du ein richtiges Buch mit einem richtigen Anfang und mit einem richtigen Ende. Papier und Schreibmaschine vorhanden, dazu der alte Küchentisch meiner Mutter. Papier, Zettel, Jahre, Jahrzehnte. Die erforderliche Anzahl der Tage, das Leben, ein Titel, Brot, Mahlzeiten, Offenbarungen, Zigaretten und Wein, das wird sich schon auch zur rechten Zeit, wird sich einstellen, wird sich finden. Die *ganze* Zeit! Egal auch, wie lang es dauert. Gelegenheitsarbeit für Geld und nur soviel, wie du zum Leben unbedingt brauchst. Und dann machst du dich auf den Weg, dann suchst du und suchst und gibst nicht auf, bis du einen Verlag dafür hast.

Seither wie immer kein Ende gefunden, achthundert Seiten. Ich war fast vierunddreißig. Ich wusste, ich könnte den Rest meines Lebens damit zubringen, in all den verschiedenen vorletzten und vorvorletzten Fassungen immer wieder das gleiche Buch zu schreiben, wenn ich nicht meinen einen einzigen eigenen Leser zumindest, wenigstens in meinem Kopf, wenn ich nicht einen Weg fände, es zuletzt nochmal zu kürzen und zu überarbeiten. Endgültig eine Reinschrift und daß es gedruckt wird. Und es so mir vom Hals schaffen. Und Platz für das nächste. Mit dem Buch geht es mir ungefähr ja wie mit dem Leben: wie könnte ich sagen, wovon es handelt? Und Jürgen mit seinem letzten Zwanzigmarkschein im Café Laumer und wartet auf uns. Kaffee, Zigaretten, Asbach Uralt und Eier im Glas. Artaud und die Rundschau. Und den Tag und die Uhr im Auge behalten. Und die ganze Zeit seinen letzten Zwanzigmarkschein hin- und herfalten, damit er ihn nicht verliert. Sitzt und denkt, wenn wir zurückkommen, bin ich reich und berühmt. Wie Hamsun 1920. Wie gestern noch Sartre und Heinrich Böll.

Man muß es lesen, sagte ich jetzt. Beim Sprechen, ein Wort nach dem andern: jedes Wort groß und schwer wie ein Stein in meinem Mund. Er liest, blättert, liest. Noch das gleiche Gesicht. Aufmerksam, freundlich, aber auch ratlos jetzt. Hätte ich ihm vorhin doch die Flügel erklärt. Das Manuskript vor ihm auf dem Tisch. Ich sah selbst, daß es nicht wie ein ordentliches Manuskript aussah. Mitten im dritten Kapitel von oben vom Rand her wie ein Gestrüpp und fortan immer mehr, immer schlimmer die Nachträge und Korrekturen. Von da an könnte ich es ihm höchstens vorlesen. Besessen und stur, eher vorbuchstabieren. Mit vielen Stimmen, mühsam, Tage und Tage (Fenster und Türen vermauert: es gibt einen Kalender, Kerzen, Zigaretten, Wegskizzen, Lagepläne, ein Fernrohr, Sextanten, Schiffszwieback und Trinkwasser in Rationen, aber nicht genug Luft und wo mich beim Vorlesen festhalten?). Also den Anfang, der Anfang ist lesbar, jetzt gleich für ihn kopieren. Gleich hier! Ungefähr dreißig engbeschriebene Seiten. Die liest er, sobald er kann. Er hofft in zwei Wochen. Bis dahin die nächsten Kapitel für ihn. Teils abtippen, teils korrigieren und jedenfalls eine lesbare Fassung. Zwei oder drei Kapitel und mich nicht darin einfangen lassen. Wie gesagt, das erste Kapitel fehlt. Es ist noch nicht geschrieben. Am besten, du sagst das noch öfter.

Der enge Zeilenabstand, damit mehr auf eine Seite drauf, klar. Aber auch aus Gewohnheit und wegen der Übersicht. Wie man aus größerer Höhe mehr Land, wie von einem Turm aus. Weil es ein dichteres Muster, genau wie im Leben. Und auch wegen der Kompliziertheit und zur Konzentration. Muß man umso mehr sich darauf konzentrieren. Insgeheim wohl auch Geiz und ein Spiel. Dazwischenschreiben und sich verirren ja trotzdem noch jederzeit. Solche karierten Doppelbögen seit April 1959. So in die Zeit hinein. Das eigene Leben. So wie wir hier sitzen. Und ist dann bald die Vergangenheit. Zum Blättern, jeder Bogen vier Seiten. Kanzleipapier heißt es. Die Karos als Gerüst für die Mühen des Anfangs jeden Tag wieder. Und falls ich mittendrin mit der Hand, so wie hier, mit der Hand weiter. Die meiste Zeit nachts geschrieben. Da hat die meiste Zeit mein eigener Tag mir jeden Tag nicht gehört. Im voraus schon nicht. So also, dir ausdenken was du sagst. Und was du denkst, daß du sagen wirst.

Oder ungefähr. Und dann nachträglich. Hinterdrein. Auf der Heimfahrt und morgen. Wie gesagt, der Anfang fehlt wie gesagt. Hier das zweite und ein Teil des dritten Kapitels. Mit Glück in zwei Wochen also. Vorher dann rechtzeitig telefonieren. Wir hatten in Staufenberg kein Telefon, doch es gab eine Telefonzelle. An der Schulhofmauer. Beim alten Brunnen im Borngäßchen, bei einer Vogelbeerhecke. Wo früher gegenüber der Schmied war. Immer kunstvolle Spinnennetze in der Telefonzelle. Meistens wenn ich daheim bin, steht das Auto daneben. Nicht auch noch gestrige Tage und Schneereste überall?

[7]

Nach zwei Wochen die nächsten dreißig Seiten für ihn. Schon Mitte Februar (er sagt, es gefällt ihm!). Von da an vor ihm her die vorletzte Fassung geschrieben. Dazwischen auch halbe und ganze Kapitel, die halbwegs fertig und einigermaßen lesbar, sagte ich mir. Höchstens hier und da eine kleine Änderung, ein Wort dazu, eine halbe Seite neu, also ausschneiden und überkleben. Oft staunst du über dich selbst: So lebenstüchtig, so praktisch! Mit Tipp-ex, Uhu und Tesafilm. Mit Geschick, mit Schere und Zuversicht. Nicht auch noch schnell zwei Satzzeichen ändern, nur schnell mit der Hand vielleicht ändern? Mit leichter Hand!* Doch dann das Kapitel in der gleichen Nacht und am nächsten Tag noch zweimal umgeschrieben, denn der nächste Tag ist ein freier Samstag (seit fünf Jahren zur Aushilfe halbtags in Gießen in einer Buchhandlung; jeden zweiten Samstag frei). Samstagmittag damit fertiggeworden. Zwei Stunden Schlaf. Dann mit Sibylle in den Wald und hinunter zum Fluß, die Lahn ist ein langsamer Fluß. Und auf dem Heimweg im oberhessischen Nachwinter in zweimal zwei Dorfkneipen in zwei verschiedenen Dörfern; wenn du auf einem Berg wohnst, führt dich jeder Heimweg am Ende mühsam bergauf. Im März, Anfang März, grau und leer kam die Dämmerung. Und dann in die Nacht hinein mit Mahalia Jackson, mit Kaffee und Rum und billigem weißen Bordeaux und mit meiner Müdigkeit von gestern, von vorgestern und der Woche davor, jahrealt meine Müdigkeit, mit dem gleichen Kapitel nochmal wieder anfangen; Samstagnacht. Nie der gleiche Fluß.

Das Wort Lektor wie eine fremde Münze im Mund. Ungefähr alle zwei Wochen ihm die Kopien mit der Post oder bringen sie doch lieber selbst hin. Im Juli dann endlich durch, An-

* Aus zwei überzähligen Kommas leicht eine Schwalbe im Flug, eine Möwe einschließlich Unendlichkeit!

fang Juli (dann wurde ich krank), und er schreibt ein Gutachten für den Verlag. Das war die vorletzte Fassung – mein Jahr auf dem Drahtseil! – und erst beim Fertigwerden bemerkt, daß ich die ganze Zeit die Luft angehalten hatte. Und das war nur erst die Vorbereitung auf Schrecksekunde und Sprung! Für die Reinschrift es kürzen und überarbeiten, aber wie? Vielleicht wenn mir jemand zusehen würde und mich begleiten? Einer der das Manuskript kennt, also er, das heißt also der Lektor. (Mich muß er nicht kennen!) So sind wir Ende August nach Frankfurt. Ich dachte, es sei mir leichter an einem fremden Ort. Vorerst für sechs Wochen, so sagten wir allen und sagten es uns. Für den Anfang. Vielleicht auch ein Vierteljahr. Das Auto groß genug für unsere Unrast und den Transport der wichtigsten Sachen, unser halbes Leben. Beinah schon ein kompletter Umzug. Das Auto von unserer vorjährigen Griechenlandreise übriggeblieben. Die Wohnung in Staufenberg ist so billig, daß wir sie fürs erste behalten wollen. Kaum vierzig Mark Miete im Monat. Wir dachten, wir könnten uns einreden, wir kämen vielleicht am Ende noch einmal zurück und es wäre das gleiche Dorf.

Ich und die Reinschrift. Eine elektrische Schreibmaschine und vom Morgen an in den Tag hinein. Zum erstenmal auf richtiges Schreibmaschinenpapier. Und mit Zeilenabstand und Rand. Zum erstenmal mit mir selbst diesen Abstand und mich nicht vertippen. Jeden Abend, geduldig wie ein Geizkragen, die fertigen Seiten zählen. Sie am nächsten Morgen auch wieder zählen. Und alle paar Tage zum Suhrkamp Verlag. Meistens morgens, meistens zu Fuß, jetzt weißt du den Weg. Dem Lektor die fertigen Seiten bringen. Wir staunten darüber und kopierten sie gleich. Inzwischen hat er für mich mit Kopien der vorletzten Fassung die nächsten Seiten schon vorbereitet. Wir hatten alles mehrfach kopiert und geprobt. Bei jedem ersten Buch geht es immer ums Leben. Du mußt dir beweisen, daß du ein Schriftsteller bist und zu recht auf der Welt. Deinen Schnaps bringst du selbst mit. Meistens vormittags, er und ich in seinem engen Büro und sagen einander, wie weit wir jetzt sind. In der Wirklichkeit und in Gedanken. Und weiter, wie weiter? Geht keiner je auf die Dachterrasse? Nur der Verleger selbst. Einzig er hat den Schlüssel. Wie der liebe Gott oder ein Phantom kann er jederzeit auftauchen und hier, allein oder in Begleitung, den Rand des Himmels abschreiten, die Fensterfront. Der Himmel ein allgegenwärtiger Blick. Im Büro kein Gedanke an einen Winkel, den man von der Dachterrasse aus nicht hätte einsehen können, wohin also mit den Gedanken in diesem Büro? Immer erst wenn wir die fertigen Seiten im Verlag kopiert haben, sind sie für mich wirklich fertig. Jetzt haben wir für das Buch einen Titel. *Der Laden, in dem du dein Brot kaufst.* Wenigstens bis uns ein besserer Titel einfällt.

Immer nach dem ersten Blick auf seine Anmerkungen und Änderungsvorschläge war mir, als sollte ich ausgelöscht werden. Also lernen, auch nach diesem ersten Blick weiter. Und das geht so: Am besten gelassen zu Fuß heim, was heißt denn gelassen? Atmen! Sich den eigenen Namen vorsagen und sich einstweilen nicht überfahren lassen. Selbstgespräche. Mit offenen Augen. Siehe, dies ist die Stadt. Da oder dort im Stehn einen Schnaps im Vorbeigehen. Mit beiden Füßen fest auf der Erde. Einen Korn, einen Weinbrand und nur jetzt nirgends in einen Streit hinein. In Frankfurt der billigste Schnaps ist immer ein Korn. Höchstens zwei und gleich weiter. Der Tag kennt mich nicht. Auf jedem Heimweg mein Geld zählen und was mir an Zuversicht und an Zeit noch bleibt. Zigaretten kaufen und Schnaps und billigen Wein für die Arbeit und immer rechtzeitig nachkaufen. Immer passend zum Tag, zum Text und der Stimmung in meinem Gemüt die Getränke. Zumindest die ersten zwei Wochen. Dann nur noch Wermut, Korn, Rumverschnitt und einen Wein aus dem Penny-Markt. Dauersonderangebot, Zweiliterflasche DM 1,47, weißen und roten. Chianti, Valpolicella, Orvieto, französischer Landwein, Schwarzer Adler und

Kalterer See, je nachdem, welche Aufkleber sie gerade zur Hand hatten. Schraubverschluß. Daheim mein Arbeitstisch, die Musik, zu trinken anfangen und auf jeden Fall mich gutwillig auf mich und den heutigen Tag und die nächste Seite einlassen. Wenigstens diese eine, wenigstens probeweise! Auch wenn dir vorkommt, es bringt dich um! So die Erfahrung gemacht, daß es ging, daß wir auf jeder Seite gut die Hälfte weglassen konnten und – ob das Buch nun eine Handlung hat oder nicht – offenbar für alle Tage immer noch genug Leben übrig, viele Geschichten. Und ich für immer noch einen Tag auf der Seite des Lebens. So geht es (so schien mir, es scheint uns, so könnte es vorerst gehen).

Meistens morgens zum Suhrkamp Verlag, meistens zu Fuß hin. Nah dabei eine polnische Kneipe. Also mehrfach mein Geld gezählt und einen Morgenschnaps an der Theke. Noch früh, sie haben eben erst aufgemacht. Der Bierhahn tropft. Die Wirtsfrau poliert die Gläser. Der Wirt hier, das siehst du gleich, raucht sich tot. Ein Korn neunzich Fennich oder guten polnischen Wodka, zwei Sorten, einsvierzich und zwei Mark zehn. Die Fenster wie Kutschlaternen, das Licht ist trüb. Gern auch vorher und nachher einen Schnaps an der Theke, weil sie schon anfangen, mich zu kennen. Polnische Salzgurken in einem Glas. Meistens kaum Gäste, so früh. Zwei-drei Eingeweihte wie aus dem Jenseits und nur zu Besuch hier. Morgensäufer und kommen woanders her. Die Wirtsfrau jetzt in der Küche, der Wirt erzählt vom KZ.

Einmal kommst du hin und die Wirtsfrau am Telefon mit einer Möbelfirma. Ich nix wollen letzmal Sie zu mir schicken lauter Auslandern. Ich deutsch wollen mir garantiert deutsch Arbeiter Sie zu mir schicken und Schrank aufstellen, haben mir mich verstanden! Bevor du gehst, auch schon die ersten Westend-Angestellten mit ihren Handtaschen, Mappen, Magengeschichten und Mittagspausen von draußen herein. Täglich warmen Mittagstisch. Eine Tafel mit Kreideschrift. Doch nicht immer nur deutsch-polnische Krautrouladen mit geduldigen Salzkartoffeln als Kreideschrift auf dieser Tafel? Jeden Tag wieder? Erst Herbst, dann die meiste Zeit Winter.

Einmal, weil Nachmittag war und ich dachte, ich hätte es eilig, mit dem Auto bei Suhrkamp im Hof geparkt und konnte dann nicht mehr raus. Vorwärts nicht und rückwärts erst recht nicht. Neben mir groß ein neuer Jaguar, als ob er mit seinem Lack tückisch lächelnd auf Blechschäden lauert. Und duckt sich und setzt zum Sprung an. Gleich auch die ersten und immer mehr Hausmeister, Aufseher, Augenzeugen! Sie denken, es geht, wenn sie mich mit Polizeigesten dirigieren. Ich hätte mindestens fünf Autos anrempeln müssen, manche gar mehrfach, um mit eigener Kraft wieder rauszukommen. Mauern auch, Mülleimer, Torpfosten, Verbotsschilder. Da fängt der Tag schon zu gehen an. Das Auto stehenlassen und zu Fuß in die polnische Kneipe? Wodka und Salzgurken, dann heim und Sibylle als Verbündete! Wie spät? Ein Stück Brot, Brot mit Salz, Peperoni, einen Apfel, ein Stück Pyrenäenkäse! Notizzettel, meinen Mantel, Geschichten, Autoschlüssel, Geschichten, Zigaretten, Umwege, unsere Stimmen, die Uhrzeit, wird kalt auf die Nacht, und sie ginge gleich mit mir mit! Schnaps, eine kleine Flasche in meine Manteltasche! Und mit ihr, mit Sibylle, mit großen Schritten, in der frühen Dämmerung, in der Nacht, in der Finsternis. Auf den Winter zu. In den Winter hinein. Und mit Vorsicht, sobald erst die anderen Autos vollzählig weg – eine gute Idee, aber es gibt Tag- und Nachthausmeister, ein Nachttor, Drohungen, Paragraphen, Verbotsschilder, Denunzianten, eine elektrische Schranke, eine Lichtschranke, Hausrecht, Grundbesitz, Staat, Staatsgewalt und eine ganze Branche zuverlässig prompter gebührenpflichtiger Abschleppdienste. Auf Anruf, auf Abruf! Ohne Berechtigung unberechtigt geparkt! Vorsätzlich! Unbefugt! Wenn du jetzt aussteigst und willst ohne Auto, sie lassen dich gar nicht weg! Und wie willst du am Steuer sagen, mit diesem Auto oder Kraftfahrzeug habe ich oder wer jetzt und jederzeit nix zu schaffen? Wir kennen uns nicht! Immer hektischer das Gefuchtel und läßt sich auch mit Scheibenwischer nicht wegzaubern. Nacheinander vier Autos auf und davon, schon kam die Dämmerung (schon schleicht sich der Tag), und dann hat das Auto sich mit mir von allein aus dem Staub gemacht, selbsttätig. Wie eine Raupe, wie ein Wurm kriecht es und windet und schlängelt sich um die Ecken herum, um die Hindernisse. Mit allen Schrauben und Radlagern knirschend, ein riesiger alter Opel mit Dachgepäckträger, Beulen und Rost. Wer zurückbleibt, die Hausmeister zählen ihre Schlüssel nach. Die Aufseher müssen sich die Augen reiben. Alle übrigen Augenzeugen fangen an, ihre Brillen zu putzen (meistenteils Germanisten).

Das Auto mit mir unter hohen Bäumen die Lindenstraße hinauf und auf die Bockenheimer Landstraße. Schon der städtische Abend, die Großstadt mit vielen Lichtern: kommt langsam daher gefahren. Es ist kalt. Gleich die Scheibe beschlägt, weil die Heizung nicht geht, weil im Auto ein Thermostat fehlt. Fehlt schon länger. Schon seit im vorigen Frühling der alte für immer kaputtging und auch kein Geld für noch je einen neuen. Auch künftig nicht, sagst du dir, nie mehr. Fortan und in Zukunft keinerlei Zukunft! Erst jetzt in der Kälte merkst du, wie hungrig! Die Scheibe beschlägt, wie Sterne (sieh deinen Atem!), wie Sterne zerfließen die Lichter. Und den Weg weißt du auch nicht, ein Fremder, überall fremd. Am liebsten warm eine Abendkartoffelsuppe aus Böhmen. Am besten jetzt über den Himmel heim nimm deinen Weg.

Sonst vom Verlag aus meistens zu Fuß heim, meistens am Ende des Vormittags. In den Tag hinein und wo denn hin in Gedanken? Mit den Anmerkungen auf den Fotokopien als Konzept für die nächsten paar Tage und Seiten. Immer erst zu Fuß heim und darauf achten, mich nicht zu verlaufen. Sowieso mein Hinweg schon wie auf einem Seil, die Sorgen vollzählig mit und auch noch meistens zu spät dran (immer denkt man, man hätte es eilig). Sowieso im Verlag kaum Luft zum Atmen, nicht genug Luft. Sowieso nach dem ersten Blick auf die Anmerkungen wie ausgelöscht: als sollte ich ausgelöscht werden! Heim in die Basaltstraße, heim zu Fuß. Daheim gleich weiter, die nächste Seite. Ein Buch schreiben und danach ein anderer Mensch: aber wer? Wie jetzt noch in das Buch hinein, was du bei der Arbeit an diesem Buch gelernt hast, wie geht das? Das erste und die beiden letzten Kapitel stehen noch aus. Die ganz zum Schluß erst, sagst du dir, und dann allein, ohne Lektor. Gleich dann für die Reinschrift deine eigene endgültige Fassung. Allein. Jede Seite zwanzigmal, und wo sind wir dann? Nie müde geworden. Heim zu Fuß. Oktober. Wie das Laub sich schon färbt. Gehen und daran glauben, daß ich vielleicht doch gerettet sein könnte. Wenigstens versuchsweise immer wieder ein Weilchen lang daran glauben. Und die Gedanken wie Vögel aussenden, ob sie nicht schon über die Ländereien meiner künftigen Leben und Bücher hin? Wie wenn ich wieder als Kind in Staufenberg im Schulsaal. Gefangen auf meinem Platz. Die Schulbank, das alte Pult. Und vor den Fenstern der helle Tag. Alle Unwetter davongezogen, Pfützen im Schulhof, die Dächer und Straßen noch naß, aber da schon die ersten Spatzen und Schwalben wieder. Die Bachstelzchen siehst du hüpfen. Und gleich ist die Schule aus. Vor den Schulsaalfenstern die Wolken wie Schiffe vorbei. Und in der Ferne schon wieder das Licht auf den Hügeln, die Ferne. Als sei ich verschüttet gewesen.

Ich ging weiter. Auf einmal mit einem Untertitel: *Die Idylle wird bald ein Ende haben!* Zuerst ihn Sibylle sagen. Und wenn du ihn das nächste Mal auf deinem Weg zum Verlag noch weißt, sagst du dir, dann vielleicht. Mal sehn, hat Zeit. Efeu, eine Mauer, ein Eisengitter, steinerne Torpfosten. Eine Litfaßsäule, eine Telefonzelle, eine Trauerweide, zwei hohe Kastanien und am Himmel die Wolken wie auf einem Bild. Vögel am Himmel.

Im spitzen Winkel zwischen zwei Straßen ein gelbes Eckhaus mit Erker, Balkon und Vordach. Die Fenster mit grünen Läden. Jasmin und Flieder davor.* Und steht da und lächelt, das gelbe Haus. Vier Stockwerke hoch und du weißt nicht, wer darin wohnt. Links der Kettenhofweg und rechts die Corneliusstraße und vor dir auf dem Gehsteig die kleinen Schritte der städtischen Tauben.

Und was der Lektor zu dem Untertitel wohl für ein Gesicht? Wie das Laub sich schon färbt und bald auch immer mehr Himmel jetzt in den Bäumen: so gehst du und gehst. Auf den Hinwegen meistens zu spät dran, das ist jederzeit das Leben, das liebe Leben, das kommt so dazwischen. Nie gedacht, daß ich je einen Untertitel für ein Buch! Und ganz gegen meine Gewohnheit darauf achten, mich auf den Heimwegen nicht zu verlaufen. Oder erst kurz vor der Haustür, im allerletzten Moment. So siehst du es Herbst werden. In der Lindenstraße, im Kettenhofweg, in der Mendelssohnstraße, in der Corneliusstraße, in der Schwindstraße und am Beethovenplatz. Im ganzen unteren Westend und die Bockenheimer Landstraße entlang. Jeden Tag durch die Straßen und ihre Namen lernen, die Tage lernen, die Straßen, die Gesichter der Häuser; so gehst du und gehst, gehst immerfort heim. Anfang Oktober, noch fremd hier. Voller Herbst sind die Straßen und Gärten. Ein Herbst fürs Leben. Und vorher in Staufenberg immer wieder davon gesprochen. Ich seh uns am Fenster, am Abend, am Morgen. Laß die Zeit ums Haus, wie auf einem Turm laß sie ins Land gehn, so steht es im Manuskript. Und wie du dich später erinnern wirst: Hier einmal, hier gelebt! Die Heimwege im Oktober. Es ging auf Mittag, wieder ein Herbst, deine eigene Zeit.

* Genau so ein Frankfurter Eckhaus mit Himmel hätte ich gern als Umschlagbild auf meinem ersten Buch gehabt!

[8]

Alles ganz genau ausgedacht und es geht ja auch, warum soll es nicht gehen? Alles geht! Selbstgespräche. Wo denn hin? Du gehst aus dem Haus, das Leben ist fremd. Von Kind auf, jeden Tag wieder dir mühsam die ganze Welt ausdenken und schleppst dich lebenslang damit ab. Ob du kommst oder gehst und wer bin ich? Wie oft schon durch eine Tür und dabei gedacht, vielleicht kommst du nie mehr zurück! Sowieso vielleicht bald keine Wohnung mehr! Aus dem Haus und die Tür fällt hinter dir zu; bald Herbst. Frankfurt am Main. Ein geschäftiger Morgen, noch früh. Selbst halbwegs noch fremd hier. Sieh dich um! Drei armenisch-griechisch-türkische Frankfurter Schneiderläden am Hessenplatz. Gleich hier vor der eigenen Haustür. Die können doch nicht alle drei Erestrenian heißen? Vielleicht daß wenigstens einer von ihnen doch ein Ägypter? Flickschneider, Änderungsschneider. Von weit her jedenfalls und immer die Papiere noch nicht in Ordnung. Nähen und nähen. An jedem Faden drei oder vier vielköpfige Familien. Nadelstiche. Von jedem Flicken Ersatzmantelfutter müssen sie viele Wochen lang zehren. Gleich die Wochen an dir vorbei, wie elende Landfahrerkarren die Wochen an dir vorbei. Wolkenhimmel. Den Faden und jeden einzelnen Nadelstich im eigenen Magen spüren. Selbst auch von weit her und die Papiere noch nicht in Ordnung. Noch nie!

Immer wieder die eigenen Sorgen grüßen. Die Tage, die Flickschneider und ihre Ladenschilder jeden Tag grüßen. Und Kundschaft für sie herbeihoffen, Aufträge, Einnahmen. Und den Wolken nach mit dem Blick. Wenn nicht gerade jetzt die Zeitläufte und die Konjunktur frontal gegen sie, sondern mehr seitlich (auf ihrer Seite), wenn die Ladenmieten ein bißchen niedriger und die Geschäftslage eine andere, freundlich, was heißt denn freundlich? Eine bessere also! Wenn Gott und die Welt und auch ihre Lieferanten zeitweilig ein Einsehen und die

Kundschaft zahlreicher und eine bessere Kundschaft auch: sie könnten längst schon gutgehende Pelznähereien, mal sagen in der Gutleutstraße, Gallusanlage, Taunusanlage, Taunusstraße und in der Mainzer Landstraße, hier und dort, mehrfach, haben und sein. Etagen und ganze Häuser, Geschäftshäuser. In den Himmel hinein. Langsam die Wolken. Dazu das Glück und die Umsätze und für das Glück ein Gedächtnis. Ein Kassenbuch für das Glück. Mit zahlreichen Zweigbetrieben. Import und Export. Maßateliers in der Düsseldorfer Straße, einen Salon am Roßmarkt, am Kaiserplatz und in der Goethestraße. Kristallspiegel. Düsseldorf, Hamburg, Berlin, Paris, Brüssel, London, New York. Auf der anderen Seite als Gegenrechnung hier die Ladentür, die nicht richtig schließt. Muß man immer zweimal und die Wärme geht aus dem Haus. Und die daheimgebliebene Verwandtschaft in Piräus, Istanbul, Kabul und Odessa, die aufs Nachkommen wartet und bis dahin mit Paketen, Aufträgen, guten Nachrichten, Familiensegen und regelmäßigem Zuspruch versorgt sein will.

Du gehst aus dem Haus. Im Mantel. Ein Herbstmorgen. Noch früh. Kühl und feucht ist die Luft. Nur schnell auf die Post.* Ein Mantelknopf locker. Gerade der wichtigste auch! Er hält noch. Einstweilen. Wer weiß, wird noch lang, aber immerhin! Nicht mehr so fest wie die andern! Seit wann denn schon nicht mehr so fest? Und gestern, sag, was war gestern? Wo magst du gestern

* Als Staatsbürger das Geld für einen Strafzettel für falsches Parken fristgerecht einzahlen und die Lohnsteuerkarte für das kommende Jahr zurückschicken, weil ich ein Buch schreibe und danach dann das nächste und noch eins und so immer weiter. Jedes Buch jedenfalls immer besser als das vorhergehende und noch lang leben, klar! In einem Mietshausfenster im dritten Stock eine Gans, lebensgroß, und ich wußte gleich, es ist eine Lampe. Sie viele Jahre dann immer wieder gesehen. Nie sterben, keiner stirbt! Heimwege.

noch ahnungslos hingedacht und hast es in Wahrheit doch immer gewußt. Der Schein trügt. Nie in Sicherheit, es gibt keine! Auf der Post mit Geduld. Es ist überheizt. Sowieso ja den Mantel nicht zu. Was gestern? Erst lang in der Reihe stehen, als solltest du nie dran, ein Stein, eine Salzsäule werden, ein Aktenzeichen, ein fremder Mensch (in der dritten Person) – und dann blitzschnell beinah in einen Behördenstreit mit Beleidigungen, Strafanzeige und Gegenstrafanzeige, Wort-Blick-Schußwechsel irrtümlich hinein und was der Beamte in seinem Glaskasten mit welchen Wörtern gesagt und nicht gesagt hat. Blaß, große Glasaugen. Dienstjahre, Behördenfilterkaffee und die Galle. Und hat wie eine Maus mit all seinen Papiergedanken geraschelt. Glasaugen mit Nickelrand. Und ich, wer bin ich? Beinah einen Fuß auf der steinernen Treppe, den linken (mit Schuh!), und fast deine Identität dort stehengelassen. Wohin? Eine hohe amtliche Freitreppe. Beinah zwei Finger an einer schweren amtlichen Tür eingeklemmt (den Oktober und Blok, Mandelstam, Jessenin im Kopf, mein Manuskript liegt daheim auf dem Tisch, eine Glastür mit Eisenrahmen, das Postamt am Rohmerplatz und zum erstenmal diesen Weg gegangen), aber der Knopf? Er hält noch. Aber ist locker. Und das bedeutet, auch die Welt ist nicht sicher in ihrem Bestand. Kann jederzeit aus den Fugen oder ist vielleicht schon? Was heißt denn Dauer? Sollst du ihn, gestern noch ahnungslos und als seist du geborgen, sollst du ihn nun hegen und schützen, den Knopf, damit er einstweilen ein Weilchen noch hält – oder eher Belastungsproben und der Wahrheit ins Auge, damit du weißt, wo du dran bist? Nicht auch schon deutlich ein Schneegeruch in der Luft? Und wenn er abgeht, läßt du ihn annähen! Aber vielleicht ohne die Belastungsproben und wenn du nicht dauernd dran denken und in Gedanken dran zerren würdest – oder besser ihn sachkundig (kaltblütig) abreißen und dann gleich wieder annähen lassen?

In einem von den drei Schneiderläden ihn prüfen lassen? Dir Zuspruch holen? Um Rat fragen mit Geduld? Aber wie entscheiden in welchem? Oder der Reihe nach alle drei mit ihren Familiengeschichten und mit prächtigen Wandkalendern von griechischen, türkischen, pakistanischen Fluglinien? Ihnen geheimnisvoll hohe Belohnungen und zahlreiche gewinnbringende Aufträge in Aussicht stellen und in Zukunft als Zukunft die Mantelknöpfe und das lebenslängliche Flickwerk vieler verzweigter Familien, die arm sind und ehrlich. Nur die Papiere noch nicht in Ordnung. Also meistenteils ohne Papiere. Weit über die Erde hin. Und wieviele ausländische Flickschneidereien allein nur in Frankfurt? Und dazu erst die Angehörigen. Wonach riecht er, der Mantel? Nach Winter, nach Nacht und Winter, nach Stoff und Parfüm und nach nichts. So dunkelblau, daß man denkt, er ist schwarz. Einmal in einer fernen Vorweihnachtszeit in Gießen, ein guter Kauf. Seither viele Jahre lang ein sehr feiner Mantel gewesen. Seinerseits aus der Ferne beinah wie ein irdischer Würdenträger, der Mantel. Sogar beinah ja jetzt noch. Schaufenster, Spiegelbilder und eine große Stille. Es ist kaum erst neun Uhr. Und bald wird der erste Schnee fallen. Schon siehst du dich alle Tage von Tür zu Tür. Immer müder, selbst wie ein armer Einwanderer. Den Mantel über dem Arm (den Mantel wie einen Sterbenden mit dir mit), und um deiner Seele willen, damit man dir hilft, die Welt und den Knopf im Auge behalten. Von Tür zu Tür. Und wird immer schwerer, der Mantel. Bei jedem Schritt. Ihm gut zureden? Wiederbelebungsversuche? Warum nicht auch ein paar Passanten um Rat fragen, hat jeder sein Leben, und ob sie dich nicht begleiten wollen? Kann mir einer den Faden, hier diesen Faden durchbeißen oder durchbeißen helfen? Einer von euch? Hier in Frankfurt die meisten Frankfurter tun sich meistens ganz gern in fremde Angelegenheiten hineinmischen mit ihrem flüssigen Dialekt. Oder mit mir, mit dem Winter, mit mir und mit meiner Seele verhandeln, den Mantel in den Schrank und vergessen den Mantel? Doch der Schrank steht in Staufenberg. Und wie geht vergessen? Mottenlöcher. Die Nähte. Den Mantel in der Straßenbahn, in einer

Kneipe, vorsätzlich, ihn also aussetzen, ihn verlassen? Fremd hier! Aber wo mit der Straßenbahn hin und wie zurück, bevor es zu schneien anfängt? Und jegliches Kneipengeld willst du lieber ein Weilchen dir sparen (so hatten wir uns das in Staufenberg zur rechten Zeit umsichtig ausgedacht, Sibylle und ich). Den Mantel in einer Kneipe vergessen, mit Geschick ihn vergessen. Und dann nach der Kneipe in noch einer Kneipe mein Leben bedenken. Und in einer dritten und von da an in jeder weiteren Kneipe am liebsten ein neues anfangen. Jedesmal wieder. Gründe genug. Aber in jeder Kneipe gleich kommen die vielen fremden Mäntel und Leben daher und wollen meine Aufmerksamkeit und zerren an mir und fuchteln und gestikulieren. Muß man sich selbst und die Kleiderhaken, die Gäste, die Tür und die Knöpfe im Auge behalten!

Für den verlorenen (vergessenen) Mantel einen billigen Mantel vom Flohmarkt, der beinah wie dein eigener aussieht. Aber Obacht, daß die Knöpfe noch vollzählig dran – die sind vielleicht dran, aber locker! Das macht nix, kann man ja annähen oder annähen lassen! Sagt in deiner Vorstellung in einem fehlbelichteten Schneegestöber (anscheinend die Zukunft) der verblassende Flohmarktmantelverkäufer, während du mit dir und dem heutigen Tag und dem alten Mantel und selbst ja noch neu in Frankfurt am Main, erst auf dem Rohmerplatz, dann die Leipziger Straße entlang, dann auf dem Kurfürstenplatz (und vergiß nicht die Gans: eine Lampe!) ins Zögern gerätst. Erst ins Zögern und dann ins Grübeln, denn mit so einem Problem, wie damit heim und weiterleben in Frieden? Mein Manuskript daheim auf dem Tisch. Daneben die elektrische Schreibmaschine und wartet. Also doch annähen lassen den Knopf und was kann das kosten? Doch dann ist er fester dran als die andern (zu recht fester dran) und das wird dir auf Jahre hinaus ein Problem. Immer wieder das Garn, die Stärke und Farbe des Fadens und die Dauer der Zeit mit der Zeit und den anderen Fäden vergleichen. Auch hättest du angefangen, probeweise an den übrigen Knöpfen zu zerren und die Gedanken dazu (bis du am Ende selbst schon ganz durchsichtig und auch nicht recht bei dir!), das kann jahrelang dauern. Bei welchem Flickschneider auch, wie willst du das ausprobieren, entscheiden? Doch nicht reihum, erst da und dann dort? Und wieviele es erst in Athen, in Thessaloniki, in Edirne und in Istanbul gibt (noch nie in Odessa gewesen). Manche auch, Pfuscher, nähen dir einen Mantelknopf mit zu kurzem Faden zu dicht an den Stoff dran, dann läßt dieser Knopf sich nicht mehr gut zuknöpfen. Der Kaufhofeingang. Mäntel gingen vorbei, fremde Mäntel.

Sollst du nicht lieber gehen (in Gedanken seit Tagen schon unterwegs) und kundig feststellen, ob es die gleichen Knöpfe noch als Ersatzknöpfe gibt und wo? Und wie lang noch? Vom Preis nicht zu reden. Wäre er neu angenäht, wie solltest du wissen, ob er jetzt und in Zukunft hält? Welche Zukunft denn? Wie noch dran glauben? Vielleicht bald keine Wohnung mehr! Vielleicht nie auf den gleichen Pfaden je wieder, so grau! Auf der ganzen Welt nicht. Nur höchstens so ähnlich! Manche nähen ihn so an, daß der Stoff Falten schlägt. Und leugnen die Falten dann vor deinen Augen weg. Am besten in jedem Laden, bei jedem Flickschneider, an dem du vorbeikommst, immer neu den Knopf, immer wieder annähen lassen! Wohin? Aber dann wirst du anfangen, dich mit deinen Wegen nach den Flickschneidern zu richten. Und wie lang hält der Mantelstoff, wie lang halten deine Tage und Nerven das aus? Einen Winterpelz und kühl und gelassen wie Čechov. André Gide soll ein Cape gehabt haben. Nicht auch die Luft heute anders als sonst? Nicht so durchsichtig, trüb, ein Komplott? So ein Mantelknopf kann dir jederzeit wie ein überzähliges menschliches Herz zerspringen! Besser gleich auswandern! Mäntel an mir vorbei, Mantelknöpfe, Gesichter. Auf den kommenden Winter zu, fremde Mäntel. Wenigstens nie Soldat gewesen, mußt du dir sagen.

Zehn nach neun. Mein Manuskript daheim auf dem Tisch. Jetzt Sibylle bei der Arbeit anrufen, anders kannst du nicht heimgehen! Was heißt heim? Vielleicht bald keine Wohnung mehr! Kühl und grau ein geschäftiger Morgen. Frankfurt, die Stadt. In Gedanken die ganze Zeit schon an der Schreibmaschine.* Kein Tag für die rote Markise, außer es käme am Mittag doch noch die Sonne durch. Drei Schneiderläden am Hessenplatz. Familienbetriebe, Ausländer von weit her. Zu jedem Schneiderladen gehören Kinder dazu. Manche von den Kindern gerade nach den Sommerferien erst neu in die Schule und du siehst sie jetzt alle Tage mit ihren Mützen und Ranzen und Jakken auf ihren Hinwegen und Heimwegen, Erstklässler, Schulkinder. In den Tag, in den Herbst hinein. Bald sind die Kastanien reif. Drei Schneiderläden am Hessenplatz. Und dann (vor deinen Augen, warum sollst du deinen Augen nicht trauen?) macht noch ein vierter auf. Der eine hat Nähgarn, einen Lufthansa-Kalender und ein Flugzeugmodell im Fenster. Einer eine Wasserpfeife, einen Teppich und ein türkisches Fähnchen und einer auf einem Messingtablett tulpenförmige türkische Teegläser. Im Kreis um einen silbernen Samowar herum. Das Messingtablett wie ein Stern. Der vierte, der Neue, aus Pelzresten Schlüsseltäschchen und kleine Tiere. Handgenäht, Glasaugen. Nagelknipser und Reißverschlüsse. Höchstwahrscheinlich aus fernen Ländern. Nicht nur reihenweise die Tage und Mantelknöpfe, jeder eilige Reißverschluß hat mit der Zeit auch seine Tücken und sein Gewicht! Und erst recht die da kommen, die Mottenlöcher, das fadenscheinige Futter, die Winternächte, die aufgerissenen Nähte und lange Reihen von Tagen, da es gar nicht mehr hell werden will; wie Bettler siehst du die Tage daherkommen. Wohin jetzt? Mit dem letzten Geld Berge von Zeitungen – friß sie gleich und dann Selbstmord! Zumindest

* Aber auch als Fußgänger in New York. Mantel offen. Anscheinend die Zukunft. Ob die Knöpfe vollzählig dran, ist auf die Entfernung hin nicht zu erkennen! Eine Gans als Lampe. Oder soll man sagen: eine Lampe als Gans. Lebensgroß!

gutwillig einen Versuch! Du weißt, wie es geht. Mehrere Möglichkeiten, Geduld, eine Reihenfolge und durchprobieren. Mit Zuversicht. Korrekturen, Notizzettel, eine Liste. Und dann? Heimwege. Die Heimwege im Oktober. Immer nur heimgegangen. Seit wieviel Jahren schon ein kleines Lineal mir gewünscht und gewünscht. Billig. Aus Plastik. Dreißig Zentimeter. Zur Not auch nur zwanzig. Und daß es immer bei mir auf dem Tisch. Bei meinen Manuskripten und Zetteln. Durchsichtig grün!

Noch fremd hier. Ob du kommst oder gehst, und selbst ja auch nie der gleiche Mensch. Im Oktober, Anfang Oktober. Es ging auf Mittag: es geht immer wieder auf Mittag. Kaffee, Zigaretten, mein Manuskript, Notizzettel und der spanische Brandy. Kaum Schlaf letzte Nacht. Aus dem Haus und wie soll ich wissen, ob ich je wieder zurück und wer bin ich dann? Am liebsten gleich mehrere Leben! Und daß morgen auch noch ein Tag, wie kann man sich darauf verlassen? Immerhin noch nie überfahren worden! Und bei jedem Aufwachen mit Gedächtnis. In der Seestraße eine Zweigstelle der Stadtbibliothek und jetzt am liebsten dorthin und herumkramen und grübeln und suchen. Und Sologub und Samjatin und den Aufbruch nach Turku und Das Waisenhaus und damit gleich heim! Gleich immer mehr Bücher und Namen, die Heizung, der Bibliotheksgeruch, Zeit und Stille. Schon alle Hände voll und weiter im Alphabet. Entdeckungen, immer noch eine Welt in die Welt hinein. Vor den Bibliotheksfenstern der Tag, die Seestraße und der Kurfürstenplatz. Schaufenster wie ein Laden. Auch gern zu den Schrebergärten, zu den Eisenbahnzügen, Wolken und Krähen am Bahndamm. Hierherum durch die stillen Mittagsstraßen (wie eine Versammlung von leeren Spiegeln stehen sie umeinander) und hungrig und unbekannt mit mir selbst in die Innenstadt. Fremd, überall fremd, am liebsten da und dort gleichzeitig! Schon mehrfach den letzten Schluck Brandy (ich hätte längst etwas essen sollen!)

und immer weiter eine Zigarette an der andern anzünden. Zeit zu gehen! Wo will ich denn eigentlich hin?

Du gehst aus dem Haus, das Leben ist fremd. Kastanien, eine Litfaßsäule, der Plakatankleber ist gerade erst dagewesen. Die Schulkinder, Erst- und Zweitkläßler mit ihren Mützen und Jacken und Schulranzen. Alle Hände schon voll Kastanien und die Schulranzen auch voll Kastanien. Die Hosentaschen, die Jackentaschen und auch die Kapuzen. Was will denn der Wind von uns? Zwei Rentner, die nächstens im Lotto gewinnen. Ein türkischer Schäferhund. Ein Säufer mit zwölf Büchsen Büchsenbier. So zum Aufmachen, Zippverschluß, Zeigefinger! Soll er jetzt auf dem Mäuerchen sitzen und als besonderen Glücksfall die Büchsen unverzüglich der Reihe nach? Beide Hände! Du kannst auch den Daumen, den Mittel-, den Ringfinger nehmen. Auch den kleinen, geht auch! *Pling*, links die vollen und rechts die leeren Büchsen in Reih und Glied auf dem Mäuerchen neben sich, griffbereit (Ordnung muß sein!). Und dazu Zigaretten drehn. Teils zum gleich Rauchen und teils auch auf Vorrat, da kennt er sich aus. Oder soll er auf dem Mäuerchen eine wunderschöne Bierbüchsenpyramide wie in einem Schaufenster? Wie als Sonderangebot in einem Laden drin, mal sagen im Bilka oder beim Aldi? Wie rostfreie Siegespokale, Jugend und Ruhm! Und seinerseits selbst ergriffen davorstehn, bevor er sie der Symmetrie halber gleich allesamt leersäuft und schmeißt sie hinter sich in den Rinnstein, scheiß auf die Zukunft! Scheiß auf die alten Ägypter, scheiß auf die Pyramiden und scheiß auf die Bullen, Mensch! Mit sich selbst, mit den Büchsen und Steinen und mit Gespenstern hörst du ihn reden. Im Krieg war er Stabsfeldwebel. Ihr Bierbüchsen habt ja keine Ahnung vom Krieg! So wie du ihn hier sitzen siehst (die Erde dreht sich), tut er hier öfter mittags Station machen. Immer der Sonne nach unterwegs zu dem Kiosk auf dem Rödelheimer Inselchen. Da hat er wie alle Frankfurter Säufer und Penner schon jahrelang eine Verabredung, aber ja, aber jederzeit, aber immer.

Durch viele Ladentüren und Erdgeschoßfenster viele verschiedene armenisch-griechisch-türkische Frankfurter Änderungsschneider und ihre vielen Angehörigen grüßen, also mehrfach grüßen. Als ob wir uns eh und je kennen. Wie aus einer einzigen langen gemeinsamen Kindheit in Athen, Piräus, Thessaloniki, Edirne, Istanbul, Erzurum, Eriwan, Batumi, Kabul und Odessa und Staufenberg. Und jetzt hier. Jeden Tag. Das muß wie immer der Hessenplatz vor deiner eigenen Haustür und ist wie die Erinnerung an ein müdes altmodisches Jahrmarktkarussell, ja wie die Jahre selbst langsam um sich herumgegangen. Wie das Laub sich schon färbt. Immer mich an meinem eigenen Auto vorbeistehlen hier in Frankfurt. Die Leipziger Straße. Gleich vorn an der Ecke beim Zeitungsladen die heutigen Hausfrauen. Neun Uhr morgens. Die Sorgen. Ein Sorgengesicht. Nur schnell Salatöl, die Bildzeitung, Brot, Butter und Salz, ein bißchen Salz kaufen. Nicht auch die neue Hör Zu? Das Salz wird zur Not auch morgen noch reichen und statt Brot gibt es eben noch ein paar Tage lang geduldige Frankfurter Pellkartoffeln! (Mitten im Leben immer wieder das Salz, den eigenen Mann und die Uhrzeit, aber sonst nichts je vergessen!) Morgens tun sie sich vor dem neuen Tag und der leeren Wohnung graulen (fremd der Tag, kennt sie nicht!) und abends steht ihnen vielzufrüh vielzulaut vielzugroß der eigene Mann schon wieder ins aufgeräumte Gemüt. Bräuchten eigentlich für die tägliche Bildzeitung immer anderthalb oder zwei Tage, so geht in ihrem Leben kein Tag jemals auf. Hausfrauen, Kriegerwitwen, Mutter und Kind, Studentinnen. Zwei flotte Schaufensterpuppen mit einem fliederfarbenen Pudel und wie heißt das Parfüm? Hellgrün wie ein Spuk ein alter Citroën vorbei und ließ mich an meinen Freund Eckart denken. Er ist verschollen, genau wie die ehemalige Gegenwart (und ich bin für ihn auch verschollen!).

Der heutige Tag. Nicht daß wir uns verzetteln! Mit mir allein, wenn ich nur lang genug ungestört bin, ist mir meistens als hätte ich Flügel. Genauso aber allzeit auch verrückt und verloren, wenn ich allein bin, das macht nix. Der Himmel bedeckt. Nur keine Angst! Briefträger, Polizisten, die Müllabfuhr. Gleich die Welt kommt mit ihrem Lärm daher und stört mächtig. Nicht eben der feindliche Postbeamte hier an mir vorbei? Und war das erst heute morgen? In *diesem* Leben? Die gleiche Welt? Und auf der Gegenseite als Gegner soll meinerseits ich? Und hätte gleich zu ihm sagen können: Was fällt Ihnen ein, ich bin selbst bei der Post! Meine ganze Familie ist bei der Post! So ein guter Brandy, es geht auf Mittag, und jetzt aus der Nähe wird jeder Mensch, jeder Augenblick mir gleich unwiderstehlich. Zigaretten. Eine Blumenverkäuferin. Eine Kaffeerösterei mit ihrem guten Geruch. Ich laß mich gern hinreißen! Schaufenster, Ladenschilder, ein Hofeingang, die Lampen in einem Café. Wohin der Postbeamte, was ißt er und ob ihm sein Essen schmeckt? Und in Gedanken den Leuten nach, hierhin und dorthin, und ihre Gesichter für immer. Kein Augenblick soll verloren sein! Letzte Nacht nur knapp zwei Stunden Schlaf. Jeder Tag wie mein letzter Tag hier auf Erden. Jetzt mit dem Mittag wie in einer Wolke die Leipziger Straße entlang und dabei spüren, wie die vielen fremden Leben pausenlos an mir zerren und fangen an, auf mich einzureden. Die Häuser auch, jedes Haus mit seiner Geschichte. Als sei ich es selbst, der besessen neben mir hergeht, längst ins Torkeln geraten, und redet und schreit und flüstert mit vielen Stimmen.

Sitzen und schreiben. Jeden Morgen zu meinem Glück die gestrigen Seiten zählen. Und dann in den Tag hinein weiter mit mir selbst, Zeit genug. Die elektrische Schreibmaschine, das Fenster, die rote Markise am Fenster und Musik ohne Ende. Tagsüber meistens allein in der Wohnung. Eine Zigarette an der andern anzünden, drei Sorten Kaffee: Espresso, türkischen Mokka und Milchkaffee wie in Frankreich. Viele Stimmen im Kopf und am liebsten immer weiter so – noch lang bis es dunkel wird. Immer wieder einen Schluck Aquavit, Wodka, einen spanischen Brandy. Immer mit Lämpchen. Und dazu meinen täglichen billigen Rotwein, Wermut, Marsala und Samos und weißen Bordeaux. Und beim Schreiben jedesmal wieder mein Leben, wie es sich einfindet um mich her. Viele Vergangenheiten und Zukünfte. Oft tagelang die gleiche Cassette und ununterbrochen rauchen. Sooft ich die Cassette umdrehe, grüßt mich und dienert und feixt devot das polierte Schnapsschränkchen. Innen beleuchtet. Immer noch einen Schluck, so ein klarer Kopf, sagst du dir. Im Jahr 1977, im Oktober. Die Musik soll mir helfen, die Zeit anzuhalten. Sobald ich schreibe, ist mir alles wie jetzt! Kinderstimmen. Vor dem Fenster der Hessenplatz. Hörst Züge fahren, ein langer Herbst in deinem Gedächtnis: die Zeit, ja die Zeit. Die Musik, sooft du aufblickst, die Rolling Stones und Bob Dylan. Herbst. Wolkenhimmel. Langsam die Wolken. Ein einziger langer Tag. Mein Manuskript, da die Zettel auf dem Tisch. Und immer dein eigenes Leben und sieht dich an. Und eines Tages, so schrieb ich, so steht es im Manuskript, eines Tages würde ich alles aufschreiben!

Auf den Abend zu die Leipziger Straße entlang und Sibylle abholen. Schon von weitem erkennst du die richtige Straßenbahn. An der Haltestelle die fremden Mäntel, ein Zeitungsladen, auch Tabak, Schnaps, Süßigkeiten, Pralinen. Und ein Reisebüro mit Schaufenstern, in denen es schon geschneit hat. Espresso kaufen! Hätten Obst, Gemüse, Fleisch, Wurst, Brot, Butter und Käse einkaufen sollen, doch hatten kaum Geld. Ich seh uns an der Haltestelle, als ob das in einem Buch vorkäme. Jäh ein Andrang von Mänteln, Stimmen, Straßenbahnen und Erinnerungen; Glöckchen bimmeln. Dann über den Platz und zurück durch die Leipziger Straße. Oft so gegangen. Erst noch am hellen Nachmittag, laß dir Zeit, in der gleißenden Frankfurter Spätsommersonne ihr entgegen, dann mit ihr geblendet im Gegenlicht heim. Wie am ersten Tag: gingen in dieses Licht hinein.

Kneipen, die Kaffeerösterei, ein Obststand, ein Blumenstand, ein betrunkener Bettler und Steine. An den Steinen die Zeit ablesen! Überall noch die Spuren vom letzten Krieg. Ein paar Modeläden die Leipziger Straße entlang und rechts und links in den Seitenstraßen, die still sind und wie voller Ahnungen. Nicht teuer die Läden, sind klein und sind bunt. Und an guten Tagen Sibylle und ihre vielen verzauberten Spiegelbilder. Komm, wir haben doch Zeit! Kleider aus Mexiko, aus Italien, aus Indien. Ballettposen, Pantomimen, spanische Röcke, Jeans aus Amerika, Parfüm aus Frankreich, Pullover und Stiefel aus England. Und immer sie selbst und die Rollen dazu und ihr Eifer, wenn sie sich mir vorspielt. Am liebsten halbnackt und die eigene Unterwäsche beim Umziehen. Kleine Läden wie ausgedacht, wie aus Romanen. Jeder mit seinem Geheimnis. Umkleidekabinen mit Vorhang, Spiegel und Gegenspiegel. Ein winziges Hinterzimmer mit einer Treppe. Plakate, Wünsche, ein Nähtischchen, Schranktüren, Sitzkissen, Pappkartons, Kirschblütenzweige, die vergangenen Tage, gebrauchte verblichene Nachmittage und wir. Verzauberungen. Mein Spiegelbild wie ein Mädchenhändler in einem Film. Nicht nur die Spiegel in diesen Läden, auch ihre wachsamen Inhaberinnen, Direktrice und Belegschaft und sogar die Kunden wurden uns zu geschickten Komplizen, ein Spiel. Woher kennen sie ihren Text?

Dann weiter im abschüssig späten Licht, in die Sonnenuntergänge hinein. Mit den schwindenden Tagen. Jetzt wird es schon jeden Tag eher dunkel und viele Lichter im Abend. Espresso kaufen! Der italienische Ladenbesitzer schenkt uns als Nachbar unter Nachbarn eine Packung mit Amaretti-Plätzchen. Oft zuletzt noch in der Seestraße in die Bibliothek. Die Bibliothek macht um sieben zu. Im Regen, mit dem Tag, wenn er geht, und als eilige Schatten zwischen zahlreichen anderen eiligen Schatten (hätten zu den Amaretti-Plätzchen noch ein paar Sachen dazukaufen sollen: Milch und Honig, ein Bleiberecht, Brot!) in immer dichterer Dämmerung frierend heim und bald wird es zu schneien anfangen. Sind fremd hier, fremd in der Stadt, sind überall fremd, sind immerfort heimgegangen. Seither fast sieben Jahre.

[9]

Mein Freund Jürgen. Samstag mit dem Abendzug von Metz nach Paris (wir blieben in der Bahnhofsnacht müd und fremd auf dem Bahnsteig zurück, als ob wir uns selbst da vergessen hätten, die Heimfahrt noch vor uns); sein Zug kam vor Mitternacht an. Das erste Wochenende im Oktober. Sonntagabend sein Anruf. Gut angekommen und dann in einer Wohnung in der Rue du Maine oder dortherum. Eine Pariser Adresse. Sind Freunde, sind Freunde von Freunden. Zwei Frauen, Pariserinnen, Monique und Jacqueline. Dort also ausgeschlafen. Heute Austern zum Frühstück (oder hat er Wachteln gesagt?) und dann den ganzen Tag durch Paris. Schon wieder Oktober. Vorhin am Abend ein Hotelzimmer beim Château Rouge, so heißt eine Métrostation. Da ist ein Markt. Kneipen gibt es, Hotels, hauptsächlich Neger und Araber. Die Araber den ganzen Tag in bestickten Sultanspantoffeln herum. Der Markt vom frühen Morgen bis in die Nacht hinein, sonntags auch. Alle Tage. Genau über dem Markt sein Zimmer und nicht einmal laut. Unten die Marktkneipe und neben der Marktkneipe noch zwei Kneipen daneben. Will morgen nachsehen, wie die Straße heißt. Gleich morgen früh oder sogar nachher beim Heimkommen noch. Wahrscheinlich alles spottbillig, die Zimmer, so phantastisch wie es dort zugeht.

Und wo bist du jetzt? Das ist es eben, er geht gerade wie selbstverständlich den Boulevard Barbès hinauf, wie wenn er schon immer hier geht. Wie wenn er hier wohnt. Auf dem Heimweg. Weintrauben aus der Provence und Äpfel hat er sich gekauft, grüne Äpfel aus der Normandie. Lauter Zuhälter, Dealer, Hehler, Uhrenschmuggler und Händler, was heißt denn Händler? Aus Asien, aus Afrika, aus den arabischen Ländern. Kleine runde Glücksgötter verkaufen sie auch. Auch Schmuck, Diamanten, Brieftaschen, Ausweishüllen aus Krokodilslederplastik mit Fächern für Führerscheinfälschungen und gestohlene und gefundene Kreditkarten. Kugelschreiber mit nackten Frauen, die sich wortlos anziehen, wenn man sie umdreht und schüttelt. Reizwäsche, Netzstrümpfe, Stöckelschuhe. Füllfederhalter, die dir einen Bankkredit garantieren. Rasierpinsel, Dolche, Elfenbeinelefanten. Soll ich mir eine fälschungssichere Schweizer Uhr aus Marokko kaufen? An jedem Obststand jetzt frische Feigen, grüne und blaue oder sagt man da rot und weiß? Wie spät wird es sein? Sonntagabend, hier steht er in einer Telefonzelle. Hast du gewußt, daß man hier stehen und einfach zu dir durchwählen kann? Das muß neu! Wahrscheinlich auch noch spottbillig! (Lieber gar nicht erst umrechnen! Lieber sich hinreißen lassen, solang das Geld reicht, dann hungern!) Gerade noch ein Glas jetzt, Rotwein, und dann in Ruhe den Weg und für heute ein Ende finden und ins Hotel. Zigaretten, ein kleiner Krug Rotwein und noch ein kleines Glas Rotwein. Ja wahrhaftig, er ist ja müder als gestern. Jeder Wein ist der beste Wein. Auf dem Gehsteig Platanen; bald Herbst. Sonntagabend, Sacré-Cœur ist beleuchtet, und gleich jetzt die letzten Münzen. Ich wünschte, du würdest ein kleines Stück neben mir her! Ich wünschte, du wärst jetzt hier! In den nächsten, in ein paar Tagen, in acht bis zehn Tagen, mal sehn, wann er nächstens bald weiter nach Algeciras – und ruft vielleicht vorher wahrscheinlich bestimmt noch mal an! Doch gleich jetzt die letzte Münze, gleich durchgefallen, und wie gut er das Wort schon aussprechen kann. Wie unterwegs ein Spanier, ein Andalusier. Dorthin unterwegs. Hat nicht jede Zeit ihre Zeit? Sonntagabend, der 2. Oktober. Gleich Mitternacht, als er anrief. Und ich noch dabei, für heute beim Schreiben ein Ende zu finden. Mitternacht. Draußen Wind!

Am nächsten Tag nicht, erst Dienstag wieder ein Anruf von ihm. Von da an dann jeden Tag. Immer abends, von Telefonzellen aus. Ich stand im Flur, mein Sinn noch weit offen vom Schreiben. Ich sah ihn in seiner Telefonzelle. Ich konnte die

Straße entlang die beinhellen Baumstämme sehen, Pariser Platanen im Licht in der Nacht, und wie einen Hügel aus einem einzigen großen Stein den alten Montmartre mit seinen Kneipen. Noch voller Menschen die engen Gassen. Sacré-Cœur ist beleuchtet. Hinter Sacré-Cœur am Nordhang, am Osthang die Straßen und Plätze in Schatten und Lampenschein still wie für Nachtkatzen, deinen einsamen Schritt und den Schlaf und die Schlafgesichte der Tauben. Der Boulevard Barbès mit seinen Nutten und Straßenhändlern, mit all den Angeboten und Verheißungen jetzt in der Nacht wie ein Band aus Rubinen.

Mein Freund Jürgen, da kommt er die Straße herauf, als sei ich es selbst, der da geht. Weit zurück in der Ferne sein Morgen in der Rue Mouffetard und doch erst eben gewesen. An Läden mit Haushaltswaren, Vogelkäfigen, Berufskleidung, Herrenkonfektion, Damenunterwäsche, an Vorstadtkinos, an den Zwanziger Jahren vorbei und da ist ja ein Markt. Das ist doch die Avenue du Général Leclerc. Ein Stück Käse hast du dir gekauft. Einen Vignotte, einen Chaource, einen Chèvre und eine Handvoll Oliven dazu. Und später dann ist das für immer der beste Käse in deinem Leben gewesen. Im Weitergehn einen Zahnstocher wünscht er sich. Jetzt fällt dir ein, daß die Avenue Général-Leclerc doch einmal Avenue d'Orléans hieß, also schon einmal hier gegangen? Ein früheres Leben und kann doch so lang noch nicht hersein. Wer bin ich gewesen?

Ich sehe ihn am frühen Nachmittag bei den Kneipen, Theatern und Sexkinos in der Rue de la Gaîté. Schaukästen, Plakate, Plakatankleber und Fensterputzer. Einer trägt auf der Schulter zusammengerollt einen riesigen Teppich und pfeift noch dabei. Vielleicht hat es geregnet. Autos hupen, die Straße noch naß, alles drängt sich. Über den Eingängen und in allen Fenstern die Lichtreklamen flackern und rufen und blinken. Sonnengebräunt ein kleiner alter Mann mit Hut, Seidenschal und Glacéhandschuhen. Steigt in einen Rolls-Royce mit Chauffeur. Der Rolls-Royce fährt gleich an. Im Rinnstein im Suff ein Clochard. Wie ein Gespenst vor dir her. Seine Bank sucht er und unter der Bank sein Bündel, ein Pissoir, eine Kneipe, immer noch einen Schluck, ein paar ergiebige Mülltonnen, einen kleinen Platz, der da hingehört, der festgemauert und immer da war. Vorhin ja erst noch und kann doch nicht weg, doch nicht spurlos? Aber jedesmal kommt ihm der unbestreitbare Gare Montparnasse, eine Baustelle und nicht zu leugnen die Friedhofsmauer vom Cimetière du Sud dazwischen. Kein kleiner Platz, keine Bank, kein Schal und gottverdammt auch kein Geldbeutel nicht. Hat er nicht als Eigentum einen größeren Tabakvorrat, eine ganze Sammlung von Tabakpfeifen, Matratzen, ein Messer, ein Landhaus, einen dressierten Spazierstock und einen lebendigen Hund gehabt, gottverflucht? Und jetzt fehlt ihm nicht nur die Erinnerung, Jahre und Jahre, sondern auch sogar der heutige Tag und seine Mütze, zum Teufel! So lang in seinem Suff vor dir her der Clochard mit seinem Gefuchtel, Geschrei und Gemurmel, daß du dir schon beschwörend vorsagen mußt: Der da, das kann doch nicht ich sein! Mit rechten Dingen!

Nicht weit von hier eine Straße heißt Rue du Départ und das Gedicht von Rimbaud zieht an dir vorbei und kehrt um und zieht mitten durch dich hindurch. Mein Freund Jürgen. In Saint-Germain-des-Prés wird er sich selbst und den seinerzeitigen Sommer und einen Bettler von vor zwölf Jahren suchen und dann im Quartier Latin die Rue de la Huchette und in der Rue de la Huchette einen Straßenmusikanten, ein bißchen Kiff und Propoff, den Sommer von 1965 und ein Mäuerchen, um in der Vergangenheit mit Zigaretten und Zuversicht darauf zu sitzen. Mit Kiff, Zigaretten und Wein, und die Zeit suchen, die Zeit und wieder sich selbst. Alles weg und vorbei und wo ist die Zeit uns denn hin? Den Boulevard Saint-Michel hinunter (die Häuser und Bäume ja jederzeit, auch den Himmel, aber nicht ein einziges Gesicht in der Menge wiedererkannt) und über den Fluß. Über den Fluß und die Quais entlang auf den heutigen Sonnenuntergang zu. Auf den Abend zu, es ist wieder Oktober.

Nie sonst solche Sonnenuntergänge und Heimwehhimmel wie jetzt hier im Herbst in Paris die Quais entlang an der Seine. Durch die Rue de Rivoli, die Rue Saint-Antoine, und immer wieder sich selbst und dem eigenen Leben begegnen. Durch die Rue Rambuteau, als ob dich hier jede Haustür kennt, und dann durch die Rue Saint-Denis, und dabei die ganze Zeit Wörter und Augenblicke und von jeglichem Wechselgeld die passenden Münzen für seine Abendanrufe aufsparen. Im Flur beim Telefon. Ich hörte die Nachtzüge fahren und sah ihn ganz deutlich. Ich konnte ihn und die Stadt und seinen Weg durch die Stadt und alle seine Tage dort sehen. Jeden einzelnen Tag vom einen zum andern Ende, vom Morgen an und weit in die Nacht hinein. Wie auf einem Bild. Dazwischen fängt es zu tuten an. Er wirft Geld nach, Fünf-Francs-Münzen. Ich stand im Flur. Die Tür offen, Licht aus dem Zimmer. Vom Fenster her kühl die Nachtluft. Eben erst mit dem Schreiben aufgehört. Auch das Aufhören braucht seine Zeit (will gelernt sein). Nachher noch die Zettel sortieren.

Immer um Mitternacht seine Anrufe. Gerade die Zeit seiner Ankunft, als sei es jedesmal wieder sein erster Abend und die Zeit immer nochmal von vorn. Dann aufgelegt. Ich stand im Flur und mußte erst anfangen, mich zu suchen.* Sibylle läßt

* Eine Dachwohnung in der Basaltstraße in Frankfurt am Main. Warum hier und wer bin ich? Fremd noch, noch nicht lang da. Der Flur wie ein Saal so groß, ein Saal ohne Fenster. Ein langer Tisch an der Wand. Erst letzte Woche ein paarmal nachts beim Schreiben kein Ende gefunden und nach Mitternacht im Flur weiter. In Nacht und Stille. Als ob ich ihren Schlaf bewache, Sibylles Schlaf und den Schlaf der Welt. Als ob das meine Bestimmung. Jetzt in meiner Vorstellung hätte ich hier stehenbleiben und (das ist die Zeit, die mir bleibt!) ein Buch nach dem andern schreiben können. Im Stehen. Wie außerhalb der Zeit, immer weiter. Die Welt um mich her, die Welt schläft. Hörst Züge fahren. Die Ferne. Und im Dachstuhl mit vielen Stimmen der Wind.

Badewasser einlaufen. Sie hat schon angefangen, sich auszuziehen. Also baden, wie jeden Abend die Seiten zählen, und mit ihr, mit Sibylle, auf seinen und auf unsren eigenen Spuren dem Tag hinterdrein kreuz und quer durch Paris. Sie hat als Kind an der Côte d'Azur gelebt, ein paar gute Jahre. Sie und ich vor zwei Jahren im Sommer in Paris, dann sechs Wochen durch Frankreich. Jetzt miteinander beim Baden (Mitternacht längst vorbei) und dann auf dem Bett, am Fenster, barfuß im Zimmer herum und den Wein austrinken; es wird immer später. Mein Manuskript, die Notizzettel. Noch einen türkischen Kaffee und einen Schluck spanischen Brandy. Schon dreimal die gleiche Flasche ausgetrunken – also die, die ich immer wieder nachkaufen muß für das polierte Schnapsschränkchen des Wohnungsbesitzers. Inzwischen ging es auf zwei. Sie muß noch den Wecker stellen. Morgen früh steh ich mit dir auf! Und daß wir dann nicht müde sein werden und auf keinen Fall schlechtgelaunt. Ich bring dich zur Straßenbahn. Pünktlich, das schaffen wir schon. Der Tag soll uns leicht! Und jetzt in die Nacht hinein, immer tiefer in die Nacht hinein und kreuz und quer durch Paris. Laß es spät werden, das sind wir doch immer selbst. Jetzt also hier und kein Geld! Sollen wir so spät noch, ja oder nein, für morgen im voraus ein Brot essen? Ein Stück Brot, einen Apfel jeder? Noch Käse, noch Milch da? Heiß eine große Tasse Bouillon aus zwei Maggiwürfeln für beide? In der Küche in einem Blumentopf Kresse, Schnittlauch und Petersilie, aber wo ist der Sommer hin? Wenigstens die Äpfel haben uns keinen Pfennig gekostet. Sind uns umsonst gewachsen! Siehst du die Zukunft, Jahre, Jahrzehnte? Die dann jung sind, sagte ich, werden uns darum beneiden, wie wir hier gelebt haben, hier und dort. Hier und in Staufenberg und in Paris. Spät in der Nacht jetzt, Oktober. Und wer wir sind, wer wir selbst sind. Hörst du den Wind?

Paris und seine Anrufe jeden Abend. Dann Samstag Besino bei uns, wir haben ausgemacht, daß er bei uns schläft. Deshalb

Samstagabend um neun schon ein Anruf und kurz vor Mitternacht nochmal. In der Nacht ein Sturm, Samstagnacht, und so sind wir am nächsten Morgen ganz früh mit Besino hinunter auf den Hessenplatz, Kastanien aufsammeln. Sonntagmorgen, noch früh, und in allen Fenstern Kindergesichter. Nach und nach aus jedem Haus verschlafen und ungekämmt Kinder mit roten und gelben Plastikeimern. Geschwister, Eltern, die Omi. Ein Kind mit Schäferhund. Ein Kind mit Marmeladebrot und die Pantoffeln nicht richtig zu. Stolper nicht! Ein Kind noch im Schlafanzug. Ein Kind mit Schnupfen, Keuchhusten, Masern. Ein Kind mit einem goldenen Helm. Kleine Hände. Glänzend braun die Kastanien. Wie immer, sagst du dir, wirklich, genau wie immer! Und auch die stachligen grünen Schalen. Das welke Laub und wie es von allen Seiten nach Herbst schon riecht.

Besino war acht. Ein Regensonntag und gegen Mittag sind wir mit ihm wie richtige echte Ersatzeltern, Sonntagseltern, ins Senckenberg-Museum, wo er uns die Schautafeln und Skelette erklärt und einen echten künstlichen Dinosaurier begrüßt hat. Sonntagsdienst. Eine Riesenmaus soll es einmal gegeben haben und ein winziges Elefantchen. Inselbewohner in ihrer eigenen Zeitrechnung, unerlöst, und jetzt hier als Schautafeln und Legenden in den Vitrinen. Schon das Eintrittsgeld ging weit über unseren Tagessatz (oder hatten wir für die Sonntage gar keinen Tagessatz vorgesehen?). Und als wir rauskamen, spät am Nachmittag, hatte es wieder geregnet. Ein deutscher Stadtsonntag, trübe Lichter. Wie Kometen die Autos, wie unbegreifliche fremde Leben vorbei, und gleich wird es weiterregnen, gleich ist die Nacht da. Das Geld, unser Geld zählen und in ein Eiscafé in der Leipziger Straße. Die gleiche italienische Familie, die auch in Gießen seit vielen Jahren vier Eiscafés hat, die gleichen Gesichter. In den Norden gekommen, ins Regenland. Sie werden die Eissorten immer noch einen Tag, einen Sommer lang wie Gebete daherbeten, in jedem Jahr zwei Sorten mehr. Und ihre

Tage wie in einem Spiegel, in fünf verschiedenen Spiegeln abarbeiten – ob sie es nun selbst sind oder vielleicht doch die Verwandten von ihren Verwandten in diesem verzweigten Familienbetrieb, der ihr Leben ist. Ein kleines gemischtes Eis, ein Espresso, ein Cappuccino. Besinos Eis kosten, Aprikose, Pistazien, Himbeer, und dazu ein Probiergesicht. Und Sibylle strengstens verbieten, daß sie jetzt den Rest des Sonntags erst das traurige enge Leben, dann das Aussterben dieses Inselelefantchens beweint.

Ihn abends heimbringen. Mit dem Auto. Auf dem Untermainkai den Fluß entlang (wann ist es denn dunkel geworden?). Unter der Brücke durch, einmal ums Viereck, siehst du, die Schleusenstraße, der Baseler Platz, und jetzt auf die Friedensbrücke. Und nicht auf der Flucht erschossen werden, so geht es, so fährt man in Frankfurt von Bockenheim nach Sachsenhausen. Zur Edelgard in die Gartenstraße. Sollen wir Tee trinken? Es ist ja noch nicht einmal acht! Eine Frauenwohngemeinschaft. Drei volle Wäscheständer im Flur, zwei im Bad. Aus der Küche ein bißchen Rum, viel ist es nicht. Der Fußboden knarrt, Parkettfußboden. Ein Erkerzimmer. Herbst, eine Regennacht wie in meiner Kindheit. Ein großer verwilderter Garten mit alten Bäumen, das wird alles nicht bleiben. Kandiszucker und Gewürzplätzchen und ein Teller mit Äpfeln und Nüssen. Wo hast du die Nüsse her? Gestern im Grüneburgpark gesammelt. Das Jahr 1977. Bald Weihnachten. Sie hat die Lampe repariert. Da steht jetzt die Lampe und leuchtet. Sonntagabend. Besino zeigt mir sein Zimmer. Wir haben miteinander gelebt, bis er drei war. Und jetzt beim Anblick seiner Schulsachen, des Weckers und seines müden kleinen Abendgesichts ging mir auf, wie sehr es mich bedrückt, daß er jetzt jeden Tag in die Schule und wie lang noch? Vielleicht bis zur Unkenntlichkeit in die Schule gehen wird, sagst du dir! Und wir: in einen schweren Winter hinein.

[10]

Mein Manuskript sortieren und wieder die fertigen Seiten und die verbleibenden Tage zählen. Eine Glühbirne, Sibylles Monatskarte für die Straßenbahn, bald auch ein neues Farbband. Also fahren wir, ja oder nein? Uns Mut machen, Pläne und einen Kalender für diese Pläne. Wie kann eine Glühbirne nach kaum vier Wochen schon ausgebrannt sein? Und gleich auch für immer! Unser Geld (welches Geld?) und die restlichen Sorgen zusammenrechnen, schon wieder Anfang Oktober. Hätten vor einer Woche schon die Septembermiete bezahlen wollen, aber der Wohnungsbesitzer muß das erst seinerseits selbst alles noch ganz genau: anteilig Miete, Gas, Wasser, Strom und die Telefongebühren. Heizkosten, Raum und Zeit, und unseren Anteil an Heizkosten, Raum und Zeit. So zahlten wir einen Abschlag und behielten fürs erste den Schreck.

Ich ging unser altes Auto betrachten, am Morgen, am Nachmittag. Ölstand und Kühlwasser kontrollieren, die Reifen, die Bremsen und wie es von unten her stetig wegrostet. Man muß es von allen Seiten betrachten! Also um das Auto herum, Schritt für Schritt, und die Zeit und den Himmel im Auge. Unfehlbar die Quarzuhr am Armaturenbrett (war im Kaufpreis mitdrin). Und um meine Füße das welke Laub. Einsteigen! Im Autoradio den AFN, unter dem Beifahrersitz von gestern oder vorgestern noch eine halbe Flasche weißen Bordeaux. Und jetzt wie schon hundertmal vorher auf der alten B3 nach Süden. In den Mittag hinein. In einem Supermarkt an der Straße zwischen Langen und Darmstadt, wie einer der sich auskennt mit Geld, mit Autos und mit dem Leben, sich auskennt mit seinem Zeug, mit sich selbst und den Geschäften der Welt, billig einen Kanister Motoröl kaufen für unterwegs. Radlager, Reifen und Bremsen, die gehen noch immer, gehen immer. Aber jetzt müssen wir nachsehen, wann nächstens wieder für das Auto Steuer und Versicherung fällig und wieviel und was dann?

Noch fremd und wußten schon eine Tankstelle, an der Benzin jederzeit mindestens zwei Pfennige billiger, als an allen anderen Tankstellen. Europa, Nordafrika, Naher Osten, wir hatten wie Falschgeld, wie Inflationsgeld einen dicken Stapel gebrauchter Landkarten und meinen alten Straßenatlas. Beim Fahren im Auto und wenn ich schreibe, liegt er auf dem Tisch. Den schönen Métroplan aus meinem ersten Pariser Sommer griffbereit unerreichbar in unserem abgeschlossenen vorigen Leben in Staufenberg und viel schöner noch einen zweiten Plan lebendig in meinem Kopf, es ist immer Paris. Sooft mein Blick auf das Telefon fällt, jäh wie ein Absturz der zugehörige Schreck: die Telefonrechnung, die Gebühren! Gleich auch die übrigen Schrecken alle: noch da, vollzählig, eine lange Reihe. Ich dachte an Edelgard. Ich rief sie gleich an. Elf Uhr morgens. Fahr doch mit! Nein, sagt sie, nein! Und warum nicht? Ich konnte nicht aufhören, sie zu fragen. Warum nicht fünfmal fragen, sie bedrängen und nach jedem Auflegen gleich wieder anrufen? Fahr doch mit nach Paris! Schon wieder Oktober! Zieh den Rock mit dem Schlitz an und fahr einfach mit!

Die Kilometer ausrechnen. Sooft wir die Kilometer ausrechnen, werden es jedesmal weniger Kilometer. Sibylle mußte bei ihrer Aushilfsarbeit an drei verschiedenen Arbeitstagen drei verschiedene Vorgesetzte drei- oder viermal fragen, bevor sie drei oder vier, höchstens fünf Tage unbezahlt freibekam. Und dafür vorher *extra* fleißig, das heißt also vorarbeiten, die Zeit einarbeiten, lächeln und sich gratis den Arsch tätscheln lassen. Von oben herab. Geht es denn nicht auch mit halben Tagen? Sie haben doch auch noch die Samstage und die Sonntage und sowieso ja das Leben noch vor sich, mein liebes Kind. Wieder das Geld, unser restliches Geld zählen und die neuen fertigen Seiten. Nochmal zum Suhrkamp Verlag und dort unerwartet ins Schwätzen geraten, gehörig ins Schwätzen geraten. Paris, ja Paris! Bald ihm einmal auch Staufenberg zeigen, dem Lektor. Zwei Winter in Staufenberg ohne Ofen im Mantel geschrieben.

Die Zeit, ja die Zeit! Auf dem Heimweg mit mir allein immer weiter. Selbstgespräche, viele Stimmen im Kopf. Zum Glück noch nie überfahren worden! Wie das Laub sich schon färbt und immer mehr Himmel jetzt in den Bäumen. In den Abend hinein Sibylle abholen. Abendgesichter, die Straße kommt dir entgegen. Bevor ich ging, einen Schluck Aquavit direkt aus der Flasche und mit den Augen wie immer den Himmel suchen. Jetzt hier unterwegs einen Korn an der Theke. Im Spiegel der Abend, wie die Zeit an mir zerrt! Auf dem Heimweg, bevor sie gleich zumachen, noch zwei Flaschen Samos, die Insel (mit Schraubverschluß). Macht beim Penny, beim Aldi, beim Bilka wie immer zweimal DM 1,79. Weiter mit der Reinschrift, alle paar Stunden das Geld zählen und in die Nacht hinein wieder auf Jürgens Anrufe warten (von der Rue Saint-Denis den Boulevard Bonne-Nouvelle, Boulevard Poissonnière, Boulevard Montmartre, dann zwischen halbnackten Nutten unter einem grellen Nachgewitterhimmel die Rue d'Amsterdam hinauf und (Sommer auch vorbei) bis nach Clichy zu Fuß; früh am nächsten Morgen über die Île de la Cité und sein Morgenanruf vom Louvre aus, kaum erst neun Uhr durch, und am Abend todmüd aus Belleville; er rief jetzt öfter auch tagsüber an und am frühen Abend).

Fahren wir, ja oder nein? In der Küche eine fast neue Waschmaschine. Im Bad zweimal zwei Meter Wäscheleine, von Wand zu Wand. In einer Ecke hinter der Küchentür ein Wäscheständer zum Aufklappen. Also mit dem vorletzten Geld beim Penny, beim Aldi, beim Bilka ein großes Paket Waschpulver, Riesensparpackung, Sonderangebot, Sonderpreis, und spät in der Nacht im Bad und im Flur die Wäsche aufhängen und dabei die Gedanken sortieren. Vorhin sein Anruf, jetzt mitten im Zimmer im Lampenlicht offen mein alter Koffer, daneben die Reisetasche aus dem Jahr 1961. Das Fenster auf und die Nacht hereinlassen, Herbst. Mit großen Schritten im Zimmer herum und den Koffer wie ein Orakel befragen. Musik, die gleichen Cassetten und Bänder, die ich jeden Tag wieder beim Schreiben höre. Nur leise jetzt in der Nacht die Musik. Und reden mit leisen Stimmen. Der Wind kam ans Fenster, als ob er lang nach uns gesucht hätte. Wie denn packen und einen Aufbruch vorbereiten, ohne daß dir dabei gleich dein halbes Leben einfällt? Nacht ums Haus, Fenster offen. Getrost laß es spät werden! Mitternacht längst vorbei, der kommende Morgen jetzt näher als der vergangene, siehst du. Auch in Gedanken schon näher.

Gestern auf der B3. Ein trüber Tag, aber zur Bergstraße hin hoch und fern ein Fleck blauer Himmel. Das war doch gestern, als ich die B3 entlangfuhr, um in einem Supermarkt an der Straße zwischen Langen und Darmstadt billig Motoröl zu kaufen? Im Autoradio American Pie, genau wie vor fünfeinhalb Jahren, als ich mit Edelgard und Besino in Darmstadt und hatte auch so einen alten Opel mit Autoradio. Und Notizbücher, Manuskripte, den Autoatlas und billigen weißen Bordeaux jeden Tag. Den Süden, den gibt es. Wenn Sommer wäre, denk an den Juni in Staufenberg, da wird es schon bald wieder hell. Morgen weiter mit der Reinschrift, morgen nochmal alles ausrechnen und zusammenzählen und in die Bibliothek in der Seestraße (Achternbusch, Hubert Fichte, Bely und Bunin). Dann heimkommen, die Arme voll Bücher, und nachsehen, ob die Wäsche schon trocken? Dabei uns und die Nacht, gerade jetzt diesen Augenblick, sagte ich, also morgen dann im Gedächtnis wiederfinden – Hörst du uns reden? Derweil wäre Nachmittag und dann jedenfalls Edelgard nochmal anrufen, noch öfter! Sollen wir dem Wohnungsbesitzer zu dem Abschlag noch einen Abschlag, was meinst du? Keine Pfandflaschen zum Zurückbringen? Nachsehen, wie der Franc steht! Nur bloß nie im Leben einen Lottogewinn, davor graut mir am meisten! Benzin, Motoröl, nicht auch ein bißchen Essen als Vorrat mit, aber was? Die Äpfel auf dem Tisch. Wenigstens die ganz umsonst. Gut, daß es die Pfalz gibt! Oder essen die Äpfel, sind nicht mehr viele, doch lieber vorher noch auf.

Das Manuskript und die fertigen Seiten der Reinschrift? Mitnehmen, hierlassen und im Verlag – zum Glück ja genug Kopien! Dem Wohnungsbesitzer zu dem Abschlag eine Nachzahlung als Vorauszahlung für den Rest. Und beim Fenster dann zur Musik die Flaschen austrinken, den Aquavit und den spanischen Brandy, damit ich sie ordnungsgemäß noch einmal ersetzen kann; dann ginge es morgen schon auf den Abend bald wieder zu (noch ein Schluck und der Himmel fängt an zu leuchten). Und auch unsere Zeit hier in der Wohnung, mußt du dir sagen, größtenteils wohl vorbei. Es wird nicht mehr lang dauern und dann, wo denn hin? Was wird dann? Mit Edelgard telefonieren. Immer wieder unsere Tage, die Kilometer, den Wechselkurs, das Geld und die Sorgen ausrechnen. Nach Paris! Am Ende, nach meiner Rechnung, wird es billiger, als wenn wir nicht fahren. Neun Liter auf hundert Kilometer und dabei so ein riesiges altes Auto. Wer weiß, vielleicht braucht es diesmal bloß sieben. Vielleicht sogar senken sie vorher rechtzeitig noch die Benzinpreise!

Zigaretten und Wein sind billig in Frankreich. Nur Edelgard, sooft ich auch anrief, wollte nicht mit! (Wie kann sie mir, wie kann sie Paris und mir widerstehen können?) Ein paar alte Stiefel gab sie uns für ihn mit, seine alten deutschen Stiefel, die noch bei ihr standen. Im letzten Moment dem Wohnungsbesitzer noch achtundachtzig Mark aufdrängen. Zur Beruhigung, meiner eigenen. Damit ich an unsere glückliche Heimkehr auch glauben kann. Und ganz zuletzt nochmal in die Bibliothek (Korolenko, Mandelstam, Babel), damit uns auch unterwegs die Bücher nicht ausgingen. Und insgeheim wie bei jeder Reise gedacht, wer weiß, vielleicht könnte es sein, wir kämen nie mehr zurück. Dann gemerkt, daß das jetzt nicht zu denken geht, weil ich das Buch fertigschreiben muß. Und zwar hier, doch da fuhren wir schon!

[11]

Nach Paris! Mit uns seine Freundin Doris. Erst noch mit ihr in der Hansaallee in der Küche (die Uhr steht), dann Sibylle bei der Arbeit abholen. Es wurde Nachmittag, bevor wir auf die Autobahn kamen. Ohne Edelgard. Bis zuletzt noch gedacht, sie kommt doch mit. Es kam mir vor wie der erste Irrtum in meinem Leben. Einen Rest Wein, eine angebrochene Flasche, und nur nicht beim Fahren sich ablenken lassen! Am schlimmsten, wenn du dich wegträumst! (Wo bin ich, wenn ich nicht bei mir bin?) Vorn neben mir Doris. Und dreht dauernd am Autoradio, ob vielleicht irgendwo Supertramp, Crime of the Century? Nur immer das erste Lied, eigentlich nur der Anfang vom ersten Lied! Und praktisch ab Mainz fragte sie, ob wir nicht jetzt endlich bald da? Wie spät? Was meinst du, wann kommen wir an? Autobahnhimmel, die Sonne schon tief. Vor uns her der Tag geht nach Westen. Und jetzt fahren.

Egal, ob es eine Abkürzung jetzt oder ein Umweg, wir nehmen den gleichen abgelegenen Grenzübergang wie beim erstenmal. Vorher für Sibylle schnell nochmal, zum letzten-, zum hundertstenmal die Geschichte unserer Festnahme. Wie sie schwerbewaffnet auf uns gewartet haben und wir beinah erschossen wurden! Vom Staat, von Staats wegen, es ist kaum erst zehn Tage her! Sie kennt die Geschichte schon, sie wäre lieber selbst mit dabeigewesen. Noch mitten im Erzählen, wir kommen an die Grenze, als hätten wir sie herbeigeredet, die Grenze. Überall sind Befehle aufgestellt. Jedes Verbotsschild, jeder Adler an seinem Platz, jeder Waffenträger. Sie haben auf uns schon gewartet. Aussteigen, da an die Wand! Sie kennen ja schon das Spielchen!, sagte ein Uniformierter zu mir, den ich wiedererkannte, ein Pfälzer mit schwarzem Bart und lustigen Augen, ein Räubergesicht. Vielleicht aus dem Hunsrück ein Nachfahr vom Schinderhannes. Wie bist du nur auf die falsche Seite geraten? Wie beim ersten Mal, nur alles ein bißchen hastiger und ohne daß einer noch recht daran glaubt, sie nicht und wir nicht. Sie verbergen es nicht einmal. Sie tun nur, als ob sie so tun! (Als ob die Wirklichkeit umgespult wird! Damit sie hinterher uns und unsere Leben und den heutigen Tag als Bericht in den Akten! Erkennungsdienstlich behandelt! Formulare, Dienstsiegel, Stempel und Unterschrift!) Und nach neunzig, knapp neunzig Minuten dürfen wir weiterfahren.

Jetzt den Sekt, Doris hat Sekt mit. Im Autoradio schon wieder Supertramp, das Titellied von Crime of the Century. Es ist *der* Hit, sie spielen es jede Stunde. Gleich stellt sie lauter. Die Flasche ging nicht gleich auf. Ich hielt an, ein Gewitter zog auf. Erst reglos der Korken, verhext, rührt sich nicht, dann eine helle Fontäne: das meiste über ihre und meine Schuhe. Zum Glück die Autotür offen, aber viel hilft das auch nicht. Nur höchstens ein Drittel noch in der Flasche drin, kaum mehr als für jeden ein guter Schluck. Im Autoradio Supertramp auch schon wieder vorbei. Kopfschmerzen. Ich erklärte ihr drei- oder viermal, warum Sekt im Auto unpraktisch ist. Wir tranken die Flasche aus und dann ging das Gewitter los.

Blitz und Donner und jäh eine Finsternis wie in der Nacht, eher wie bei einem Weltuntergang. Regen, ein Wolkenbruch, ich konnte praktisch nichts sehen – im vierten, im dritten, im zwoten Gang. Sibylle hat sich zu mir nach vorn gesetzt, um mir beim Fahren zu helfen, mir beizustehen oder wenigstens Zigaretten für mich anzuzünden und damit wir einander nah seien. Und mit mir in die Katastrophe zu starren. Erst geblendet, dann wie unter Wasser, wie mit verbundenen Augen, wie blind. Doris jetzt hinten, vielleicht hat sie Gewitterangst. Sie beugte sich vor, um an meiner Schulter zu zerren und muß dann gleich panisch auf uns einreden. Auf uns, auf das Auto, das Schicksal, das Lenkrad, die Blitze, das Autoradio. Auf die Straße, die Scheibenwischer, den Regen. Und wo bleiben bei diesem Wetter die Vögel? Eine Kreuzung, ein vw-Bus, ein Abschleppwagen, ein

Auto, das ohne Licht querstand und es trieb uns noch eben unbeschadet vorbei. Windstöße! Männer mit Pferden, die Feuerwehr, ein Autobus, der halb im Graben im Schrittempo fuhr. Feuerschein, Kühe, ein Lastauto, ein Gespensterschiff, ein Dorf ohne Licht. Sind das nicht schon Ruinen? Die Scheibenwischer zuckten und blieben alle Augenblicke stehen, als ob der Blitz sie verschreckt – und wo, in welchem Leben, in welchem Land und mit welchem Auto ist mir das schonmal, mußte ich grübeln? Zur Unzeit, ein Grübeln, das mich nicht losließ. Das Unwetter schüttelt uns, wirft uns hierhin und dorthin. Mitten auf der Straße kam uns mit Bugwelle ein hoher Traktor mit zwei Anhängern voller Schädel oder Rüben entgegen. Eine Feldscheune uns entgegen. Eine Mauer, vom Blitz beleuchtet und als ob sie hinter uns krachend zusammenstürzt. Am Straßenrand Bäume, die sich neigten, wie um gleich auf uns drauf! Pappeln, die auf den nächsten Blitz warten. (Vom Blitz beleuchtet jede einzelne Pappel wie ein senkrecht erstarrter Blitz!) Im Autoradio Störungen bzw. eine Direktübertragung des Gewitters. Die Straße war wie ein Fluß; die Straße wird gleich davonschwimmen. Erst als ob es uns entgegen, das Gewitter, dann schien es mit uns zu ziehen, lang.

Als es nachließ, zurückblieb, davonzog, war Nacht und wir hatten jeden Zeitbegriff wie für immer verloren. Schon fuhren wir auf Châlon zu und ich fragte mich, wie wir mit keinerlei Sicht die steilen Wegkehren vor Verdun geschafft hatten, ohne sie recht zu bemerken. Im Autoradio Pink Floyd. Die Straße noch naß. Gleich Doris, sie hat sich vorgebeugt und fängt an zu schimpfen. Von hinten, direkt in mein Ohr hinein. Warum das Gewitter so lang und warum es so heftig und wo wir hier sind? Warum überhaupt ein Gewitter? Ob wir hier richtig, ob wir ohne Gewitter nicht längst in Paris, sogar mehrfach oder jedenfalls nächstens bald ankämen? Besser die Zeit zurück oder vor oder doch zurück, besser fliegen! Jürgen, der uns in Paris seit

Stunden erwartet und ob sie mit ihm bei pünktlicher Ankunft (was heißt denn pünktlich?) nicht schon mehrfach erfolgreich Geschlechtsverkehr? Sekt dazu, Paris, Champagner oder doch lieber deutschen Markensekt und Supertramp, Crime of the Century! Ob es in Frankreich HB gibt? Sie raucht nur HB! Ob ich und das Auto nicht schneller – gibt es keine Autobahn, Luftlinie, eine kürzere Straße? Zigaretten, wenigstens hundertzehn, besser hundertdreißig! Im Autoradio einen besseren Sender, Licht im Auto, gemütlich, und das Autoradio ein bißchen lauter! Warum kein Cassettenrecorder? Will außerdem jetzt *ihren* Platz zurück, will wieder nach vorn! Fahren und an die stillen Wiesen und Flußufer hier an der Marne denken und wie ich sie 1961 im Sommer vom Zug aus sah, als es hell wurde. Lang vor Tag. Allein im Abteil, ich saß schlaflos und jung am Fenster und spürte, wie meine Trunkenheit viele Stunden lang brauchte, um nachzulassen. Als ob ich mich aus weiter Ferne lang und lang auf mich zukommen sehe. Mit achtzehn im Nachtzug zum erstenmal nach Paris. Jetzt wieder ruhig die Nacht; die Straße noch naß: Lichter den Horizont herauf. Aufblenden, abblenden, gelbe Lichter. Auf der RN 3, weil es die Autobahn noch nicht gab oder ich nicht auf der Autobahn fahren wollte.

Wie geht es hier zu? Was sind das für Hügel und Häuser und Menschen? Wie sehen sie aus und was treibt sie, was treiben sie? Warum hier? Und wer hätte ich, fragst du dich, ihnen sein können? Und mir selbst? Und wer werden unter ihnen, unter diesem Himmel? Wie immer nachts, du siehst nicht genug und das ist schwer auszuhalten. Mehr Licht! Sollst du gehen und sie alle aufwecken? Schlaft jetzt nicht! Bald schon werdet ihr ohnehin tot sein für immer! Kann der Tag nicht noch einmal zurück oder ich wenigstens wie mit Katzenaugen im Dunkeln, wer bin ich? Gleich auch, als ob uns durch Staat, Grenze, Gewitter vom Tag unersetzlich ein Rest, ein Akt vorenthalten. Ein Aufzug, ein paar wichtige Bilder und fehlen. Womöglich sein Sinn, ein Bezirk der Welt – ist es nicht vielzufrüh dunkel geworden, eine Verschwörung?

Durch leere Dörfer. Jedes Haus längst zur Nacht gerichtet. Als sei es verschüttet und eingemauert und still wie ein Grab, das Leben, und soll in der Nacht in die Erde versinken. Und durch verlorene Kleinstädte, in denen noch alle Lampen brennen. Hier bist du schon hundertmal durch, am Ende ist es immer die gleiche Nacht. Licht in den Schaufenstern, Neonschriften, drei Kneipen. In jedem Ort wieder die gleichen wenigen Fußgänger. Wie ausgesetzt in Nacht und Oktober. Und in jedem von ihnen siehst du dich, siehst dich namenlos, fremd, siehst dich immerfort frierend und müde heimgehen. Nachtschatten, ein Liebespaar, fremde Mäntel. In den Herbst, in den Winter hinein. Wird bald schon kalt auf die Nacht, bald Frost und die Lichter wie Nadelstiche. Zwei Männer mit Geigenkästen – nein, größer, viel größer, ein Cello, ein Kontrabaß, und einer mit einer Trompete. Nebeneinander auf dem Nachtgehsteig und brauchen dazu noch die halbe Straße. Woher, fragst du dich, woher und wohin? Auf dem Heimweg oder wohin? Und wovon werden sie reden?

Im nächsten Ort angehalten. Eine kleine Stadt, die Kneipen noch offen. Nicht daß sie unversehens gleich zumachen! Immer noch Kopfschmerzen. Also schwarzen Kaffee, dann Rotwein. Zigaretten. Nur der Wirt, eine junge Frau und ein paar wenige späte Gäste, die sich eh und je kennen. Radio an. Als ob sie auf etwas warten hier in der Nacht, im Lampenlicht, in ihrer Nische. Vielleicht jede Nacht wieder. Sie fragten uns nach dem Gewitter. Und wohin? Nach Paris! Gut siebzig Kilometer, gut eine gute Stunde, sie nickten. Bei der Kneipe ein Laden dabei und sie machten uns extra Licht an zwischen den Regalen, damit wir in Ruhe den Wein aussuchen könnten, eine Flasche zum Mitnehmen (einen Liter auf siebzig Kilometer). Ich wollte guten billigen Rotwein und Doris mäßigen teuren Sekt. Und Sibylle? Am liebsten heißen Kakao oder Ovomaltine mit Honig. Wir einigten uns auf einen mittelguten Mousseux (hatten sie nicht genickt, als wüßten sie von Paris nur höchstens vom Hörensagen?). Für mich an der Theke noch einen schwarzen Kaffee und noch zwei Gläser Rotwein. Sibylle Milchkaffee, Milchkaffee mit viel Zucker.

Im Radio die Nachrichten eben vorbei. Meine Kopfschmerzen jetzt erträglich. Als ob die Zeit, als ob dein Leben zu dir zurückkehrt – erkennst du jetzt alles wieder? Zigaretten, der Rotwein im Glas und im Radio ein altes Lied, das dir von deinen eigenen schweren und glorreichen Tagen zu singen scheint, auch wenn du nur jedes zehnte Wort höchstens verstehst. Wärmer das Licht und schien auch gleich heller zu leuchten. Erst jetzt wirklich angekommen. So ein guter Rotwein, so eine Nähe zu mir selbst, sagst du dir, und gleich weiter dann! Also noch ein Schluck, noch ein Glas! Kurz vor Mitternacht, als wir gingen und alle sahen uns nach.

Gleich dann Meaux ist die nächste Stadt; leere Nachtstraßen. In weiter Ferne rot eine Ampel. Fuß vom Gas (als ob man zur Landung ansetzt), und Doris hinter mir stöhnt. Die Ampel, weit weg noch, wechselt von rot auf grün. Wieder schneller die Straße. Schon sah ich Paris mit all seinen Lichtern und Namen aus der Nacht auf uns zufahren. Hätten besser den Wein gleich aufmachen, lieber doch keinen Mousseux oder wenigstens zusätzlich noch eine Flasche billigen Rotwein umsichtig mit dazu! Mit dem Wind auf die Ampel, mit dem Wind auf die leere Kreuzung zu. Mit zunehmender Geschwindigkeit. Auf der alten RN 3 nach Paris. Ein Vorwegweiser, ein Bogen nach links, du rufst deine Augen zurück (wo bin ich, wenn ich nicht bei mir bin!). Mitten auf der Kreuzung ein gutbeleuchteter Spuk, ein Auto und auf uns zu! Dir bleibt kaum Zeit, dich zu wundern. In den Zeitungen heißt das frontal! Nach dem Aufprall die Nacht jäh zum Stillstand gekommen. Als erstes: du lebst noch, wir leben!

Du steigst aus, du suchst dir die Wörter in deinem Kopf zusammen. Mitten auf der Kreuzung, Mitternacht eben vorbei, wir standen wie neben uns selbst. Der Fremde auch. Mit einem Renault R4, an dem nach dem Zusammenstoß nichts mehr ganz und in Ordnung: das Auto war um ihn her komplett zusammengefallen! Wie ein Trick, eine Zauberkiste. Als sei es dafür konstruiert. Und er steht daneben, hat seine Knöchel, sein linkes, sein rechtes Knie, hat Brust, Arme und Schultern betastet und betrachtet jetzt seine Hände. Noch da. Kein Blut. Er murmelt, er weiß nicht, wo er sich festhalten soll. Ich wollte ihm zunicken. Keiner lacht. Ich gab ihm die Hand, ich gab ihm (wie nach einem fairen Kampf) zweimal die Hand. Die leere Kreuzung, die Ampel wechselt von rot auf grün. Wir zünden uns Zigaretten an. Noch mit dem Zeitverlust hadernd, wie willst du dir hier die Trümmer je wieder zurechtbiegen in Gedanken? Da kommt ja auch schon die Polizei.

Ein Streifenwagen und ein Peugeot-Bus. Und fangen gleich an, die Nacht auszumessen. In dem Peugeot-Bus eine Art Schreibstube. Mit Blechpult und Aktenschränken. Sogar ein Treppchen zum Ausklappen, sogar Schreibtischlampen und Klappsitze auch für uns. Formulare. Der andere Autofahrer, der Fremde, setzt sich und ist auch schon eingeschlafen. Mit dem Kopf auf dem Pult. Familienname? Paris, er heißt Jean Paris und muß für jede Antwort extra geweckt werden. Jedesmal wieder. Erst nach einer Weile kam ich darauf, daß er blau war. Richtig besoffen, mehr als ich. Er hat auch im Juni, er hat einen Tag vor mir Geburtstag. Geboren in Pontoise, er ist fünf Jahre jünger als ich. Noch jahrelang wußte ich zu seinem Geburtsdatum auch sein Nummernschild auswendig. Am nächsten Morgen wird er aufwachen aus einem beschwerlichen Schlaf und sich wundern, warum er kein Auto mehr hat, aber Muskelschmerzen und Prellungen. Hätte ich zu den freundlichen französischen Polizisten, die ihn jedesmal wieder extra weckten und nicht einmal unsanft, hätte ich dazwischenhinein zu ihnen sagen sollen: Machen sie jetzt von ihm eine amtliche Blutprobe, von mir aber besser nicht!?

Sie ließen uns sogar rauchen, sie rauchten auch. Sibylle neben mir und übersetzt mit ihrem Straßenkinderwortschatz aus den Sechziger Jahren in Juan-les-Pins an der Côte d'Azur. Und Doris immer dazwischen und scheint zu glauben, man könnte den Unfall womöglich noch rückgängig, ungeschehen, wie nicht gewesen! Amtlich, vielleicht durch Bestechung? Diskret, preiswert! Und schnell dann die Uhr zurückstellen? Vier Polizisten. Alles mit Sorgfalt aufgezeichnet. Wer schuld ist, ist ihnen egal. Ich war schon froh, daß wir alle Papiere mithatten. Keine Verletzten! (Verletzte sind keine vorhanden!) Die Polizisten freundlich und hilfsbereit, solang ich nicht darauf bestand, daß der andere vielleicht schuld. Kam er nicht ohne Licht und hat es erst eingeschaltet, als er zielsicher blind auf uns zu? Vielleicht daß er deshalb wie eine Erscheinung daherkam, wie aus einem Spiegel heraus, grübelst du und behältst es für dich. Ich hatte grün, aber vielleicht war er der Gegenverkehr, den ich vor dem Abbiegen hätte abwarten müssen? Doch wo er herkam, war höchstens ein Gäßchen, eine Nische (er kann doch nicht mit dem Auto aus der niedrigen grünen Haustür gekommen sein und auch nicht durch die Wand!). Bei uns am Auto außer der Stoßstange nur der Kühlergrill, die Motorhaube, beide Kotflügel und ein Scheinwerfer hin, die anderen Beulen alle von früher schon. Der Motor sprang nicht an, doch wie es scheint, dürfen wir weiterleben in Freiheit. Vier Polizisten. Sie helfen uns, das Auto auf die Seite schieben. Und sogar noch ein Kärtchen für uns, die Nummer von einer Werkstatt mit Abschleppdienst für morgen früh. Und jetzt?

Noch mit zur Wache und in Paris anrufen. Gleich zwei Uhr nachts. Immer sonst Polizei in Frankreich bedrohlich erlebt und jetzt hier die ersten lustigen Polizisten in meinem Leben. Charmant, hilfsbereit, beinah wie im Kino. Wie es schien, gefiel ihnen die Vorstellung, daß einer mit kaum drei Wörtern Französisch, einer der auf der ganzen Welt offenbar nix als nur ein großes altes verbeultes Zigeunerauto besitzt (das obendrein jetzt nicht mehr fährt), mit zwei jungen ergebenen Frauen reist. Und am Ziel, soviel sie mitkriegen, noch mehr junge Frauen, Pariserinnen, die die ganze Nacht aufbleiben, um auf uns zu warten. Hätte ich Französisch gekonnt, hätte ich den Beamten vom Nachtdienst auf der Polizeiwache in Meaux gern mein Leben erzählt. Dann im Peugeot-Bus zurück zum Auto. Springt nicht an, auch jetzt nicht! Also noch mehr an den Rand. Der Polizist hilft uns schieben. Dann vor unseren Augen im Bogen über die Kreuzung, einen richtigen Kreis fährt er auf der Kreuzung. Mit all seinen Lichtern grüßend und dann für immer davon. Wie ein Vorhof ist uns diese Kreuzung. Die Ampeln jetzt abgestellt, Nacht und Nebel. Fang jetzt nicht zu frieren an! Zu dritt, jetzt wollen wir uns einrichten für die Nacht.

Immer zwei Decken im Auto. Eine zum Zudecken und dick und weich eine Daunendecke, um darauf zu liegen. Ein großer alter Opel, ein Kombi. Wenn du vom Rücksitz die Lehne umklappst, ein Riesenbett. Wie ein Himmelbett (vielleicht nicht ganz wie ein Himmelbett oder wenn, dann ein niedriger Himmel!). Kissen auch, sogar rechts und links Polsterlehnen, Seitenfächer und Aschenbecher. Und Uhr, Radio, Leselämpchen, ja richtig, die gehen jetzt nicht. Doris mit Cowboystiefeln, das sah ich erst jetzt. Wir hätten wie in einem erstklassigen Hotel unsere Schuhe, noch klebrig vom Sekt, gut vor die Tür stellen können, jeder auf seiner Seite. Zigaretten, den Wein aufmachen und zusehen, wie der Nebel es treibt, wie er es treibt mit der Nacht auf der Kreuzung. Ob Edelgard schläft? Und wie lang ist es her, daß wir uns an einem stillen Tag zum Ende des Winters hin einmal aufgemacht haben, sie und ich und Besino, der damals drei war, uns aufgemacht, um mit einem anderen alten Auto, mit Musik, Wein, Zigaretten, meiner Schreibmaschine, Notizbüchern, Manuskripten, mit uns und dem leeren Wintertag und so gut wie beinah keinerlei Geld, auch nach Paris zu fahren? Schläft sie jetzt? Schläft Sibylle? Ringsum die Nacht hörst du atmen. Vor wieviel Jahren einmal an einem Sonntagmorgen im Sommer sind wir in Frankreich im Süden von einem Heer schwerbewaffneter Polizisten als mutmaßliche Terroristen verhaftet worden? Vor dem Friedhofstor in Aubagne, Sibylle und ich. Wie gern ich jetzt einen Apfel hätte! Einmal in so einem Polizei-Bus mit Einbauschreibstube und Klapptreppchen ein Buch schreiben? Bald schlafen dann und morgen Paris, Paris zu Fuß oder wie? Morgen weitersehen! Wie es im Auto nach Sekt und nach Rotwein riecht oder doch nicht? Schläft Doris jetzt? Nochmal Supertramp, Crime of the Century, nur immer der Anfang vom ersten Lied, wie aus weiter Ferne durch die Nacht auf uns zu. Als ob sie nach uns rufen, die Töne. Wie Lichter kommen sie angefahren. Nochmal der vergangene Tag, Frankfurt, die letzten Wochen, mein halbes Leben noch einmal durch mich hindurch. Schläft Doris jetzt? Schläft sie schon und murmelt im Schlaf ein Gemurmel? Ob das alte Auto mit seinen abgenutzten Stoßdämpfern bei jeder Bewegung sacht ins Schaukeln gerät, sacht wie im Schlaf ein dümpelndes Schiff? Und steht da und schaukelt, der Nebel zieht über die Kreuzung. Wer soll uns denn rufen? Nicht immer, nicht jedesmal, doch oft selbst an solchen Tagen gelang es Sibylle, mich ganz zuletzt mit in den Schlaf zu nehmen. Alle Formulare ausgefüllt, Versicherung, Polizei, alles richtig gemeldet und dann von diesem Unfall nie mehr etwas gehört, bis jetzt nicht (seither fast zwanzig Jahre).

Am nächsten Morgen fröstelnd erwachen und es ist noch die gleiche Kreuzung! Meaux, wo der Brie herkommt. Im Stehn an der erstbesten Morgentheke Café au lait, dann den Abschleppdienst. Schon das Abschleppen, dachte ich, würde uns ein Vermögen kosten. In der Werkstatt. Erst als ob kein einziger Mensch je einen Augenblick Zeit für uns, so ein geschäftiger Morgen. Eine hohe Halle. Wir stehen beim Tor. Die Luft ist feucht. Und was soll ich machen, wenn alle meine Zigaretten aufgeraucht sind? Dann ein zäher kleiner Mann, der wie ein Rennfahrer aussieht, wie ein ehemaliger Legionär. Braungebrannt, Kettenraucher. Der Motorblock, erklärt er uns, durch den Aufprall aus der Halterung raus und auf die Vorderachse gekracht. In Deutschland wäre es ein Totalschaden gewesen. Hier fragen sie, wieviel es kosten darf? Wir rechnen und rechnen und sagen höchstens, also allerhöchstens zweihundert – ich weiß nicht mehr, Francs oder D-Mark, jedenfalls ein Spottpreis und trotzdem viel Geld für uns.

Er nickt, Kettenraucher. Motorhaube und Kotflügel wird er (mit einer beiläufigen Handbewegung) so zurechtklopfen, daß es fürs erste schon irgendwie – mindestens, daß die Lenkung geht, kein Problem! Er und dort drüben sein blonder Kumpel. Wenn dann gleich Prüfstand, Grube und Flaschenzug frei sind, dann fangen sie an. Zwei-drei Stunden, länger nicht, sagt er, länger wird es nicht dauern. Und raucht und nickt. Großspurig eine Tiefseetaucherarmbanduhr an seinem Handgelenk. Kettenraucher, die Zigaretten dreht er sich selbst. Er kam mir bekannt vor. Mir kam vor, als ob er und seine Brüder und Kumpel (viele Brüder und sie sehen sich alle ähnlich) mich an vielen Orten schon öfter gerettet hätten. Zu Fuß in die Stadt, ziemlich weit. Zum Glück kein Regen, obwohl es so aussah, als ob es gleich anfinge. Auf die Post und Sibylles Mutter anrufen, damit sie uns zweihundert Mark schickt. Postlagernd, telegrafisch! In Paris ist es immer das Louvre-Postamt. Dann Kaffee, für mich schwarzen Kaffee mit Rum, und zurück in die Werkstatt. Da hing das Auto noch mit seinen Beulen, Rädern und Schrecken verrenkt in der Luft, doch sie sagten, sie sind jetzt gleich fertig.

Mit einem Flaschenzug den abgestürzten Motor an seinen Platz zurück und ihn dort einsegnen lassen. Die Stoßstange anschrauben, die Motorhaube ausgebeult, damit sie wieder auf und zu. Und zurechtbiegen die verbeulten Kotflügel, sodaß die Lenkung geht und die Räder können sich drehen. Den Motor schon ausprobiert, Motor läuft! Zuletzt noch den zerbrochenen Scheinwerfer. Nun endlich wie ein richtiger echter Franzose gelbe Lichter, denkst du, doch mit äußerster Vorsicht gelang es ihnen, die Wölbung des teuren Reflektorspiegels zu retten. Und sobald wir an einem offiziellen Glaskasten umständlich bezahlt hatten, stand das Auto abfahrbereit vor dem Tor. Weiß wie ein Spuk und auf jeder Seite ein eiliger roter Streifen. Ich hatte es mit diesem eiligen roten Streifen vor unserer vorjährigen Griechenlandreise von einem freundlichen Italiener in Gießen billig gekauft. Mit Dachgepäckträger und extra großen Rädern für ungewisse Fluchtwege und für die schlechten Wegstrecken, wenn du an den Rand von Europa und auf den Feldwegen um Staufenberg. In die Einöden und über die Hügel, wenn sie nach dir rufen und hören nicht auf, zu rufen. Im Sommer ja sowieso, doch erst recht auch im Herbst und im Vorfrühling, wenn dort alle Wege für Wochen und Wochen wieder in Dreck und Morast versinken. Erst recht auch im Winter und Nachwinter. Seit Tagen, seit Wochen schon hoher Schnee und kein Frühling, der Frühling ist weit. Mittags Tauwetter und auf die Nacht hin friert es ein bißchen und fängt wieder an zu schneien.* So sind dort in der Gegend die Winter und Nachwinter. Bevor du einsteigst, jetzt einmal ums Auto herum und mit dem Kopf nicken. Verbeult ja auch vorher schon, aber jetzt der Kühlergrill so verzerrt, als ob es die Zähne zusammenbeißt, ein Zigeunerauto, und leicht ist das Leben nicht. Nochmal unserem Retter die Hand schütteln, bis zum nächstenmal (aber ja, du wirst ihn schon jedesmal wiedererkennen!). Noch nicht einmal Mittag, ein Zug pfeift, dazu so ein Lärm in der Werkstatt hier (die ganze Zeit hast du Züge fahren gehört und findest das jetzt erst in deinem Gedächtnis wieder, dich selbst und dein Leben findest du wieder). Noch nicht einmal Mittag und in einer Stunde sind wir in Paris.

* Nach Rußland, aber wo liegt es?

[12]

Die Wohnung und daß wir am Ende auch wirklich hinfinden. In der Rue du Maine oder dortherum. Ein steiles Gäßchen, eine Mauer, ein Hof, wie eine Terrasse hoch über der Straße. Paris und mein Freund Jürgen, der auf uns gewartet hat, glücklich in seinem Exil. Grau ein Pariser Werktaghimmel bei unserer Ankunft, und Doris, wie sie sich von ihm gleich bei der Haustür ausgiebig abknutschen läßt, Jeans mit Reißverschluß und unter dem Pullover kein Hemd. Wie sie froh auf ihn einredet und reibt sich an seinem Bein. Gleich auch erträglicher, sagst du dir, oder wer weiß. Die Wohnung war winzig und in meiner Erinnerung wird sie immer schöner. Wir sind eben angekommen. Mittag, er läßt eine Piaf-Platte spielen und macht schon für heute den ersten Sekt auf. Zwei Zimmer, Küche, Bad, Flur, die ganze Wohnung so klein, daß sie gut in ein einziges, nicht so sehr großes Nebenzimmer hineingepaßt hätte. Und wieso ist ihr anzumerken, daß sie von zwei jungen Frauen, die jetzt nicht da sind, bewohnt wird, Pariserinnen, die dazu auch noch wunderschön sind? Sektgläser, Aschenbecher, die Piaf-Platte und (statt Madeleines) kleine gelbe Galetteplätzchen. Es gibt eine Espresso-Maschine. Jürgen, mein Freund Jürgen, als ob er seit Jahren hier ein- und ausgeht, wie ein offizieller Liebhaber. Paris, zwei Frauen, ein anderes Land. Wir fangen zu trinken an. Auf der Piaf-Platte jetzt Milord. Die ersten Töne, ich bin wieder siebzehn und der Sommer fängt an. Es war mein Lied und in jeder Musikbox in allen Kneipen. Und alle meine Freunde ließen es für mich spielen, sooft ich in diesem Sommer mit meinem Leben zur Tür hereinkam.

Und jetzt hier. Sitzen und trinken, in den Mittag hinein. Fenster bis auf den Fußboden, noch ein Schluck und der Himmel fängt an zu leuchten. Frankfurt, Paris, das Gewitter, der Unfall, die Grenze, ja richtig, die Grenze und Deutschland, ach Deutschland. Hätten wir dir eine Zeitung mitbringen sollen?

Alle Zeitungen? Im Auto noch seine alten deutschen Stiefel. Er hat für uns Hotelzimmer über dem Morgenlandmarkt beim Château Rouge, für sich auch. Nur erst noch auf Monique und Jacqueline warten, sie brauchen den Wohnungsschlüssel. Und wie hätte ich es auch aushalten sollen, sie nicht zu sehen? Es ist ja kaum erst ein Uhr. Wollt ihr baden? Schon läuft das Wasser ein, eine gelungene kleine Sitzbadewanne, die auf einem Sockel steht. Gestern um diese Zeit in Frankfurt in der Hansaallee in der Küche. Unter einer Wanduhr, die länger schon steht. Und jetzt hier, sagst du dir, und jetzt hier. Was für ein prächtiger kleiner Sockel, wie zum Vergolden, und zwei Stufen davor. Gleich ist die Wanne voll.

Baden, dann im Nebenzimmer mit Sibylle auf einem preußischblauen französischen Sofa. Der Fußboden mit weißlackierten Holzdielen. Noch im Einschlafen sah ich die ersten Sonnenflecken auf dem Fußboden. Im Schlaf immer noch unterwegs und manchmal den Aufprall gespürt und beim Umdrehen Schmerzen in den Armen, Schultern und Rippen. Vielleicht doch eine Prellung. Im Schlaf, im Halbschlaf die Schmerzen, als ob du sie träumst. Dazwischen war mir, als wüßte ich uns noch im Nebenzimmer sitzen und reden. Beim Aufwachen immer noch die Sonnenflecken auf dem Fußboden und aus dem Nebenzimmer die Stimmen, als sei keinerlei Zeit vergangen.

Dann Monique und Jacqueline, jede anders schön und genauso, wie du sie dir vorgestellt hast. Kunstgeschichte und Theaterwissenschaft an der Sorbonne und ein halbes Dutzend mühsamer Nebenjobs jeden Tag. In Boutiquen, Blumenläden, Kaufhäusern, in einer Konditorei, einer Parfümerie, einem Reisebüro und als Mannequins und Fotomodelle. Und vielleicht nächstens auch noch für Reizwäschekataloge und Pornohefte. Dazu noch aus der tiefsten Provinz, aus Limoges und aus Saint-Étienne bei Lyon, und ihre Väter sind Bäcker, beide. Und wie, fragst du dich, sind sie als zuverlässige Sympathisantinnen, Fluchthelferinnen und mögliche Mittäter auf diese Liste für internationale anarchistische Verschwörungen, Attentate und Terrorakte geraten? Und nicht vergessen, ihm seine alten Stiefel zurückzugeben, die Edelgard uns für ihn mitgab, seine deutschen Stiefel. Nochmal und nochmal Espresso, während wir schon unseren Aufbruch vorbereiten und sie müssen auch gleich wieder weg. Halb im Gehen schon, sie erzählen uns, wie sie die Wohnung selbst renoviert haben, nur um sie zu kriegen. Vorher praktisch eine Ruine und unbetretbar. Sogar die Lichtleitungen, Bad, Boiler und Wasseranschlüsse eigenhändig neu, Türen und Fußboden abgeschliffen und mit Geduld, Lack und Firnis! und schließlich in der eigenen Vorstellung, im Kopf und hier in der Wirklichkeit jeden Winkel gerichtet, als ob sie sich die Wohnung dauerhaft selbst hätten ausdenken müssen. Und jetzt sitzen wir hier. Als sie hereinkamen, war dir da nicht, du hättest sie schon einmal so hereinkommen sehen, beide? Sie fangen an, den Tisch abzuräumen. Sind sie nicht auch, als ob sie sich überzeugend sich selbst ausgedacht hätten? Hat nicht jeder von uns sich in äußerster Not und als letzte Rettung sich selbst ausgedacht und fängt damit jeden Tag wieder an? Dann noch mit ihnen die Treppe hinunter. Paris, ein Pariser Mietshaus. Im Oktober ein Nachmittag.

Mit dem Auto vom Montparnasse quer durch die Stadt bis zum Château Rouge auf der anderen Seite vom Montmartre. In Frankfurt wußte ich immer noch nicht, wie man vom Hessenplatz legal auf die Leipziger Straße kommt und von der Leipziger Straße unauffällig und ohne Schaden, vielleicht besser doch in der dritten Person auf die Bockenheimer Landstraße. Am besten ein Anderer! Vom Ankommen, Parken, dem Wiederfinden des Autos und der eigenen Absichten, was dann vom Tag dir noch bleibt oder hast du dich schon aus den Augen verloren?, und von den unauffindbaren Rückwegen gar nicht zu reden. Doch hier in Paris traute ich mir jederzeit jeden Weg zu. Ich wußte genau, wie es geht, quer durch den späten Nachmittag von Saint-Germain-des-Prés auf den einzigen Boulevard Saint-Michel und über die Insel mit ihrem Mittelalter auf die andere Seite der Seine zu kommen. Unterwegs Haus für Haus, den Himmel, das Herbstlaub und die vielen Gesichter auswendig lernen, die bunten Markisen und das Licht und die Wolken in jedem Fenster. Vergänglich die Steine und fangen zu reden an. Jahr und Tag, viele Leben. Dann den Boulevard de Sébastopol und den Boulevard de Strasbourg, bis man vor dem Gare de l'Est, Wanderer sind wir zeitlebens und Fremdlinge überall, auf den Boulevard de Magenta stößt, wo es schon auf den Abend zugeht und immer dichter der Autoverkehr. Hupkonzerte und die Luft von den Abgasen blau. Die Bäume, was sagen die Bäume? Wie halten die Bäume das aus? Im Stau stehen (hieß es damals schon Stau?) und dann wieder ein Stück im Schrittempo, immer wieder, bis der Kühler fast anfing zu kochen. Da schräg auf den Bürgersteig, er ist breit genug. Wir machten die Motorhaube auf. Sie hatten sie zwar zurechtgebogen, aber jetzt ging sie nur noch knirschend auf. Mit dampfendem Kühler, das Auto steht und keucht. Sowieso alle Straßen verstopft, zum Glück ist hier gleich eine Kneipe. Ich trank einen kleinen Café au lait, dann gleich noch einen Espresso. Immer die ersten Tage in Frankreich schmeckt dir der Kaffee so gut, daß du davon nicht genug kriegen kannst. Mit den Zigaretten ist es genauso. Im Spiegel, das bist du selbst.

Schlimm, sagte ich, wäre es nur, wenn man den Motor nicht abstellen könnte. Oder hätte statt Wasser Benzin, hätte Sand oder Senf oder Waschpulver in diesem rostigen Kühler drin, was für eine blöde Vorstellung! Oben zum Auf- und Zuschrauben. Erst recht, er wäre voll Watte oder (noch schlimmer!) Zuckerwatte und Kakaopulver! Dann der Vergaser, sagte ich, das Auto hat natürlich einen Vergaser. Aus Blech, er sieht wie ein früherer Fön aus oder wie ein Symbol für Föhn, eine altmodische Windmaschine. Dieser Vergaser, falls er es ist, sagte ich, ich könnte ihn euch hier aufzeichnen, aber es lohnt sich nicht. Im großen und ganzen jedenfalls scheint er zu funktionieren. Schon länger vermute ich, daß er nicht richtig festsitzt, besser nicht probieren! Insgeheim, sagte ich, insgeheim glaube ich, daß er für dieses Auto zu klein ist. Der Motor ist ein Siebzehnhunderter oder Neunzehnhunderter. Auch schon klein und auch alt, für so ein großes Auto, für uns und unsere Unrast und die Mühsal unserer Tage. Dieser Vergaser aber, falls es sich dabei um einen solchen handelt, kommt mir vor wie höchstens für einen Fünfzehnhunderter. Beinah schon ein richtiges Mittelalter. Wie ein Hut der zu klein ist. Vielleicht sitzt er deshalb nicht richtig fest, aber immerhin hält er ja doch, sagte ich, hält noch. Und gibt sich ja offensichtlich auch Mühe.

Vielleicht weil er kleiner ist, sagte ich, falls das stimmt, vielleicht deshalb wird das Auto im Stand und bei stockender Fahrt (oder sagt man nicht stockender Fahrt?) so schnell heiß. Aber andrerseits ist das vielleicht auch der Grund, daß es immer wieder so wenig Benzin braucht, aber auch wieder viel Öl. Sehr schnell fährt es auch nicht so gern. Der freundliche Italiener, von dem ich das Auto in Gießen billig gekauft habe, hat mir erzählt, er hatte es nur, um damit jeden Tag einmal seinen großen Hund spazierenzufahren. Eine deutsche Dogge für dreitausend Mark. Sonst nimmt er den Lancia seiner Schweizer Freundin, ein gutes Auto. Bloß für den Hund eher unbequem, zu eng und zu niedrig und ungewohnt und soll auch nicht so voll Hundehaare. Die Freundin ist Anlageberaterin. Sowieso verträgt der Hund Tempo nicht so gut. Er fängt dann, jetzt wissen wir nicht, wie er heißt!, fängt zu hecheln an, beinah wie das Auto jetzt! Nicht daß ihm schlecht wird, er mag es bloß nicht besonders. Am liebsten als Hund die eigene Schnauze vor sich hinhalten und zwischen dreißig und vierzig Stundenkilometer im dritten Gang. Das Seitenfenster halb offen und jeden Tag wieder die gleichen

Straßen. Schon als ich es kaufte, das Auto, sah es so grell aus wie jetzt, wenn auch weniger Beulen. Vielleicht, sagte ich, war dieser Italiener, den ihr nie gesehen habt – außer mir hat ihn keiner gesehen (ich würde ihm jederzeit alles glauben, Wort für Wort!), vielleicht war er so geschickt, daß er unter der Hand den Vergaser ausgewechselt oder verkleinert hat. Vielleicht sogar selbst gebaut.

Sieht wirklich ein bißchen wie selbstgemacht aus, wie ein Teil von einer Häckselmaschine oder einem sehr alten U-Boot oder wie das Gegenteil von einem Megaphon. Eine Art Stimmendämpfer oder Stimmenverschlucker. Man schreit hinein und es kommt als Geflüster raus. Viel später erst kommt es raus. Vollzählig? Fehlen Silben? Ich weiß nicht, ob alle Vergaser so aussehen. Genaugenommen, sagte ich, schwebt mir vor, man sollte einen Vergaser konstruieren, der sich im Uhrzeigersinn langsam dreht, wenn er funktioniert. Damit man sieht, daß er funktioniert. Wie eine Spieldose soll er sich drehen, bunt lackiert und die Farben glänzen. Etwas anderes, sagte ich, ist bei einem Auto ein Thermostat. Dieser gleicht dem Saturn! Aber sie hatten zu dritt keine Ahnung von Technik. Ich hätte für sie die ganze Zeit genausogut irgendeinen dumpfen finsteren Aberglauben daherreden können.

Wir standen an der Bar. Von weit her der Fremde im Spiegel, das bist du selbst. Ich erkannte die braune Flasche hinter der Theke und bestellte mir einen Saint-Raphaël. Vergiß nicht, daß wir nachher, sagte ich zu Jürgen, Motoröl nachschütten. Schon oft mit ihm unterwegs. Weite Reisen. Meistens mit alten Autos, meistens durch halb Europa. Ich sah zu, wie sie meinen Saint-Raphaël zurechtmachten und für die Vielfalt der Welt all die übrigen komplizierten Getränke, die es in Frankreich in jeder Kneipe gibt. Hinter der Theke zwei junge Frauen und ein Mann. Und eine ältere Frau aus der Küche, sie kam und ging. Dazu noch einer, der wie ein Chef aussah und wegging, als ob er gleich wiederkäme. Vielleicht wie jeden Tag auf die Bank und einen Imbiß, einen Schnaps in der Nachbarschaft (Armagnac, Calvados, Cognac?), vielleicht im ersten Stock in einem ruhigen Hofzimmer mit sonnengelben Gardinen sein Spiegelbild grüßen (im Spiegel) und wie immer um diese Zeit in der Stille einen Nachmittagsschlaf. Mitten in seinem Leben, mitten in Paris. Bei sich selbst daheim, und jeden Tag wieder Jahr und Tag und Verlust und Gewinn zusammenzählen, ausrechnen und bedenken. Sich selbst und die Zeit und die Stille auch, Jahr und Tag. Die hinter der Theke hier bei der Arbeit: schwer zu sagen, ob sie teils Personal oder alle zur Familie, wer ja und wer nicht. Flaschen und Gläser und Wandspiegel hinter der Theke und du siehst zu, wie sie mit vielen geschickten Handgriffen hektisch und doch wie im Schlaf zwischen Theke und Spiegeln hantieren, die Bestellungen ausrufen und sich umeinander herumbewegen. Und dabei jederzeit wissen, wie spät es ist, wieviel Uhr. Die meiste Zeit rauchend, in Gedanken woanders und doch immer bei sich selbst. Haben ihre eigenen Getränke und Handgriffe, dauerhaft eine Gegenwart um sich her, einen Platz in der Zeit. Und auf einmal geht dir auf, daß sie schon lang, vielleicht schon seit vielen Jahren an diesem Platz, daß sie hier ihr Leben zubringen. Immer noch die Straßen verstopft. Autos hupten. Vielleicht daß er gerade wieder zu fahren anfing, der Verkehr. Die letzten paar Minuten mehrere Gäste von draußen herein, schon die Stunde des Apéritifs? Kleine Schälchen mit Oliven und Salzmandeln. Frische Aschenbecher wurden verteilt. Ist das schon die heutige Dämmerung in der Luft oder wartet der Abend noch in den Spiegeln?

Und wie gut der Saint-Raphaël Schluck für Schluck dazu paßt. Oft auf Reisen, aber auch in Staufenberg beim Schreiben Saint-Raphaël. Meistens mit mir allein aus der Flasche getrunken. Und jetzt war mir, als ob sich all die vergangenen Tage und Abende noch einmal um mich her einfinden. In Freundschaft, jeder einzelne Augenblick. Jede Flasche Saint-Raphaël hat am

Flaschenhals zum Zugreifen so einen praktischen Knick, eine Art Halskrause. Bald eine ganze Flasche für mich allein, baldmöglichst, das heißt also heute noch! Schon kam der Abend ingang, schon die ersten Lichter und wir dann gleich weiter.

[13]

Kamen an und hielten am Rand des Marktes. In einer Straße, die Rue de Panama heißt (und ein paar Schritte weiter jedesmal wieder auf die Rue de Suez stößt). Mit uns der Abend. Es war eben noch hell. Die Händler riefen den Tag, der schon angefangen hatte zu gehen, den schwindenden Tag und mit dem Tag ihre Waren aus, und ein großes Gedränge zwischen den Marktständen und Ladeneingängen. Algerier, Araber, Neger. Es war wie zum erstenmal in Istanbul, Algier, Tanger, Casablanca und in Damaskus ankommen, in Dakar, in Dar-es-Salam und Addis Abeba, in Singapur, Hongkong, Kalkutta; es ist immer das erste Mal. Und doch war es auch Paris.

Wir stiegen aus und fingen an, unser Gepäck auszuladen. Kinder, eine afrikanische Mutter mit Kindern, französische Hausfrauen. Schwarz wie Ebenholz eine Königin aus dem innersten Afrika. Mit Armreifen, Halsringen, Fußketten. Ob für sie heut ein Festtag ist oder jeden Tag wieder? Duftendes Öl im Haar, bunte Bänder hineingeflochten und kleine geschnitzte Holzpflöckchen. Tuchhändler, Obst, Gemüse, Oliven, Rosmarin, Thymian, Salbei, Lavendel, ein Korbflechter, Küchenzeug, Töpfe, Teppichklopfer, Haushaltspeitschen, Rohrstöcke, Frühstückstabletts, Familienalben, Jesus, Buddha, der Koran, Marienbilder, Teegeschirr, Spielzeug, Sesammus, Halva, Original Halva, Echtes Original Halva, Bestes Echtes Original Halva, Halva aus Tunis, aus Damaskus, aus Mazedonien, Kaffeemühlen, Pfeffermühlen, Steinmörser, ein Gewürzstand, ein frischgeschlachteter Hammel. Hier wird Anmachholz in kleinen Bündeln verkauft. Und die nächste Straße heißt Rue Myrha. Knöpfe, Nähgarn und Seidenstoffe. Ein Schuster, ein Glaser mit Handwerkszeug. Fieberthermometer, Glückssteine, Federbüsche, Flamingos, hölzerne Reiher, Holzelefanten, Elfenbeinelefanten, Maulkörbe, Mäusefallen, Rattenfallen, Perücken, Öllämpchen und lebendige Vögel.

Hölzerne Vogelkäfige, die wie heilige kleine Pagoden aussahen, die vom Himmel herabhängen, preiswert. Und was sind, fragst du dich, Pagoden? Wir hätten gleich auf der Stelle einen Kakadu kaufen können, der uns ansah, als ob er genau Bescheid wüßte und auch wer wir sind. Fischläden, Austern, Jakobsmuscheln, Hummer, Langusten. Ein vornehmer Araber im Secondhand-Nadelstreifenanzug mit Weste (überall Secondhandläden, denn dies ist Europa, der Orient und Afrika und jeder hat viele Leben) und dazu bestickte Pantoffeln aus Bagdad, echte Sultanspantoffeln, wie du sie bisher nur höchstens aus Märchen kennst. Womöglich Zauberpantoffeln zum Fliegen. Prophezeiungen, Kämme, Haarbürsten, Zaubersprüche und Angelzeug.

Allerlei Schemel und Schränkchen und Teppiche zum Verkauf und mitten auf dem Platz ein paar gewaltige Stand- und Wandspiegel. Für wen und was werden sie kosten? Wie die Bilder sich drängen! Ich weiß nicht, wer alles stehenblieb, um an unserer Ankunft teilzunehmen. Soeben wieder ein Andrang, ein Schwall eindringlich bunter Menschen vom Boulevard Barbès aus der Métro (aus der Erde herauf: hier ins Licht) und sie schienen alle hierherzugehören und fanden ihren Platz im Gedränge, viele Leben. Beim Ausladen war mir, als ob die Erde sich unter meinen Füßen bewegt. Hin und her die Blicke und Stimmen hier auf dem Markt. Oktober, wie das Laub sich schon färbt und bald von uns weg die Sonne, die Sonne steht tief. Spät am Nachmittag. In den Platanen lärmten die Vögel. Kinder kamen gerannt und Tauben flatterten auf. Im Rinnstein läuft Wasser. Paris, sagst du dir, Paris jedesmal, es ist immer Paris. Hierherum alle Straßen jetzt wie in meiner Kindheit, wenn es wieder auf den Abend zuging, sanft bergauf und bergab, sodaß es leicht für mich war, mir die Erde erst als Berg, als heiligen Berg, dann als Kugel zu denken, magisch. Und schräg das Licht, lange Streifen.

Ein Rosenverkäufer mit den letzten Rosen an uns vorbei und dreht sich dann zur Erinnerung um: jetzt sind wir die Erinnerung. Ein schöner Neger in einer bunten Toga und mit einem Stab blieb stehen und grüßte uns ernst. Und was mag mit unserem senegalesischen Freund Amedi, fragst du dich. Wieviele Jahre ist das jetzt her, daß wir ihn in Marseille auf sein Schiff nach Dakar gebracht haben? Spottbillig die Überfahrt, bloß dreihundert Francs damals, und er wollte doch in einem Jahr wieder zurück sein. Ist das nicht im August 1967 gewesen und er sagte: Nächstes Jahr, spätestens im Oktober. Zehn Jahre, rechnest du, muß das jetzt und ob mein Freund Jürgen je wieder etwas von ihm gehört hat? Und vergiß auch nicht seine alten Stiefel, sagte ich mir, wo liegen sie denn? Mir ausdenken und zurechtgrübeln, ob Edelgard, ob sie ihn nun grüßen läßt, ja oder nein? Und mit welchen Wörtern und was sollen uns Wort für Wort diese Wörter bedeuten? Und ob sie dabei gelächelt hat, wie denn gelächelt? Oder nur ihre Fingernägel betrachtet, erst durchs Fenster die Ferne, die kennst du ja, und dann ihre Fingernägel oder umgekehrt, das ist jederzeit schwer zu entscheiden. Und was mag sie dabei aber angehabt haben? (Jedes Wort ist ein Amulett!)

Immer noch beim Ausladen, das Auto am Rand des Marktes. Sah es nicht aus, als würde es, wenn es nur erst leer wäre, gleich in sich zusammensinken? Dann mit dem Gepäck, mit unseren vielen Leben beladen wir uns. Müssen uns uns und unsere Leben auch jeden Tag wieder mühsam ausdenken, uns die Tage und Jahre auch dazu ausdenken; leicht sind die Leben nicht. Und gehen jetzt über den Buckel der alten Erde, die sich bewegt hat, die sich sacht regt unter unseren müden Füßen. Dem Licht nach. Vor den eigenen Blicken her, jeden Schritt Weg immer wieder müssen wir vor uns herdenken. Durch das späte Nachmittagslicht im Oktober, bevor es gleich anfängt zu flimmern. Siehst du uns gehen? Über den Markt, auf den Eingang der Marktkneipe zu. Neben der Marktkneipe ist noch eine Kneipe daneben und obendrüber im Haus das Hotel.

Mit vielen Türen und Fenstern und meergrün ausgemalt die Marktkneipe. Der Kneipenfußboden mit Sand, mit Sägmehl, mit Hobelspänen zum Auskehren. Der Wirt blauäugig, ein Pariser Bretone. Zehn Jahre in Algerien, zehn Jahre auf dem Meer und zehn Jahre in Indochina – jetzt fängst du zu rechnen an. Sieht diese meergrüne Marktkneipe mit ihren vielen Türen und Fenstern, den Spiegeln voll Himmel und mit unserem Gepäck vor der Theke nicht aus, als ob sie eh und je schon am Rand des Meeres steht? Wenigstens kannst du dir vorstellen, daß das Meer hier ab und zu durch die Türen herein und bis an die Theke kommt.*

Die Zimmer für uns, aber ja, reserviert, sogar mehrere Zimmer zur Auswahl. Zwei wunderschöne Nutten mit viel Gelächter die Treppe herunter. Lackhandtaschen, Stöckelschuhe und Röcke mit Schlitz. Sie haben das Geld nachgezählt und verschwinden lassen, groß wie Aktenkoffer die Lackhandtaschen. Die eine ein kleines Glas Rotwein, die andre ein Eau de Vie. Und taxierten uns beiläufig freundlich, erst Doris und Sibylle, dann meinen Freund Jürgen und mich, und zuletzt erst da vor der Theke, zu unseren Füßen, als Strandgut angespült unser Gepäck.

Für mich einen Café arrosé, das ist ein schwarzer Kaffee mit einem Schuß Rum oder sonst einem Schnaps. Im Süden meistens Pastis. Zimmer entweder im ersten Stock. Mit Balkon, geräumig und hell und schön laut, nämlich genau hier über der Kneipe und über dem Markt. Oder weiter oben, da wird es dann still, da sind sie ein bißchen kleiner. Aber immer noch jedes Zimmer mit zwei bis drei Fenstern. Die Fenster bis auf den Fußboden. Und sowieso, sagt er dir, jederzeit alles ein Preis!

Dann der Imbiß. Der Imbiß war Jürgens Idee. Es hätte ein Frühstück sein sollen, wenn wir in der Nacht noch gekommen wären. Am hellen Morgen, der jetzt vorbei ist, ein Frühstück fürs Leben.

* Das Meer. An das Meer muß man glauben. Sein Leben lang.

Um den Markt herum überall Delikatessenläden, einer neben dem andern. Sie machen alles selbst und wie zu ihrer eigenen Freude, so gut und so schön. Pasteten, Langusten, Austern, Muscheln, Schnecken, Seeigel, gekochtes Rindfleisch, gebratene Wachteln, gebratene Tauben, Taubensuppe, Fasanenbrühe, Entenbrust, Gänsebrust, Gänse-Rillette, Rebhühner. Sogar noch die einfachsten Beilagen, Hirse, Reis, Linsen, Bohnen, Kraut und Kartoffelbrei geraten ihnen zu Delikatessen. Eingelegte Pilze, Auberginen, Artischocken, Anchovis, Silberzwiebeln, Tomaten, Salat, Oliven und Lauch, nie vorher so guten Lauch probiert. Roastbeef, Rehrücken, Lammfilet, Ochsenschwanz, Ochsenzunge, Weinkutteln, Milchkutteln, Trüffeln, Wildschweinragout, schon das Aussuchen wird ein Fest. Immer nochmal rauf und runter die Treppe, so viele Speisen und dazu die Namen, die Platten, die Schüsseln und Teller uns ausgeliehen, als ob wir hier lang schon bekannt sind. Als Nachbarn und Einwohner. Immer im Vorbeigehen unten in der Kneipe immer schnell noch einen Café arrosé. Auf der Treppe die Nutten. Sie auch immerzu rauf und runter und jedesmal lächeln sie höflich, jede von ihnen. Auf der Treppe viele Sorten Parfüm. Gleich sind wir soweit. Aus dem zweiten Zimmer den Tisch dazuholen und beide Tische ans offene Fenster. Sogar weiße Tischdecken, sogar Weingläser und Servietten. Am Schrank Spiegeltüren. Ein Fest und hat auch schon angefangen.

Als erstes die Austern und Schnecken. Lachs, Sahne, Meerrettich. Mit Sauerampfer, Schnittlauch und Kresse nochmal die Regentropfen, Wegraine und Gartentage der eigenen Kindheit nachschmecken. Vorher noch zum Weinhändler. Wasser und Wein und Sekt, den Sekt sucht uns Doris aus (gibt es keinen deutschen Sekt?). Sibylles Freude, als ob alle Namen und Festtage und Verheißungen ihrer fernen französischen Kindheit zurückkehren, aber ohne Ermahnungen, ohne Strafen, ohne Mißbilligung. Und kein einziges Familiengespenst, keine aufsichtführenden bösen Geister, praktisch keinerlei Erwachsene anwesend. Sonst immer in Frankreich hatten wir von diesen und allen Delikatessen nur geträumt, nie Geld, sie und ich. Unter freiem Himmel zumeist. Hier und da einen Schlafplatz uns suchen und was sich am Wegrand findet, so weite Wege. Ich hatte sie ihr immer nur vorerzählt und herbeigeredet, die Speisen, die Delikatessen, gezeigt und versprochen.

Und jetzt hier, jetzt gibt es sie wirklich, siehst du. Als ob wir reich wären, jetzt schon reich! Lieber gar nicht erst umrechnen, mußt du dir sagen. Die Vielfalt der Welt. Man zeigt darauf und merkt sich die Namen, so geht es. Von allen Speisen wollen wir kosten! Noch das Baguette und den Käse dazu, fünf Sorten Käse. Weintrauben, Feigen und Birnen. Ein langer Sommer, es ist ein langer Sommer gewesen. Und jetzt gleich anfangen, von allen Speisen wollen wir kosten! Mein Saint-Raphaël, eine ganze Flasche! Du hast sie dir selbst versprochen und hättest jetzt fast drauf vergessen! Schon zurück auf der Treppe. Den Preis auch gleich wieder vergessen. Auf jeden Fall günstig, ein guter Kauf. Und der Weinhändler fängt schon an, uns zu kennen. Jetzt gleich einen Schluck (vor dem Fenster der Abend), zum Essen stundenlang Wein. Und den Rest dann, die restliche Flasche mit in die Nacht hinein oder morgen ist auch noch ein Tag.

Als ob es ein Bild werden soll, so ein Tisch, so ein Imbiß, so ein Tag ist das jetzt geworden. Jetzt am Abend. Das Fest kann beginnen. Selbst in Gedanken noch unterwegs, noch nicht angekommen, noch nicht ganz da. Ich konnte ihn vor mir sehen, meinen Freund Jürgen, wie er von einem Telefongespräch zum andern, wie er seit seiner Ankunft jeden Tag durch den Tag, durch Paris und die Vororte, wie er wie in seinem eigenen Gedächtnis herum ohne Ende durch alle Viertel von Paris sich seine Wege gesucht hat. Immer wieder sein Geld gezählt (wie immer: mehr wird es nicht!) und zwischendurch jedesmal hierher zurück und sich diesen Tisch, diesen Augenblick, diesen

Imbiß ausgedacht immer wieder. *Ein* Tisch wird nicht reichen, zwei Tische. Vielleicht gemurmelt sogar, mit sich selbst hin und her und sich Notizen auf allerlei Zettel und Streichholzschachteln, wie für einen wichtigen Brief, ein Gedicht. Das soll unsre erste Mahlzeit hier, soll uns ein Empfang, soll uns Nahrung sein.

Von Anfang an, seit wir uns kennen, immer wenn wir zusammen waren, hat er sich für meinen Schlaf, für die Musik und für unser Essen zuständig gefühlt und ein paarmal in meinem Leben mich vorm Verhungern bewahrt. Gleich all unsre alten Landstreichertage fingen an, aus der Ferne zu winken. Mein erster Leser. Was sind denn für unsereinen die guten und was sind die schlechten Zeiten? Er hat mich beim Schreiben mit Tisch und Essen und Zuspruch versorgt, jede Mahlzeit ein Fest, und (weil er schon schließlich nicht ich sein konnte, unbestreitbar nicht!) mir in jede Verzweiflung hinein, wenigstens kam es mir jetzt so vor, zurück zu mir selbst verholfen. Zu Wirklichkeit, Gegenwart und Geduld, Geduld, wie geht denn Geduld? (Nicht selten vielleicht erst mich hineingerissen und dann mir herausgeholfen! Immer die besten Absichten. Wie Brüder: ihr kennt euch und kennt euch nicht! Die meiste Zeit wie das Leben selbst sind wir füreinander gewesen, sagst du dir jetzt; vor dem Fenster der Abend!) Ein Dasein, das heißt also atmen und in der Welt sein und bei sich selbst. Und dazu ausreichend innere Sammlung für den ersten und immer noch einen Bissen, also bleiben und jeden Tag essen. Am Straßenrand, im Gras, im Heidekraut, in der Sonne. Auf einem Baumstumpf, auf einem Holzstoß sitzen, auf einem niedrigen Mäuerchen. Am Teich, am Meer, sieben Meere. Auf einer Böschung, am Ufer, an vielen Ufern; es ist nie der gleiche Fluß. Im Wald, im Sand, jetzt weißt du genau, wer du bist, laß dir Zeit.

Straßen und Kneipen und Sonnenuntergänge. Nicht zu zählen die Kneipentische in all den Jahren und Ländern. Im Spiegel, im Schnee, auf den Straßen und im Wind auf dem Feld. In der eigenen Erinnerung herum, viele Vergangenheiten, Fußgängerzonen und Eisenbahnzüge. Über die Grenze und Rückweg wird keiner sein. Üsküdar und Sankt Pauli, ein fremder Wind. Noch einmal mit alten Autos Europa. Bruchstücke von Gepäck. Bücher, Manuskripte, Notizzettel, viele Leben und lang schon keine feste Adresse mehr. Barfuß, jetzt fährst du barfuß! Jugend, jeder Tag wie ein Strohfeuer abgebrannt, solche Tage. Noch zehn Jahre Suff und Straßen. Auf einem Schiffsdeck, im Knast, auf der Flucht und wer bin ich? Von weit her, in fremden Häfen, an fremden Küchentischen, ein Bettler, ein Spuk, ein Gespenst und als Gast. Gekommen und gegangen; Jahre, Jahrzehnte. Und die täglichen Mahlzeiten? Wie also? Einen Namen haben, sitzen und kauen! So fängst du immer wieder von vorn an. Zum Weiterleben, fürs Leben.

Jetzt steht er beim Fenster. Redet mit sich und redet mit den Speisen und Gegenständen und rückt den Tag und den Tisch und die Dinge der Welt auf dem Tisch zurecht. Mit Gesten, die mich an meinen Vater erinnern. Für einen Augenblick sah ich ihn, wie er als glücklicher alter Mann wäre und wo sind wir dann? Das Wasser, den Sekt und den Wein aufmachen, es ist alles da. Die Servietten, wo mag er sie herhaben, gestärkte gebügelte Leinenservietten (wie eigens für uns und den Imbiß und diesen einen einzigen unwiderruflichen Augenblick fristgerecht fachmännisch frischgeklaut!). Unter dem Fenster der Markt, es ist Abend, der Himmel noch eben hell. Wird Sacré-Cœur wohl beleuchtet sein heute Abend? Ein bißchen Kiff hat er auch. Wo mag es hersein und bis zu uns welchen Weg gekommen? Gleich jetzt vor dem Essen noch einen Zug rauchen und dazwischen auch, Zeit genug. Dafür ja die Zeit und die Einzelheiten und beim Essen die vielen Gänge. Dafür die Dämmerung sacht wie dein Atem jetzt und dafür auch die Pausen zwischen den Gängen. Ich lag auf dem Bett. Wie auf einem Floß trieb ich mit meinen Leben dahin, die Kindheit dort drüben am Strand, das Alter in weiter Ferne. Mit offenen Augen. Ich sah den Abend vorm

Fenster und den Abend im Spiegel und wußte das Meer unten bis vors Haus, wußte es durch die Türen herein und bis an die Theke kommen.*

Er hat den Wein eingeschenkt und fängt an, ein paar Joints zu drehen. Schon wieder Oktober, jetzt kommt sie, Sibylle, von draußen herein und sucht meinen Blick, damit sie mir zulächeln kann. Damit wir wissen, daß es uns noch gibt, damit wir auch weiterhin nicht aufhören werden zu bleiben. Gleich anfangen jetzt! Es ist Abend. Paris, sagst du dir, Paris jedesmal, es ist immer Paris. Immer wie zum erstenmal, immer wieder gekommen: Und spürst, wie sie um dich her atmet, die Stadt, und fährt in die Nacht hinein, viele Leben. Riecht der erste Joint nicht wie Pinien an einem heißen Tag mittags im Süden? Noch einmal von allen Speisen wollen wir kosten und jede Art Rausch!

* An das Meer muß man glauben!

[14]

Paris, Oktober. Wie auf den eigenen Spuren, wie zum Gedenken noch einmal jeden Weg. Vier Tage, sagst du dir, oder fünf und bis zur nächsten Wiederkehr. Nie genug. Jeden Morgen unten in der Marktkneipe Café au lait und Croissants. Der Wirt hat uns zugenickt.* Dann einen schwarzen Kaffee mit Rum und die ersten bitteren Morgenzigaretten. Gauloises und Gitanes. Noch früh, es ist ja kaum erst acht Uhr durch. Die Kneipe schon ausgefegt, frischer Sand gestreut. Alle Türen offen. Spiegel und Fenster voll Himmel und das Meer noch eben in Reichweite vor unsren Füßen. Auf dem Markt schon seit Stunden Hochbetrieb.

Über den Markt und sich zu den Gerüchen die Erinnerung an unsere Ankunft und den gestrigen Tag zusammensuchen, viele Bilder. Und dazu den Hunger und zu dem Hunger die zugehörigen Speisen und Namen und das Geld, Kleingeld, kleine Scheine und Münzen für einen Imbiß jetzt gleich. Großartig ein zweites Frühstück, diesen heutigen Morgen und was es nicht alles gibt. Wie es hier an jedem Stand und wie es aus den Läden heraus nahrhaft nach Wein und nach Brot und nach Leben duftet und riecht. Gleich kam mir vor, als ob wir in Frankfurt kaum je einmal richtig gegessen hätten, nicht ein einziges Mal. Die Gerüche sortieren, entwirren und jedem einzeln nach, laß dir Zeit. Wespen und Weintrauben. Die Melonen, wo werden sie hersein, Honigmelonen. Käse aus vielen Provinzen (wie ein Echo aus dem Mittelalter der Abenteuerbücher deiner Kindheit klingen die Namen dieser Provinzen noch jetzt in dir nach und hören nicht auf, zu rufen). Ein Bäcker mit frischem Brot. Holzrauch, Hammelfett, Rosmarin. Es ist Pinienholz, das da brennt.

Die Gerüche: jedem einzeln nach, ihn kosten, schmecken,

* Über alle Meere hin und durch die Jahrzehnte. Wie immer, der Fremde im Spiegel, das bist du selbst.

nachschmecken! Ihm hinterdreingrübeln und sich dazu aus dem Gedächtnis das eigene Leben, Durst, Hunger, die Lust und die Wörter und Bilder zusammensammeln, so geht es, so kannst du uralt werden. Viele Männer in Sultanspantoffeln. Jede Hausfrau geht jeden Morgen mit vielen Taschen, Sorgen, Einkaufszetteln und mit einem Liebeslied auf den Markt. Ein altes Lied. Erst recht dann Jahrzehnte als Witwe. Von gestern der Rosenverkäufer mit seiner Erinnerung und dem heutigen Tag. Rotgesichtig ein Säufer mit zwei jungen Hunden, der Hustenbonbons verkauft. Der Glaser mit seinem Handwerkszeug. Er muß aus einem alten Cocteau-Film, sagst du dir. Siehst du, da geht er. Und ein paar Schritte weiter die Secondhandläden von drei Kontinenten. Weihrauch, Moschus, Patschuli. Erst unser zweiter Tag und der halbe Markt kennt uns schon. Den Tag und den Markt und mich in Sibylles Augen lebendig als Spiegelbild und als hätten wir uns nach langer Zeit wiedergefunden. Mußten gleich stehenbleiben, uns zu berühren (gleich wie man auf Holz klopft).

Wie immer in Paris das ganze Essen mit ins Hotel. Der Wirt hat uns zugenickt. Sie geben dir einen Teller und noch einen Teller. Sie geben dir Gläser, sie geben dir Messer und Gabeln und was du brauchst. Schon auch die ersten Nutten jetzt an der Theke. Noch mit den Abenteuern der Nacht, eine Anstrengung, ein Gefuchtel und die richtigen Wörter dafür. Alles selbst erlebt. Mit Zigaretten, Armreifen, Ohrringen, Kaffee und Morgenschnaps, Lippenstift, Spiegelbildern. Jede hat ihr Spezialgetränk. Sie auch, sagst du dir, wie denn nicht, fangen jeden Tag wieder von vorn an. Unverzagt ihre Spiegelbilder. Und fangen gleichfalls schon an, uns zu kennen, sie auch. Auf der Treppe drängen sich die Parfümsorten. Parfümverschwörungen. Jetzt wird es halb neun sein, Fenster offen, den Tisch ans Fenster und in der ausgebreiteten Gegenwart (unterm Fenster der Markt, Paris und die Welt) sich eine Reihenfolge zurechtlegen für die Speisen, den Tag, deine Handgriffe, Gedanken, Notizzettel und die

Frau, die du liebst. Zigaretten, Saft, Kaffee und Rum. Keine Zeitung und sehen, wie alles sich anläßt, der Tag, das Wetter, der Himmel vorm Fenster. Von gestern mein *Saint-Raphaël*, die Flasche noch mehr als halbvoll. Wie Türen die Fenster bis auf den Fußboden und niedrig ein Eisengeländer davor. Viel Himmel. Und doch auch selbst nicht immer der gleiche Mensch, sagst du dir, immer ich. Und hast auch schon angefangen, der Tag auch (der Tag kennt sich aus).

Wie oft in Paris schon dir vorgenommen, daß du einen ganzen Tag im Bett bleiben willst. Viele Jahre lang, immer wieder. Der Regen, die Bücher, deine Müdigkeit und die laute Welt. Am besten gleich nach dem Frühstück wieder ins Bett. Nur eben an der nächsten Ecke Kaffee, Zigaretten, meinen Morgenschnaps, einen Vorrat an Obst, Schokolade, Zeit und kleinen gelben Madeleinekuchen, damit sie inzwischen mit nicht mehr als drei Handgriffen rasch das Zimmer aufräumen können. Und dann mit dem Tag so schnell wie möglich zurück ins Bett. Am besten bevor es noch zehn Uhr morgens. In allen Vierteln hast du schon gewohnt und ruhige Tage dir ausgedacht. Und hast sie dir vorgesagt, deine Tage. Und wie selten doch ist es dir in all den Jahren in einem der vielen kleinen Hotels hier und da einmal gelungen, daß du bei dir und daheim und im Bett bleibst; der Tag vor dem Fenster und die Stadt vor der Tür.

Dein erster Sommer in Paris. Ein Hotel in der Rue du Général Lanrezac und alle Morgen im Bogen über den Étoile, wo der helle Kies unter deinen Füßen dir jedesmal wie ein Gruß daherkam, weil du jeden Tag wieder den ganzen Tag lang mit keinem Menschen gesprochen hast, fremd hier, ein Fremder. Vom Dorf gekommen, aus einem Bauerndorf. Dort auch fremd. Leicht mit Morgenschritten die Champs-Élysées hinunter und wenn es die richtige Ecke ist, an der du einbiegst, dann muß diese ernste graue Vormittagsstraße jetzt Rue La Boétie heißen. Schnell in der nächsten Kneipe als Fremder im Spiegel einen Kaffee, einen Schnaps, einen Café arrosé (froh, der Knechtschaft eines regelmäßigen Alltags mit dumpfer und schwerer Arbeit in Deutschland wenigstens für eine Weile entflohen zu sein. Sei froh, daß du weg bist! Hier kennt mich keiner!). Und dann an den ehrbaren Fassaden der Rue Saint-Honoré vorbei. Durch die Rue de Rivoli, die Rue Saint-Antoine. Baguette, Suppe, Salat, ein Entrecôte, ein Menu gegessen, nur daß du hinterher jedesmal nicht zu sagen weißt, ob das vor zehn Jahren gewesen ist oder soeben vorhin am heutigen Nachmittag (wo ist der hin?). Als ob du die Gegenwart, Stadt und Zeit, als ob du dich in deine Gedanken hinein immerfort selbst träumst. Passanten. Oder ist es die Stadt, die uns träumt? So gehst du und weißt nicht, als wer du hier gehst und wie du je wieder heimfinden sollst.

Und wenn du zur Place de la Bastille kommst, ist Abend. Ein langer Tag, es ist ein langer Tag gewesen. Genauso von der Place d'Italie nach Clichy, vom Montparnasse bis zum Château Rouge, vom Montmartre zum Étoile, zur Oper, zum Louvre. Wie ein reicher Mann durch die Rue Royale. In Gedanken steinreich gewesen, dann den Reichtum wieder vergessen, den Fluß entlang und über die Brücke ins Quartier Latin. Die Rue Mouffetard, die Rue Saint-Denis, es wird jedesmal wieder ein ganzer Tag, und ist es nicht eh und je so, als solltest du jeden Tag wieder dein ganzes Leben noch einmal? Und wenn du unterwegs an einer Ecke auch nur einmal anders abbiegst, kaum zwei Schritte weiter, gleich ist es nicht mehr die gleiche Stadt. Gleich ist der Tag ein anderer Tag; viele Leben, Gesichter. Wie die Tage sich drängen. Die Stadt zieht durch dich hindurch. Jedes Wetter, die Jahreszeiten. Allein auf jedem Weg, schreibst du dir für dich selbst im Kopf jedesmal ein Buch.

Soeben vorhin mit dem Essen, ein Entrecôte, ein Onglet, sagst du dir, das muß doch eher wohl schon ein paar Jahre hersein. Aber ganz deutlich die Suppe noch, Kartoffelsuppe, Sauerampfer, Majoran, Kümmel, du hast noch jetzt den Geschmack im Mund. Und immer wieder ein kleiner schwarzer Kaffee. Wenn du ihn als eiliger Fremder im Stehn an der Theke trinkst, da kostet er ja beinah nix, sagst du dir. Und rechnest dein Leben zusammen; jeder Tag wird dir überm Weg in deinem Kopf zu einem Buch.

Von der Bastille durchs Marais, durch die Archiv- und Tempel- und Tuchhändlerstraßen zur Place de la République. Weil du nicht Französisch kannst, werden dir die Namen und Wörter unverzüglich zu Sinnsprüchen, Rätseln und Botschaften, eigens für dich. Wiederkommen alle paar Jahre oder jedes Jahr ein paarmal und sehen, was aus dir und der Stadt und der Zeit geworden. Wie auf den eigenen Spuren jeden Weg wieder und jedesmal neue dazu. An jeder Ecke. Wie das Laub sich schon färbt. Und dann wieder sind es die ersten Knospen. Wieviele Leben auch würde es brauchen, nur jeden Schritt Weg noch einmal und dabei auf Schritt und Tritt wiederfinden die Zeit und deine und alle Gedanken, wie sie da liegen. Soll nichts je verloren und um deine Füße das welke Laub – wessen fixe Idee mag das sein?

Früh einen Morgen im Sommer, in deinem ersten Pariser Sommer einmal vom alten Montmartre eine steile Treppe herunter und dabei ganz genau gewußt, es kommt der Tag, da fährst du in den Süden. Nach Arles, nach Marseille und nach Saintes-Maries-de-la-Mer. Zum erstenmal. Auf der Treppe alle paar Stufen ins Hüpfen geraten, so steil ist die Treppe. Und dann wieder stehst du versunken. Noch früh, noch nicht einmal acht Uhr morgens, Paris, und keine Wolke am Himmel. In Staufenberg, in deiner Kindheit, hat es auch solche steilen Gäßchen und Treppenwege gegeben und helle Morgen, genau wie hier. Mit dir selbst und der Stadt und dem Sommer: jeden Tag wieder den ganzen Tag hast du vor dir und alle deine Gedanken.

Vor zwei Jahren im August, Sibylle und ich. Es ist heiß, unser letzter Abend in Paris. Vorher eine Woche lang in einer exterritorialen Dachkammer in der Rue Saint-Jacques, ohne Luft und eng wie ein Schrank. Wie in einem Backofen. Mußten die ganze Nacht jede Nacht Wasser trinken, jede Stunde zwei Liter Wasser, nur um nicht zu ersticken. Aber auch großartig! Hoch in den Himmel hinein ein altes Pariser Mietshaus, ein billiges Stundenhotel und Studentenhotel, das überhaupt erst im dritten Stock anfängt. Ein Hotel für Schriftsteller, die kein Land haben. *Grand Confort des Temps modernes!* Was ungefähr eine nackte Glühbirne mit Lichtschalter und zweimal täglich halbwegs fließendes Wasser bedeutet und die übrige Zeit gutwillig ein Getröpfel. Mit jeder Etage enger und steiler die Treppe und der Marmor vor gut achtzig Jahren wie ein grandioser Sonnenuntergang grün, rot und gold auf Preßspan und Pappe und Sperrholz gemalt. Gleich beim Boulevard Saint-Michel, gleich beim Panthéon um die Ecke, die ganze Woche für sechzig Francs.

Und sind dann für noch drei Tage in ein Hotel bei der Place Blanche. Für neun Francs pro Nacht im ersten Stock ein geräumiges Zimmer, ein Hofzimmer mit zwei großen Fenstern und voll mit richtiger Luft. Im Spiegel und vor den Fenstern Kastanienbäume. Leicht wie der Wind weiße Vorhänge an den Fenstern. Sogar noch im Spiegel bleibt sie sichtbar, die Luft. Unter den Bäumen im Hof ein Brunnen, ein kleiner Brunnen, eigentlich nur ein alter Steintrog voll Wasser. Dann erst das Weinlaub und die grünen Fensterläden entdeckt. Eine hohe Mauer und hinter der Mauer ein Lyzeum, ein Schulhof mit Pausenklingel. Sommer. Zwei große Fenster, die Vorhänge wehen. August. Es sind Ferien, trotzdem jede Stunde die Klingel und dazwischen eine Stille wie auf dem Land.

Zehn Tage lang jeden Tag haben wir, Sibylle und ich, in Paris nach ihrem Vater gesucht oder dachten wir nur, daß wir suchen? Nicht ihren richtigen Vater, sondern den Mann, den sie als Kind ein paar Jahre lang Vater nannte. Ein Franzose, ein Jazzpianist, mit dem ihre Mutter sieben Jahre gelebt hat. Sie lebten in Juan-les-Pins. Wir hätten ihn finden können. Wir hätten ihn beinah gefunden.

Es ist heiß, unser letzter Abend, schon spät. Bei der Métrostation Lamarck-Caulaincourt siehst du uns auf einem Mäuerchen bei der Treppe sitzen. Im Hochsommer, im August. Jeden Tag wieder vom Morgen bis in die Nacht hinein durch Paris. Und am Abend jetzt hier auf den Steinen, die noch warm sind vom Nachmittag. Unser letzter Abend. Sind müd und können nicht heimgehen jetzt. Vor uns die Treppenstufen. Steil bergab eine alte Montmartre-Treppe, der Abhang, die nördlichen Vororte. Clichy, Saint-Ouen, Saint-Denis. Die Treppe, Platanen, die Straßenlampen. Laubschatten, eine Litfaßsäule, das Métroschild und ein Eckcafé, das gleich zumachen wird. Es wird immer später.

Sogar die Steine fangen zu schwitzen an. Macht das die Hitze, der Schweiß, die Luftfeuchtigkeit oder unsere Müdigkeit, daß in der Ferne die Lichter groß werden und zu zittern anfangen? Und die in der Nähe mild und rund wie verschlafene Monde. Jedes Licht hat einen Hof. Erst noch dicht gedrängt immer wieder Leute aus dem Métroschacht. In kurzen Abständen, viele. Jetzt nur ab und zu noch ein einzelner Mensch. Mit sich selbst, in der Stille. Beinah nur wie ein müder Schatten vorbei. Bald Mitternacht. Morgen weg von Paris! Wir wollen trampen! Wir haben eine Landkarte von Frankreich, die in wunderschönen Farben gedruckt ist. Zwei leichte Schlafsäcke, richtig gerollt kaum größer als eine Zeitung. Legst du sie aneinander und machst den Reißverschluß zu, gleich wird ein Doppelschlafsack daraus, bequem wie ein Bett. Weit durch das Land, in den Süden. Burgund, der Mont Blanc, Marseille, Martigues, Arles, die Camargue. Die Felsen, die Flüsse, das Meer und alle Tage die glücklichen kleinen Städte in der Provence, du siehst alles vor dir. Du hast es immer gewußt. Bald heimgehen, sagen wir uns, wie heißt denn nur das Hotel? Und sitzen hier auf den Steinen und sagen uns, daß wir wiederkommen, noch oft und oft wiederkommen und wollen nicht aufhören mit dem Leben. Im Leben nicht! Jeden Tag wieder und von nichts je genug kriegen, sagen wir uns. Und nur auch nicht darauf vergessen, überhaupt ja nix je vergessen, das ist doch klar! Will kein bißchen Wind aufkommen jetzt in der Nacht? Sitzen hier bei den Laubschatten auf den Steinen, die noch warm sind vom Nachmittag. In dem Eckcafé stellen sie schon die Stühle zusammen und werden gleich anfangen, die Lampen zu löschen. Nach und nach, vor unseren Augen. Und wir, wir sitzen und können nicht heimgehen heute Nacht.

[15]

Und in einem April einmal, du warst dreiundzwanzig, eine ganze Woche lang kreuz und quer durch Paris. Die Knospen an den Bäumen, die ersten Blätter! Und daß sie (jeden Tag in den Tag hinein siehst du dich gehen!) je nach Stadtteil und Baumart, Sonnenstand, Straßenseite und Himmelsrichtung verschieden, ganz verschieden. Wie das Leben selbst, sagst du dir, so verschieden (im Gehen). Manche Bäume schon dicht belaubt und beinah ausgewachsen die Blätter! Und gegenüber im Schatten die fangen eben erst an. Ahorn, Akazien, Platanen, Kastanien und Linden. Von da an auf deinen Wegen den Knospen und Blättern bei ihrem Erwachen und Aufwachsen zugesehen, und wie der Frühling sich einrichtet in der Stadt. Und dazu auch wie sie wachsen, die Blätterschatten.

Und nach einer Woche, wenn deine Zeit um ist und du wieder abfahren mußt: zurück in eine Zeit, die dir nicht gehört, in dein deutsches Leben zurück (wer bin ich doch gleich?), dann sind die Boulevards grün und dir ein immerwährender Frühling in deinem Gedächtnis. Vielleicht daß ich als Lastträger und Staatsbürger kurz nach Ostern unverhofft eine Woche frei und das Reisegeld mir geliehen oder wie ging das in meinem Leben zu in den frühen Sechziger Jahren? Handlanger, Lastträger, Zahlenaufschreiber und Untertan. Und als ich nach fünfundzwanzig deutschen Jahren im Dezember 1968 zum erstenmal meine Geburtsurkunde vorzeigen mußte, da war ich auf einmal dann doch kein Deutscher.

So müde am Abend, als ob du auf jedem Weg und mit jedem Tag wieder dein ganzes Leben erlebt hättest und immer neu leben müßtest, ein langer Tag. Du kommst jedesmal wieder zur Bastille, durch den Tag, durch die Jahre, und mit deiner Müdigkeit weiter durchs Marais. An der Place des Vosges vorbei, sooft du sie findest und wiederfindest, und durch das Gedränge der

Archiv- und Tempel- und Tuchhändlerstraßen zur Place de la République, da hat wie immer der Abend gewartet.

Aber einmal wirst du hinkommen und bist vielleicht ein bißchen weniger müde oder wer weiß, vielleicht sogar müder als sonst. Am Ende so müde, daß es dir schon egal ist. Der Himmel noch eben hell. Vielleicht weil du diesmal unterwegs aufs Essen wie immer, wie die meiste Zeit, wieder vergessen hast oder hättest dieses eine Mal besonders gut sogar gegessen. Ein Steak, ein Onglet, Kutteln, provenzalisches Frühsommerhähnchen, Fenchel, Brunnenkresse, Salat, Selbstgespräche, eine nahrhafte Gartensuppe und zweimal ein Dutzend Austern oder dich nicht so lang damit aufgehalten, dir Wörter und Namen und Mahlzeiten auszudenken (vielleicht ist es noch gar nicht so spät!) – du kommst hin und weißt, diesmal kannst du nicht umkehren! Es ist Juni, die Sonne noch hoch am Himmel. Gitanes Zigaretten. Zähl dein Geld, trink ein kleines Glas Rotwein, trink zwei Gläser Rotwein und einen schwarzen Kaffee, dann gleich weiter.

Die Straße, fing sie nicht damit an, daß du ein paar Treppenstufen hinabsteigen mußtest? Die Straße heißt Rue du Faubourg-du-Temple. Vor dir her beinah wie ein Teppich die Straße – und einmal wie ein steter und einmal wie ein reißender Fluß. Marktgedränge, algerische Kneipen, Garküchen, Teestuben, Teppichhändler, eine Säge kreischt, Abendsonne, Basare, Secondhandläden. Tunesische Schlachter, tunesische Bäcker, tunesische Konditoreien. Fisch, Oliven, Obst, Hirse, Töpfe, gebrauchte Kühlschränke. Als ob du nie mehr Schlaf finden sollst. Es ist heiß. Der Asphalt brennt. In deinem Rücken die Sonne und hat pausenlos alles ausgeleuchtet. Trommeln hörst du. Kein Gesicht wirst du je wieder vergessen können. Ende Juni, stundenlang ging die Sonne nicht unter.

Ein alter Bus, die Fenster mit gelben und weißen Laken verhängt. Lastautos, knatternde Lieferwagen, Lieferwagen mit offenen Schiebetüren und Lieferwagen ganz ohne Türen. Motorräder mit Fehlzündung, ein Motorradfahrer im weißen Anzug mit orangeroten Rallyestreifen. Haushoch die Müllabfuhr wie ein sinkendes Schiff. Im Rinnstein läuft Wasser. Uralte Citroëns, Vedettes und Dauphines, wie du sie seit Jahrzehnten nirgends mehr zu sehen bekommen hast (wo ist die Zeit denn hin?). Marktbuden, Verkaufsstände, Gepäckkarren. Ein prächtiger alter Buick, ein alter Mercedes, ein neuer Ferrari, und in den Straßen jetzt mit dem Abend im späten Licht drängen sich Europa, Afrika und das Morgenland.

Langhin vor deinen Augen die Straße: hat sich in Bewegung gesetzt und kommt dir entgegen; dann wieder, so müde bist du, kriecht sie vor dir her und in weiter Ferne in einem halben Bogen bergauf, sacht bergauf. Ferne Lichter, die vor deinen Augen zu flimmern anfangen. Wie Sterne am Himmel, wie die Erde selbst, blau aus der Ferne. So weit weg, daß du sie nur mit äußerster Anstrengung noch zu erreichen vermagst mit deinen Blicken und Gedanken. Auf ihrem Hügel. Als ob sie nach dir rufen, die Lichter, so flimmern sie. Als ob sie seit deiner Kindheit schon nach dir rufen! Ein Abend im Juni und wie sollst du so einer Straße, dem Abend, der Ferne und dir widerstehen?

Quer zur Straße ein breiter öder Boulevard mit Marktbuden, Planen und Marktbudenstangen. Längst zu die Marktbuden. Stehen verlassen im Wind, stehen wie dunkle Nomadenzelte. Dazwischen verkümmerte Maulbeerbäume und Feigenbäumchen oder wenigstens wollten sie dir so vorkommen mit ihren verrenkten Gebärden. Sahen sie nicht wie aneinandergekettete Sträflinge aus? Sand, Wind, Staubwolken. Knatternd eine Plane im Wind, der Sand brennt dir im Gesicht, und die Marktbudenstangen klappern. Verlassene Feuerstellen. Große graue Vögel. Dreck, Abfall, Papier. Wilde Hunde rennen zwischen den Buden und Stangen. Wie am Rand der Wüste. Als ob von hier aus die Karawanen aufbrechen, so ein Platz, so kommt es dir vor. Sind aufgebrochen, die Karawanen. Sind weg und du weißt nicht, ob sie ihr Ziel je erreichen. Jahre, Jahrzehnte, bevor sie zurückkommen oder wenigstens eine Nachricht hier eintrifft. Oder sind weg und du hörst von ihnen nie wieder ein Wort.

Belleville heißt der Ort. Alte Häuser und neue Häuser. Die Straße jetzt sacht bergauf. Im späten Abendlicht düstere hohe Häuser und rücken jetzt dichter zusammen. Müdigkeit, wie mein Herz klopft! Bergauf, die Sonne in deinem Rücken. Und hat nicht aufgehört, jeden Winkel immerfort auszuleuchten. Ist es nicht schon dein ganzes Leben, daß du so gehst und gehst – wie lang noch und wo denn hin? Die meiste Zeit Abend.

Jetzt ist es China. Du gehst in der Menge, hungrig, müde, mit bleischweren Gliedern, geblendet vom späten Licht. Um dich her ein Gedränge, die Menschheit, Hongkong, Chinesengesichter. Chinesische Kneipen und Läden und Restaurants, jedes Haus eine Kneipe. Manche mit nur einem Drehspieß, der sich gleich als Attrappe erweist. Dann also ein kleiner Elektrokocher, defekt, aber immer noch brauchbar! Bloß der Schalter ist abgebrochen, die Platte sehr klein und hier und da durchgeglüht, aber brauchbar. Die Schnur ausgefranst, der Stecker ist angeknackst, das Gehäuse hat einen Sprung und er kann nicht mehr stehen, d.h. er wackelt beim Stehen. Besonders mit Topf und Pfanne und Blechbüchse drauf, ein Menü mit drei Gängen. Und fängt jetzt zu kochen an, dampft, zischt, vibriert und würde gern explodieren oder wenigstens auf und davonfliegen. Immer noch brauchbar, sehr brauchbar. Eßstäbchen, Plastiklöffel oder die eigenen Finger und dazu an der Wand ein Plakat von Shanghai und scharlachrote Papierservietten. Eng wie ein Hauseingang manche Kneipen. Manche mit nur einem einzigen Stehpult zum Festhalten (du mußt im Stehen das Stehpult ein bißchen festhalten!) und vier alten Chinesen in pyjama-ähnlichen Baumwollanzügen. Das werden die Köche sein. Ganz genau gleich alle vier, das Fett in der Pfanne zischt, und alle vier kauen.

Und Restaurants mit riesigen Sälen mit hundert Tischen, mit Sonne, Mond und Sternen. Zwei oder drei Sonnen. Säulen, steinerne Löwen am Eingang, Kalenderfesttage, Pagodendächer, Springbrunnen, Wasserspiele, Wasserschildkröten, Flugdrachen, Palmen, Regenwald, Goldfische, goldene Land- und Meerungeheuer und ein goldverzierter Plafond. Abendsonne, die Stille, wie Seide die Stille und ein Reigen festlich geschmückter Stunden in ihrem Glanz. Lampions, Blumen, Kerzen, Tischtücher, Stoffservietten, Steingötzen, Messingbeschläge, Kupfergongs, Silbertabletts und für die vergängliche Zeit diese dauerhaften Gefäße aus Jade, Silber und Gold. An jedem Tisch jeder Platz für ein Fest gedeckt. Die Kellner und Spiegel makellos und voller Erwartung. Die Musik mit Gongschlägen, Zimbeln und Trommeln. Und nicht ein einziger Gast, kein Mensch ist gekommen. Heut Abend nicht und vielleicht noch nie.

Speisekarten mit Farbfotos, vielsprachige Speisekarten. Die Gerichte sind numeriert und die Karten scheints vielversprechend ein bißchen durcheinander oder warum fängt es auf der ersten Seite mit Nr. 124 an? Sechsspaltig die Karten. Jede Spalte in einer anderen Sprache und die Übersetzungen scheints von rechts nach links und von oben nach unten (es fehlen die Zeitzonen, Längen- und Breitengrade) ein bißchen verrutscht. Für viele Zungen. Was in der ersten Spalte als Peking-Ente, goldknusprig geröstet, mit Fenchel, mit Bambussprossen, chinesischen Pilzen und zahlreichen Wörtern und Zutaten, wird in der Mitte zu fetten glasierten Spanferkelkrustenstreifen mit Sojakeimen, Kennziffer und Kichererbsen, und am Ende sind es die seegrünen salzigen Flossen von einem fremden fliegenden Fisch, einem Glücksfisch, der keinen Namen hat. In Europa nicht und in beiden Amerika nicht. Und diese seegrünen salzigen Flossen, die Liebe, Reichtum, Frieden, eine große Familie, weite Reisen und in Gesundheit ein langes glückliches Leben verheißen, werden wie?, werden dir ohne Verzögerung, werden mit warmem gewürzten Reiswein, mit Ginseng, mit

Ingwerhonig, Alphabet, Zuversicht, guten Wünschen, Muscheln und Algen serviert.

Wieder andere Restaurants übervoll – drei Etagen. Oder daß es die gleichen wären, der gleiche Tag und nur nicht die gleiche Stunde? Voll bis auf den letzten Platz und dazu noch die wandgroßen Spiegel. Meistens Chinesen, chinesische Großfamilien, Trauerfeiern, Hochzeiten, Jahrestage und Festgesellschaften. Zarte kleine Chinesinnen, deren Anblick dir fast das Herz bricht (sowieso wirst du nie mehr einschlafen können!), so fremd, so schlank, so leicht, so enge geschlitzte Röcke und so nah hier an dir vorbei. Elfenbeinknie, Achataugen und nachtschwarze Haarfluten. Wenn du nur wenigstens von einer von ihnen unverlierbar den Namen dir wüßtest! Manche mit frisch eingebrannten afrikanischen Löckchen, und du nimmst ihre Blicke mit, du hättest gern ihren Anblick für immer. Flink sind sie. Leicht. Die Röcke auf beiden Seiten hoch bis zur Taille hinauf geschlitzt. Ein Kind mit Streichhölzern, Mohnblumen und Papierschiffchen. Eine Raumstation aus Papier. Chinesengesichter.

Du spürst, du hast selbst ein Chinesengesicht, und wer weiß, wie lang schon? Du spürst es ganz deutlich auf Stirn, Augen, Nase, Backenknochen und Mund. Hin und her in China. Belleville heißt der Ort. Mitten in deine Gedanken hinein jäh ein Gestöber aus rotem und schwarzem Papier, du weißt nicht, was es bedeutet. In den Schaukästen und Vitrinen Gefäße und kleine Päckchen und Schachteln und Dosen und Büchsen mit vielen Rätseln und Wegen und Mustern darauf. Fächer in allen Größen, manche wie Wandschirme groß, und mit Tagen und Szenen aus deinem Leben bemalt. Schlangen in Schnaps eingelegt, Schlangenhaut, Schlangenpulver. Die Seife, das Wachspapier, rot, schwarz und dunkelblau. Die gelben Stunden, die gelben Segel und jetzt am Abend am Himmel das gelbe chinesische Meer. Die Gerüche, die Bilder, die alte Schrift. Alles wie aus einem großen verlorengegangenen Buch, in dem höchstwahrscheinlich die ganze Welt aufgezeichnet war. Weisen nicht sogar die Speisekarten auch darauf hin, daß es einmal so ein Buch muß gegeben haben? Und wer soll ich selbst, fragst du dich? Vielleicht doch eher ein Mongolengesicht, so eine Einsamkeit in den Schädelknochen. Steil bergauf und dir dabei ohne Ende die Einzelheiten erzählen, die Welt. Jetzt ist es China, dann Burma, Laos, Kambodscha und Vietnam. Wie ein reißender Fluß um dich her die Straße. Du gehst in der Menge, hungrig, müde, mit bleischweren Gliedern, geblendet vom späten Licht, und es ist nur wie die Fortsetzung eines anderen Traums. In jedem Leben suchst du dich selbst. Du bist hier aufgewachsen, schon als Kind hier gegangen und seither jeden Abend so heim. Die meiste Zeit Abend und unwiderruflich ewigkeitsgolden der Himmel. So gehst du und gehst.

Steil bergauf jetzt die Straße. An den Mauern die Lichtreklamen. Sind das die Lichter, die dich am Anfang des Abends aus weiter Ferne zu rufen schienen? Ist das wie jetzt der heutige Abend gewesen? Und wäre das jetzt die Ferne hier? Die Ferne, in der du dich wiederfindest? In deiner Müdigkeit weiter bergauf mit brennenden Füßen. Gestolpert und hier und dort abgebogen, vielleicht auch abgebogen nur in Gedanken. So müde jetzt, das dir manchmal war, als ob du dich in weiter Ferne davongehen siehst, wie denn rufen? Dann wieder ganz nah bei mir und wie mein Herz klopft!

Durch eine Reihe dämmriger Abendstraßen, die am äußersten Rand entlang (was für ein Rand, fragst du dich, von Europa, der Stadt, der Zeit, deinem Leben, Bewußtsein, dem Licht, diesem Hügel, dem heutigen Tag?). Haustüren, stille Fenster. Vielleicht doch einunddieselbe Straße, und daß es dir in deiner Müdigkeit nur so vorgekommen wäre, als ob sie immer wieder von vorn anfinge?

Bis du auf einen Place des Fêtes gekommen bist, einen leeren traurigen Festplatz am Abend. Marktbuden, Pfähle und Eisenstangen. Gerümpel. Die Marktbuden teils leer, teils mit Brettern vernagelt. Papierfetzen, graue Vögel. Und zwischen den Marktbuden der Wind, der sich hier einen Schlafplatz sucht. Bunte Lämpchen, ganze Girlanden von bunten Lämpchen, die meisten kaputt. Hunde streunen herum. Eine große Stille, verlassene Feuerstellen und in weiter Ferne, am anderen Ende des Platzes einsam ein Karussell. So weit weg, daß es dir wie ein Spielzeug vorkommt oder wie eine fahrige Erinnerung nur. Stand nicht auf dem vorigen Platz, auf dem Karawanenplatz, auch schon genauso einsam ein Karussell? Warum denn keine Musik? Und wo sind die Kinder und wo sind die Liebespärchen denn alle hin? Überhaupt die Menschen, wo sind sie? Sind alle heimgegangen? Auf einmal eine solche Ansammlung von Abwesenheit, von Menschenleere und Einsamkeit! Vor deinen Augen so verlassen der Platz, daß es dir den Atem nimmt! Daß dir vorkommen will, als ob du selbst schon nicht mehr auf der Welt, als ob ihr, du und dein Leben, schon längst verjährt: als ob ich schon jahrelang her sei! Genauso der heutige Abend, vielleicht alt und abgenutzt ein Sonntag, ein ehemaliger Sonntag oder wie willst du dir soviel Traurigkeit und diese Stille, wie denn so eine große Stille erklären?

So stehst du und hast deinen Namen vergessen. Jetzt am Abend. Hier auf dem leeren Platz. Für einen Moment nun so müde, als ob du keinen Schritt weiter könntest. Und auch nicht zu dir selbst und nicht in dein Leben zurück. Jetzt nicht und nie mehr. Der leere Platz. Sind die Hunde davongerannt? Hat der Wind einen Schlafplatz gefunden? Wer soll den Tag und den Abfall abräumen? Hätten nicht eben noch Luftballons, bunte Luftballons, viele, hinauf in den Himmel aufsteigen können? Jetzt ist der Himmel leer. War da nicht eben vorher noch auf einem Fahrrad ein Kind? Fuhr Kreise und

Ornamente für sich allein? Oder wärest du selbst dieses Kind gewesen? Vor deinen Augen.

Ist ganz nah der Wind vorbei? Sind Kinder mit einem Hund gerannt und hätten viele seinerzeitige Mütter und Tanten aus weiter Ferne immer wieder mancherlei Namen und Vergangenheiten hinter uns und hinter dem Leben hergerufen? Hat das Karussell sich gedreht, hat ein Feuer gebrannt, und hörst du sie klatschen, die Leute? Gelächter, Musik, die Musik hat gespielt! Die Liebespärchen, erst auf den Bänken und auf jedem Mäuerchen, dann zur Wein- und Champagnerprobe und dann ins Gebüsch oder heim oder wo sind sie hin?

In jede Richtung ein Betrunkener. Mit sich selbst. Auf seinem langen beschwerlichen Heimweg. Und wer noch? Wer nicht noch alles? Soll das jedesmal ich sein? Selbstgespräche, das Leben, die Kinder ja allesamt und verliebt sowieso, aber doch jedenfalls auch der Losverkäufer, der Jongleur, die Wahrsagerin, der mit dem türkischen Honig, der Feuerschlucker, der jüngste Karussellbursche, ein Glückspilz, Märchengestalten, und selbstredend der Betrunkene, jeder Betrunkene, die alle auch, die wärest du auch gewesen!

Nach Flieder, nach Rosen, nach dreierlei Sonntagsparfüm, nach Wein und nach Kraut und nach Bratspieß mit Zwiebeln und Nieren und Speck, die Nieren sind Hammelnieren, nach Merguez und nach Andouillettes muß es riechen! Und auf dem Podium die Musikinstrumente, alleingelassen. Wie die Trompeten glänzen! Beinah wie im Himmel! Jetzt kannst du in aller Ruhe die Musikinstrumente betrachten, derweil die Musikanten in Hemdsärmeln, Schweiß auf der Stirn, dort drüben am Tisch sitzen und mit großem Eifer und erheblichem Sachverstand essen und trinken. Die Dämmerung, der Himmel erst durchsichtig wassergrün, dann wie blaues Glas wäre er geworden. Und die bunten Lämpchen in deinem Gedächtnis, genau wie das Rosenwasser, den Oleander, den alten Flieder und dein eigenes Leben, hättest du sie erkannt, die Musik und die Stimmen erkannt und die Sterne auch.

Aber kein Fest heute Abend! Wohin ist es auf und davon, wer hat es mitgenommen? So stehst du, kein Gepäck, dein ganzes Leben im Gedächtnis, und doch auch wie nie gewesen! Der leere Platz. Der Himmel leer oder Mauersegler, am Abend jetzt Mauersegler. Die gleichen wie immer, wie überall abends. So stehst du mit deiner Müdigkeit. Leer der Platz, und bleibt leer. Wer soll mich denn rufen? Wer bin ich? Ein Buch über Tibet, und wie du sieben Jahre alt warst und es immer wieder betrachtet hast. Schwarzweißfotos. Jetzt fällt dir, so eine Ferne, der Titel nicht ein. Hier im späten Licht, in deinem eigenen Leben. Du stehst am äußersten Rand und dann gehst du weiter und über den Rand hinaus.

Von da an beinah, als ob du den Boden nicht mehr berührt hättest. Haustüren, Abendgemäuer. Wie über die Zeit hinaus stehengeblieben die Häuser und langsam der Weg. Teer, Straßenpflaster, dreierlei Pflaster und alte Steinplatten auf dem Gehsteig. Dazwischen Gras, Löwenzahn und Kamille. Sogar Schmetterlinge. Wie das Licht zittert und hell der Weg vor dir her. Ein Farbengeschäft, ein Schlosser, ein Schuster, ein Installateur. Werkstätten, niedrige Vorstadthäuser und einzeln eine düstere alte Mietskaserne, ein Eckhaus. Alles wie ausgegraben, wie zwei oder drei Zeitalter gleichzeitig neben- und auf- und durch- und übereinander. Darauf kommst du jetzt, weil du dir als Kind mit Mühe einmal das Bücherwort Archäologe eingeprägt hast. Neun Jahre alt und vom Dorf. Eigens für deine Selbstgespräche hast du es dir eingeprägt, so haben deine Selbstgespräche und das Wort dich beeindruckt.

Jetzt hier im späten Licht. Jede Haustür wie in eine Kindheit zurück, jede Haustür wie in ein anderes fremdes Land. Eine Mauer, ein Eisentor, ein Bretterzaun neben dir her. Brennesseln, Steine, ein Sandhaufen, ein leerer Hof. Garagen. Eine aufgegebene Tankstelle. Eine Autowerkstatt, die zu ist. Und alle sind heimgegangen. Butangas in bunten Flaschen und Eisenkartuschen. Grillkohlen, Werkzeug, Gartengeräte. Ein Getränke-Großhandel. Im Hof eine Laderampe. Ein Fahrradladen. Eine Wäscherei, in der noch gearbeitet wird. Arabische Frauen. Eine Kneipe mit offenen Türen. Du warst schon vorbei, eine ganze Weile lang schon vorbei, und doch war dir, als ob du aus der offenen Kneipe in vielen Sprachen die Stimmen noch hörst und die Stille. Fern ein mildes Geplätscher und dann wieder überdeutlich in deinem abendmüden Gedächtnis. Und als ob du dich darin suchen solltest! Oder ob du dich verfehlt hast, seit wann denn verfehlt? Und wie ging das zu? Schon wochenlang ohne Schlaf. Sollst du jetzt umkehren und dann wohin? Dir war, du bist schon einmal so gegangen! Dir war, als ob du dein Leben lang schon so gehst. Wer bin ich? Und wo sind die Kinder hin?

Platanen, eine Lifaßsäule und am Ende der Straße ein staubiger kleiner Platz. So staubig sind die Platanen. Abend, so traurige Mauern, Europa, und in den leuchtenden leeren Himmel hinein auf jedem Dach die Antennen; Fenster offen, die Abendnachrichten. Wie aus dem Himmel gefallen und seit wann denn den Namen von deinem Stern vergessen, so gehst du dein Leben lang mit dir heim. Mit deiner Müdigkeit durch den Abend, durch den Abendstaub, durch die Jahre. Beinah als ob du getragen wirst jetzt und das Licht um dich her. Und unter deinen Füßen die Erde hat sich bewegt, das spürst du am Herz. Leer der Platz. Und bleibt leer. Was der Tod ist, ein alter Mann hier im Viertel. Kommt und klopft dreimal an, bald wieder die Haustür streichen! So mild ist das Licht, wenn es geht.

Alt und abenddunkel und in sich hineinversunken die niedrigen Vorstadthäuser. Ein Eckhaus, Lebensmittel, Obst, Wein, eine rote Markise. Ein kleiner Laden. Obstkisten davor, die Ladentür offen. Vor der Tür ein verwaschener Kittel, dunkelgrün, grau oder blaugrau, der Ladenbesitzer. Und steht da und ißt einen Apfel – nein, rot, das ist eine Tomate! Ein Grieche, Syrer, Algerier. (Nur Obacht, daß er sich damit nicht auf sich und seinen geschäftlichen Kittel drauftropft! Nicht auf die Schuhe und nicht auf die Ladentreppe! Nicht auf die Obstkisten, nicht auf den Gehsteig vorm Laden! Und erst recht doch auch nicht in die eigenen Ärmel hinein, so prall und so rot und so saftig sind diese Tomaten! Sind aus der Provence, aus der Gegend um Carpentras! Sind reif! Billig jetzt, preiswert!) Und grüßt, als ob er auf dich gewartet hat. Als ob er dich eh und je kennt. Und bei ihm im Eingang ein kleiner Junge. Fünf wird er sein, und steht hinter ihm auf der Ladentreppe, sein Sohn. Fingerlang ein Stück Süßholz und führt es zum Mund, als ob er wie immer am Abend um diese Zeit hier vor seiner eigenen Ladentür eine Zigarette raucht, längst erwachsen, längst groß. Eine Zigarre, eine extragute Zigarre. Von über dem Meer her so dunkle Augen.

Im Laden, was sollst du denn kaufen wollen? Gleich bei der Tür die Regale mit Süßigkeiten, daß du im ersten Augenblick gleich nochmal zum Kind, dann aber doch in der Gegenwart mit dir verblieben. Streichhölzer, Feuerzeug, noch genug Zigaretten. In den Regalen Olivenöl, Honig, Salz, Hirse und die vielen Büchsen mit roten ägyptischen Bohnen betrachten (als ob du sie in Tage und Jahre umrechnen müßtest und die Tage und Jahre in noch zu schreibende Bücher), den Ingwer, den Ziegenkäse in kleinen Scheiben und Rollen (du hättest doch besser vorher dein Geld zählen sollen!). Die bunten Sirup- und Limonadeflaschen wie Abendhimmel und Sonnenuntergänge zum vorsichtig Heimtragen, Wasser und Wein.

Daß du letzte Nacht Durst hattest! Daß du jetzt Durst hast und wirst in der nächsten Nacht noch mehr Durst! In jeder Nacht immer mehr! Zum Verrücktwerden! Wie lebendig begraben! Wie zum Ersticken! Schon dein Leben lang so ein Durst! Und sollst du dir deshalb einen Pfirsich jetzt? Vorsorglich zwei Pfirsiche, zwei oder drei? Lieber gleich vollzählig alle! Und dazu diese Kisten mit Aprikosen, Tomaten, Kirschen, das Wasser, den Wein? Aber wie denn dann alles schleppen? Mit welcher

Kraft, welchen Weg und wohin? Wer bist du und wo wirst du sein in der Nacht? Du hättest besser beizeiten (verstohlen) dein Geld zählen sollen, damit du weißt, wer du bist oder sein könntest! Also Pfirsiche drei oder vier. Sorgsam die schönsten wird er dir ausgesucht haben. Vor dem Eingang der Abendhimmel, und sein Sohn muß dich immerfort ansehen. Hinter dem Laden Lager und Wohnung. Dort die Familie, Frau und Tochter vielleicht. Und als ob du ihnen zusehen könntest bei ihrem Leben. Als ob du mit ihnen gelebt hättest – oder wie die Begebenheiten und Menschen in einem oft gelesenen Buch, so spürst du sie in dir drin und hinter der Wand und um dich herum. Beim Kaffeeregal an der Wand eine Kaffeemühle mit Messingbeschlägen. Und daneben die gelbe Lampe, das muß die gleiche wie in dem Kaufladen deiner Kindheit, wie damals in allen Kaufläden auf dem Land.

Vorher den langen Tag, ja vielleicht schon seit Tagen jeden Tag wieder fast umgekommen vor Durst! Erst recht in der Nacht! Beinah wie im Delirium! Jede Nacht! Und jetzt? Du stehst und weißt nicht, was du kaufen sollst. Die drei Pfirsiche, zwei reichen auch. Vielleicht reicht es ja auch, wenn du sie bezahlst und gleich daläßt? Zum Einpflanzen einen Kern, doch in welche Erde hinein? Eine kleine, eine allerkleinste Flasche mit Wasser! Beinah wie proforma nur! Und im letzten Moment (weil die drei Monde und die Moschee auf dem Etikett nicht aufhören wollten, nach dir zu rufen!) eine kleine goldene Pakkung getrockneter morgenländischer Vorweihnachtsfeigen! Eine Kostbarkeit, wie aus dem zweiten Hungerjahr nach dem Krieg deiner Kindheit.* Und atmen und mit der Zeit auch wieder den Schlaf, sagst du dir. Warum denn nicht, du wirst es schon noch einmal lernen, noch oft, dann bezahlt und gegangen.

* Der Krieg, der nie aufgehört hat!

Vor dem Laden der Platz, da ist es schon dämmrig unter den Platanen. Der Himmel noch eben hell. Die Straßenlampen. Deine Müdigkeit hat vor der Ladentür auf dich gewartet. Bald schlafen dann auch! So lang die Zeit, so ein langes Leben! Den ganzen Tag lang mit jedem Schritt auf den Horizont zu und wie jetzt den Rückweg finden? Jetzt den Tag noch einmal, jetzt wünschst du dir leere Hände zurück. Die Wasserflasche am besten gleich austrinken oder hättest du sie doch nicht gekauft, sondern dich sattgetrunken an ihrem Anblick? Die Feigen dir als Idee, als Gedanken an die Erinnerung? Und die Pfirsiche nur als Duft oder wie ging das zu? Dann bezahlt und gegangen. Um offene Augen zu haben, dazu brauchst du leere Hände. Noch eben die Schmetterlinge, noch eben das Licht auf dem Gehsteig, auf jedem Stein, und jetzt die Sonne da hinter den Häusern, die Sonne ist untergegangen. Und Welt, Gehsteig, Vorstadtmauern, Schmetterlinge, Gedanken, Tag, Leben, dein Rückweg, dein Atem, jeder Schritt Weg – sinkt jetzt alles so vor dir her und immerfort weg und sinkt in die Nacht hinein. So einen weiten Weg gekommen. Wie eine langsame Trommel dein Herz jetzt ruhig und fest. Wie auf den eigenen Spuren jetzt. Vor deinen Augen die Straßenlampen und weit um dich her die Stadt. Die Zeit, die Gegenwart und den Rückweg, dich und den heutigen Abend in deinem Leben, du wirst sie schon finden. Da oder dort wie schon oft ein Pariser Hotelzimmer, in jedem Viertel wird es dir recht sein. Du siehst dich kommen und gehen und dein Leben hat auf dich gewartet. Im Juni, dein Geburtstag kann noch nicht lang hersein. Immer noch Juni, und jetzt kann es endlich auch dunkel werden für die Nacht.

Und war dir da nicht, als ob du heute Nacht zum erstenmal wirklich ganz richtig und ruhig wirst schlafen können, laß dir Zeit, zum erstenmal seit du auf der Welt bist? Und atmen auch! So mit dir selbst, so die Straße entlang, so gehst du und gehst in dein Leben zurück.

Nach siebenundzwanzig Jahren noch einmal im gleichen Hotel wie in deinem ersten Sommer in Paris. Die gleiche ruhige kleine Querstraße im XVII. Arrondissement, nur eine Ecke weit vom Étoile. Ob du kommst oder gehst und jeden Tag wieder. Der Hoteleingang wie ein Bild, auf die Nacht hin ein anderes Bild. Die gleichen Teppiche, Treppenstufen, Tageszeiten, Tage, Träume, Lichtschalter, Wandlämpchen, Wandschirme, Zierleisten, Türen, Fenster, Gardinen. Der gleiche friedliche alte Pariser Hotelflurgeruch, beinah wie ein Bibliotheksgeruch, und wie du ihn wiedererkennst. Wie auf einem Bild sitzt an der Rezeption den ganzen Tag der bleiche Angestellte, der jeden Tag an der Rezeption sitzt. Sein Kasten um ihn herumgebaut; soll man sagen Empfangschef? Und nachts sein müder Kollege vom Nachtdienst, die gleiche Brille. Feierlich wie ein Beichtstuhl ein saumseliger Paternoster – nein, ein Aufzug mit Eisengitter. Seufzend, seufzend, sooft er gerufen wird. Und in den Spiegeln die Stille.

Gerade weil nichts sich geändert hat, sagst du dir, ist es nach so langer Zeit nun nicht mehr das gleiche Hotel, sondern übriggeblieben und wie in einer Vitrine. Verblichen, versunken, ein paar Stufen abgerutscht, aber langsam, das siehst du ja. Mit der Zeit, mit der Zeit, wo ist sie denn hin, die Zeit? Zu jedem Zimmermädchen denkst du dir passend ein Leben aus. Und wie es hier immer noch morgens nach Zeitung und Leben und Frühstück, nach Vergangenheit, Milchkaffee, Butter, Croissants und bitterer englischer Orangenmarmelade riecht, jeden Morgen von unten herauf durch alle Etagen. Siebenundzwanzig Jahre. Hôtel Phénix, und soll im sagenhaften nächsten Frühling nun endlich und fortan dann pünktlich jedes Jahr wieder frischrenoviert werden. Selbstgespräche. Wohin dein Weg und wo denn hin in Gedanken? Alle Morgen am Rand des Himmels entlang, im Bogen über den Étoile, und die eigenen Tage, den Kies unter deinen Füßen und die eigenen Schritte wiedererkannt. Und dich und auf Schritt und Tritt von damals noch jeden Augenblick und wo du hingedacht hast in diesem fernen altgewordenen langen Sommer. Erdentage. Ist gegangen, die Zeit. Also ich. Und hier gehe ich.

Müd heim am Abend. Dem Tag, der schon vorher ging, hinterdrein. An jeder Ecke ja beinah verlorengegangen. Auf jedem Weg und mit jedem Tag wieder dein ganzes Leben schleppst du mit dir mit. Als ob du es immer neu leben müßtest (Ende Juni mit meiner alten Reisetasche mit einem billigen Nachtbus aus Amsterdam gekommen). Wie geht das denn zu? Immer auf den Horizont zu und am Ende immer nur heimgegangen? Notizzettel, Zeit, Zigaretten. Immer noch ein Glas und dazwischen Kaffee mit Rum. Die vorletzte letzte allerletzte Kneipe für heute. Da sind sie dann schon mit dem Ausfegen fertig und trinken am Ende selbst noch ein paar kleine letzte Gläser mit sich allein.

So also, du und die Stadt. Als ob ihr euch immer gleich bleibt; lang hast du das geglaubt. Vor dir her, in die Nacht hinein, ein betrunkener alter Mann, der die Kippen aufhebt. Ein alter Mann mit einem Bündel und zwei Flaschen Rotwein, Literflaschen, rechts und links in den Jackentaschen. Einen alten Hut hat er auf. Wie er im Gehen mit der Welt, mit Gott und der Welt und mit sich selbst redet und gestikuliert und mit seinem zornigen alten Schatten. Die eine Flasche noch zu und die andere eben erst aufgemacht, Mensch, noch mehr als halbvoll. In die Nacht hinein. Lang vor mir her und dann weg. Wohin ist er weg? Nicht mehr da. Blieb verschwunden. Und der bin ich auch oder hätte gewesen sein sollen? War das heute Mittag? In der Rue de Budapest mitten in der Sonne die Nutten in Phantasiekostümen. Eine Negerin, eine Mulattin in Unterwäsche und hohen Stiefeln nahm meinen Arm und sagte zu mir: I do everything you want! Und jetzt hier die leeren Nachtstraßen. Die Bäume, die Lampen von Ecke zu Ecke. In den Straßen die Hitze. Métrostationen, Eingänge. Als ob du träumst, daß du träumst und dich selbst träumst. Vor einem Spiegel in einem Laden rot ein Stück Samt: ein Friseurladen, in dem noch Licht brennt und alle sind heimgegangen. Ein Herrenschneider, Maßanzüge und Seidenhemden. Einmal hast du reich werden wollen oder bist es gewesen, es muß eine Weile schon hersein. Ein Schaufenster voll mit Zeit und Hintergrund und Musikinstrumenten, Laden und Werkstatt. Harfen, Geigen, Klaviere und dazu noch die Straße, die sich im Schaufenster spiegelt. In einem tiefen schattigen Halbdunkel, und wie du im Vorbeigehen aufblickst, ist alles schon einmal gewesen. Als ob selbst die Steine dich kennen (die noch warm sind vom Nachmittag). Und das Laub da im Lampenlicht. Altgeworden das Laub, müd jetzt am Abend, ein langer Sommer. Und jetzt, jeder Stein, jeder Ort, jedes Ding fängt zu reden an, die Zeit selbst fängt mit dir zu reden an. Jeder Augenblick sieht dich an. Jeden Tag schreibst du dir im Kopf für dich selbst ein Buch. Am Ende aus Müdigkeit meinen Weg durch das Nachtlaub und (weil es einfacher ist) in Gedanken kopfüber den Himmel hinunter. Wie als Kind. So langsam, als ob du getragen wirst und dabei die Welt trägst. Halb im Schlaf schon, so kam es mir vor. So gehst du dein Leben lang mit dir heim.

Schon immer, vom ersten Augenblick an, seit du dich erinnerst, hast du Laubschatten geliebt. Und dazugehörig lebendig die Lichtflecken dazwischenhinein. Sind gesprenkelt, sind ewig und sind vergänglich. Jetzt noch siehst du dich, vier Jahre alt, barfuß, in Staufenberg in einem Staufenberger Sommer auf einem Mäuerchen sitzen. Erst mit der Erinnerung aus dem Himmel, dann mit deiner Mutter und mit deiner Schwester mit einem zerbrechlichen Glasschüsselchen aus Böhmen. Einen weiten Weg, durch den Krieg, durch die Hungerjahre und Lager, durch viele Länder gekommen. Und jetzt hier in der Gegenwart, in der Morgensonne. Auf der Welt bleiben und nächstens bald fünf. Eine Sprache wirst du dir finden, ein Mensch. Es wird wieder Juni sein, im Juni hast du Geburtstag. So schön die Laubschatten mit ihren Lichtflecken, so gegenwärtig, so wahr und so deutlich ist dir ihre Schönheit, daß es nicht einmal sein muß, daß du sie herumzeigst, benennst und erklärst. Sie sind da und sind sichtbar. Und fortan an deiner Freude über sie, das nimmst du dir vor, wirst du jedesmal wieder dich und die Welt erkennen!

[16]

Jetzt hier im Oktober, Paris. Nach dem Frühstück ein bißchen Kiff und mit dem Rauch auf dem Bett liegen. Mitten in meinem Leben. Unter dem Fenster der Morgenmarkt, ein Gesang, und kommt zu dir ins Zimmer herein (wir hören nicht auf, zu kommen). Das Meer weißt du vor der Haustür warten. Einen Joint und eine Weile danach einen leichteren Joint. Gitanes Zigaretten. Und dann in der Windstille: Laß dich treiben!

Der Tag. Viele Stimmen um dich her und die Stimmen in deinem Gedächtnis. Zweimal, an zwei verschiedenen Tagen, eine schrille arabische Flöte von unten herauf. Noch früh, es ist kühl. Jetzt im Oktober, da läßt in der Frühe der Tag sich schon Zeit. Genau wie die schönen Nutten ohne Unterlaß kamen und gingen, genau wie der Tag und das Meer, kam auch der Markt, der gesamte Markt, immerfort in die Kneipe herein. Kaffee, Schnaps, Rotwein, Geschäfte, die Zeitung, aufs Klo, einen Briefumschlag, einen Bleistift, die heutigen Preise (die auf dem Markt und die in der Welt). Wer nachgefragt hat und wann und was kann er (mit welcher Miene?) gewollt haben wollen? Ein Eau de Vie, ein kleines Glas Rotwein, Geld wechseln, Telefon, Zigaretten und (laß warten den Tag!) mit den Zahlen, Geschäften, Wörtern im Kopf, mit sich selbst und dem Augenblick wie im Traum in den Spiegel hinein. Manch einer jede halbe Stunde ein kleines Glas Rotwein und immer ein Eau de Vie in den Rotwein kippen. Schon jahrelang, Menschenjahre, Jahrzehnte.

Das Meer jetzt zurück an den Rand des Marktes. Morgens ist es müde, das Meer, alle Morgen. Schrill eine arabische Flöte von unten herauf. Aus dem Morgenland. Wie schon einmal oder war das auch jetzt, fragst du dich, immer ich? Wie aus weiter Ferne die Flöte und laß warten den Tag. So in der Windstille auf dem Bett. Mit geschlossenen Augen sah ich den Markt und versprach mir für mich selbst auch solche goldbestickten Morgen, nicht zu zählen, so viele. Und zum Herumspazieren Sultanspantoffeln.

Und dazugehörig die Wege, die Ruhe, die Zeit. Zumindest im nächsten, in meinem nächsten Leben und dann jeden Morgen. Und die Abende auch, sagst du dir, alle Abende. Kam das Meer schon zurück? Die Flöte in weiter Ferne. Zwei Sorten Kiff von weither. Das eine hat er nicht weit von hier einen Abend einmal am Boulevard Barbès, Samstagabend, halb geschenkt war das ja. Das andere drei Tage vorher in Saint-Germain sich gekauft, mein Freund Jürgen. Selbstredend beide gut, aber jetzt, wenn du ihn fragst, welches ist welches? Und woher wohl und welchen Weg bis zu uns? Das Bett ein Messingbett mit Stangen und Kugeln und Ringen. Bei jeder Bewegung, bei jedem Erdstoß, bei jedem Wellengang fing es zu klirren an. Beinah wie ein Läuten, das aus deinem Gedächtnis und weit übers Meer. Und klingt und klingt in dir nach oder durch die versunkenen Zeitalter einer untergegangenen Welt wie aus der Erde, aus tiefen Wassern herauf.

High und dir ein deutsches Wort dafür suchen, es eilt nicht. Nah bei dir dein Leben, die Stimmen, der Markt. Und das Meer in Sichtweite, Rufweite, Reichweite. Alles da, Gegenwart. Mit jedem Atemzug Rauch wie auf Wellen jetzt trägt dich das Kiff und setzt dich immer wieder sacht ab am heutigen Strand. Durch dich hindurch die Wellen, und jetzt läßt sie langsam schon nach, die Wirkung. Paris, der Tag wartet. Mein Paris. Sibylle wird gleich hereinkommen. Kann sein, die Sonne! Noch bevor du die Augen aufmachst, kann sein, die Sonne käme bald durch. Und wie die Stangen, Kugeln und Ringe am Bett und im Spiegel dann gleich zu leuchten anfangen. Noch früh, auf zehn wird es gehen. Paris, Oktober. Ein Pariser Hotelzimmer. Drei Fenster vom Fußboden bis an die Decke und am Schrank Spiegeltüren. Viel Himmel, das Bett hörst du läuten, drci hohe Fenster.

Durch Paris, alle Straßen. Mit ihr, mit Sibylle. Unter Bäumen, auf einem breiten Bürgersteig. In den Tag hinein und werden jetzt gleich die Gesichter einander zuwenden. (Sind das jetzt unsere Tage?). Im Herbst, unter Bäumen, Platanen im Herbst. Oktober, wie das Laub sich schon färbt und viel Himmel. Ging es nicht schon auf Mittag? Es geht immer wieder auf Mittag und der Himmel fängt an zu leuchten. Die Boulevards, und siehst du uns gehen? Den Boulevard Saint-Michel hinauf, zehntausend Gesichter und immerwährend ein dichtes Gedränge. Den Boulevard Saint-Michel hinauf und hinab, wie durch Jahre und Jahre. Saint-Germain-des-Prés, und wenn wir uns in der Rue Saint-Jacques wiederfinden, wird es für heute ein weiter Weg.

Am Boulevard de Port-Royal. Hier hast du schon einmal gedacht, du hättest dich, dein Gedächtnis, alle Schlüssel, die Welt, deinen Namen und dein sämtliches Geld verloren – oder ist das der gleiche Schreck und jedesmal wieder jetzt? Wer bin ich? Und die Kneipen auf Schritt und Tritt. Haben wir heut schon zu Mittag gegessen oder sind wir noch von den zweimal zwei Dutzend Austern zum Frühstück betrunken? Erst Weißwein, dann Rotwein. Ein kleines Glas Rotwein und noch ein kleines Glas Rotwein. Sooft sie sich setzt, Sibylle, setzt sie sich für mich so, daß ich ihr gut unter den Rock sehen kann. Und um uns in ihrem eigenen Glanz bewegt sich die Welt. Wir erfanden uns vielerlei Spiele und wer wir noch alles auch noch sein könnten, sie und ich. So auf den eigenen Spuren, vor zwei Jahren schon einmal hier gegangen. Ein Weinladen, eine Flasche Wein und die Flasche gleich aufmachen; es geht immer wieder auf Mittag. Zigaretten, den Wein auf den Weg, immer noch ein Schluck, und die Flasche abwechselnd tragen. Immer noch dabei, einander unsre sieben, nein eher neun bis jetzt, unsre neun Leben, viele Geschichten!

Wieder in der Rue Saint-Jacques. In einem Februar vor fünfeinhalb Jahren einmal hier mit Edelgard und Besino. Unser billiges Zufallshotel, meine Manuskripte, die Schreibmaschine, ein altes

Auto. Wir hatten kaum Geld und Besino ist krank geworden. Bevor er drei wurde. Eine Woche vor seinem Geburtstag. Sonntagmorgen ging ich mit einem winzigen Reisewörterbuch und unserem letzten Geld Fieberzäpfchen, Hoffnung und ein Thermometer auftreiben, hier ist die Apotheke. Genau hier auf dem Heimweg mit vielen zerbrechlichen guten Vorsätzen die Straße überquert. Rue Gay-Lussac. Schräg über die Straße und hinauf zum Himmel mit meinem Blick, ein Sonntagmorgen vor fünfeinhalb Jahren. Dann weiter die Rue Saint-Jacques. Zwieback noch unterwegs, ein offener Laden. Alle diese Läden, Milch, Lebensmittel, Obst und Gemüse, kennst du schon seit einer Ewigkeit. Seit ein paar Jahren jetzt meistens arabische Händler und bald wird es solche Läden in Paris nicht mehr geben. Und mit dir, sagte ich jetzt zu ihr, zu Sibylle. Vor zwei Jahren den Sommer, bevor wir dann in den Süden sind! Und im Gehen ihre und meine Hände betrachten, und was für ein guter Wein!

In diesem Februar im Hotel. Besino krank, und ein langer Sonntag. Bei ihm am Bett, wir spielten mit ihm und dazwischen schlief er uns ein. Er schläft und Regen am Fenster. Man muß seinen Schlaf bewachen! Unser Zimmer im fünften Stock. Abends ging es ihm besser. Bei Kindern siehst du das gleich. Wieder glatt und geschmeidig die Haut, gleich seine Stimme zurück, klare Augen. Er wollte hinaus, Auto fahren. Ich ging das Auto holen. Ich fuhr herum, bis die Heizung ging und hielt dann genau vor dem Eingang. In der Rue des Ursulines, gleich da vorn um die Ecke. Wir wickeln ihn in meinen alten Autopelzmantel ein, den hast du ja auch noch gekannt, und so mit ihm die Treppe hinunter. Vorn eine durchgehende Sitzbank, ein alter Opel. Beinah wie unser jetziger. Ich wünschte, es gäbe noch Autos, die vorn eine durchgehende Sitzbank haben, auf der man in jeder Lebenslage zu dritt und zu viert sitzen kann. Mit den Augen den Horizont suchen und fahren, wie die Zigeuner fahren. Besino jetzt wach und ganz bei sich! Mein Mantel für ihn wie ein Bett, beinah eine Höhle. Er zwischen uns und noch klein. Edelgard hielt ihn im Arm. Heizung, Licht, Scheibenwischer und im Autoradio Musik. So an diesem Sonntagabend mit ihm und wußten, er wird jetzt gesund. Er wird sich gesundschlafen, er ist schon gesund! Ein leeres dunkles verregnetes Sonntagabendparis. Februar. Kreuz und quer durch die Stadt und durch ihre Vororte. An Clichy kann ich mich erinnern, noch das alte Clichy. Nacht und Winter, die Stadt ein verzweigter Sternenhimmel. Im Autoradio Jacques Brel.

Fuhren bis kurz vor Mitternacht, dann ist er eingeschlafen. Er schläft und ich immer noch dabei, ihn in meinem alten Autopelzmantel durch die Stille die steile Hoteltreppe hinaufzutragen, fünf Stockwerke. Wie das automatische Treppenlicht schnurrt. Es reicht kaum von Stockwerk zu Stockwerk. Edelgard neben mir und knipst es jedesmal gleich wieder an. Halb und halb sind wir damals ja noch auf der Flucht gewesen, sie und ich. Oder jedenfalls vorher lang genug auf der Flucht. Du weißt ja, man wird es nicht los, es hört nie mehr auf. Die Hotelrechnung. Wir mußten nach Deutschland zurück und hatten über die Hotelrechnung hinaus schon nicht mehr genug Benzingeld.

Und nochmal sechs Jahre vorher, hör zu, ich allein. Ganz vorn in der Rue Saint-Jacques. Ein Hotelzimmer mit nur einer einzigen trüben Lampe. Allein und zu meiner eigenen Überraschung mit einem Nachtzug für eine Woche nach Paris gekommen, eine gestohlene Woche. Ich las Dostojewski, Der Idiot, als Goldmann Taschenbuch. Gerade die Zeit, da ich anfing, mich in Deutschland in Buchhandlungen manchmal hineinzutrauen. Ich ging durch Paris, als ob es meine Zeit sei und meine Stadt. Und sooft ich heim ins Hotel kam, jedesmal ein Fußbad. Im Waschbecken, im Stehen, jeden Fuß einzeln. Und sehen, wo es mich hindenkt dabei.

Dann lesen, im Bett lesen. Unter der einzigen trüben Lampe.

Eine nackte Glühbirne. Auch bei Tag ging es nicht ohne Licht. Kein Tisch, kein Stuhl, nix zum Sitzen in diesem Zimmer. Das fällt mir jetzt erst auf! Mich hatte ein Floh erwischt, der erste in meinem Leben oder wenigstens seit den frühen Flüchtlingslagern und Viehwaggons meiner Kindheit. Dicke rote Beulen in der Leistengegend, dicht aneinander und dick wie Geschwüre. Ich dachte schon Syphilis. Gern hätte ich ein ausführliches Lexikon zum Nachschlagen dafür zur Hand gehabt. Das erste Mal, daß ich Der Idiot las. Unter der grelltrüben Lampe, mit brennenden Augen. Von den Wänden herab die Schatten fangen zu flüstern an. Ich schlief ein und wachte gleich wieder auf (Syphilis oder nicht?) und las weiter. Wasser trinken, vielleicht hast du Fieber! Oder ist das bloß weil die Bettdecke so ein Blumenmuster?

Noch beim Lesen, Seite für Seite, mit meinen Zweifeln, ob das Buch, ob ich mir das Buch, ob es nicht vielleicht doch bloß eine Einbildung? So ein Buch! Am dritten Tag dann den Floh erlegt. Damals war es, daß ich an den Bäumen die Knospen entdeckte. Es war April. Es war das Jahr 1966 und immer kürzer die Röcke. Wie gut die Beatles sind, merkte ich erst bei Penny Lane und All you need is love! Und jetzt wieder hier, jetzt hier mit dir, jetzt ist Oktober. Wir sind doch auch, sagte ich zu ihr, zu Sibylle, vor zwei Jahren im Sommer oft hier gegangen. So alte Steine. So ein guter billiger Rotwein und gleich ist die Flasche leer. So durch Paris und mit uns der Tag. Oktober. Manchmal kommt die Sonne durch, dann ist dir, als ob dein Leben in Freundschaft neben dir hergeht.

Weit hinten am Ende der Rue Saint-Jacques. Wenn du hinkommst, ist Abend. Da steht ein Haus, von dem hast du immer gedacht, du hättest es nur geträumt. Einmal und oft und immer wieder geträumt. Ein Tor, einen Durchgang, den Innenhof, steinalte Mauern. Eine Ballettschule, eine Musikschule, ein Gesangstudio und die Dämmerung. Beinah wie im Winter schon, so eine Dämmerung. Hohe Bäume im Hof. Ein Messingschild mit gravierten Buchstaben. Verein für Französisch-Vietnamesische Freundschaft. Im Hof alle Türen offen. Große ebenerdige Fenster und Licht in den Fenstern. Gleich die Nacht und vor deinen Augen Menschen, wer sind sie? Durch das Tor in den Hof und du denkst, du träumst. Als ob du sie kennen müßtest, die Menschen! Oder hättest versäumt, sie kennenzulernen. Nie Französisch gelernt! Durch die Jahre hindurch sooft hier gegangen und hast doch immer gedacht, du hättest es nur geträumt, dieses Haus. Aus der Ferne. Und dazugehörig dich und die Zeit und dein Gedächtnis vielleicht auch nur geträumt, Jahre und Jahre. Sogar andere wirkliche Häuser in fremden Städten, Häuser die diesem Haus gleichen, wollten dir immer nur wie unzulängliche Reproduktionen. Bestenfalls. Als ob die Wirklichkeit die Schauplätze deiner Träume eh und je schlampig nur nachstellt. Am Ende der Rue Saint-Jacques steht das Haus und ist wirklich. Und sooft du mit deiner Müdigkeit hinkommst, ist Abend. Der Traum-im-Traum. Dämmerung, Schneeflocken, Schnee, immer mehr Schnee. Schon die Nacht, schon fängt das Bild zu flimmern an. Wird gleich reißen, der Film. Gleich alles wie nie gewesen. Aufwachen! Und wer bist du dann?

Zweimal nachts eine Razzia im Hotel, doch sie meinten nicht uns, sondern beide Male aufgescheuchte nackte und halbnackte Nutten zum Anfassen und Herumstoßen und verbissen schweigende Araber ohne Glück und ohne Papiere. Alle Namen sind falsche Namen! Danach, wenn der Lärm vorbei ist, vergißt du auf deine lebenslange Schlaflosigkeit und merkst eben noch, wie du merkst, daß du gleich wieder einschläfst jetzt.

Ich wollte ins Jeu de Paume, weil ich dort immer gern hinging, aber meistens nicht dazu kam, weil die Stadt sich mir jedesmal vordrängt. Sibylle wollte mit mir ins Jeu de Paume, weil sie vor zwei Jahren im Sommer schon einmal mit mir dort war. Jürgen wollte mit mir ins Jeu de Paume, weil er auch immer gern hinging und noch nie mit mir dort war. Schließlich bestanden sie darauf, daß ich mit jedem von ihnen einzeln hinginge und fingen erbittert an, die Tage, Umstände und Bedingungen meiner Aufteilung auszuhandeln. Dazu Doris, die gleich beleidigt war, weil sie dabei nicht vorkam. Weil sie nicht wußte, was das Jeu de Paume ist, weil sie schon vorher und immer gern gleich beleidigt und weil Sibylle an Jürgens Tag oder Nachmittag nicht mit ihr zusammen sein wollte. So ging ich einmal mit Sibylle und einmal mit Jürgen ins Jeu de Paume und hätte von Rechts wegen noch einmal mit mir allein gehen müssen. Allein mit mir selbst. Wenn du dort bist im Jeu de Paume, jedesmal wieder ein Sommertag, mittags. Um dich her, auf den Bildern und in dir drin. Immer der gleiche ewige Sommer und fängt eben erst an.

Wenn du herauskommst mit all den Bildern im Kopf und die Taschen voll Notizzetteln, Eintrittskarten, Tabakkrümeln und abgefahrenen Métrokärtchen, wohin? Die Tabakkrümel aus mehreren Leben. Wenn du herauskommst und bist kaum drei Schritte gegangen, stehst du (einmal im Herbst und einmal im Vorfrühling) vor dem Abend an der Place de la Concorde. Zu Füßen des Abends stehst du. Bis zum Étoile hinauf drängen sich vor dir die Lichter. Zu Fuß, deine Müdigkeit, Hunger, egal welche Schuhe. Mit dem Abend die Champs-Élysées hinauf (hungrig, aber darum geht es jetzt nicht!) und sich dabei jedesmal wieder vorkommen wie ein reicher Mann. Steinreich, unerschöpflich, aber wer und woher und wohin? Um neun, zehn, elf, noch um Mitternacht zahlreich die Menschen auf den Champs-Élysées. Sind jetzt die Theater aus? Ist es nicht auch wie auf einer Bühne und das Licht ein Theaterlicht? Eher noch wie im Film, und wann war das, in welchem zu kalten verregneten deutschen Vor-Vorfrühling, daß du dein Geld gezählt und deine alte schwarze Jacke angezogen hast? Sieht nach nix als Regen aus! Und zu Fuß nach Lollar, einen Samstagabend, um im Rex-Filmtheater auf der Lollarer Hauptstraße, zwei Mark Eintritt, zum erstenmal Außer Atem zu sehen? So gehst du und grübelst. In der Gegenwart, eine Märchengestalt. Und jetzt sehen, wie es jedesmal weitergeht mit dir und mit deinem Leben.

Früh einen Morgen aufs Louvre-Postamt (bis man hinkommt, ist es dann doch nicht mehr früh!) und nach dem Geld von Sibylles Mutter fragen. Zweihundert, mindestens zweihundert Mark. Postlagernd, telegrafisch! Öffnungszeiten und Ausweispapiere und daß es das richtige Postamt und daß auch der richtige Tag ist! Erst dich am Ende einer Reihe anstellen, dann in der Reihe stehen und dann ist es am Ende die falsche Reihe. Immer die Angst, daß dem Schalterbeamten gleich schlecht wird! Daß ihn nur heute nicht dienstlich der Schlag trifft! Gesetz und Vorschrift, das Alphabet und die Uhrzeit mitdenken. Wer vor dir dran und wie sie dich in ihre vielen verpfuschten Leben hineinverwickeln. Wie es nach Heizung, nach Staub und Verhängnis riecht! Stehen und warten. Vielleicht doch auf dem falschen Stern? Wenn du endlich dran bist, erst paßt dein Gesicht nicht zum Paßbild, dann kann der Schalterbeamte kaum glauben, daß der Ausweis echt und du wirklich, daß es deiner, daß er nicht wenigstens abgelaufen also ungültig? Doch wohl eher gefunden, gestohlen, gefälscht, schlecht gefälscht! Klebrig, färbt ab, lückenhaft, Seiten fehlen! Geboren immer zur falschen Zeit und im falschen Land. Und was hier in dieser Rubrik als Zu- und Vorname steht (sowieso unaussprechlich und auch ein bißchen verwischt), willst du wirklich behaupten, das soll ein Zu- und ein Vorname sein?

Poste Restante. Aus amtlichem Holz kleine Fächer, für jeden Anfangsbuchstaben eins. Und wie du schon vorzeitig unbedacht aufatmen willst, wenn er vor deinen Augen die Post, einen kleinen Stapel, aus dem richtigen Käfig nimmt. Ihn durchblättern, seufzen und als Beamter die Schultern zucken, ein Schicksal. Sogar wenn du siehst, da ist der, auf den du gewartet hast, der überfällige Brief! Und er legt ihn vor deinen Augen gehässig und blind wie das Schicksal für immer zurück ins Verlies. Vor vielen Jahren einmal in Marseille, sagte ich jetzt zu ihr, zu Sibylle, zum Verzweifeln! Du kennst ja die Ferne, die Not und den Poste Restante-Schalter auf dem Hauptpostamt in Marseille. Ich erkannte den Umschlag, die Handschrift, den Augenblick, meinen Brief und er wollte ihn mir nicht geben! Ich seh mich noch stehen und warten. Alle Tramper und Seeleute gingen damals zu diesem Postamt. Fast zwei Stunden gewartet, gleich Mittag und mittags machen sie drei Stunden zu! Jetzt hier in meine Geschichte verstrickt, so stand ich und sah mich stehen (so stehst du und siehst dich stehen: in weiter Ferne sah er sich stehen!), und jetzt ist sie an der Reihe. Mit ihrem französischen Schulmädchenfranzösisch aus den Sechziger Jahren in Juan-les-Pins an der Côte d'Azur. Hier auf dem Postamt, sie neben mir, sie hat einen schwarzen Rock an. Aus der Zeit, als sie als Kellnerin gearbeitet hat (als wir wie immer kein Geld hatten, als ich in Staufenberg immer wieder die zweite oder dritte Fassung von meinem ersten Buch schrieb). So kurz, so ein enger schwarzer Rock und als Kellnerin immer ein weißes Schürzchen dazu, die Schleife zeigt auf den Arsch. Natürlich träumt jeder Gast davon, eine schöne Kellnerin abzuknutschen nach Strich und Faden. Der Wirt auch, der Wirt ja erst recht. Und daß er ihr auf den Arsch haut und treibt es mit ihrer Höflichkeit. Mit Trinkgeld, ohne Trinkgeld. Als Gast und als Wirt. Treibt es heimlich und öffentlich und treibt es mit ihr im Stehen.

Briefe, Postanweisungen, telegrafische Postanweisungen, der Schalterbeamte hat alles durchgeblättert. Wir sehen ihn mit einer großen Postschere ein kleines Postformular in zwei ungleiche Hälften schneiden, ein Verstümmelungsvorgang. Hier unterschreiben! So kurz, so ein enger schwarzer Rock, besonders wenn sie sich vorbeugt. Dann zählt er ihr für zweihundert

Mark buntes französisches Geld hin, das in meiner Vorstellung, die auf das Jahr 1961 zurückgeht, immer noch den dreifachen Wert hat. Nicht den Ausweis vergessen! Am besten gleich raus und erst draußen Sibylles Mutter, dem Tag, der Post und dem Schicksal danken; ein grauer Tag, der Himmel bedeckt. Napoleon, Bismarck, Preußen, zwei Weltkriege, ein fremdes Land und jetzt kann man sich Geld schicken lassen, sogar telegrafisch! Nicht gleich jetzt aus Dankbarkeit das Geld und den Ausweis verlieren! Sich nicht überfahren lassen! Lebendig, am Leben! Auf freiem Fuß! Kaum erst zehn Uhr und der Rest des Tages soll uns gehören, fortan alle Tage!

Noch gut, daß es auf deinen Namen, muß ich jetzt zu ihr sagen. Bei mir weißt du ja, wie feindselig sie gleich sind. Und drängten uns aneinander im Gehen. Hast du das Geld, deinen Namen, den Ausweis zurück? Sie verfolgen uns nicht! Verfolger sind keine in Sicht! Damals in Marseille, es ist noch die gleiche Geschichte. Sie machen mittags drei Stunden zu. Draußen fast vierzig Grad. Das Postamt aus Stein. Eine hohe steinerne Treppe davor, grell die Sonne und an jeder Ecke ein blindes Türmchen. Und wenn du um halb fünf wiederkommst, ist der Brief an dich, der Brief, den du vorher so deutlich gesehen hast, nicht mehr da. Ein anderer oder der gleiche Beamte, du fragst dich, was schlimmer wäre. Beide wissen von nichts. Doch-doch, bekommen hab ich den Brief, sonst ginge ich jetzt ja nicht neben dir! Unbedingt daran denken, daß wir deiner Mutter in Frankfurt das Geld gleich zurück! Nur zweihundert Mark, aber wie, fragst du dich, wie ginge es ohne Geld mit uns weiter? Jetzt mit dem Geld wie die Könige. Wieso Könige? Immer wir selbst in unserem eigenen unwiderruflichen Leben. In Paris am heutigen Tag. Beim Palais Royal der Platz mit dem alten Theater. Oft hier gegangen. Ist das nicht die Comédie Française? Und die Bäume, wie das Laub sich schon färbt! Wie die Stadt sich hier drängt! Gerade der rechte Platz, um an einem geschäftigen grauen Morgen früh im Oktober mit dir hier zu gehen. Jedesmal wie ein Wunder, daß man frei wieder rauskommt aus einem Amt. Siehst du dort das Café? Jetzt über die Straße, Platanen, und wie es nach Herbst riecht heut Morgen. Schon kühl. Mit großen Schritten über die Straße und werden gleich die Gesichter einander zuwenden!

[17]

Noch von den Austern, zweimal zwei Dutzend Austern zum Frühstück, betrunken. Kühl, feucht und grau ein Pariser Morgen. Ja wirklich, die Austern sind es, nicht das kleine Glas Weißwein, so sauer, herb, beinah bitter. Du kostest und kostest und trinkst ihn in winzigen Schlückchen. Mehr nur proforma, zu den Austern dazu. Schmeckt grün! Schmeckt beinah ja wie nasses Gras, sagst du dir. Schmeckt wie der heutige Morgen hier vor der Kneipe. Kühl und beschlagen das Glas, dann doch noch ein zweites. Aber daß der Tag jetzt zu leuchten anfängt und die Luft prickelt so, daß du jetzt so schön geil bist und froh und gut aufgehoben bei dir selbst und in deinem Leben und auf der Welt, und leicht die Luft, leicht, das machen die Austern! Vielleicht kommt dann doch gleich die Sonne noch durch, es ist ja noch nicht einmal zehn.

Und wo sind wir hier? Am Boulevard Saint-Michel, in der Rue Saint-Jacques, der Rue Mouffetard, an der Place Blanche, am Boulevard de Clichy, es ist immer Paris. War nicht auch gestern schon so ein Tag? Die Kneipe dort mit der offenen Tür und noch einen und immer noch einen Kaffee. Sind wir nicht schon einmal hier gewesen, schon oft? Sogar die gleichen fünf Gäste da an der Theke. Alle rauchen. Jeder mit seinem Spezialgetränk, sagte ich zu Sibylle, das ihn langfristig umbringen wird. Andernfalls Lungenkrebs. Dort an den Tisch und sie setzt sich so, daß ich ihr gut unter den Rock sehen kann (kaum daß wir die Augen und Hände voneinander lassen konnten, solche Tage sind das für uns gewesen). Noch früh und wie schön die Kellnerin ist. Beinah der gleiche Rock. Soll man Kaffee und Schnaps trinken, Kaffee mit Rum, wie auf einem Schiff? Draußen Nebel. Bei den Austern das Schöne ist, du kriegst davon nie genug. Du kannst soviel essen, wie du nur willst. So eine schöne Kellnerin und lächelt für uns. Ich hätte gern ihren Namen gewußt. Und sie, vielleicht wüßte sie gern, wer wir sind.

So in den Tag hinein. Sprich weiter! Es ist immer das eigene Leben. Der Tag in den Spiegeln. Sibylle die auf ihrem Platz herumrutscht, bis sie so sitzt, daß ich ihr beim Reden die Hand auf den Arsch legen kann. Unterm Rock und wie gut er in meine Hand paßt, ihr geschmeidiger Arsch. Die Musik, Emerson, Lake and Palmer. Lucky Man. Erst denkst du, nur in deinem Kopf und aus dem Gedächtnis. Immer will ich auf den Text achten, weißt du ihn? Ein altes Lied. Hier zwischen den Spiegeln hinter der Scheibe sitzen, ein grauer Tag. Riechst du, wie der Rum riecht im heißen Kaffee und schon wieder Herbst (draußen Nebel). Beinah noch dunkel, dort unter den Bäumen. Die Straße noch nachtfeucht und als ob es gleich anfängt, zu regnen. Und gerade auch so ein Wohlgefühl, wie wir hier sitzen. Wie Katzen, du auch? Sich so herumräkeln in der Gegenwart, im eigenen Körper, was für eine Freude. Wenn das Buch nicht wäre, ich wollte niemals zurück!

Kaffee mit Rum und die schöne Kellnerin, die alles sieht (die alles versteht, sagst du dir). Das Lied, Arizona kommt darin vor. Noch nie im Leben in Arizona bis jetzt, ja überhaupt noch nie in Amerika, und wer weiß, was noch alles sein wird. Laß uns noch eine Weile hier mit uns selbst sitzen und mit dem heutigen Tag. Gerade lang genug, damit wir wissen, daß wir hier gewesen sind. Und dann gleich zurück ins Hotel, zu Fuß oder mit der Métro. Je nachdem, ob es, das sehen wir gleich, der Boulevard de Clichy nun ist oder die Rue Mouffetard. Im Hotel einen Joint, die Fenster auf und die Vorhänge zu. Wie Segel sollen sie wehen. Sollen wir mit uns und sollen uns selbst spielen? Immer noch auf der Flucht, ein Liebespaar im alten Ägypten, oder willst du einen langen Tag lang noch einmal meine schöne Gefangene sein? Du und dein Spiegelbild in den Schranktüren, beide. Unter dem Fenster der Markt und auf der Treppe die Nutten mit Stöckelschuhen. Immerfort rauf und runter die Nutten, atemlos, vor Aufregung kippen die Stimmen. Das Meer kehrt zurück, und das Bett, schlingernd, das Bett fängt mitten in der Windstille zu läuten an. Im Himmel und ein Weilchen noch bleiben. Überhaupt bleiben lernen! Noch die Rippenschmerzen vom Unfall. Noch einen Joint, ein Glas Wein. Noch lang, bis es dunkel wird. Jetzt beim Bezahlen, wie gern die Kellnerin mit uns ginge. Für ihr Leben oder wenigstens diesen einen einzigen heutigen Tag. Und wenn wir ihr und uns so wie jetzt bei dem gleichen Lied überall auf der Welt alle zehn Jahre einmal begegnen? Was meinst du?

Auf einmal die Zeit, wo ist sie denn hin, die Zeit? Mein Freund Jürgen, hätte er nicht längst schon in dem einsamen Haus in Algeciras sein sollen? Bei der Steinmauer aus der Steinzeit. Am Ende des Wegs, bei den schweigenden Felsen. Und jeden Morgen mit Schöpfrad und Eimer und mit Geduld sein tägliches Wasser aus dem Brunnen herauf (Teetrinker) – oder wenigstens ohne Unterlaß auf dem Weg dorthin und wie ein Pilger unverzagt daran glauben? Stattdessen noch hier und wir auch. Durch Paris, jeden Tag. Unter Bäumen, die Boulevards hinauf und hinab. Auf den breiten belebten Bürgersteigen. Überall seh ich uns gehen und mit uns der Herbst. Manchmal kam die Sonne durch. Die Café-Terrassen meistens schon zu, teils verglast. Manche noch mit alten eisernen Kohleöfen zum Aufstellen zwischen den Tischen. Die gleichen Kohleöfen, von denen dein Vater dir oft schon erzählt hat, der in den Zwanziger Jahren Kellner war in Paris. Ohne Papiere. Ein Fremder, ein böhmischer Ausländer, illegal. Zu Fuß aus Prag über Wien erst nach Budapest und dann von Budapest nach Paris. Mein Vater, sagte ich, Aushilfskellner in einer schäbigen Kneipe, die es immer noch gibt, jetzt noch! Ein billiges Bistro, eine Eckkneipe mit Stammessen, Plat du jour, am Boulevard de l'Hôpital. Ohne Aufenthaltsgenehmigung, ohne Arbeitserlaubnis und kaum drei Wörter Französisch. Konnte Deutsch, Tschechisch, Polnisch, Bulgarisch, Russisch. Russisch am besten. Und wollte wohl auch schon Schriftsteller werden und sein, er auch, und wußte nicht wie. Zu dritt eine halbe Dachkammer und was in der Küche vom täglichen Stammessen jeden Tag übrigbleibt, also Kost und Logis. Und dazu alle Tage Paris. Sogar hier auf dem Vorstadtgehsteig, es ist immer Paris. Paris und die Welt und ein Gedächtnis alle Tage, um sich darin einzurichten. Tag und Nacht jeden Pfennig gespart, also jeden Franc und jeden Centime. Und dann als Hochzeitsgast nach Andorra.

Familiengeschichten. Die Avenue des Gobelins entlang, gleich Mittag. Der Herbsttag ein Glanzbilderbogen. Und auf dem Boulevard de l'Hôpital an der Kneipe vorbei, als stünde mein Vater in einer geliehenen frischgebügelten Kellnerjacke davor und wie ihn die Schuhe drücken. An der Kneipe vorbei, als seien es die fernen Zwanziger Jahre, durch die wir uns mühsam dahinbewegen. Ein Armeleute-Boulevard. Doris, Jürgen, Sibylle und ich und werden jetzt gleich auf die Place d'Italie kommen, gleich Mittag. Ja also Algeciras, mein Freund Jürgen, der Herbst, die Zeit und der heutige Tag. Er ist ja in Wahrheit auch längst auf dem Weg dorthin. Seit Frankfurt, seit Berlin, seit Kassel, seit Gießen, seit Salerno, seit Samothrake. Seit er vor zwölf Jahren zum erstenmal in Paris war. Sein halbes Leben ja schon, eh und je. Das weiß doch wohl keiner besser als du, sagt er jetzt zu mir. Die Züge, Fahrpreis, Uhrzeiten, alles ganz genau aufgeschrieben. Sogar mehrfach sich danach erkundigt, wo sind denn jetzt nur die Zettel? Sowieso genaugenommen gibt es nur einen einzigen Zug, einen Nachtzug vom Gare de Lyon. Jetzt gleich an der Place d'Italie, die schon auf uns gewartet hat, etwas trinken! Nicht auch eine Kleinigkeit essen oder lieber jeder sein restliches Geld zählen, zusammenlegen und sparsam in einem Laden einkaufen? Hier muß es doch einen Markt geben! Kneipen, Kneipeneingänge. Vielleicht doch einmal noch essen gehen und danach erst zu sparen anfangen? Cassoulet fiel mir ein und gleich fing es an, danach zu riechen. Cassoulet au confit d'oie, ein Herbstessen. Mittags, ein Herbsttag, Oktober. Der Zug, heute Abend oder morgen oder übermorgen, ein Nachtzug. Es gibt ihn nicht jeden Tag, so ein Zug ist das. Nur zweimal die Woche, zwei- oder dreimal. Wie lang wird er brauchen? Liegewagen, er wird tagelang unterwegs sein. Braucht man Reservierungen, Zuversicht und Proviant. Sein Leben handlich als tragbares Bündel verpackt. Eine Salami, Salz, einen Salzstreuer. Wie einen dauerhaften Segen einen Mantel als Decke. Und noch ein kleineres Bündel, die Sorgen, als Kissen. Ein großes Stück Pyrenäenkäse. Ein Taschenmesser mit Korkenzieher. Zigaretten auf Vorrat, ein zuverlässiges Feuerzeug. Streichhölzer. Die Schuhe ausziehen, aber nicht aus den Augen verlieren. Auch im Schlaf nicht! Obst und Wasser und Wein in Spanien doch wohl auf jedem Bahnhof. Jetzt die Kneipe an der Place d'Italie und dann die Fahrkarte kaufen! Hier den rußigen alten Boulevard de la Gare entlang, die Métro als Hochbahn und untendrin Garagen, Lagerhäuser, Pleiten, Albträume, Gespenster, Erinnerungen, Läden, Werkstätten, Sonnenuntergänge, rostige Tage und Abende aus dem Jahr 1910. Alle paar Minuten hoch oben die Métro. Hin und her wie durch deinen Kopf hindurch rattern die Züge. Diesmal jetzt hier und das nächste Mal in New York, sagst du dir. Und am Leben bleiben, das ist doch klar!

Noch zwei Tage, dann ging sein Zug. Am Abend, jetzt bringen wir ihn zum Bahnhof. Ich hatte vom Morgen an stetig getrunken. Jetzt war mir, als ob das Auto ganz von allein, als ob es sich selbst seinen Weg sucht. Ruckartig angehalten im Parkverbot, direkt vor dem Haupteingang. Wann ist es denn dunkel geworden? Am besten man geht gleich weg. Seine alte Reisetasche und wie sie ihm ähnlich sieht. Ein Gewicht, damit er sich nicht verlorengeht unterwegs. Départs des trains. Immer ist man erst noch zu früh und (wie ein Fremder im eigenen Leben) geht dahin und dorthin. Warum denn so ein Gedränge? Wie spät? Auf dem Fahrplan nachsehen, ob es den Zug wirklich gibt? Und immer noch gibt? (Nicht daß sie im letzten Moment ihn verleugnen!)

Zeitungen, Zigaretten. In die Bahnhofskneipe. Er muß fahren, bevor ihm das Geld ausgeht. Jetzt zahlt er mir einen Rum und ich zahle ihm einen Cognac oder umgekehrt oder wie soll das jetzt? Und für Doris einen halbsüßen Weißwein. Sibylle stumm neben mir. Es wird Zeit. Noch einen, jetzt zahlt er mir einen Cognac und ich zahle ihm einen Rum (oder umgekehrt). Wir wußten nicht, er und ich, ob wir einander nicht doch schnell um ein bißchen Geld noch angehen sollten oder einer dem andern eher die eigenen letzten paar Mark anbieten, besser gleich aufdrängen! Nimm! In letzter Minute. Hätten gern zueinander gesagt: Was wohl die Edelgard heute macht? Und wo war sie gestern? Schreibst du ihr? Soll ich sie von dir grüßen? Noch so einen halbsüßen Weißwein für Doris. Und mußten alle drei nochmal kosten. Schmeckt wie eine deutsche Verlobung! Schmeckt nach Lippenstift, Abend, Rauch und Parfüm. Sibylle stumm neben mir. Als sei ich es, der abfährt. Womöglich für immer. Oder als ob sie mit all ihren Kinderängsten verschickt werden soll.

Was für ein Gedränge. Als ob sie alle seit Wochen und Jahren und Ewigkeiten schon unterwegs. Ihr halbes Leben, das halbe Land. Und sind dabei doch so ein seßhaftes Volk. Quai, das heißt Bahnsteig. Immer ist man erst vielzufrüh, kann sich Zeit lassen und schafft es dann kaum. Was für eine Finsternis, Oktober. Wann ist es denn dunkel geworden und gleich wie für immer? Gleich auch wie unter der Erde, wie auf dem Grund der Nacht. Wie in einer Riesenhöhle der Bahnhof, der heutige Abend, begraben. Und nicht auch wie eine Verschwörung, das behält man besser für sich. Du trinkst und gleich wird jeder Einfall dir unwiderstehlich! Quai, das heißt Bahnsteig. Nachtwindfernen. Spukhaft ein unterirdischer Höhlenwind wie in der Métro.

Am Zug entlang, ein nachtblauer Zug. Die Türen offen, überall Abschiede. Als ob wir gleich alle vier einsteigen und abfahren, so ein Zug, so stand er am Rand des Bahnsteigs. Bahnsteig und Wagenfußböden in genau gleicher Höhe. Nicht einmal Stufen brauchst du. Auf einmal windstill! Licht in den Fenstern und du siehst, wie die Reisenden ihr Gepäck verstauen und sich einrichten für die Nacht. *Dir ist, du müßtest sie kennen!* Wie er neben mir stehenblieb und seine alte Reisetasche abstellte. Jäh sein Schreck, dann ist die Fahrkarte aber doch da. Geld, Ausweis, Gepäck und daß du weißt, wer du bist und das bleibt auch so. Wer du bist und wohin. Wir denken an dich. Wir kommen dich dann besuchen. Schreib gleich wenn du ankommst! In drei Tagen sind wir in Frankfurt. Die Post wird eine Ewigkeit brauchen.

Die Lokomotive schreit. Nacht, Wind, Regen, ein paar einzelne Tropfen, die der Wind unters hohe Hallendach zerrt. Der Zug fing vor Ungeduld schon zu beben an. Über Madrid und ich war noch nie in Madrid. Mit in sein Liegewagenabteil. Jetzt haben wir doch vergessen, dein spanisches Geld anzusehen, die Peseten. Am Ende wird keiner es wollen, das Geld, das du mitgebracht hast. Sie schütteln die Köpfe. Sie kennen es nicht. Dort bei den schweigenden Felsen. Und konnten noch eben rechtzeitig aussteigen, Doris, Sibylle und ich. Der Zug ruckt an und Bahnsteig, Bahnhof, Bahnhofsnacht fangen zu fahren an. Müde, wach, hungrig, betrunken, weit weg und ganz nah bei dir selbst, dann doch hier auf dem Bahnsteig am äußersten Rand, hier im Wind und wie die Ferne, die Nacht an dir zerrt, hier verblieben.

Der Zug mit seiner eigenen Zeitrechnung auf und davon. Und du, mit dir selbst, mit deiner Erdenschwere und mit der Bahnhofsuhr, immer bleibst du zurück. Immerhin auch in der Fremde noch, hast deinen Namen vergessen, ein anderes Land. Ist dir kalt? Sibylle und Doris. Noch einen und noch einen Rum oder was jetzt als nächstes gleich trinken? Schon wieder das Geld zählen! Jedes Glas einzeln bezahlt, schon viele Jahre lang jedes Glas einzeln bezahlt. Und wo geht die Zeit mit uns hin? Einmal wirst du in Rußland mit einem russischen Zug von einem russischen Bahnhof abfahren und in die große russische Nacht hinein. Wie es dich immerfort ansieht, dein Leben. Erst Rußland und dann weit nach Asien hinein. Finsternis, Lampen, Wind im Gesicht. Was bleibt? Was sollst du ihm jetzt noch schnell nachrufen und hinterdreindenken? Daß er wie Dostojewski, du hast es ihm nie gesagt und jetzt ist er weg. Außer ihm weißt du keinen, der dir noch je hundert Mark leihen würde. Oder auch nur zwanzig. Was bleibt? Ist dir kalt? Rechts und links ihre Hände nehmen und zu dritt durch die Bahnhofsnacht auf den Bahnhofsvorplatz. Das Auto schon abgeschleppt oder stehen sie als Staat daneben und warten mit Fangschuß und Handschellen? Bevor es gleich anfängt zu regnen. Und wird regnen und regnen, die ganze Nacht. Wir hätten doch mitfahren sollen!

[18]

Jetzt wird auch für uns bald Zeit! Am liebsten jetzt jeden Tag jeden Weg noch einmal, die Tage auch noch einmal. Bis sie ein Einsehen hätte, die Zeit, und käme uns dort an der Ecke entgegen. Da bei der Litfaßsäule unter den Bäumen, siehst du. Es ist immer Paris. Sibylle und ich aus der Métro, die Treppe hinauf und da stand ein Mädchen aus Frankfurt. Beim Odéon oder am Luxembourg-Garten. Sie heißt Sabine. Hier und so unverhofft war sie uns wie eine gute Freundin. Fahr doch mit uns zurück! Also morgen, nein morgen noch nicht! Übermorgen oder den Tag darauf. Und wird vorher noch Doris treffen, sowieso ja mit ihr befreundet. Sie schrieb uns eine Telefonnummer auf. Wir sprechen mit ihr und da wird ihr das Portemonnaie aus dem Korb geklaut. Vor unsren Augen. Ich sprach mit dem Dieb. Ich dachte, er würde es zurückgeben oder wenigstens teilen. Er zischte und hielt mir ein Springmesser an den Bauch. Am hellen Vormittag, eben erst elf vorbei. Ein Stilett und die Spitze so nah meinem Leben. Gleich verstand ich, warum den alten Ägyptern die Leber heilig war oder überhaupt ihren Glauben an die eigenen Eingeweide.

Beklau die, die Geld haben! sagte ich zu ihm, doch da fuhr das Portemonnaie mit seinem Komplizen längst unterirdisch davon. Vielleicht verstand er mich gar nicht. Er sprach Englisch wie ein Franzose, also kaum, doch wie es schien, auch nicht Französisch. Wo kommt er her? So dicht an mir dran und habt ihr das Messer gesehen? Solche Messer sind teuer! Eine gut organisierte Métrobande. Habt ihr gesehen, wie er die Zähne gebleckt hat? Warum trägst du das Portemonnaie auch in diesem offenen Korb herum? Warum hast du überhaupt so einen Korb und ein Portemonnaie und dein Geld in dem Portemonnaie drin? Beinah hätte ich sie gefragt: Wieso gehst du in Paris herum und stehst hier mit uns? Die Körbe gerade in Mode, vielleicht noch vom Vietnam-Krieg her. Es sei nicht so schlimm. Sie wohnt hier bei einer Freundin, einer Brieffreundin aus ihrer Schulzeit, und hat da noch Reisegeld, Schecks, D-Mark und Francs, sogar mehr als genug. Erst recht, wenn sie übermorgen mit uns zurückfährt. Und überdies heute Abend mit ihrer Erbtante aus Düsseldorf, sie wollen zusammen essen. Wir haben ihre Telefonnummer und schreiben ihr unser Hotel auf. Und die Grüße an Doris nicht vergessen. Oder siehst du sie eher als wir? Ruf doch jetzt im Hotel an! Bestimmt liegt sie noch im Bett, lauter Krümel und kein Gedanke an einen Gedanken, und freut sich, wenn du sie anrufst. Wir gingen mit ihr einen Briefkasten für ihre Ansichtskarten suchen und dann in der Rue Soufflot etwas trinken. Es ging auf Mittag. Es war beinah wie in Frankfurt, wenn wir ihr auf dem Campus oder an der Bockenheimer Warte begegnet wären. Erst eine Weile beieinandergestanden, dann mit ihr ins Café Bauer in der Gräfstraße.

Jetzt am Ende gern nochmal in der Rue du Maine in die Wohnung. Wie am ersten Tag. Es ist ganz in der Nähe. Gerade auch Mittag wieder. Genau um die Zeit ja auch angekommen. Wir kämen hin und wie aus dem Nebenzimmer die Stimmen, sogar unsre eigenen noch. Als käme man zu sich selbst zu Besuch. Als sei keinerlei Zeit vergangen. Das Badewasser, die Holzdielen weißlackiert. Vielleicht eigens dafür die Sonne nochmal, und wie es nach Espresso und Milchkaffee riecht. Und während wir uns noch wie beim Aufwachen die Einzelheiten zusammensuchen, Monique und Jacqueline zur Tür herein und alles könnte noch einmal anfangen. Warum ist mein Leben so fremd und sieht mich immerfort an? Und wo geht die Zeit mit uns hin? Und dabei noch dauernd aufpassen, daß man nicht überfahren wird, siehst du. An jeder Ecke. Wenn der Dieb uns wenigstens eins seiner vielen Leben erzählt hätte! Nicht jeder weiß, was Dieb für ein schwerer Beruf! Macht sich kaum einer einen Begriff davon! Und Edelgard jetzt? Wenn sie doch mit uns mit, wenn sie jetzt hier und bei uns, und das Buch auch schon fertig! Und dann? Wer wir dann sein könnten und wohin?

Auf dem Boulevard Saint-Germain einer mit Bongo-Trommeln, halb Neger, halb Araber. Siehst du, wie schön er ist? Andere blieben stehen und gingen dann weiter. Nur wir beide hier, du und ich, wir stehen und stehen und können nicht weg. Und er weiß es auch, hat es gleich gemerkt. Du hast längst schon die Münze ihm hingelegt, einen Franc, dreimal schon. Aber jedesmal wenn du denkst, jetzt endlich, jetzt gehst du, dann erst recht spielt er so, daß du nicht wegkannst! Daß dir alles egal ist, solang du hier stehst und ihm zuhörst! Als ob er uns kennt, sagte ich zu Sibylle, und wir könnten uns bloß nicht erinnern! Und siehst du, wie schön er ist, wenn er spielt! So stehen wir und stehen und hören ihm zu. Ich hatte Wein mit, Rosé. Gauloises und Gitanes Zigaretten und aus der Flasche trinken. Ist er nicht wie der eigene Herzschlag auch, dieser Rhythmus? Ihm zusehen, die Menge ansehen, die Gesichter. Und dazwischen immer wieder die Platanen, den Nachmittag, Herbst, Oktober und das Licht, wie es immerfort spielte im Laub und da auf dem Gehsteig vor unseren Füßen. Und fängt auch schon an zu gehen, das Licht. Am Himmel ein Abendrot, siehst du, und um uns her sind die Schatten gewachsen. So lang hier gestanden, die Zeit, ja die Zeit. Gleich Abend, gleich wird es kühl. Am Ende dann nickt er uns zu und packt den Tag und die Trommeln zusammen. Noch eine Zigarette. Den letzten Schluck Wein mit ihm teilen. Rosé, schmeckt nach Herbst. Und gleich ist die Flasche leer. Halb im Gehen schon, ein Sandwich wickelt er aus. Mit Entenbrust, Krabben, Tintenfisch, Thunfisch, Tomaten, Zwiebeln, Aïoli, Rouille, Tapenade und drei Sorten fettem Käse und bricht uns ein Stück davon ab. So nahrhafte gute Sandwichs sonst nur in Marseille. In Marseille heißen sie tunesische.

Jetzt da vorn, siehst du ihn? Zwischen den Leuten, da geht er. Wohl zur Métro und heim, was heißt heim? Unterm Dach ein billiges Zimmer und mit sich selbst in den Abend hinein, wie wir auch. Vielleicht daß ihn am Ende jeder Schlaf heimträumt, ihn auch. Übers Meer, übers Rif, die Wüste, die Wüste und hinter den Bergen in seinen Kral zurück, heim. Jetzt fragst du dich, hast du wahrhaftig beim Zuhören einen Joint geraucht oder sind das seine Trommeln gewesen? Passanten vorbei. Europa, Paris, Oktober, noch einmal der heutige Tag auch an dir vorbei, ein Gedränge. Am Rand der Wüste. Am äußersten Rand deines Lebens, hier auf dem leeren Platz. Hier stehst du, die Augen voll Wind und bald wieder Nomade. Es wird nicht mehr lang dauern, komm! Komm, es ist Herbst! Bunt an den Bäumen das letzte Laub und um unsre Füße wie vergangene Tage die welken Blätter. Und alle Fenster und Pfützen voll Himmel jetzt, Abend. Als hätten wir vom Sommer bis weit in den Herbst hinein hier gestanden. Ein Sonnenuntergang wie auf einem Schlachtgemälde. Eher noch wie am Vorabend, lauter Vorabende, eine lange Reihe. Komm, es ist Herbst! Jetzt ist die Flasche leer, siehst du. Gleich wird es kühl. Gleich da drüben im Vorbeigehn im Stehen noch ein Glas Rosé. Wie der heutige Abendhimmel, so eine Farbe. Als ob du den solltest leersaufen, immer wieder! Oft wenn ich trinken ging, ging sie mit mir mit und wußte den Weg und war dabei wie ein Kind, Sibylle. Sie war zweiundzwanzig (im Sommer zweiundzwanzig geworden).

Gestern und heute und immer noch ein Tag. Mittags manchmal kam die Sonne durch, da *muß* man doch trinken! Gitanes Zigaretten. Ein kleines Glas Rotwein, zwei Gläser Rotwein und einen schwarzen Kaffee. Warum kann man nicht in Deutschland, sagte ich zu Sibylle und unterbrach mich, um ihr die nächste Kneipe, unsere Spiegelbilder und den heutigen Tag zu erklären. Und wer wir selbst sind. So von Kneipe zu Kneipe. Immer heute. Warum kann man nicht in Deutschland mit seinem Leben ohne Ende unter dem Himmel herum und dazu so kleine Gläser Rotwein und seine eigenen Gedanken dazu. Es kostet fast nix und du siehst, wie die Welt sich bewegt. Bald Mittag. Vielleicht kommt die Sonne durch und wir gehen in der Sonne weiter. Das haben sie geschickt hingekriegt in Deutschland, daß sie sich immerfort ein- und das Leben aussperren. Und umgekehrt. Jedenfalls drinnen und draußen immer getrennt, die meiste Zeit frieren oder dösig und nicht genug Luft und dazu mit dem Schlüsselbund klirren. Noch ein kleines Glas Rotwein und dann gleich eine ganze Flasche. Gern trink ich den Wein im Gehen und seh, wie die Welt mir entgegenkommt. Und sie mit mir, Sibylle, die nicht trank und doch zu verstehen versuchte, wie es ist, wenn einer daran glaubt, daß er trinken muß. Wir hätten längst zurückfahren sollen. Immer noch ein Tag und je später es wird, umso mehr mußt du trinken. Also ich, sagte ich, das verstehst du! Du siehst es ja selbst!

Den einen Tag schon am Morgen zurück ins Hotel und sich vom schlingernden Bett aus, mitten in der Windstille, in einem dichten Geläut, in den Spiegeltüren des Schranks wiederfinden (viel Himmel!). Dann wieder den ganzen Tag mit der eigenen Geilheit, mit uns selbst und der Stadt, ein Spiel. Um die Seligkeit und die Vorseligkeit zu verlängern. Kannst du nicht, sagte ich im Printemps oder den Galeries Lafayette zu ihr (erst in der inspirierenden Damenwäsche-Abteilung, dann beim Parfüm, dann bei den unbezahlbaren Pelzmänteln; wie eine hochmütige Versammlung vieler künftiger Winter haben sie sich hier eingefunden und schweigen), kannst du nicht mit den Lippen und mit deinen Brustspitzen zart, wie heißt zart auf Französisch? Kannst du nicht hier auf dem Gehsteig (es war am Boulevard Saint-Michel oder am Boulevard Montmartre, falls er da nicht schon Boulevard Poissonnière oder Bonne-Nouvelle heißt; gleich Mittag, ein langer Tag, vielleicht noch der gleiche Tag), kannst du nicht mit den Fingerspitzen oder wenigstens mit deinen Blicken und Gedanken ab und zu meinen Schwanz, der immer deutlicher, immer schwerer wird. Der Schwanz und die

Eier. Die Kugeln, als Kind schon Kugeln dazu gesagt. Es ist magisch.

Es hängt mit der Anziehungskraft der Erde, dem Gewicht der Welt, daß er so zu spüren ist, meine ich, und hängt so, hängt damit zusammen. Und schaukelt und fängt jetzt zu steigen an, derweil sich die Erde als Kugel mit uns sacht bewegt, das spürst du. Meine alte graue Cordhose, die Jürgen und Edelgard vor sechs Jahren in Gießen in einem Kaufhaus für mich geklaut hatten. Im Jahr 1971, im Herbst. Jetzt in der Gegenwart, du und ich. Erst die Rue de Paradis, dann die Rue de Provence. Langsam die Straßen. Und mußten uns aneinander festhalten, jedesmal wenn wir stehenbleiben. Nicht daß wir noch kopfüber in den Himmel hinein. Und die hohe Glaskuppel in meinem Gedächtnis wie ein tiefer Teich, gehört sie zum Printemps oder den Galeries Lafayette? Ich bin sicher, für die Liebe, also auch um gut ficken zu können, genau wie bei allen Spielen, im Bett und im Leben, da muß man ein guter Mensch, sagte ich. Wir blieben auf der Straße vor einem Schaufenster mit einem Spiegel stehen, in dem ich wie ein Heiliger aussah. Ein paar Tage nicht rasiert. Wie Jesus Christus. Ich sehe es, du siehst es und die Ladenmädchen, die Hausfrauen und die Opernsängerinnen, die Nutten, die Säufer und Geldwechsler, das sieht man, die sehen es auch.* Sogar die Hunde. Es war an der Ecke der Rue Caumartin und überall eifrige städtische Vormittagshunde. Nach allen Seiten grüßend, alle ein bißchen zu spät dran. Alle aus dem IX. Arrondissement. Und die Kinder, wo bleiben die Kinder? Die Kinder sind in der Schule. In Paris gibt es höchstens nur sonntags Kinder. Und gleich Mittag, gleich kommt die Sonne durch. Einmal ist es die einzige Stadt auf der ganzen Welt gewesen, wo die Ver-

* Mindestens zwei Frauen, die wie Opernsängerinnen aussahen. Eine im Pelzmantel, goldene Schuhe, und eine in Pantoffeln und Morgenrock, so standen sie beieinander. Vielleicht auch noch eh und je Schwestern.

liebten zu jeder Zeit auf den Straßen stehenbleiben konnten und sich küssen, soviel sie wollten. Es ist noch nicht so lang her.

Gegenwart, vier Tage vielleicht, vier oder fünf, statt für immer zu bleiben. Und dann noch ein Tag. Wenn das Buch nicht, gerade jetzt, ich würde nie zurückfahren!

Morgens in der Rue des Abbesses oder sonst einer steilen alten Montmartre-Straße, die du als Fremder seit einer Ewigkeit kennst (nur die Namen und wer man gewesen ist, merkt man sich nicht). Noch früh und die Tauben gurren. Im Rinnstein läuft Wasser. Alle paar Meter ein Straßenkehrer. Alle Straßenkehrer sind aus dem Senegal und, jeder für sich, geduldig in lange Selbstgespräche und philosophische Betrachtungen hineinvertieft, grüne und gelbe und orangerote Overalls. Wie verzauberte Ausrufezeichen, vor der Zeit müde geworden. Auf den Besen gestützt die Schwerkraft bedenken, und was meint der eigene Schatten dazu? In der Frühe die Hausfrauen aus dem Viertel. Mit ihren Zetteln, Tagen, Sorgen und Einkaufstaschen als Schicksal. Kein Lied, kein Parfüm, keine Blumen. Daheim ein leeres Parfümfläschchen. Die meisten schon auf dem Heimweg. Mit der Müdigkeit von Jahrzehnten. Hier einen Kaffee mit Rum für mich! Wenn einer ein Kneipenwirt ist und schon am Morgen so schön pfeift, dann muß er ein guter Kneipenwirt sein. Vor ihren Ladentüren die Ladenbesitzer, ein jeder mit seinem Namen und mit seinem Leben. Zehn Uhr morgens und alle Türen offen. Wie oft bist du hier schon gegangen. Noch feucht die Mauern vom Morgendunst hier am Rand des Hügels. Kein Augenblick soll verloren sein. Und immer wieder zusehen, wie es fließt, das Wasser im Rinnstein, damit du loslassen lernst.

Am Boulevard des Capucines, wo mein Vater in seiner Jugend in den Zwanziger Jahren gern reich gewesen wäre, ihr und mir weiter sein Leben erzählt oder es für uns erfunden. An der Porte Saint-Denis, in der Rue Rambuteau, in der Rue de Rivoli und am Boulevard Saint-Michel im Stehn je einen kleinen schwarzen Kaffee mit ihr teilen. Und mit unseren Spiegelbildern, weil das Geld jetzt schon immer weniger wird. Hier im Spiegel, sagte ich, siehst du dich? Dann im Hotel sollst du dich vor der Spiegeltür ausziehen. Da wird es dann spät am Nachmittag sein, so hoch und so blaß ein Pariser Nachmittagshimmel, und vielleicht bleibt sie für uns stehen, die Zeit. Wie früher schon. Gleich dann, als ob du träumst. In der Rue Saint-Jacques noch einmal uns und dem Sommer von vor zwei Jahren begegnen. Ein Sonntagmorgen, August. Wir haben an der Place de la Contrescarpe gefrühstückt und werden uns jetzt gleich für ungefähr zweieinhalb Francs vier makellose Pfirsiche kaufen. Unvergessliche weiße Pfirsiche, du mußt daran riechen! Dann zurück ins Hotel, die Sonne auf ihrem Haar, siehst du uns gehen? Unser erster Sommer. Nur ein paar Tage Paris noch und dann bald in den Süden, haben wir uns jeden Morgen gesagt, jeden Tag wieder. Wir kannten uns noch nicht lang. Soll ich dir von uns und dem Sommer wie aus weiter Ferne erzählen? Als seien wir, weißt du noch, Fremde gewesen, fremd sogar noch füreinander. Und jeder auch für sich selbst. Also so: Damals gab es diese eine Welt und Lebewesen, die nannten sich Menschen. Sie hatten Jahreszeiten und Wörter. Und die hatten sie jedesmal wieder neu. Liebe, Glück, Du, sagten sie zueinander. Immer wie zum erstenmal, immer neu. Leben und Himmel und Morgen, und meinten damit sich selbst. Zwei waren sie und jetzt sollte der Sommer anfangen. So geht die eine Geschichte.

Und mein Vater, dem wir hier immer wieder begegnen werden, auf Schritt und Tritt. Natürlich mußte er als sprachloser böhmischer Aushilfskellner mit kaum ein paar wenigen eigenen Wörtern, illegal, ein Ausländer ohne Papiere. Die Wörter gefunden, gestohlen, zusammengesammelt, blankgeputzt und in seinem Gepäck versteckt. Kein Koffer, ein Pappkarton und ein Kaffeesack. Die schmutzige Wäsche in einem Kissenbezug. Mein Vater, lang vor meiner Zeit. Natürlich mußte er alle Tage bei Tag vom Reichtum der reichen Leute träumen und nachts immer wieder zähneknirschend von sich und von seinen eigenen Tagen, von Rußland und von der Revolution. Nachts aufstehen und einen halben Liter Wasser trinken, jede Nacht dreimal, um nicht zu ersticken. Einmal sich einen ganzen Tag freigenommen und wie ein Tourist über die Brücke. Und im Old England, so heißt bei der Oper ein Herrenausstatter, sich für ein Vermögen feine Handschuhe und nach Herrenart einen Spazierstock gekauft. Und dabei womöglich auf Russisch als Russe sich ausgegeben, Großfürst und Sowjetkommissar, also beides in einem. Und vorher sich mit Waschkrug und Schüssel den halben Vormittag lang sorgfältig kalt gewaschen. Von Kopf bis Fuß unterm Dach. In seiner eigenen freien Zeit, in der Logis am Boulevard de l'Hôpital. Und dann im Café de la Paix oder im George V. für einen halben Wochenlohn ein Kännchen Tee bestellt und einen ganzen Nachmittag lang mit ernstem Gesichtsausdruck die Prager und Wiener Blätter gelesen. Und dazu mit einer Achatspitze, zu der ein Etui gehört, das innen mit rotem Samt ausgeschlagen ist, fünfzehn ägyptische Zigaretten geraucht und immer wieder die eigenen Hände und Manschettenknöpfe betrachtet. Mit Wohlgefallen. Ein vornehmer Ausländer. Die Handschuhe eng, aber elegant. Wie spaziert man mit einem Spazierstock? Die Handschuhe dann mit nach Andorra als Hochzeitsgast. So feine Nähte.

Und ich, ich geh auch ganz gern mit Tabakkrümeln und Notizzetteln in den Taschen an den Läden der Reichen vorbei. Hungrig oder nicht, darum geht es jetzt nicht! Die Rue Royale, die Rue du Faubourg-Saint-Honoré, um die Oper herum und die Champs-Élysées hinauf und hinab, um mir selbst zu begegnen. Damit ich weiß, wer ich bin. Damit sie endlich leiser werden mit ihrem Geschrei, mit den vielen Stimmen, die Sorgen in meinem Kopf. Wenigstens für eine Weile. Reich ja auch schon gewesen. Am Ende doch wieder zu essen vergessen, bald die Schuhsohlen durch und wo denn nur in Gedanken? Aber am Abend am Boulevard de la Gare, mit brennenden Augen, mit brennenden Füßen, in Belleville, in Clichy, in aller Herrgottsfrühe frierend und wie verurteilt in Saint-Denis und Nanterre, wo die verrotteten alten Fabriken gottverlassen vom Himmel herabhängen, überhaupt in den Vororten mit ihren Fabrikgesichtern und Mauern und Schnapskneipen, wo dir jede Geschichte zu deiner eigenen wird, da stellst du dir eher vor, wie es wäre, wenn es bald, also heute oder morgen, wenn es endlich abgeschafft würde, das Geld.

Und wann endlich nach Rußland, nach China, nach Tibet und in die Mongolei? In Algeciras, Cádiz, Casablanca oder wo wird es sein, wo wir meinen Freund Jürgen das nächste Mal sehen? Was denn? Warum erschrickst du? Wir haben doch Zeit! Bald Mittag. Mittags den Wein und die Sonne noch einmal. Noch eine Flasche Wein, derweil in der Luft so ein Leuchten und dein Leben in Freundschaft neben dir her. Mit dem heutigen Tag, mit dem Nachmittag, noch einmal den Fluß auch entlang. Mit unseren Stimmen und schmeckst du den Herbst in der Luft? Die Bücherkästen. Zu den Büchern nicht hinsehen. Es ist eine Sucht! Wenn ich Französisch könnte, müßte ich hier bei den Bücherkästen jeden Tag wieder verrückt werden! So viele Fußgänger an uns vorbei und die meisten gleich weg für immer. Oktober, wieder Oktober. Flußabwärts, dem Abend zu, so hält man es mit der Vergänglichkeit besser aus. Lang in den Sonnenuntergang, in den Herbst hinein. So mild ist das Licht, wenn es geht.

Paris, Oktober. Und wie lang werden wir bleiben? Und unsere Schatten, siehst du, den ganzen Tag mit uns mit und werden gleich weg jetzt! Siehst du, noch vor uns weg, sind gegangen. Als ob jemand sie gerufen hätte. Als seien sie vor der Zeit müde geworden. Und womöglich in hundert Jahren einmal, sagte ich zu ihr, zu Sibylle, wenn wir uns dann einbilden, daß wir tot sind, sagte ich. Und weiß sie noch neben mir gehen, Sibylle. In den Herbst hinein. Auf den Abend zu. Wir kamen vom Boulevard Barbès, wir kamen beim Château Rouge um die Ecke und sahen den Markt. Hier am Rand des Tages, im späten Licht. Wie am ersten Tag. Und unser Auto am Rand des Marktes, neben dem Gehsteig im Rinnstein. In einer Straße, die Rue Panama heißt (ein einzelnes Auto und bringt es fertig, wie eine Karawane auszusehen). Und jetzt weiß ich nicht mehr, wie ich den Satz beendet habe. Ob ich ihn überhaupt zuende bekam und was ich damit ihr und mir und der Welt hätte sagen wollen? Und sie, Sibylle, nach so langer Zeit, sie wird es auch nicht mehr wissen. Keiner weiß es. Langsam jetzt durch das späte Licht im Oktober. Siehst du uns gehen? Und haben diesen langen Tag lang nicht aufgehört, einander anzusehen und zu berühren. Sieht das Auto nicht aus, als hätte es Kräfte gesammelt? Dann gleich noch packen, Geld zählen, mein Manuskript sortieren und in die Nacht hinein. Not, Sorgen, Notizzettel, Ausweispapiere. Immer tiefer in die Nacht hinein, viele Stimmen im Kopf. Morgen früh die Hotelrechnung. Vorher und nachher das Geld zählen. Zurück nach Frankfurt. Mit oder ohne Wohnung das Buch beenden, das Buch nochmal und noch einmal schreiben, dann weitersehen!

Über den Markt auf den Eingang der Marktkneipe zu. Es ist Abend. Alle Türen offen. Die Lampen brennen. Der Wirt stellt die Gläser zurecht und du weißt dich im Spiegel warten. Schreib das Buch zuende, dein erstes Buch und wie soll es heißen? Viele Jahre lang immer wieder mein erstes Buch geschrieben. Geh einen Titel finden und wenn das Buch fertig ist, wer bist du dann? Mit meinem Leben zur Tür herein und sowieso jetzt bald wieder Nomade.

[19]

Zurück nach Frankfurt! Kaum Schlaf letzte Nacht und (warum nie nach Orléans, Bordeaux, New Orleans?) am Morgen im fahlen Licht Kaffee mit Rum. Vor uns der Tag wie ein weiter verlassener Strand. Zigaretten, Kaffee mit Rum und deine eigenen Hände, zwei Hände! Ob du sie noch erkennst? Und zusehen, wie sie zittern und nach einem Bild, einer Formulierung suchen, nach der Gegenwart suchen, nach mir und den Wörtern dafür. Sabine und Doris mit uns, Sibylle neben mir. Zurück auf der RN 3 und die ganze Fahrt rauchen. Zurück, es gab nichts zu sehen. Ich hätte genausogut jemand anders sein können, ein Fremder, der sitzt und fährt. Nur um anzukommen. Beinah auch ein Automat. In meinem Nacken Doris und wie sie kein Ende fand, sich und uns und der Welt aufzuzählen, was sie in Paris alles verpaßt hat, weil es ihr keiner gezeigt hat (Eiffelturm, Existenzialismus, den Frühling, den 14. Juli). Aber auch was sie dennoch geschafft hat und abhaken kann. Und was daran besser und was daran schlechter ist als in Deutschland, in Dänemark, Holland und in der Schweiz. Also befriedigend, ungenügend, gut, besser, richtig und falsch.

Die Straße, Tankstellen, Kalk auf den Äckern. In einer Kleinstadt eine hohe Steinkirche, direkt an der Straße. Und du fragst dich, wer sie sich ausgedacht hat und für welche Sünden sie stehen mag. Beinah wie eine Kathedrale so mächtig, so hoch hinauf. Du fragst dich, sooft du vorbeikommst. Immer nur durchgefahren. Immer die gleichen Wolken, die gleichen Schatten, die gleichen drei unbekannten Passanten. bevor es zu regnen anfängt, wie auf einem alten Bild (Radierung, Kupferstich, handkoloriert). Sooft du auch kommst und durchfährst, wer sind sie, wo gehen sie hin? Und für den Augenblick ist dir dein Leben, dein ganzes, dein eigenes einziges Leben wie ein dummes, zum Verzweifeln dummes Karussell. Zehn Jahre und noch zehn Jahre. Schon will dich eine große Traurigkeit anfallen, innerlich, da kommt dir eben rechtzeitig noch der heutige Wein in den Sinn. Und der Tag mit all seinen Einzelheiten. Und im Autoradio Bob Dylan, Knockin' on heaven's door. Herbst, laß die Zeit ins Land, wir fahren, wir fahren, und eines Tages würde ich alles aufschreiben.

Langsam jetzt. Lichter, eine Kreuzung, die nächste Kleinstadt. Bei den ersten Häusern am Straßenrand eine Frau. Schwarze Haare, ein dunkles Kleid. So dünn das Kleid, leicht. Sie will wohl nur über die Straße. Wie der Wind ihr das Kleid an den Körper preßt und weht es ihr um die Beine. Schlank ist sie. Das Kleid flattert. Sie steht und wir langsam vorbei. Von weither ein Zigeunerauto. Drei Frauen, ein dunkler Mann. Und dann hat sie nochmal den Kopf gedreht, damit sie als Bild für immer bei mir, damit ich ihr Bild behalte. Als ob sie in meinem Leben noch vorkommen soll.

Jede Kleinstadt an der Straße in ihrer eigenen Zeitrechnung irdischer Verlorenheit und hat sie denn keinen Namen? Schon am Mittag, am frühen Nachmittag alle Lampen an, trübe Lichter. Ob er jetzt schon dort ist, Jürgen? Angekommen in dem einsamen Haus am Ende des Wegs? Bei der Steinzeitmauer, bei den schweigenden Felsen? Mit Schöpfrad und Eimer sein tägliches Wasser aus dem Brunnen herauf und dann lang mit sich selbst in der Einsamkeit sitzen und bitteren grünen Tee – woraus wird er ihn trinken? Und wir hier, wir fahren. Suff und Straßen, Musik, Zigaretten, ein Herbstnachmittag. Und an Edelgard denken und im Kopf schon die Wörter für sie. Paris, ja Paris. Wir haben Wein mit, weißen und roten. Sabine auch: eine Flasche Weißwein für vier Personen, aber nicht auf nüchternen Magen. Sie hatte einen Proviantkorb wie für ein Stilleben, für ein Picknick, eine ordentliche Familie. Brathähnchen, Pizza, Quiche, Salat, Maiskolben, Servietten, Plastikgabeln, Schinken und Käse und Apfeltorte, alles fertig gekauft (jetzt sind wir scheints nicht genug Leute!).

Am frühen Nachmittag zum Essen angehalten. Ein kleiner Regen und vor unsren Augen übers Feld hin davon. Wäßrig eine weißes Licht aus den Wolken hervor und verging auch gleich wieder. Das nasse Gras, Heidekraut, Brachland, Wind. Und wir rannten im Wind, Sibylle und ich, auf den Horizont zu. Ist dir kalt? Der einzige wirkliche Augenblick! Er wäre sonst nicht gewesen, der Tag, und wir auch nicht. Du suchst dich und suchst dich und findest dich nicht. Wolkenhimmel und Wind. Der Kalk auf den Äckern wie schmutziger Schnee. Vielleicht daß ich damals schon nicht mehr ankommen konnte? Vielleicht fing das damals gerade an? Erfahrung, sagst du dir. Wie oft doch die Rückfahrten ohne Geld, ohne Essen, kein Schlafplatz, die Zeit überzogen, Reifen, Bremsen, die Kupplung, der Paß abgelaufen. Sauwetter, Sturm, Katastrophen. Oft ja sogar hat das Geld nicht einmal für Benzin für die Heimfahrt gereicht. Diesmal jetzt aber vorgesorgt! Umsichtig, sogar Motoröl, sogar billig gekauftes Motoröl auf Vorrat mit! Auch schon lang keinen Zug mehr verpaßt und nicht ins Schleudern geraten. Sogar noch der Proviantkorb, Sabine und Doris, die mit uns sicher heimkommen. Und Erinnerungen fürs Leben. Also doch von Mal zu Mal klüger. Und erst recht in die Zukunft hinein, sagst du dir, immer besser und besser! Erfahrung. Mach dir bloß keine Sorgen, Mensch! Vögel, viele Vögel vorbei. Vor unsren Augen der Wind übers Feld. Wie ein Zigeunerauto stand unser Auto am Straßenrand unter dem Himmel. Motoröl nachsehen, dann weiter.

Von da an dann Wein, erst weißen, dann roten. Und spät am Nachmittag sind wir in Alzey. Nicht daß wir nach Alzey gewollt hätten, aber richtig falsch war es auch nicht. Ich hatte wie immer nicht Autobahn fahren wollen, also von Saarbrücken auf der B 40 nach Kaiserslautern, wo mit trüben Lichtern ein Regennachmittag langsam in der Stadt herumging. Und die Einwohner mit ihren Einkäufen und auf dem Heimweg. Außer uns sind sie alle Einwohner. Und ringsum auf den Hügeln gelb, rot und grün die Herbstwälder, wie sie leuchten, und hörst du sie rufen? Also weiter auf kleinen Straßen schräg durch die Pfalz Richtung Mainz. Sozusagen von links unten nach rechts oben, stetig und nicht einmal falsch! Die Autobahn macht einen Umweg, die Autobahn macht dich blind. In Alzey ein hoher Himmel.

Es hat aufgehört, zu regnen. Das letzte Licht. Jetzt sind wir schon ausgestiegen. Alzey also. Gleich zeigt sich, Sabine war oft schon in Alzey. Sie kann uns Alzey gern zeigen. Sie hat Alzey ganz gern. Vielleicht eine alte Liebe oder als Kind in den Ferien. Vielleicht hat sie hier auch eine Erbtante. Wie Kirchenglas jetzt der Himmel, wie alter Wein. Und wie er sich in den Fenstern spiegelt und liegt als Glanz auf den Dächern und Pflastersteinen, die noch naß sind vom Regen. Die niedrigen alten Häuser, manche mit Weinlaub bewachsen. Passanten eilig vorbei. Manche nur so als Schatten vorbei. Die ersten Lampen, Licht in den Fenstern. Alle sind auf dem Heimweg. Und jetzt *schnell* dir ein Leben ausdenken hier! Wer du sein könntest, Tage und Abende, viele Leben!

Warum hier nicht das Buch zuende? Oder wenigstens über Nacht bleiben, fremd. Und erst morgen nach Frankfurt, morgen erst ankommen. Morgen an Frankfurt vorbei nach Brüssel, nach Amsterdam. Herbsthimmel, große fremde Himmel über den Horizont herauf. Fahr los und komm nie an! Zwischen niedrigen alten Häusern und Weinlaub und Efeu und Mauern und Gartentürchen eine schmale Straße hinunter. Deutschland im Herbst. Hinter unseren Schritten her fangen die Häuser zu blinzeln an. Herumgewälzt. Sie drehn sich zur Seite, sie richten sich auf und reiben die Augen. Sie reißen die Augen auf und tun sich gehörig verwundern, die Häuser. Hier in die Fachwerkkneipe hinein und es will Abend werden. Kaffee und Asbach für mich, dazu weiter eine Zigarette an der andern anzünden. Müd jetzt am Abend. Und eindringlich meine Kopfschmerzen erzählen, sie wie ein Märchen erzählen, eine Beschwörung (außer mir kennt sie keiner).

Zurück und im Dunkeln ankommen. Gerade das hast du keinesfalls gewollt! Eher noch, daß wir Frankfurt vielleicht verpassen. Daß sie es dieses eine Mal nicht geschafft hätten, alles rechtzeitig wieder aufzustellen. Daß wir kommen und sie mit einer Straßensperre für uns, wie früher schon. Hinter der großen Kurve am Rand des Himmels, an der Autobahn-Abfahrt West. Durch die Kurve, vorbei – und erst wenn du durch und vorbei bist, merkst du, daß du die ganze Zeit darauf gewartet hast.* Sabine und Doris in die Hansaallee. Von da an fand das Auto mit uns beinah von allein seinen Weg. Leer die Straßen, auch jetzt keine Falle. Keine amtlichen Verfolger im Rückspiegel. Leer und still, doch es kann noch nicht spät sein. Man darf sich nicht einschüchtern lassen, sagte ich zu Sibylle. Nur keine Angst, dann können sie einem nix anhaben! Am Hessenplatz einen Parkplatz suchen, als kämen wir jeden Abend so heim. Müd heim am Abend. Das Gepäck und wir und ein zittriger feuchter Wind. Die Kastanien haben ihre Blätter verloren. Abend und von allen vier Seiten auf den Platz herab schweigen die Fenster.

Leer die Wohnung, kein Hinterhalt, leer. Notizzettel, die Schreibmaschine. Gleich mein Manuskript wieder auf den Tisch. Eine Mappe und ein dicker Ordner. Vielleicht ein Weilchen noch wenn es ginge, hier in der Wohnung. Vielleicht ja doch, daß sie uns reichen würde, die Zeit. Nur wenigstens dieses eine einzige Mal! Überall Zettel vom Wohnungsbesitzer. Botschaften, Fragen, Gebrauchsanweisungen. Gleich einen Aquavit, einen Brandy, und mir im Kopf die Antworten zusammensuchen, wie für ein Telegramm oder als ob sie mit in das Buch hinein.** Die Heizung an, Badewasser. Und wie in der Küche im Boiler die blauen Flämmchen gleich hell empor-

* Lebendig, am Leben! Immer noch unterwegs in den Himmel!

** Jahre, Jahrzehnte. Wieder ein Herbst. In weiter Ferne an fremden Fenstern siehst du dich sitzen, hast Bibliotheken gelesen und liest jetzt dein Leben.

brannten, weil wir zurück sind. Weithin die Nacht um uns wissen, Oktober, und einen Zug fahren hören am Rand der Nacht. Beinah nun als seien wir gar nicht weggewesen! Sonst immer war es Staufenberg, wenn wir zurückkamen. In Staufenberg kannst du sie schmecken, die Luft. Und auch aus dem Tal herauf, aus der Ferne die Züge hören sich anders an. Das Dorf steht auf einem Basaltfelsen. Edelgard anrufen! Im Flur das Telefon und als ob ich vom Flur aus in weiter Ferne immer noch Paris sehen könnte und seine und unsere Tage und Wege dort in Paris. Niemand da, sie ist nicht daheim! Warum ist sie nicht daheim? Muß nicht jeden Augenblick jetzt das Telefon klingeln und die Zeit finge noch einmal an? Das sind wir doch selbst, die Zeit. So still, nur der Wind und die Balken knarren. Hinter der Wand die Nacht und das Dach drückt mir so auf den Kopf. Bald Winter. Laß uns, sagte ich, so leicht geht das nicht mit dem Ankommen! Laß uns noch mal raus, laß uns gleich gehen! Lieber baden, wenn wir dann zurück sind.

Bei der Haustür ein fremder bitterer Kohlengeruch, den wir beim Heimkommen nicht bemerkt hatten. Erst kürzlich abgefallen das Laub. Naß, braun, zertreten, ein einziger Matsch. Dunkel ist es und still, und was will so feucht und zittrig der Wind von uns? Wie immer die Leipziger Straße entlang. Du lernst sie gerade auswendig. Erst den Hessenplatz und die Leipziger Straße, dann Bockenheim und das Westend und dann ganz Frankfurt und all seine Vororte. Haus für Haus, jede Tür, jeden Augenblick, jedes Fenster, jeden Fleck Gehsteig, Gesichter. Damit die Stadt mich zu kennen anfängt und soll mit mir sprechen und wäre fortan bewohnbar. Wie spät? Weit und breit kein Mensch. Unwillkürlich fängst du zu frieren an. Der Wind die Straße entlang. Ein einzelner Streifenwagen. Im Schrittempo. Ladentüren, Schaufenster, die Scheiben klirren in ihren Rahmen; die ganze Nacht fängt zu zittern an. Beim Kaufhof. Erst denkst du, ist das nicht mein Freund Jürgen? Dann denkst du, das bin ich ja selbst! Dann aber doch ein Araber oder das Gespenst eines Arabers. Mit seinem müden Bündel, mit Halstuch und Mützchen. Ein rundes gestricktes arabisches Mützchen. Und in sein jahrelanges erbittertes Selbstgespräch verstrickt und vorbei. Wohin, vom Wind begleitet, wo geht er hin? Jetzt hast du auf seine Schuhe zu achten vergessen. Vielleicht Sultanspantoffeln oder die Reste davon. In die Nacht hinein. Vielleicht doch ein Gespenst, sagst du dir. Wie Landsleute habt ihr euch zugenickt.

Vorn an der Warte eine Kneipe, die Doktor Flotte heißt. Eine Eckkneipe mit Musik. Zur Tür herein und alle wandten die Köpfe, als ob sie auf uns gewartet hätten. Musik, Janis Joplin, Me and Bobby McGee. Wann endlich Amerika? Im Auto durch alle Staaten und durch die Jahreszeiten, die Zeit- und die Klimazonen. Und dazu im Autoradio Musik ohne Ende. Die Namen sind schön, wie sie klingen, die Namen der Staaten. Nach Kanada und nach Mexiko. Kaum erst neun, siehst du. Der Sommer auch vorbei. Daheim dann noch baden. Vor einem Jahr im Oktober aus Griechenland zurück. Und damit es nicht nur eine Rückfahrt wäre, sind wir über Edirne und in einem weiten Bogen durch Bulgarien, Rumänien, Ungarn. Und jetzt kam mir dieser vorjährige Oktober nicht so weit weg vor wie in diesem Jahr unser letzter Monat in Staufenberg. Der August, bevor wir nach Frankfurt kamen. Daheim dann am Fenster. Wind in den Bäumen. Die Nacht vor dem Fenster. Paris und die mitgebrachten Gitanes Zigaretten. Der Brandy im Weinglas ein bißchen zu kalt, und dazu den Herbst auf den Lippen spüren. Wann werden wir ankommen?

Am nächsten Tag Edelgard treffen. Am Mainufer, nachmittags. Auf einer städtischen Bank am Schaumainkai in der Sonne sitzen. Oktober, eine kühle Oktobersonne. Zwei Flaschen Weißwein. Du siehst die Stadt, die Ufer, das Licht auf dem Wasser. Der Fluß fließt vorbei. Du weißt ja, wir sitzen nicht gern auf städtischen Bänken (schnell wird man zum Staatsbürger!), aber im Gras, auf den Steinen, auf einem Mäuerchen wäre es schon zu kalt und wir können jetzt nirgends rein. Wir brauchen die Luft und den Himmel um uns herum. Sogar mit nix als nur Himmel um uns herum ist es uns noch eng. Ein enges Land und ein enges Leben. Uns sind die Körper eng. Und auch hier auf der Bank ist es schon zu kalt, aber wir haben ja uns und den Wein und das Herbstlicht, so laß uns ein Weilchen noch bleiben. Zum ersten Mal sah ich die Hochhäuser. Und wie sie schon anfangen, sich zusammenzurotten in der Innenstadt, böse Riesen, und werden jetzt immer mehr. Sooft du aufblickst, alle paar Jahre (in Gedanken woanders), sind sie wieder ein paar Schritte vorgerückt, immer näher. Übermächtig und drohend wie die leibhaftigen Landesväter. Noch ein Schluck Wein und der Fluß fließt vorbei. Der Sommer als ich sechzehn war, Juni, der Sommer fing eben erst an, und wie wir früh um vier, mein Freund Eckart und ich, über die Mainbrücken gingen. Vielleicht hab ich dir das schon erzählt, vielleicht oft schon erzählt, das macht nix! Warum nicht alle paar Jahre wieder? Immer in einem anderen Zusammenhang und mit immer anderen Wörtern und Flaschen. Es ist nie der gleiche Fluß. Vielleicht beim nächsten Mal eben aus Moskau zurück oder in Hongkong, in New York.

Vor uns in den Anlagen ein Streifenwagen. Die Kieswege auf und ab. Schon die Schüler vertrieben, die Jugend, junge Amis, GIs, Deserteure, zwei alte Armenier vertrieben. Den Frieden, das Licht und die Stille gestört. Die Vögel vertrieben. Enten, Amseln, Spatzen, Stare, Bachstelzen, Elstern, Eisvögel, Rotschwänzchen. Nur die Möwen nicht und die Tauben nicht, die sind geblieben. Die Schwulen vertrieben, eine heilige Familie mit Tischdecke und Proviantkorb vertrieben. Die Säufer, Penner, Würfelspieler. Kippensammler, Privatgelehrte, eine Wahrsagerin, die jungen Türken vertrieben, die Rocker und Dealer vertrieben – das waren keine Dealer, sondern ein schönes Pärchen und zwei friedliche sanfte Jünglinge mit eingepackten

Gitarren. Sie hatten ihre Schultaschen, Uni-Taschen, Campus-Taschen mit und zu viert ein Päckchen Tabak und einen Schlafsack, um darauf zu sitzen. Und für sich selbst ein bißchen Kiff, ein paar Krümel, allerhöchstens zwei Gramm vielleicht. Jetzt alle weg und verjagt. Nur wir sind hier sitzengeblieben. Sie haben unsere Ausweise und die Gesichter kontrolliert. Du siehst sie ihre Funksprüche an die Zentrale durchgeben. Ein Nachmittag im Oktober, die Sonne scheint. Öffentlich Wein trinken ist erlaubt. Jetzt für den Rest der Schicht als Streifenwagenbesatzung mit Streifenwagen auf Streife. Flußufer, Grünanlagen, Schrittempo. Die bereinigten leeren Spazierwege. Die Ordnung, die bereinigten leeren Bänke kontrollieren. Den Abstand, die Abstände, die Anwesenheit der Abstände. Den ordnungsgemäßen Rasen, grün sagt die Vorschrift, Rechteck um Rechteck. Beleuchtungskörper zwecks Nachtbeleuchtung. Und jedes gestutzte Gebüsch. Das Gebüsch steht da im Gebüsch. Zwischendurch ging ich *unsichtbar* pissen.

Es ist wahr, selbst wie ein richtiges Pärchen sitzen wir hier. Ich gebe ihr meine Jacke und sie gibt mir ihr Halstuch. Was für ein langes Leben wir haben werden. Und wie lang wir uns doch schon kennen. Wir haben miteinander gelebt. Und sitzen hier nebeneinander, sitzen und atmen sacht. Geradezu oft sind wir nicht miteinander allein gewesen, du und ich, das ist wahr, in den letzten Jahren. Wie kommt das? Hast du das gemacht oder ich oder wer? Müßten wir jetzt zueinander sagen oder reicht es auch, wenn man es denkt? Und sich dazu wundern muß, jeder für sich allein.

Lastkähne vorbei. Und wie man ihnen lang nachsehen kann, siehst du. Gern wär ich für immer auf so einem Lastkahn drauf. Die Schlepper, sagt sie. Eine Kindheit am Mittellandkanal. Wir sind einmal dort gewesen. Dich erst recht kann ich mir gut vorstellen auf so einem Kahn. Abwechselnd Holzschuhe, Fischerstiefel und dann wieder barfuß mit nackten Beinen. Immer du!

Nie der gleiche Fluß. Weißwein, die zweite Flasche. Zwischendurch nochmal pissen. Die Sonne steht tief und im Gebüsch ein Geflirr von Vogelstimmen und Licht. Dann weiter nebeneinander sitzen, rauchen, den Weißwein trinken. Sorgsam drauf achten, einander nicht zu berühren. Und sacht atmen, sacht. Der Streifenwagen, die Möwen, wie der Fluß glitzert und lange Schatten. Auf den Abend zu. Bald Winter denken, sie neben mir spüren und dazu sacht atmen, das spürst du am Herz. Vorhin auf dem Weg zu ihr im Auto durch die Stadt, Mittag, kaum daß ich den Weg fand und wie immer ein bißchen zu spät dran – und da fing der Tag an zu flimmern. In mir drin mein Leben fing an zu flimmern. Es war wie vergehen. Wie oft dir der Tod schon nah war in ihrer Gegenwart. Und daß sie jedesmal wieder bei dir sein soll. Auch das nächste Mal, wenn du stirbst.

Der Streifenwagen auf und davon. Hell die Möwen im Flug abgedreht. Die Sonne geht unter. Der Fluß fließt vorbei. Am Ufer die ersten Lichter und gleich ist der Tag gegangen. Kalt ist es, Oktober, wird Zeit. Den Wein austrinken, den Fluß grüßen, mit den Augen ihm nach und sich auf den Weg machen. Es wird Zeit. Weißt du, wo das Auto steht? Daß wir in Paris waren, daß wir ihn in Paris getroffen haben, daß wir ihn einen Abend wie vorgesehen zum Zug brachten, rechtzeitig, pünktlich. Der richtige Zug. Ordnungsgemäß eine Fahrkarte, einen gültigen Fahrausweis und für den Grenzübertritt Papiere, die zum Grenzübertritt berechtigen. Reisepaß und Devisen. Jetzt ist er mit seinen alten Stiefeln, die du ihm durch uns geschickt, die du für ihn fünf Jahre aufbewahrt hast, damit also bei den steinalten Felsen in der Nähe von Algeciras. Wollen wir uns vornehmen, ihn zu besuchen? Dort oder wo er dann sein wird? Sobald es nur geht? War es das, was ich sagen wollte? Er lebt. Wir auch lebendig zurück. Wer hätte vor ein paar Jahren mit Sicherheit sagen können, daß wir alle am Leben bleiben? Wie mein Herz klopft! Das kommt von Suff, Liebe, Gitanes Zigaretten und nie genug Schlaf. Kennst du Bongo-Trommeln? Nächste Woche ein konspiratives Treffen in Wiesbaden, du und ich und Sibylle. Und die wir dort treffen, ist eine Frau, die du kennst. Das also wollte ich sagen. Weißt du, wo das Auto steht? Weißt du den Rückweg? Die Sonne ist untergegangen, kalt ist es. Den Rückweg finden und die Kneipen am Weg, Sachsenhausen. Du hättest mit nach Paris fahren sollen. Das hätte von Rechts wegen mit in mein Leben hineingehört und fehlt jetzt. Und fehlt für immer. Bald, sagt sie, er wird bald zurückkommen!

[20]

Am nächsten Morgen. Woran hast du gedacht, als du aus dem Haus gingst. Was wirst du vorgehabt haben? Wohin? Herbst, du gehst aus dem Haus; bißchen Wind. Was soll mit uns werden? Dir ist, du hast alles schonmal erlebt. Erkennst angehaltenen Atems sogar den Geschmack der Luft dieser Jahreszeit wieder und hast den Rest des Tages bei allem was du tust (komme oder gehe ich?) dein ganzes Leben im Gedächtnis; Tür fiel zu. Keine Post. Die Kastanien am Hessenplatz. Den ganzen Herbst hindurch welke Blätter im Eingang, raschelnd, das abgefallene Laub. Vielleicht bald keine Wohnung mehr und wer bin ich dann? Der Wind, wie ein treuer Hund, hat bei der Haustür gewartet. Noch früh, sagst du dir. Neun, halb zehn. Die Luft grau und feucht, wie beschlagen die Mauern. Du gehst aus dem Haus, das Leben ist fremd. Kaum drei Schritte, schon hat dich der Herbst umfangen. Komm, gehn wir ein Stück zusammen!

Wie immer über den Hessenplatz (das eigene Auto nicht kennen, auch wenn es dich grüßt, sogar katzbuckelnd grüßt!) und vor zur Leipziger Straße. Vielleicht nur schnell Zigaretten, die Gegenwart, einen Blick in die Zeitung, vielmehr nur auf den Zeitungsstand, Plakate und was für ein Himmel? Die Einkäufe, Sorgen, Einkaufstaschen, Mäntel, Hüte, Kopftücher, Haarfrisuren und Handbewegungen der heutigen Hausfrauen als künftige Erinnerung, Einzelheiten, ein Bild, und sehen, ob alles noch da? Und dabei die Mütter der Schulkinder in Staufenberg im Jahr 1949 im Sinn, im Gedächtnis. Flüchtlingsfrauen und Einheimische, und wie sie in der großen Pause mit den Frühstücksbroten für die Kinder auf den Schulhof gekommen sind. Leber-Blut-Mettworscht, Schinken, Schinkenspeck, Preßkopp und Rudworscht für die Bauern und für die Flüchtlingskinder Brot mit Salz, Brot mit Zucker, Butterbrot mit Margarine und Schnittlauch und Schmalzbrot mit Grannerln, mit Apfelgrieben und gerösteten Zwiebeln. Mohntaschen, Maisbuchterln, Kartoffelbuchterln und Kreuzkümmelfladenbrot. Tut jetzt fein lernen! Tut nicht rumzappeln! Immer den Herrn Schullehrer ansehen! Tut stillsitzen und den Mund halten lernen, ihr Kinder! Und dann lang noch beim Tor, die Mütter. Da siehst du sie beieinanderstehen. Zwei Gruppen. Was werden sie reden, wenn sie so herumdeuten und immer so hin und her mit den Köpfen? Wie Berge von nassen Lappen die Wolken über dem Schulhof. Die Dorfhunde auch, sind auch gekommen. Ohne Uhr. Wollen hinter der Mauer warten und müssen doch vor dem Schulhof auf- und abrennen und sich am Tor zeigen. Immer ist ihnen, sie müßten gleich einen fetten Brocken jetzt, Fleisch, Knochen, Schwarte, einen Schweinsfuß, ein Schweinsohr, ein wahrhaftiges Worschtend, ein paar nahrhafte Wörter wenigstens vorgeschmissen kriegen. Wenigstens einen Äppelkrotzer. Wenigstens eine leere Tüte, wenigstens ein Holzklötzchen zum ins Maul nehmen und davonrennen. Wenigstens als Hund den eigenen Hundenamen. Sie sitzen beim Tor ohne Uhr. In einer Hundewigkeit sitzen sie und tun sich mit Anstrengung aufmerksamhöfliche Mienen in ihre Hundegesichter hineinprägen. Nicht bellen! Nicht winseln! Keine Aufregung nicht! Sie gähnen, sie kratzen sich, sie warten darauf, daß die Schule jetzt endlich bald aus. Nicht nächstens bald Herbstferien? Wie spät? Wie eine verschmierte Wandtafel, solche Wolken, so ein Himmel über dem Schulhof. Mich wiederfinden und im Vorbeigehen schnell noch die Hauptschlagzeile der heutigen Bildzeitung! Frankfurt am Main. Mir zusammensammeln und -suchen den Tag, denn wenn ich mich nicht erinnere, ist der Tag nicht gewesen. Mitte Oktober. Vorgestern erst aus Paris zurück und sowieso ja noch fremd hier, deshalb einen Umweg. Damit er endlich dann anfangen kann, der an jeder Ecke auf mich gewartet hat, der Tag, der heutige Tag.

In der Seestraße die Zweigstelle der Stadtbibliothek. Schaufenster wie ein Laden. In vielen Bänden eine Autobiografie von

Paustowski, mit der ich gerade anfing. Oktober. Überhaupt ja erst noch dabei, meine hiesigen Tage und Wege, jedes Wetter, die Straßen von Ecke zu Ecke, die Stadt, Jahr und Tag, jeden Augenblick, mein Leben und den Bibliotheksbestand auswendig zu lernen. Auf den Winter zu. Und wie gut heute wieder die Zigaretten. Jeder einzelne Zug. Tage gibt es, da kannst du nicht umkehren.

In der Kaufunger Straße schief geparkt das Auto von Jürgens Freund Siggi. Beinah ja wie unser eigenes. Und drei Schritte weiter bei ihm an der Haustür klingeln. Er schreit gleich aus dem Fenster. Erst letzte Nacht aus Sardinien zurück – und wir? Und Jürgen? Autos hupten, ein Taxi, ein Lasttaxi, ein Möbelwagen und ein betrunkener Mopedfahrer, der in den Morgen hinein von Haustür zu Haustür Prospekte verteilt, aber nicht mehr lang. Siggi von oben, er beugt sich weit vor. Ich mit dem Rücken zur Gegenfahrbahn mitten auf der Straße und jetzt noch einen Schritt zurück. Er fast aus dem Fenster, dritter Stock. Also doch zu ihm rauf! Eine ehemalige Wohngemeinschaft, eine Fünfzimmerwohnung, und er als einziger übriggeblieben. Mit der Hausverwaltung einen Vergleich. Jetzt wohn ich noch die Kaution ab, sagt er, noch bis Ende Januar. Student, Medizin. Er ist aus der Pfalz. Gerade auch einen steifen Hals, sagt er, ein Nerv eingeklemmt. Und hat seinen eigenen Terroristenprozeß noch anstehen. Sibylle und du und dein Buch, sagt er jetzt, Handbewegung, ihr könnt gern bei mir einziehen. Laut die Musik, Pink Floyd. Platz genug. Schreib, wann du Lust hast, sagt er, du kannst Tag und Nacht schreiben. Manchmal kommt die Geli noch mit dem Kind für zwei Stunden. Manchmal meine Freundin Anette. Wenn du willst, bleib den ganzen Winter im Bett. Ihr könnt umräumen, was ihr wollt. Alles wie ihr wollt. Jederzeit! Im Flur noch sein müdes Reisegepäck. Erst zehn, morgens zehn Uhr. Im Oktober ein Werktag. In Frankfurt am Main. Durchs Küchenfenster den Taunus. Ich trank einen einzigen Grappa bei ihm, dann bis bald! Dann gegangen.*

Die Seestraße. Beim Postamt am Rohmerplatz nur eilig als zugeknöpfte Mantelgestalt. Anonym, und drei Schritte weiter die Gans grüßen, Lebensgröße. In ihrem Mietshausfenster im dritten Stock, eine weiße Gans. (Nur die wenigsten werden sie kennen!) Sehr naturgetreu auf die Entfernung. Bescheid wissen und mit dem Kopf nicken, ein Frankfurter Fußgänger, der sich auskennt. Eine Lampe als Gans. Der Kaufhofeingang. Obststände, Zeitungsverkäufer, die Kaffeerösterei. Durch den guten Geruch der Kaffeerösterei und gleich die nächste Zigarette. Da merkst du erst, daß du den Mantel ja gar nicht anhast, sondern deine alte Wildlederjacke aus dem Mai 68. Laß dir Zeit. Alle Taschen voll Gauloises und Gitanes Zigaretten, unverzollt. Vorgestern noch in Paris. Notizzettel. Herbst. Alle Taschen voll Einzelheiten, so ein Tag. Und die Holzknöpfe an der Jacke von Sibylle. In Staufenberg, ein Herbsttag wie heute, und sie mit der Jacke beim Fenster und näht die Knöpfe dran. Seither die Jacke mit ihr geteilt. Wie mir jetzt ein Schluck Brandy fehlt! Den ich sowieso nochmal nachkaufen muß, noch öfter. Hätte mir ein bißchen umfüllen sollen und mitnehmen, so ein Tag ist das heute. Und auch von dem Grappa eben. Aber nicht verwechseln, nicht durcheinander. Wer weiß, ob er nicht sogar passend ein kleines Fläschchen, Siggi? Leer, einen Frankfurter Flachmann. Schraubverschluß. So praktische Taschen, die Jacke. Für alle Tage, für jeden Weg. Künftig also die kleinen Fläschchen alle aufheben, wenn sie leer sind (leer sind sie schnell!).

Statt umzukehren jetzt über die Warte. Am Turm vorbei, in

* Die Musik noch ein Weilchen im Kopf mit, Pink Floyd. Oder doch bloß vier Zimmer, die Wohnung? Und gleich anfangen, das eigene Gedächtnis kreuz und quer auszumessen. Es ist ja noch früh. Immer noch eine Tür, die du aufmachst, zu deinem Leben.

die Gräfstraße. Gräfstraßen gibt es zwei. Die eine glorreiche, die ich einmal in diesem Jahr im Juni sah, als ich langsam mit dem Auto durchfuhr. Beinah im Schrittempo, so langsam. Ein paar Tage nach meinem Geburtstag. Sibylle und Jürgen bei mir. Wir hatten Wein mit. Wir wollten in den Odenwald und von Dorf zu Dorf auf kleinen Straßen weiter nach Franken, in den Sommer hinein. Wir hielten nur kurz an der Ecke, wo es zum Campus geht, weil Jürgen sich in der Nähe einen Schlafsack ausleihen wollte. Sind eigentlich schon unterwegs. Er wird gleich zurückkommen. Die Kastanien blühen. Überall Menschen. Studenten, die schönsten Frauen. Im Juni sind die Menschen am schönsten! Sibylle sucht im Autoradio Musik. Sie hat eben die Strümpfe ausgezogen. Himmel wolkenlos. Und ich kurz ins Café Bauer, mit mir allein einen Espresso und einen Schnaps trinken. Mittag. Wie der Tag leuchtet. Gleich weiterfahren. An diesem Mittag im Juni im Jahr 1977 war die Gräfstraße die schönste Straße von Europa. Die zweite Gräfstraße ist die, die sonst immer hier ist, jetzt auch. Nach vielen Jahren kam noch eine dritte dazu, die ich träumte. Mit bemalten Häusern, die meisten aus buntem Holz. Und stehen da und lächeln mit all ihren Fenstern. Und überall Schnee. Es ist warm. Blau der Schnee und wie er leuchtet in der singenden Morgensonne. Durch die Gräfstraße mit mir selbst. Warum nicht jedesmal ein Stück Brot mit, dick ein Stück trockenes Brot, sooft du in Frankfurt aus dem Haus und wohin? Brot, einen Apfel, ein Stück Speck. Wie in Staufenberg, wenn du auf die Burg, auf den alten Turm und zu den Steinbrüchen willst. Zum Poul, an den Koidriebspoul und zum Kennilswägweiher, so heißen die Teiche. Über die Hardt und zum Goldmorgen hin. Durch den Wolfsgrund im Mai, im Dezember, und über die Hochwasserwiesen. Jahr um Jahr. An die Lahn, auf den Abend zu, hinunter zum Fluß. Auf den Altenberg. Auf den Totenberg und in den Wald, in den Habichtswald, Federwald, Farnwald, Steinwald. In die Stille hinein und weißt schon im voraus, wird wieder ein weiter Weg.

Am neuen Plaza-Hotel vorbei und dir für den kommenden Winter ein Leben hineindenken. Aus Südamerika und steinreich. Eine Suite, sagst du dir. Du wirst es schon aussprechen lernen, das Wort. Was für eine zugige Ecke. Als ob der Wind hier vom Himmel fällt, so stürzt er sich auf die Kreuzung. Fahnenstangen, die Fahnen klirren. Ein Lakai im Gehrock mit Zylinder und Stulpenhandschuhen. Erst nur einer und dann gleich fünf. Halten die Türen auf, halten den Tag ausgebreitet (nur für Gäste), winken weißen Mercedes-Taxis, daß sie vorfahren sollen. Mit Armbewegungen wie für Fiaker. Ob Sibylle mir eine Porno-Geschichte schreibt, die im November im Plaza-Hotel in Frankfurt spielt? Erst eine, dann einen Nachtrag, noch eine, dann wird eine Serie daraus. Sowieso jeden Tisch, alle Einfälle, jeden Abend und jede warme Jacke mit ihr geteilt. Lampenlicht, dicke alte Pullover, die Zeit. Kalendergeschichten. Und ihr dabei zusehen, wie sie sie für mich schreibt, viele Seiten. Dort einziehen als Südamerikaner, Geld wie Heu und keinerlei Sorgen, sagst du dir. Wieviel Stockwerke werden es sein? Und warum nicht auch im Hotel einen kleinen Harem, den sie für mich beaufsichtigt. Oder daß sie ihn mir vorspielt und aufschreibt, so eine Wirklichkeit alle Tage. Wie das Plaza hoch in den Himmel hinaufreicht und kommt durch die Wolken dahergefahren. Und hat einen Bug wie ein Schiff.

Am Messegelände vorbei. Anscheinend Buchmesse und vor dem Eingang eine Gegenbuchmesse. Oktober. Nicht kalt. Überall wurden Zettel verteilt. Überall Plakate, Plakatwände, Transparente, Spruchbänder über die Straße. Himmel zum Abgewöhnen. Buchstaben von allen Seiten. Gebärden sich, winken und schreien und drohen! Sich nicht verlieren! Hungrig oder nicht und weiter zu Fuß. Noch nie auf einer Buchmesse gewesen. Noch nicht einmal auf die Idee gekommen bis jetzt. Nur immer nachts am Küchentisch sitzen mit endlos einem Gemurmel. Schriftsteller, Kettenraucher, Schnaps und Kaffee und Wermut und billigen Wein. Der alte Währungsreform-Küchentisch meiner Mutter. Sitzen und schreiben. Kein Schlaf. Viele Stimmen im Kopf. Immer weiter in die Nacht hinein sitzen und schreiben. Wie lang es allein nur gedauert hat, bis ich wahrnahm, daß es nicht nur Schriftsteller, Bücher und Leser, daß es auch Verlage gibt! Von Lektoren und Kritikern gar nicht zu reden!

An der Messe, am Messeeingang vorbei. Polizeiautos, Polizisten, Wachleute, Kameras, Rundfunk, Fernsehen, der Staat. Scharen von Menschen und alle in eine Richtung. Finstere hohe Häuser. Schaufensterpuppen in Pelzmänteln. Der Bahnhofsvorplatz. Der Hauptbahnhof. Hat sich wie von selbst eingefunden, abfahrbereit, ein Bahnhof nach überallhin. Ausländer, Leuchtschriften, Zeitungen. Wie die Straßenbahnen sich drängen. Die Luft grau und feucht. Herbst, ein geschäftiger Morgen. Ein Werktag, die Welt arbeitet. Der heutige Hauptbahnhof wie eine Erinnerung langsam an dir vorbei. Hungrig auch – das ist noch kein wirklicher Hunger! Ich hätte mir meinen Freund Eckart gewünscht! Damit er jetzt neben mir hergeht und zuhört oder soll mir stundenlang alte Filme erzählen. Wo denn hin unterwegs? Als ob wir noch sechzehn und nix zu verlieren, wie gestern oder vorgestern.

Zigaretten, Notizzettel. Immer weiter mit mir selbst. Durch die Kaiserstraße wie durch ein fremdes Jahrhundert. Und sobald ein Park dir entgegenkommt, umkehren und nicht nur die Kaiserstraße, auch die Taunusstraße und die Münchener Straße hinauf und hinunter. Am liebsten gleichzeitig, also gleich mehrfach und die Querstraßen auch. Die Mosel-, die Elbe-, die Weserstraße und am Ende kämst du dir entgegen, immer ich! Und an jeder Ecke dich umdrehen und zurück zum Hauptbahnhof mit dem Blick. Da am Ende der Straße. Als ob du dich selbst suchst. Als ob er dir nachsieht, als ob er dich ruft. Als ob er versinkt, dort hinten im trüben Tag, oder wie der Hintergrund auf einem alten Bild. Das alte Jahrhundert.

Dann dich doch losgerissen. Ein großer Goethe aus Stein. Wie du fünfzehn warst, in dem Sommer einmal, früh um vier, da ist er von seinem Sockel heruntergestiegen und ihr habt miteinander gesprochen, lang. Wohin? Am Theaterplatz neu ein Hochhaus. Am Frankfurter Hof vorbei. Als ob du jemand anders (den du auch erkennst, genau wie die Säulen am Eingang zum Frankfurter Hof). Von weit her. Steinreich und ohne Sorgen. Wie heißt das Parfüm? Mit all dem Glanz um sich her. In sein fremdes Innenleben versunken und wo wird er mit seinen Schecks und Kreditkarten hinspazieren, sobald du ihn aus den Augen verlierst? Sacht bergauf jetzt, zur Hauptwache. Als ob der Weg dich jetzt trägt, du erkennst alles wieder. Immer wenn es bergauf geht, ist dir das wie eine Ankündigung. Schon den Bahnhof gefunden, die Katharinenkirche, die Zeil. Jetzt kommst du darauf, daß du auf dem Weg zum Gericht bist. Vor mehr als fünf Jahren einmal hier gegangen, Angeklagter, zu spät dran! Auch damals den Weg ungefähr nur gewußt, und es hätte für lange Zeit dein letzter Tag, dein letzter ruhiger Augenblick, dein letzter Weg in der Freiheit gewesen sein können.

Über die Zeil und auch diesmal den Weg zum Gericht finden. Und als freier Mensch, sagst du dir. Wie frei kann ein freier Mensch hier bei uns in der Gegenwart? Immer weiter mit dir selbst, mit dem heutigen Tag, nach fünf Jahren. Und lebst immer noch. Über die Zeil, da ging es auf Mittag. Und nicht gedacht, daß du hier viele Jahre lang gehen und gehen wirst. Und Jahr und Tag jeden Weg, die Tage, die Steine, die Vogelflüge und all die Gesichter auswendig lernen. Viele Jahre lang immer wieder hier gehen und dir dein Leben jeden Tag neu ausdenken. Und es dir immer wieder vorsagen und erzählen. Und wie es weitergeht, immer weiter auch. Du erzählst es dir selbst, so geht es. Du wüßtest sonst nicht, wer du bist. (Das Gericht! Laß es stehen in seiner Finsternis, das Gericht!) Nachher bald vielleicht dir ein Hörnchen kaufen oder ein Brötchen – was billiger ist.

Am liebsten dick ein Stück Brot mit Salz, die Gedanken dazu und gut kauen!

Auch nach dem Gericht, auch jetzt noch nicht umgekehrt. Immer weiter, so ein Tag ist das wieder. Die Konstablerwache, Frankfurt, der Frankfurter Himmel. Und ganz weit hinten am Ende das andere Ende der Zeil. Dort wo sie schon beinah nur noch wie aufgemalt, wo sie schon anfängt abzubröckeln. Kein Brot, keinen Apfel. Beinah bei einer Frankfurter Brezelfrau eine Frankfurter Laugenbrezel mir gekauft, dann aber für mein Geld mit den gleichen Münzen doch lieber im Büro bei ihrer Arbeit Sibylle angerufen. Weil sie wissen soll, daß ich hier gehe. Ja und auch eine Wohnung für uns. Für das Buch. Für den Winter. Mal sehen, vielleicht! Wir schaffen es schon! Und wie der Tag heut für mich, was für ein Tag! Immer weiter mit mir selbst. Die Eckenheimer Landstraße, die Weber-, die Wielandstraße, die Friedberger Landstraße. Namen, Namen und nicht wissen, wo ich bin.

Damals noch uns gesagt, Frankfurt nur höchstens ein Vierteljahr. Nur für die Reinschrift, nur höchstens den Winter über. Und doch an diesem Tag im voraus schon die Schauplätze für viele künftige Leben hier in der Stadt. Als hätte ich da schon gewußt: Hier einmal, hier noch Wohnungen suchen, Geld verlieren, Redaktionen aufsuchen, hungern, Filme drehen, Heimwege. Da und dort gegangen. Freunde finden. Mit mir selbst, mit Frau und Kind, jeden Tag, immer neu, als ob ich mit zahlreichen Frauen und Kindern und dazu die Namen und Sorgen, immer ich, viele Leben. Noch überall seh ich uns gehen. Und dazu die Bilder, die Bücher im Kopf. Erst im Kopf und dann auch in der Welt (und die Welt auch im Kopf). Zahlreiche Ankünfte und Abfahrten. Immer wieder gekommen. Viele Vergangenheiten. Den Suff, den Entzug, krank, hungrig, verrückt, die Liebe nicht mehr und wieder die Liebe. Immerfort Abschied, aber wie geht vergessen? Im Kopf jeden Tag ein Buch. Die Stadt, die Liebe, die Jahre, ein Kind, Schuhe kaufen, und Sonne und Schnee auf den Weg. Das Laub, Schnee, die Jahre, ein Schneegestöber, immer mehr Schnee. Und jetzt wird es bald Zeit, daß du kommst! Die Arbeit, die Not, immer wieder von vorn und jeden Tag reich werden, reich und berühmt, immer ich. Da und dort gegangen. Zähl die Tage! Noch überall seh ich uns gehen.

Über Mittag jetzt und mein Leben. Vor einem Bäckerladen mit einer geduldigen Treppe davor. Und wie dir dazu gleich viele Samstagmorgen einfallen wollen. Ein Glöckchen bimmelt. Und dazugehörig die Samstagmorgengeschichten vieler Jahre. Ein ganzes versunkenes Zeitalter. Beinah ein Stück Frankfurter Schwäbischen Apfelkuchen gekauft, dann doch in Gedanken den Kuchen nur (mit Rosinen und Zimt). Die Treppe als Bild mit, ein Glöckchen bimmelt, den Kuchen hast du fortan beim Leben noch gut. Den Kuchen merkst du dir für immer. Und weiter gegangen.

Die Vogelsbergstraße. Die Rotlint-, die Egenolff- und die Rohrbachstraße. Und erst nach Jahren auch die Namen und Menschen und die Geschichten dazu. In der Martin-Luther-Straße die Wohnung, in der Jürgen und Edelgard einmal leben wollten. Im Erdgeschoß und so friedlich die Fenster. Und du weißt nicht, wer jetzt darin wohnt. Auf dem Gehsteig eine alte Zigeunerin mir entgegen. So einen kleinen sonnengelben Knüpfteppich sollst du von ihr kaufen. Mit Fransen. Sie hat, siehst du, Teppiche drei oder vier. Aus Skopje. Sind billig. So gut es ging, ihr mit einem einzigen einfachen Satz mein Leben erzählt und sie hat dazu genickt und gemurmelt und zuletzt mit lehmgelber Hand, mit ihrem Daumen hat sie mich bekreuzigt. Ohne einen Pfennig dafür zu verlangen. Dann jeder in seine Richtung weiter, zwei Leben, unterwegs in den Himmel. (Warum so klein und warum sind sie alle gelb gewesen? Gelb wie die Sonne in Mazedonien, gelb wie die mazedonische Erde, sommergelb!)

Die Schulkinder auf dem Heimweg, Oktober. Ein Kindergarten. Ein Pornoladen und ein Secondhandladen und ein Secondhandladen und ein Secondhandladen, die merkst du dir alle für später, demnächst, die Zukunft, bald Winter. Der Winter steht vor der Tür. Zwei Plakatankleber mit Leiter. Ein großer Hof, auf dem die Feuerwehr Feuerwehr spielt (mit Helm, Beil, Sprungtuch und echten Feuerwehrautos). Mütter mit Kindern, Kinder mit Roller, Kinder vor einem Fahrradgeschäft. Eine Tankstelle, ein Taxistand, Kinder mit einem Hund. Ein italienisches Eiscafé, das heute den letzten Tag aufhat. Bunte Spielsachen und Lampions und viele künftige Winternachmittage in einem Schaufenster mit elektrischen Kerzen. Schon die ersten Adventskalender. Übervoll ist es ja, dieses Schaufenster, und dabei so klein und so niedrig und alt. Immerfort Abschied nimmst du und kannst doch von nichts je genug kriegen. Sooft dich die Traurigkeit anfallen will, kommt dir eine Frau entgegen, die so schön ist, daß du gleich weißt, daß du sie nie wirst vergessen können. Jetzt wird es schon jeden Tag eher dunkel. In einer Schusterwerkstatt ein alter Schuster und hat eine Lampe brennen. Gestern noch Sommer. Gleich an der nächsten Ecke schon wieder ein Bäckerladen, in dem du dir schon wieder beinah ein Stück Kuchen gekauft hättest. Vier frische Frankfurter Kräppel, also Berliner, gefüllt, nur DM 1,20! Leer ein Nachmittagsschulhof, der froh um ein bißchen Ansprache wäre. Hänsel und Gretel. Eine Bushaltestelle. Das Sternthalermädchen. Die Frau Holle aus einem hochgelegenen Dachfenster (und bald wird der erste Schnee fallen).

Zigaretten. Schnell im Stehn einen billigen Schnaps an der Theke (in Frankfurt der billigste Schnaps ist immer ein Korn). Über Mittag nochmal und nochmal bei ihrer Arbeit Sibylle angerufen und ihr meinen Weg, den Tag, die Stationen erzählt. Und Siggis Wohnung in der Kaufunger Straße. Schreiben, das Buch, also Zeit, einen Platz, einen Tisch, eine Zukunft bis weit in den Winter hinein. Es klappt ganz bestimmt. Wir schaffen es schon! Dann bei den Säufern am Kiosk für eine Mark sechzig einen Flachmann mit Weinbrand. Ein Kiosk, ein Frankfurter Büdchen, und die Gespräche im Kopf mit (wenn sie leer ist, die Flasche dann aufheben!). Endlich jetzt merkst du, es ist so ein Tag, an dem du nicht umkehren kannst. Du gehst und gehst, es ist wie eine Verabredung mit dir selbst, und du merkst, du kannst nicht zurück. Alle paar Jahre und mit der Zeit, wie es scheint, immer öfter werden sie, diese Tage. So gehst du und gehst. Und dann ist es so, daß du überhaupt nicht mehr umkehren kannst in deinem Leben, so viele Jahre, dann also Schriftsteller. Schriftsteller bist du mit deinem Leben!

Über Mittag die Sonne. So gehst du und sammelst dir deine Bilder zusammen, den Tag und all seine Einzelheiten. Und eine Sprache, lebendig, die richtigen Wörter dafür. Übriggeblieben die Nachmittage und Hinterhöfe in Bornheim. Pflastersteine und dazwischen Gras, Löwenzahn und Kamille. Und der Himmel, das ist wahr, wie auf einem alten Bild jetzt über Mittag der Himmel. In jedem Hinterhof eine Werkstatt. Kunstschmied, Schlosser und Schreinermeister, Spengler und Installateur. Matt über Mittag die Sonne, du hast es nicht einmal gleich gemerkt. Wurst aus Oberhessen. Käse-Spezialitäten, Feinkost, Obst und Gemüse und dazu die Ladenschilder und Namen. In aller Ruhe jetzt dahin und dorthin. Kleine Läden, damit der Tag einen Platz findet, wo er immer wieder ein bißchen stehenbleiben kann und sich anlehnen und ins Schwätzen geraten. Süßigkeiten. Bonbons, Schokolade, Kaugummi, Gummibärchen und Eis, wie sollen die Kinder denn sonst je das Einmaleins? Kleine Läden, mehr als du denkst, aber wie lang noch? Die Zeit, das sind wir doch selbst, die Zeit. Alle Türen offen. Pizza, Gyros, Ćevapčići und die ersten türkischen Imbißkneipen mit Karawanenmusik von weit her. Immer schon hast du alle Menschen kennen wollen, alle die mit dir auf der Welt sind. Und daß wir das Leben teilen. Wenigstens daß du wüßtest, was sie treiben in ihrem Leben und wie es bei ihnen zugeht. Am liebsten sie selbst sein, der Reihe nach jeder einzelne von ihnen und alle zugleich. In meiner Kindheit konnte man jederzeit überall stehenbleiben und gaffen. Laß dir Zeit! Nicht nur die Kinder, die Erwachsenen ja genauso (sie ruhen sich dabei aus). Nicht nur bei uns im Dorf. Auch in Lollar am Bahnhof, am Güterbahnhof, am Buderus-Werktor, an der Tankstelle, beim Wagenbau-Wagner und überhaupt überall in Lollar auf der Lollarer Hauptstraße. Erst recht ja auch in der Kreisstadt, in Gießen an der Lahn. Dafür gibt es die Kreisstadt ja, dafür fährt man ja mit der Eisenbahn eigens hin. Überhaupt hast du dir die Welt so gedacht, daß man hineingeht und da und dort stehenbleibt. Wie auf einem Bild, wie in einem Märchen. Steht man ein Weilchen, kann es gut sein, daß sich jemand dazu und danebenstellt. Oft geht es so. Jetzt in Gedanken, überall läßt du dich stehen. Abbilder, Doppelgänger, Schattengestalten. In allen Lebensabschnitten und Zeitaltern und immer auch das Kind, das du warst. Sie werden schon nachkommen, werden sich einfinden. Geht keiner verloren und jeder bringt etwas mit.

Und vom Mittag an oder schon am Morgen, schon von der Haustür an, spätestens als die Sonne durchkam und du hast es nicht einmal gleich gemerkt: alles so vertraut und nah, so eindringlich, nicht als ob du es schon einmal erlebt, das nicht, aber doch immer gewußt hättest. Vorausgewußt und erwartet. So einen Tag, den gibt es. Als sollte es für lange Zeit dein letzter Tag mit dir allein, allein mit dir selbst und in Frieden sein. Und auch diesen Tag fortan für immer. Hungrig. Noch ein Schluck aus dem Flachmann und weiter. Du kannst ihn austrinken und dann bald noch einen. Für einssechzig. Ab morgen dann sparen. Du kommst zum Alleenring, den du auch erkennst, und die Blätter fliegen. Meistens ist sie kaum auszuhalten, die Vergänglichkeit. An so einem Tag aber wird dir leicht davon. Hunger. Weit in die

Ferne dein Blick. Auf einmal beinah wie am Meer gehst du hier im Wind. Mit deinem Leben gehst du hier entlang. Noch ein Schluck. Mit großen Schritten gehst du und siehst, wie die Blätter fliegen.

[21]

Dann geht es schnell. Haben uns lang genug, beinah ja vom ersten Tag an damit gequält, daß es die falsche Wohnung, aber wohin? Beinah als ob uns die Zeit nicht gehört, eine fremde Zeit, oder man wird sich selbst zum Gespenst. Nur wohin? Sie ist schon richtig, die Wohnung. Mit den blauen Flämmchen des Boilers, die so gern für uns tanzen, mit dem perfekten winzigen Bad. Mit dem Flur, in dem ich nachts arbeiten kann, sitzen und schreiben, wenn Sibylle schon schläft. Selbst wie die Nacht dieser Flur. Hörst du die Züge fahren am Rand der Nacht. Zeit und Stille. Wie das Dach knarrt. Hörst du den Wind? Soviel Zeit und so geräumig die Stille, daß sie uns den ganzen Winter gereicht hätten. Die Musik, mein Arbeitstisch, die elektrische Schreibmaschine. Die erste in meinem Leben. Die Schreibtischlampe und die Markise am Fenster. Und tröstlich beide. Und vor dem Fenster, vom Haus, die Kastanien am Hessenplatz. Herbst. Herbsttage. Auf dem Hessenplatz immer Kinder. Schreiben und gleich um die Ecke die Leipziger Straße. Sie ist schon richtig, die Wohnung, so hoch in der der Luft, so dicht unterm Himmel. Nur wir sind hier falsch. Sind die falschen Menschen dafür.

Eben auch mit dem Wohnungsbesitzer vor seinem polierten Schnapsschränkchen. Daneben Plattenspieler, Tonband, Cassettenrecorder, die Musik, die ich beim Schreiben den ganzen Tag höre, seine Musik. Einen Aquavit und ihm wieder erzählen, was für ein Buch das nun wird. Und mich dabei zunehmend in Beweiszwang, in Beweisnot – immer läßt man sich hinreißen und weiß doch im voraus schon, man muß sich dann wieder für Wochen und Wochen mit der Erinnerung an das eigene fremde Geschwätz herumschlagen! Aber mein Manuskript liegt da auf dem Tisch. Und am Ende wird es wirklich noch fertig. Ein Buch, wie es noch keins gibt! Wie willst du ihm das erklären? Und er immer noch bereit, uns den einen und anderen Tag oder Monat zusätzlich! Warum nicht? Aber ja! Wird er uns gern einräumen und zugestehen! Warum das nicht bei dem einen und anderen gemeinsamen Essen in aller Ruhe? Und das Essen dann von der Steuer absetzen! Und wenn das Buch fertig, natürlich mit Widmung ein Exemplar! Und warum überhaupt sind wir, warum so selten nur da und dort? Zu sehen und anzutreffen?

Schon wollte ich ihn mit annähernd seinen eigenen Worten daran erinnern, die jedoch erst kürzlich, vor ein paar Tagen, nämlich an unserem ersten trüben Stadtsonntag (ein und dasselbe einzige Gespräch, das sich offenbar schon seit Anfang September hinzog und bald wird der erste Schnee fallen), wie wir, Sibylle und ich, mit ihm und mit seiner Freundin Helga oder heißt sie nicht Helga? Richtig, die mit dem rötlichen Schamhaar! Auf Zehenspitzen! Und noch ein befreundetes Pärchen, er Makler und sie seine Sekretärin auf dem Papier, obwohl Ehefrau für die Steuer vielleicht ja noch günstiger! Muß man durchrechnen oder durchrechnen lassen! Sind also zufällig rechtzeitig mit einem Landrover, soll man reingeschneit sagen? Du kannst dich genau an sie und ihr sämtliches Zubehör, bloß die Gesichter hast du glücklich vergessen. Wie wir da also zu viert, doch wären mit uns dann ja sechs gewesen, also alle sechs ohne Notwendigkeit, also gutwillig, freiwillig Kaffee und Kuchen! Frankfurt! Gespräche auch! Wirklich vorzüglich der Kuchen! Es muß der dritte oder vierte September, also gestern oder doch beinah noch gestern. Ein Sonntag, man kann es ja im Kalender nachsehen! Aus dem Café Laumer der Kuchen. Und jetzt, wenn du aufblickst mitten im Satz (noch das gleiche Fenster, der gleiche Satz), schon Mitte Oktober. Beim nächsten Mal wird es auf Weihnachten zu und ein Schneegestöber, immer mehr Schnee, dann Tauwetter, Schneeregen, Glatteis und Nebel, also doch besser so bald wie möglich! Haben ja auch schon angefangen zu packen, wenigstens in Gedanken! Und lassen das Maklerpaar freundlich grüßen, egal wie sie heißen! Und den netten Landrover auch!

Packen! Er wird für sich und uns ausrechnen, was wir ihm an Anteilen für unser Leben anteilig noch. Hat schon angefangen zu rechnen. Die letzten Tage. Morgens wie immer lockt mich die Welt. Tagsüber schreiben und mit dem Abend die Leipziger Straße entlang, Sibylle abholen. Dann weiter packen. Beim Pakken, wo soll man hin denken? Drei Tage lang in die Nacht hinein, lang in die Nacht hinein und den Abschied einüben. Und wer wir selbst sind. Doch nicht nur die Sachen, die Gegenstände, das Zeug, sondern uns und unsere Leben, unsere vielen Leben und die Gedanken auch sorgsam zusammensammeln. Die vergangenen Tage und die vielen Notizzettel alle – nein, die noch nicht! Die ganz zuletzt erst! Morgen nochmal! Immer noch einen Tag, sagst du dir. Sitzen und schreiben, in den Tag hinein schreiben. Seit Paris zwei Lieder hauptsächlich. Janis Joplin: Me and Bobby McGee und die Rolling Stones mit No Expectations.

Beim Schreiben ja sowieso und beim Packen auch die Musik. Immer wieder vom Tisch auf und mit deinen Gedanken, einmal wie im Flug und einmal wie eine weit verstreute langsame Karawane (und wer weiß, ob sie sich nicht schon für immer verirrt hat), durch den Flur in das andere Zimmer und auf der Cassette die Zeit zurückspulen. Wie ein Aberglaube, eine Bewußtseinsübung. Zurück an den Tisch und wieder den Faden. Sich daran festhalten statt zu ertrinken. Zwischendurch in Gedanken woanders und die Cassette läuft weiter (sie rennt immer auf den Horizont zu). So durch den Tag, durch die Tage und durch den eigenen Kopf. Und was du vergessen, verloren, verlernt, verpfuscht und verpaßt hast, kommt alles zu dir zurück und tut weh und bleibt dir für immer. Und am Abend mit ihr, mit Sibylle. Am Abend einander den Tag und das Packen und immer weiter uns auch unsre Leben erzählen. Jeden Abend. Spielen-zurückspulen-spielen. Hätte ich eigene Cassetten, vielmehr zum Aufnehmen ein Gerät, ich würde mir welche mit nur einem einzigen Lied drauf. Immer das gleiche Lied, wochenlang. Vielleicht sogar nur ein Bruchstück von einem Lied, nur immer die gleichen fünf Töne. Auch gegen die Müdigkeit, die Musik beim Schreiben. Und um die Zeit anzuhalten, das weißt du. Neben dem Cassettenrecorder das polierte Schnapsschränkchen und im Stehen immer wieder einen winzigen Schluck Aquavit. Und wie in meinem Kopf drin das Lämpchen. So eine geistige Klarheit im Kopf. Immer ich! Zurück an die Arbeit und beim Schreiben griffbereit neben dem linken Tischbein eine Flasche billigen weißen Kaufhaus-Bordeaux, Literflasche DM 1,79. Schreiben und aus der Flasche trinken. Sooft du trinkst, mit den Augen suchst du den Himmel.

Und abends tunesischen Rotwein, Burgunder aus Afrika. Und gleich ist die Flasche leer. Wie mir ein Leben mit eigenen Cassetten und einem eigenen Cassettenrecorder ausdenken ohne Ort? Höchstens in eine, die dann bewohnbar, eine ferne erfolgreiche (allgegenwärtige) Zukunft hinein. Die Musik rennt beim Schreiben auf diese Zukunft zu. Und gleich ist die Flasche leer. Die unverbrüchliche Reihenfolge der Lieder auf den Cassetten wirst du von jetzt an für immer. Wie ein Naturgesetz. überhaupt ja nix je vergessen und sich für die Zukunft in die Zeit hineindenken, Jahre, Jahrzehnte. Wo bin ich dann? Immer die Treppe runter schon in jeder Hand ein Ding, einen Gegenstand mit und dazu die Gedanken. Schon zum Einpacken, zum Verladen. Das Treppenlicht merkst du dir, ein Drei-Minuten-Licht, und schnurrt und zählt mit seinem Schnurren die Zeit ab, wer bin ich? Das Auto nah bei der Haustür. Und wartet, als ob es sich ausruht. Wie spät? Es ist windig und dunkel, Oktober. Jetzt immer am Abend bei der Haustür ein fremder bitterer Kohlengeruch (den auch sich für immer merken!).

Nur schnell in Gedanken in Hemdärmeln nochmal die Treppe runter. Viellcicht vorsorglich schon unseren Vorrat an fünf Briefumschlägen, Sparsamkeit und die Zitronenpresse, die wir aus Staufenberg mitgebracht haben, für uns, für die Zukunft ins

Auto. Das Bibliothekskärtchen, damit es im Handschuhfach griffbereit, auch wenn wir nicht länger mehr seßhaft. Es gibt eine Zukunft. Und uns gibt es auch.* Oder weil noch aus Paris, noch von vor der Rückfahrt, vom Vorabend nämlich, vielleicht eine angebrochene Flasche Rotwein vielleicht noch im Auto. Kann sein. Vielleicht noch mehr als halbvoll. Vielleicht unter der Armlehne vom Rücksitz, wo man sie meistens vergißt, die halbvollen (halbleeren) Flaschen.

Auf dem Gehsteig drei Schritte, dann stehenbleiben und einen Zug fahren hören. Im Wind, mit heißem Gesicht. Stehen und frieren und die Finsternis atmen, Herbst, Abend, Rauch. So stehst du und bald auch schon weg. Was soll werden, wohin? Die Kneipen, die Bäume, die Straßenlampen. Zu unserem Fenster hinauf mit dem Blick. Und dort vorn, die da gehen – dir ist, du hättest sie schon einmal heimgehen sehen, schon oft. Wo ist der Sommer uns hin? Gegenüber die Wohnung, die französischen Fenster. Seit dem Brand sind die Läden zu. Die Fenster aus meinem ersten Pariser Sommer. Wie spät? Den Mond auch länger schon aus den Augen verloren, stehen und frieren. Vom Dorf, aus dem Dorf gekommen. Dem Zug, der Stille, dem eigenen Leben nachhorchen, stehen und frieren.

Genau wie als Kind, wenn du am Abend, meistens schon in Pantoffeln, zuletzt schnell nochmal in den Hof, in die Waschküche, in den Holzschuppen und dann auch noch bergauf über die Kreuzung zum Kaufladen hingerannt bist. Beim Kaufladen hinter der angelaufenen Scheibe im Fenster ein kleines Lämpchen. Ein Lämpchen mit gelbem Licht. Dann weiter, den eigenen Namen vergessen, die Schule, Familien, die Eltern, die Haustür, das eigene Haus vergessen (wir sind aus Böhmen und haben kein Haus). Bei den Zäunen entlang. Im Wind, in der

* Und unter dem Fahrersitz abfahrbereit meine alten Sandalen aus vielen vergangenen künftigen Sommern. Neun Jahre alt die Sandalen. Nur immer an Tankstellen die Sandalen, sonst barfuß.

Finsternis. In die Nacht hinein, bis an den Dorfrand. *Sind niemand, gehn nirgendshin!*

Mein Manuskript und die Rolling Stones, so durch den Morgen. Eben erst neun vorbei und jetzt schon gleich elf. Heiß und kalt. Einen Schluck Brandy und (es geht immer wieder auf Mittag) mit dem Auto die erste Ladung Zeug in die Kaufunger Straße. Mehr nur bloß Kleinigkeiten. Siggi beim Frühstück. Milchkaffee, Toast und bittere englische Orangenmarmelade, das ganze Haus riecht danach. Und gleich beschließen, daß du hier immer Milchkaffee, Toast und bittere englische Orangenmarmelade zum Frühstück, Beständigkeit also, Beständigkeit in der Unrast. Ein weiches Ei? Eier im Glas? Er zeigt mir die Zimmer. Ein Arbeitszimmer mit drei Fenstern zur Straße. Tisch, Plattenspieler und leere Regale. Und zum Schlafen zum Hof hin ein Extrazimmer. Ein gelber Vorhang und der ganze Fußboden mit Matratzen. Am besten zu dem Arbeitstisch gleich noch ein Beistelltischchen dazu. Eine Lampe anschrauben. Stapelweise Schallplatten. Pink Floyd, Emerson, Lake and Palmer, Blood, Sweat & Tears, die Beatles und Crosby, Stills, Nash and Young.

Er steht immer erst gegen Mittag auf und muß vor oder nach dem Frühstück oder vor und nach dem Frühstück mindestens eine Stunde heiß baden. Wacholder, Heublumen, Thymian, Heilpflanzenöl, ein Nerv eingeklemmt, immer wieder heißes Wasser nachlaufen lassen und nicht einschlafen in der Wanne. Gleich den Badeölduft in dein Geruchsmagazin. Die Zeitungen, Zeit, FAZ, Rundschau, praktisch alle großen Zeitungen im Abonnement. Noch von der WG her. Die taz und den Pflasterstrand sowieso. Um die Süddeutsche liegt er im Streit mit den Spinnern vom zwoten Stock. Die behaupten, sie hätten sie auch abonniert. Ein Lehrerpaar, beide Lehrer.

Milchkaffee, Toast, Zigaretten. Erst Emerson, Lake and Palmer, dann Crosby, Stills, Nash and Young. Durchs Küchenfenster den Taunus. Ob wir es schaffen? Wird sie uns reichen, die Zeit? Früh aufstehen, sagst du dir, sowieso mit Sibylle jeden Tag aufstehen und sie zur Straßenbahn bringen. Kaffee, Zigaretten und bis er mit dem Frühstück anfängt, hättest du schon zwei Stunden gut gearbeitet, zwei oder drei. Jeden Tag. Vielleicht wieder Zeitung lesen, seit Jahren zum ersten Mal. Alle Zeitungen, auch die Beilagen, Prospekte, Werbung, Annoncen und die vielen Frankfurter Anzeigenblättchen. Frankfurt, die Gegenwart, Deutschland im Spätherbst, ich und die Stadt in der Vorweihnachtszeit. Er gibt mir die Schlüssel. Wieviele Umzüge noch, wieviele wird dein Leben noch aushalten? Am liebsten jeden Gegenstand einzeln, jeden Tag einen: ihm gut zureden und (die Zeit glücklich stehengeblieben) einen Platz für ihn suchen und in meinem Gedächtnis die Geschichten dazu. Bis morgen also, bis übermorgen! Auch wenn er gerade nicht da ist, wir können jederzeit einziehen! Und bevor ich ging, einen einzigen winzigen Grappa. Dann noch einen, dann bis bald!

Von Jürgen die erste Post. Wie seit Jahren schon unterwegs und mehrfach verlorengegangen, ein verknitterter Brief. Gut angekommen und schrieb, daß er schreiben wird. Seid ihr zurück? Wo bleibt ihr? Wo bleibt ihr im Herbst? Wird das Buch jetzt bald fertig? Seine Schrift, die ihm ähnlich sieht. Auf kleinen Zetteln mit engen Linien. Aus einem Notizbuch raus, auf beiden Seiten beschrieben, am Rand eingerissen und schief gefaltet. Die Felsen, großartig eine steinerne Einsamkeit, schrieb er (ich sah ihn vor mir!), und Menschenleere. Endlich ist Afrika nah! Die Stille wie ein Gelöbnis oder schrieb er Gelübde? Den Brief lesen und auf den Tisch legen, da fällt dir der Umzug wieder ein. Also weiterpacken, wenigstens in Gedanken. Bis es Zeit ist, Sibylle abzuholen. Den Brief mit, den Brief in die Manteltasche. Noch ein Schluck Brandy. Herbst ums Haus, vor dem Fenster der Abend. Und Zeit zu gehen.

In den Abend hinein. Musik hören, weiterpacken und viele Geschichten. Lauter Vorabende, ein langer Abschied. Als ob wir es für all die Umzüge ausgesucht und gekauft hätten, das Auto! Von dem freundlichen Italiener, sagte ich zu Sibylle, den du ja nur einmal von weitem, aber gesehen hast du ihn. Und war doch für unterwegs, für unsere vorjährige Griechenlandreise. Als ich dachte, das Buch sei fast fertig. Deshalb ja die Reise, erinnerst du dich? Unsere letzten Abende hier. Das Zimmer in allen Einzelheiten. Wie ein einziger langer Abend die Zeit in deinem Gedächtnis. Und war das nicht eben erst, daß der Wind ans Fenster kam und Jürgen rief aus Paris an? Zum erstenmal! Über dem schwarzen Ledersofa gegenüber vom Fenster der Spiegel. Soeben die Rolling Stones abgelaufen und eine Stille, als ob gleich das Telefon! Die Tage hier, unsere Leben zusammenpacken. Und jetzt ist dir, als sei die Zeit, seit wir hier sind, unsere Zeit, sagte ich, wo denn hin? In den Spiegel hinein die Zeit! Nachts der Wind in den Bäumen, und als ob wir uns selbst noch reden hören im Hintergrund. Gestern, vorgestern und die Woche davor. Wie wir in der Nacht gepackt haben für Paris, weißt du noch? Als sei der Schlaf meine einzige Heimat, so müde jetzt. Immer der vorletzte letzte Abend, beinah wie eine Erinnerung schon. Und selbst merken, wie ich ins Trinken gerate. Von dem Brandy noch zweimal zwei Flaschen nachkaufen, sowieso unser letztes Geld und ging jetzt rapide weg (rapide noch aus Paris, das Wort, und mit Verzögerung nachgekommen!). Die endgültig letzte Flasche, die allerletzte, die mußt du kaufen, wenn die vorige beinah noch voll, noch mehr als halbvoll. Wenn du sie eben erst aufgemacht hast. So ging es am Ende dann auf (und dazu die Tage, jeden Augenblick und Schluck für Schluck alle Himmel mir ins Gedächtnis, für immer!).

Seit Anfang September, wo ist die Zeit denn hin? Hatten den Sommer über in Staufenberg ein bißchen Geld uns zusammengespart, wenig genug. Damit ich das Buch in Frankfurt zuende schreiben könnte und die fertigen Seiten alle paar Tage dem

Lektor hinbringen. Wenigstens anfangen, es zuende zu schreiben! Seit langem zum ersten Mal, daß du keine Stelle, daß du deine Zeit für dich und zum Schreiben hast, da ist sie dir auch schon weggerannt. Auf und davon, wie ging das denn zu? Kaum nur sechs Wochen und doch wie ein ganzes lebendiges Zeitalter. Und sind weg, sind gegangen und werden nicht wiederkommen. Jetzt mit der Vergänglichkeit packt dich die Reue. Nie wieder werdet ihr morgens noch mal zum ersten Mal aus dem Haus, nie mehr fremd in der Fremde mit großen Augen die Abendstraßen im letzten Licht und immer auf den Horizont zu. Du wirst nie wieder mittags, die ersten fertigen Manuskriptseiten unterm Arm, die du im Verlag kopiert hast, heimkommen über den Hessenplatz und mit den Augen zu deinem eigenen Arbeitsfenster hoch oben im Laub der Kastanien hinauf. Als ob du dich selbst suchst. Als ob du dich sehen könntest, wie du dort sitzt. Grün wie im Sommer noch die Kastanien. Sonnenwarm Mauern und Steine und hell das Licht, Paradieslicht. Anfang September ein Mittag. An den Steinen die Zeit ablesen. Wo denn nur in Gedanken? Als Kind wollte ich, jede Erinnerung soll so wirklich wie die Gegenwart und alles bleiben für immer! Kein Augenblick soll verloren sein!

Nach all den Tagen, Wochen und Verwicklungen jetzt am Ende mit uns und dem Leben und dem Wohnungsbesitzer noch ein letztes und allerletztes Mal abrechnen. Einmal am Morgen und einmal am Abend. Anteilig Miete, Gas, Wasser, Strom und die Telefongebühren. Heizkosten, Raum und Zeit und unseren Anteil an Heizkosten, Raum und Zeit. Er rechnet und rechnet. Mit einem Taschenrechner oder gab es die damals noch nicht? Gleich nach den ersten Minuten schon, als hättest du ihn seit Tagen und Tagen so rechnen sehen! Schon seit wir angefangen haben zu packen! Wie lang mag das her? Nicht sogar seit unsrem Einzug schon? Er oder ich das heisere Zahlengeflüster? Ein Chor, immer lauter! Und im Dachstuhl der Wind. Wie baut man ein

Haus? Er steht und rechnet (er rechnet im Stehn). Im Flur beim Telefon an dem langen Tisch. Bei dem polierten Schnapsschränkchen neben dem Plattenspieler. Am Fenster. Im Spiegel. In allen Spiegeln, an seinem und meinem Fenster und in der Küche. Tag und Nacht. In jeder Ecke. Gleich mehrfach. Gleichzeitig. In seinem vw-Bus am Steuer, beim Frühstück, beim Essen, im Bett, in den Diskotheken, auf dem Hessenplatz und die Leipziger Straße entlang, er rechnet. Und auch auf der Bank, der Commerzbank, der Deutschen, der Dresdner, der Schweizer Bank. Mehrfach, sowohl als auch! Doppelgänger und rechnende Schatten. Und an meinem Schreibtisch, der mir nicht, der ihm gehört.

Und wie die elektrische Schreibmaschine mir jeden Tag fehlen wird. Nie mehr wieder ein bißchen überzähliges Geld oder überhaupt in Zukunft noch je eine Zukunft als Zukunft! Sogar mit der Wohnung künftig umsonst wird uns das restliche Geld nicht reichen, die Zeit wird nicht reichen! Jetzt steckst du das restliche Geld ein. Fortan nicht mehr einkaufen, also keinerlei Ausgaben! Ab morgen, ab heute? Und wohin dann im Januar? Das restliche Geld hast du eingesteckt. Mein Manuskript zusammenpacken, sowieso keine Wahl. Nie Geld und auch keine Schecks. Anders kennst du dich nicht. Vielleicht nächstens ein Abschiedsessen noch, sagt der Wohnungsbesitzer. Paris, ja Paris. So wie der Franc steht und der Markt sich entwickelt, vielleicht nächstens bald ein-zwei Eigentumswohnungen in Paris. Wir nicht auch? Er muß jetzt gleich weg! Die Schlüssel dann in den Briefkasten. Vorher die Heizung zu. Und den Briefkastenschlüssel nur ruhig noch ein Weilchen behalten einstweilen. Als ob er wüßte, daß ich seit vielen Jahren schon jeden Tag wieder nicht aufhören kann, auf verlorengegangene Post zu warten.

Sibylle war zweiundzwanzig. Im Sommer zweiundzwanzig geworden. Wir kannten uns seit drei Jahren. Ich hatte sie im Herbst 1974 kennengelernt, als ich für meinen Freund Jürgen eine Adresse suchte, eine Adresse zum Untertauchen. Damals hatte sie einen Pferdeschwanz. Eine neunzehnjährige Schülerin, die allein lebte. Blond, honigblond, lange Haare und manchmal einen Pferdeschwanz. Jetzt auf dem schwarzen Ledersofa. Sie hat sich die Haare gewaschen. Sie kämmt sich. Wir wollen gleich baden! Im Bad läuft schon rauschend das Wasser ein. Wie eine heiße dampfende Höhle das kleine Bad mit der offenen Tür. Und hier im Zimmer im Spiegel golden das Licht und die Stille. Zum letzten Mal, sagst du dir. Es ist alles schon einmal gewesen. Damals kam uns vor, wir kennen uns schon unser halbes Leben.

Spät am Abend nochmal mit ihr auf die Straße. Siggis Wohnung nur zwei Ecken weiter. Kaum fünf Minuten von hier. Und werden doch fortan aus einer anderen Richtung jeden Tag den Tag und die Stadt, unser eigenes Leben und die Leipziger Straße betreten. Nicht mehr lang und wir sehen die Stadt zur Winterstadt werden. Nicht mehr lang und es ist noch dunkel, wenn sie morgens zur Straßenbahn muß. Sie jeden Tag hinbegleiten, sagte ich mir. Und abends abholen sowieso, müd heim am Abend. Immer kürzer die Tage. Oktober. Einen Zug hörst du fahren und die Straßenbahn zwei Straßen weiter. Im Wind, in der Finsternis. Ist dir kalt? Riecht es nicht schon nach Schnee? Wie auf den eigenen Spuren nochmal, sagst du dir, da sind wir und dort gegangen. Und jetzt hier mit uns selbst, mit jedem Schritt in einen schweren Winter hinein.

[22]

Seither sieben Jahre! *Fast* sieben Jahre, sagte ich mir, als würde es dadurch leichter. Wieder Mai! Verlier jetzt das einzige Geld nicht! Und die eigenen Taschen abklopfen, durchkramen, Hosentaschen und Jackentaschen. Als könnte es sein, daß sich von damals ein Ding noch, ein Vorsatz, ein Strohhalm, ein Gegenstand darin findet. Die Idee eines Gegenstandes, die Erinnerung an einen Gedanken. Kaum erst elf Uhr vorbei. Über die Brücke und den Fluß entlang in den Mittag hinein. Wind im Haar. Selbstgespräche, Notizzettel, Kugelschreiber, Zigaretten und Streichhölzer.

Sind später in diesem ersten Herbst in Frankfurt oft auf den Flohmarkt, samstags, Sibylle und ich. Umsonst. Eintritt frei. Hier am Main entlang. Bücher, Lederjacken, alte Ami-Schallplatten, preußischer Christbaumschmuck, Räucherstäbchen, ein Brillengestell, ein Karbidkocher. Orden und Ehrenzeichen, ein Globus, ein Puzzle, eine Nähmaschine, Holzkästchen, Bernsteinketten, Bienenwachskerzen. Jeans und verwaschene Cordhosen in hinreißenden Farben. Blau, rosa, lila, purpur und grün, drei Sorten Grün. Als ob du unverhofft nochmal der Zeit und dir und deiner jungen, deiner unsterblichen Liebe aus den späten Sechziger Jahren begegnen sollst, Cordhosen mit Schlag und Cordhosen ohne Schlag. Duftöl, Indianerschmuck, indische Baumwolltücher, Ballettschuhe, Petticoats, ein paar Generationen großmütterlicher Nachthemden und Unterröcke, und gehen jetzt als Cocktail- und Abendkleider auf jeden Ball. Handgestrickte peruanische Pullover mit seltsamen Tieren und Tiermenschen als Muster. In den Bäumen der Himmel.* Blechspielzeug, Fenstergriffe, Gedenktage, Gardinen noch aus der Kaiserzeit. Döner, Gyros, Sauerkraut, Würstchen, Schaschlik, Laugenbrezeln, Spießbraten, Pizza, Bier, Cola, Fanta, Äppel-

* Wenn du gehst, geht er mit!

woi, Briefmarkenalben, heißer Äppelwoi, Schneebälle, Rumpunsch, Grog, Glühwein, da sind wir dann wohl in den Winter hinein. Für sechs Mark einen Schlitten mit einer rotweißen Strohkordel als Zugleine, und vor deinen Augen fängt es zu schneien an.

Wollmützen, Bommelmützen. Ein kupferner Teekessel, ein prächtiger Samowar, und wenn du ihn jetzt nicht kaufst, wirst du nie wieder so einen prächtigen Samowar! Wird er dir fehlen für immer, dir und der Welt! Drei Schritte weiter, passend zur Schlittenzugleine, ein einzelner roter Fausthandschuh. Liegt im Schnee, hoher Schnee. In Staufenberg, sagte ich zu Sibylle, im Winter, wenn ein Kind einen Handschuh verloren hat, seine Mütze verloren hat, den Schal verloren, dafür gab es offm Kreuz an der Ecke bei Stephans Gärtchen den Zaun. Nix geht ja je wirklich verloren! Eigene Schlüssel haben die Kinder in Staufenberg nicht gehabt, nicht gebraucht.* Wie in der Frostluft die Stimmen klingen. Wie der Schnee knirscht bei jedem Schritt. Wir gehen weiter im hohen Schnee.

Wandschmuck, Spiegel, Teppiche, geduldige Holzelefanten als eherne Bücherstützen, Gewürzseifen aus dem Orient. Zu den Büchern nicht hinsehen: es ist eine Sucht! Kandiszucker, Sonnenblumenkerne, Petroleumlampen wie Schiffslaternen, wie gläubige kleine Leuchttürme. Lupen, Pinzetten. Alte Ansichtskarten. Glaskugeln, Christbaumständer, Wasserpfeifen, ein Fernrohr, ein gläsernes Schränkchen. Der Schnee blendet. Ein alter Mann auf der steinernen Treppe beim Eisernen Steg. Er sah

* Und jetzt, durch die Jahre, siehst du die Kinder in der Dämmerung vom Schlittenfahren heimkommen. Bei uns im Dorf geht doch nix verloren. Höchstens im Schnee, das findet sich dann im Frühling wieder. Sobald sich ein Frühling einfindet, bei uns in der Gegend. Nur was du im Wald verlierst, kann sein, es bleibt hundert Jahre verloren.

so *böhmisch* aus mit seinem dunklen Gesicht und dem handlichen kleinen Bündel. Wer sind wir? Wo gehen wir hin? Wenn ich nur erst als Prospektverteiler in Frankfurt einmal ein bißchen Geld verdient hätte, würde ich mir so ein großes altes Tonbandgerät. Als Geschenk für mich selbst. Höchstwahrscheinlich spottbillig. Entweder gleich von vornherein defekt oder sie halten ewig. Mit einem grünen Kontrollämpchen. Radios, Plattenspieler. Einen Plattenspieler wie auf einer Samstagabendparty bis zweiundzwanzig Uhr dreißig in einer Zweieinhalbzimmer-Wohnung ohne Eltern in der Steinstraße oder in der Ederstraße in Gießen an der Lahn. Die Eltern im Kino oder zum Kegelclub-Jahresabend. Im Herbst 1959 oder im Vorfrühling 1960. Sozialer Wohnungsbau. Also im Nachwinter. Nicht weit vom Bahndamm auf jeden Fall. Diana, Island in the Sun und Save the Last Dance for Me, aber immer nur die deutsche Version (aus der deutschen Schlagerparade). Bier, Cola, Florida, Canada Dry und heimlich (halbheimlich) auch Cola-Weinbrand, und alle Mädchen die ersten Seidenstrümpfe mit Strumpfhaltern unterm Kleid, Nylonstrümpfe und alle das gleiche Parfüm. So einen Plattenspieler, den müßte man vorher ausprobieren! Und wenn er geht (scheint zu gehen!) und du hättest das Geld und ihn gleich gekauft (ein guter Kauf: vierzehn Mark, und wird dir mit Bindfaden zugeschnürt, mit einem Griff dran zum Tragen), dann bleibt dir nix übrig: Umkehren jetzt und zurück im Gedränge. Gegen den Strom zurück, vielleicht durch mehrere Wochen mußt du zurück, mußt ganz an den Anfang zurück.

Und gebückt, frierend, mit Gliederschmerzen, mit immer steiferen Muskeln, Gelenken und Knochen, die alten Schallplatten durchsehen. Teils auch die falschen Hüllen. Vielmehr die richtigen Hüllen, aber die falschen Platten drin. Jede einzeln ansehen, hin- und herwenden! Kopf heiß, Finger fühllos, die Füße längst Eisklumpen. *Alle* alten Schallplatten, auch wenn es stundenlang dauert! Tauwetter, alles tropft! In Wahrheit zum Glück das Geld ja gar nicht gehabt. Nicht hineintreten! Vier Schreibmaschinen, jede ein bißchen schlechter als daheim meine eigene alte! Auf dem Eisernen Steg und der Fluß zieht an uns. Wo denn künftig noch wohnen? Weit vorn in der Vormärzsonne seht ihr euch gehen. Hier drängen sich hungrig die Pelzjacken in ihrem Mottenkugelgeruch und lächeln verhärmt in den hellen Mittag hinein. Werden jetzt von Samstag zu Samstag billiger, ja sogar von Stunde zu Stunde. Noch ein paar Samstage, wenn das gute Wetter sich hält, werden sie da hängen wie im Schlaf und im Halbschlaf die kümmerlichsten Phantome. Wie große ausgeweidete Fledermäuse. Dann nur noch die Seelen von großen ausgeweideten Fledermäusen. Rotgesichtig ein Säufer mit zwei jungen Hunden, der Hustenbonbons verkauft. Auf allen Märkten in vielen Ländern hast du ihn schon gesehen. Neuerdings eine frische Haudegennarbe quer über die Nase. Hätten wir vielleicht doch besser nähenlassen sollen, besser beizeiten! Kinder mit Schneeglöckchen, Kinder mit Veilchen, Kinder mit Palmweidenkätzchen. Hin und her durch die Sonne. Türkische, deutsche und kroatische Kinder. Der Tag singt. Wie der Fluß an uns zieht! Es wird wieder März sein.

Gartenstühle, Teppichklopfer, ein original amerikanischer Schaukelstuhl. Kinder mit Vogelstimmenpfeifchen und Vögel, die das auch können! Glasperlen, Wasserpfeifen, Tonpfeifen, Meerschaumpfeifen, ein Shillum und unter der Hand ein bißchen Kiff, gut und billig. Der Globus, wann war das denn mit dem Globus? Ein früheres Leben, ein anderes Land? Und warum sind wir nicht stehengeblieben, ihn zu betrachten? Eine lange Reise. Oder kommt das erst noch? Kopfhörer, Ohrenschützer, Handschuhe, Skistöcke, Tischlampen, Glücksgötter, Obstkörbe, Schöpflöffel aus Plastik, aus Olivenholz, Aluminium, Edelstahl, rostfrei. Und sahen aus, als seien viel eher sie, die Schöpflöffel, zuständig für das Glück und die gerechte Verteilung des Glücks, als dieses Syndikat der fetten kleinen Glücksgötter mit ihrem feuerfesten Grinsen. Bei dem Schaukelstuhl müßte nur der Sitz neu gepolstert und dann mit ihm auf die Holzveranda, die du eigens dafür eigens um dich und den Schaukelstuhl eilig herumgebaut hättest. Kautabak, Cowboystiefel, einen Hut auf den Kopf und fortan hörst du auf den Namen Alabama-Jack. Höchstwahrscheinlich bewaffnet. Auf sonst keinen Namen. Pelzmützen, Sonnenbrillen (zweierlei glücklose Restposten, immer die falsche Größe und die falsche Jahreszeit oder die richtige Jahreszeit und das falsche Wetter), und fabrikneue Schonbezüge für preiswerte guterhaltene Gebrauchtwagen aller gängigen Marken der Mittelklasse. Erste Qualität, solide verarbeitet, strapazierfest, dauerhaft, praktisch, in großen Mengen, nur leider alle immer ein bißchen zu knapp. Türkisches Schuhputzzeug. Ölkännchen, Stricknadeln und zum Versilbern ein rostfreies Fahrrad in lauter Einzelteilen. Garantiert komplett! Brotbeutel, Brotbüchsen, Feldflaschen für Krieg und Frieden. Schachfiguren, ein Säbel, ein Bügeleisen, ein Satz Einbruchswerkzeug, komplett und nur einmal benutzt. Strohblumen, ein chinesischer Fächer, ein Camping-Geldschränkchen. Bei jedem rostigen alten Taschenmesser dich fragen, ob es nicht vor langer Zeit einmal deinem Vater gehört haben könnte?

Und stehen und eine dunkelgrüne Arbeitshose betrachten, bedenken. Stehen und kein Ende mit dir selbst. Es wird die Vergangenheit sein, in der du stehst. Doch nicht *doch* polizeigrün? Nun ohnehin pflegst du dir keine Arbeitshosen zu kaufen, schon gar keine polizeigrünverdächtigen. Jedoch für einen (fremden, freundlichen) Gärtner oder als Waldarbeiter, Erntearbeiter, Wanderarbeiter, Zirkustierpfleger, Karussellbursche, Wandersmann, der womöglich noch farbenblind und dazu tief in Gedanken. Oder wäre es grün eine Regenjacke stattdessen. Für die Einsamkeit, für deine täglichen Waldwege (hier scheint die Sonne nicht oft genug!) und dazu noch ein Land, in dem die Polizei dir nicht grün daherkommt, also Schweden zum Beispiel. Für Schweden, wenn es eine Jacke: mit Pelzfutter und Kapuze. Wasserdicht. Viele Taschen. Vielleicht auch die Mütze extra dazu, eine Mütze mit Ohrenklappen. Sollst du jetzt nach dem Preis fragen und dann sagen, daß du *eigentlich* ja eine Jacke, eine bestimmte, eine Regenjacke, eine Schneejacke, die du aber auch nicht brauchst, sondern nur höchstens in deiner weitläufigen Vorstellung ein anderer in einem anderen Leben in einem anderen Land, einer den du nicht kennst, keiner kennt ihn! Und vielleicht dann von früher in Schweden ein bißchen erzählen? Eine ganz bestimmte Jacke, mehr weißt du auch nicht! Höchstens nur wie sie *nicht* sein soll, weißt du! Jedenfalls aber keinesfalls so eine polizeigrüne Arbeitshose! Im Traum nicht! Erst recht nicht hier in der Wirklichkeit! Nicht geschenkt! Es wird die Vergangenheit sein, in der du stehst. Der eine oder andere. Zweifelhaft? Selbstgerecht? Unsichtbar? In der dritten Person, weit zurück. Den kannst du vergessen!

Und selbst immer weiter. Du gehst, alles bunt, neu, fremd. Nie gesehen. Noch nie hier gegangen, aber jetzt erkennst du an einer weißen Kochplatte ein handgeschriebenes Preisschildchen wieder. Kaum größer als eine Briefmarke und kommt dir wie aus einem früheren Leben. Schon damals ein Rätsel, schon in diesem früheren Leben. Erst recht die Petroleumlampen und Schiffslaternen. Dunkle Wolken, wie Schneewolken schwer und düster in dein Gemüt hinein. Jetzt in der falschen Jacke in allen Taschen nach den Gedanken, Notizzetteln und Sonnenblumenkernen von damals und wer bin ich gewesen? Weiter! Wie auf einem Drahtseil weiter! Was willst du, mein Herz? Was sind das für Schrecken, wo kommen sie her? Noch zwei Stände weiter die Marktfrau am Stand. Kerzen und Duftöl und Blumenvasen und drei alte bemalte Teller. Lustige Augen, und kaut. Was kaut sie? Am besten, man fragt! Eingelegte Schweinsfüßchen. Sogar Senf hat sie mit. Aus dem Spessart. Ist aber nun sie oder sind bloß die Schweinsfüßchen aus dem Spessart gewesen? Du hättest noch nach Jahren mit dieser Frage zurückgehen mögen, den ganzen Weg zurück. Weintrauben, Äpfel und Birnen auf die alten Teller gemalt.

Unser erster Herbst hier in Frankfurt. Herbst, Winter, Vorfrühling. Damals im Vorbeigehen schien mir, hier auf dem Flohmarkt wird sich jederzeit alles finden. Nur erst die Zeit, einen Platz in der Zeit, ein Fenster, einen Tisch für mein Manuskript. *Laß uns nur erst einmal ankommen!* Und fortan für jede Not gibt es hier einen Ausweg, ein Ding, und lächelt und kostet bloß Pfennige. Beinah wie mit einem Wunschring. Also schnell noch die Grundausstattung für zwei-drei Ersatzleben! Überhaupt so viele Reste von fremden Leben, daß dir davon ganz schwindelig wird. Als ob du sie immer noch mal neu, nochmal nachleben sollst. Sind die Schweinsfüßchen gut gewesen? Aus Berlin ein Berliner in einem goldgelben Samtanzug mit Weste und Fliege. Heiser ist er und bietet dir eine Klarinette an. Ein Inder mit Mondstein-Ohrringen. Ein bengalischer Zeitungsverkäufer, Rundschau und Pflasterstrand.

Im Gedränge, fast als ob du getragen wirst. Alles bewegt sich um dich herum und an dir vorbei. Immer weiter, das Leben selbst ist es, das dich trägt. Hier am Fluß entlang. Unser erster Herbst in Frankfurt. Die Platanen im Herbst. Strandgut, Matratzen, Polster, Poster, ein Sprungrahmen, aus dem du dir leicht ein Floß bauen könntest. Lohnsteuertabellen aus dem Jahr 1956, Lohn- und Einkommensteuer. Holz, Treibholz, Schwimmwesten, Regenschirme, Regenbögen, Regenjacken, zu Fuß zwei Polizisten auf Streife, eine Versammlung von alten Jacken auf Drahtbügeln, der Main und dahinter die Stadt wie ein Bild. Kein Pfennig Eintritt. Umsonst. Der helle Tag und die Nähe der vielen Gesichter. Menschen aus allen Ländern. Auf Schritt und Tritt immer wieder den Schreck und die Freude des Sichverlierens und Wiederfindens. Das Licht auf dem Wasser, viel Himmel, und wie du dich spiegeln kannst im Gedränge in den vielen Gesichtern. Spielzeug, ein schlafendes Kind, Kinder mit zahmen Stofftieren. Stofftiere zu verkaufen. Bei den Stofftieren uns noch nichts weiter gedacht. Höchstens daß ich von Besino erzählte, von mir als Kind, von den Kindern in Staufenberg und von dem Sohn meiner Schwester, der jetzt auch schon bald groß. Sibylle mir von ihrer Kindheit an der Côte d'Azur, in deutschen Erziehungsheimen und hier gleich um die Ecke als Findelkind einer Anwaltstocher in der Gartenstraße in Sachsenhausen. Menschen, die mit Kindern leben, erkennst du daran, wie sie gehen. Wie sie sich bewegen, auch wenn sie nicht dabei sind, die Kinder. In Peru, wie es scheint, können sie die Ärmelansätze nicht richtig! Oder wer soll so eckige schiefe Schultern und auch noch anders schief auf jeder Seite? Oder für über die Flügel drüber? Zum Drüberziehen, aber nicht knicken die Flügel! Die Geschöpfe auf den Pullovern, die Strickmuster: Menschen sind es, die sich als Tiere verkleidet haben, Tiermenschengötter! Siehst du das jetzt?

Wäre es wie in Paris mit Lebensmitteln ein Markt, Fisch, Fleisch, Käse, Obst und Gemüse: ich hätte mir gleich am Anfang für zwei Francs Oliven gekauft! Hast du auch Hunger? Und wie das Obst nicht aufgehört hätte, uns anzulächeln. Hunger und Durst. Erst die Oliven, dann Kirschen, dann Aprikosen, Pfirsiche, Weintrauben, Feigen und Birnen. Und dann, wie ein Obstteller ein Bild in deinem Gedächtnis. Saftig und süß. Das goldene Zeitalter. Und wie mag die polizeigrüne Gärtnerhose auf einem Schwarzweißfoto? Also später dann? In der Vergangenheit? Ein geflochtenes Osterkörbchen. Aus Gips ein bemalter Hahn. Und rufen nach dir und winken. Und hören nicht auf, zu rufen! Tun immer heftiger winken! Damit du ihnen, wenn du sie schon nicht kaufen und bei dir aufnehmen willst, wenigstens für den Rest deines Lebens ein Angedenken bewahrst. Hätten *doch* den Samowar kaufen sollen! Allein schon nur für uns selbst als Beweis! Damit wir wissen, daß es ihn gibt, damit wir ihn jederzeit ansehen und vorzeigen können! Damit er uns nicht verlorengeht, damit die Welt auch in Zukunft vollständig. Und weil sich so rund und komplett der Tag darin spiegelt. Immer. Der heutige Tag. Laß dich treiben! Die Welt zieht durch dich hindurch. Kein Pfennig Eintritt! Du wirst getragen, du gehst. In den Bäumen der Himmel. Was soll dir geschehen? Dir kann nichts etwas anhaben! Nur weiter so! Jahre, Jahrzehnte.

Immer auf den Horizont zu. So gehst du und gehst. Am Ende, mit deiner Müdigkeit, mit dem Markt, mit dem ganzen Gerümpel im Bauch, wohin? Seit Stunden und Stunden und so durch den Tag, durch die Jahre. Schwer ist es, auf dem Flohmarkt ein Ende zu finden. Also bis weit in den Mittag hinein und bis an den äußersten Rand. Bis sie anfangen, abzuräumen. Als ob gleich ein Sturm, ein schwerer, ein feindlicher Sturm, sie machen ihn selbst, diesen Sturm. Fremdes Volk, Händler. Und rufen in vielerlei Sprachen, was rufen sie? Schon hinter dir den Tag und den Markt abgebrochen, aufgeteilt, gefaltet, gerollt, verschnürt, verpackt und verladen. Sie rufen, sie winken. Und fangen zu fahren an, der Tag fängt zu fahren an, und du bleibst hier stehen mit deinem ganzen Gewicht. Aus der Mongolei mongolische Vorfahren. Müd bist du und hast noch all die Stimmen im Ohr, hungrig und müd. Und nicht besoffen genug, da hat in den Mittag hinein dann das Geld nicht gereicht, wieder nicht. Genau wie auch jedesmal für die Glaskugeln und den Plattenspieler. Und was für ein Leben müßte das sein, damit so ein Samowar dir auch wirklich hineinpaßt? Besser ein mongolischer Feuertopf und ein Lagerfeuer unter der Brücke. Am Bahndamm ein Feuerchen. Herbst. Zigaretten und Streichhölzer. Leer die Straße. Vor dir der leere Gehsteig. Auf einmal ganz ungewohnt, so eine allseitige Abwesenheit, soviel Leere, daß dir der Atem jäh weg. Die Ferne, der Wind, Papiervögel. Vor deinen Füßen der Weg stockt, ruckt an, stockt und bleibt wie erschlagen liegen. Wohin?

Am liebsten auf eine Sommerwiese und (während du noch dabei wärst, du selbst, dich auf dich selbst zu besinnen) auch schon glücklich eingeschlafen in der Sonne. Aber bis unser erster Sommer in Frankfurt anfängt, wird es noch ein paar Jahre dauern. Kalt ist dir. Müd bist du, hungrig und müd. Essen gehen! Aber auch wenn wir das Geld gehabt hätten, hätten wir es doch nicht gehabt, weil ja immer schon vorher für andere wichtige Sachen. Brot, Leben, Schuhe, Waschpulver, Strom, die Straßenbahn, Milch und Heizung. In keiner Krankenkasse. Das Bankkonto überzogen. Kein Arbeitstisch, keine Wohnung. Müd und sich Häuser aussuchen. Und dazu Leben und Zeit und Wohnungen sich ausdenken. In diese Häuser hinein. Samstagmittag in Sachsenhausen. Sich hineindenken, mit aller Kraft sich hineindenken in die Wohnungen. Ein Bleiberecht und die Geschichten dazu. Geschichten von uns. In die Gartenstraße hinüber? Nach Sibylles verlorener Kindheit suchen und sehen, ob wenigstens die Haustür sie noch erkennt? Wo sind die Händler hin? Du hast noch ihre Stimmen im Ohr. Und wohin all das Zeug? Wo lebt das Gerümpel von Samstag zu Samstag sein spukhaftes Leben weiter? Wie spät ist es jetzt in der Mongolei? Das Buch zuende und sehen, was du danach für ein Mensch? Noch einmal in Gedanken unseren Nachmittagsschlaf in der Wohnung von Monique und Jacqueline. Und wenn wir, wie von unseren eigenen Stimmen aus dem Nebenzimmer gerufen, aufwachten, wären wir wieder gerade erst angekommen nach einem langen Sommer. Im Oktober ein Nachmittag. Fängt nach Milchkaffee an zu riechen und es wäre jedesmal wieder Paris.

[23]

*Ein*mal Sibylle und ich, gerade jetzt auch muß dir das einfallen! Daß sie von Kind auf Angst vor Einsamkeit, Alter, Krankheiten. Genau wir ihre Mutter, die sicherheitshalber mit sechsunddreißig schon mit dem Altwerden anfing. Die Krankheiten aus dem Lexikon und von Arzt zu Arzt. Unausweichlich, ein Schicksal. Aber nein, sagte ich, was denkst du. Das ist eine Entscheidung, das macht sich jeder selbst. Bevor wir, gefangen im eigenen Leben in so einem deutschen Haus, Sozialwohnung, Mietvertrag, Eigentumswohnung, Reihenhaus, Villa, Schloß, Schlösser, Sicherheitsschlösser, Versicherungen und dazu ein Geschäft, Renten, Steuern, die Bank, ein Einkommen, Fernsehen, Diät, Fernsehzeitschriften, Kochrezepte, Magengeschwüre, Pfandbriefe, Vorsorge-Untersuchungen, Krebs, Krankenhaus, Pflegeheim, Psychiatrie! Bevor wir mit der Zeit und dem Geld und den Krankheiten, bevor wir furchtsam, misstrauisch, blöd und krank wie die Leute ringsum, eher Landstreicher! Sowieso! Eher eine Jacke vom Flohmarkt, eine warme Jacke mit vielen Taschen, und mit dem Wind im Gesicht auf und davon für immer!

Oft uns das dann gesagt. Unser Aufbruch in meiner Vorstellung immer nach Süden über den Main. Vormittags, gegen Mittag. Da siehst du uns auf der Brücke. Erst immer nur sie und ich und die Flaschen für meinen Suff. Und dann, schon von vor der Geburt an, unser Kindchen als Zukunft jederzeit mitdenken. Da trank ich schon nicht mehr. Am liebsten gar kein Gepäck. Wie soll das gehen? Also womöglich ein kleiner Karren. Wie der Buggy, den wir für Carina hatten, beim Trampen. Da war sie noch klein. Sie schlief darin oder wir fuhren unser Gepäck auf dem Buggy. Und sie mit uns zu Fuß, eine Stimme. Nah an der Erde noch. Neben uns her, leicht und hell wie ein kleines Geläut neben uns her oder wir tragen sie abwechselnd auf den Schultern. So mit ihr zweimal durch Frankreich, zwei Sommer. Du kannst den Buggy mit einer Hand schieben. Die andere zum Rauchen und um deine Frauen und Kinder zu streicheln und für den Weg. Und zum Geschichtenerzählen, da muß man doch auch eine Hand frei! Und damit du dir und den Deinen immer wieder die Ferne, die jederzeitige Ferne zeigst. Du kannst ihn zusammenklappen und hinter dir herziehen. Sogar dann noch Gepäck am Griff angehängt. Manchmal ein Stück Weg kommt er auch von allein nach. Sogar in den Cevennen gut zu gebrauchen. In der Camargue, im Sumpf und auf der Sandbank vor Saintes-Maries-de-la-Mer. In Marseille, auf allen Straßen, vom frühen Morgen bis in die Nacht hinein. Und im Thymian-Ginster-Rosmarin-Heidegestrüpp bei den Felsen vom Cap Couronne und den ganzen Weg bis dorthin. Am liebsten blauweiß gestreift der Stoff. Zwölf Mark auf dem Flohmarkt, zwölf oder fünfzehn ein guter Buggy. Oder aus Holz ein geduldiges Handwägelchen. Nach dem Krieg unser jahrelanger fahrbarer Flüchtlingstraum. Und sooft dir das Herz schwerwerden will, suchst du dir ein paar Farbreste aus dem Gedächtnis zusammen, denkst dir ein Lied aus und streichst ihn ein bißchen an. Nur nicht daß sie abfärbt, die Farbe, im Regen und auf deinem Weg als Spur. Einen gutgefederten alten Kinderwagen, wie neuerdings manche Penner in Frankfurt (sind sie die Aristokraten unter den Pennern oder eher die Neureichen?). Dein ganzes Leben kannst du auf so einen alten Kinderwagen aufladen und ihn dabei immer wieder für seine unverwüstlichen Vollgummireifen, die Radaufhängung, Achslast, Geduld und Bodenfreiheit ungeschickt loben. Bahngepäckkarren nicht und Supermarkt-Einkaufskarren erst recht nicht! Auf keinen Fall unterirdisch, auf keinen Fall in der B-Ebene sitzen und altwerden! Aber solche anderen Karren, solche Wägelchen mit mehrerlei Taschen dran, wie in manchen besseren Stadtvierteln manche besseren Witwen sie neuerdings als Begleiter, als Stütze und Lebensgefährten. In Frankreich heißen sie Trolley. Du fragst dich, woher du das weißt? Sie heißen Trolley und hören auch drauf, wenn du rufst.

Die gingen vielleicht. Lieber doch kein Gepäck und mit offenen Augen.

Über den Main und die Darmstädter Landstraße. Auf den Odenwald, auf die Alpen zu. Liegt so ein Licht auf dem Horizont. Oder den Balkan und weiter nach Indien und in die Südsee. Viel weiter als Alexander der Große. Müßten dann durch das Ostend, durch Oberrad und den Stadtwald. Da weißt du gleich auch, warum du nicht bleibst. Landstraßen, Feldwege. Gehen und reden. Jetzt weiter weg schon und die Köpfe zueinander wenden, zueinander und dann wieder zum Horizont hin, die Ferne, die Ferne. Siehst du uns gehen? Oft mir das ausgedacht. Bis dein Kind groß ist, denkst du es mit. Dann wieder wären wir nur zu zweit und hätten tagtäglich von ihr zu reden. Aber gern auch fünf Kinder! Fünf Kinder und ein Haus für die Ewigkeit. Haus und Garten und jedes Wetter und alle vier Jahreszeiten gleichzeitig ums Haus herum, je eine auf jeder Seite. Frühling, Sommer, Herbst und Winter. Bis wir am Ende alle wieder glücklich Nomaden. In den Süden, nach Norden. Nach Moskau zu Fuß. Europa. Die Autobahnen ein einziger Dauerstau oder wären sie schon wieder leer und bald brüchig. Risse im Teer, im Beton, und fangen an, zuzuwachsen. Landstraßen, Feldwege, ein überwachsener Fußpfad, Jahr und Tag, und dann querfeldein. Aus der Mongolei mongolische Vorfahren. In den ersten zwei Jahren in Frankfurt aus Not fünfmal umgezogen. Und dann erst für zwölf Mark aus dritter Hand den ersten eigenen Tisch, einen Arbeitstisch für mein zweites Buch. Und ihn dann beinah aus der Mainzer Landstraße auch noch zu Fuß heimgetragen. Die Wohnung in der Jordanstraße gerade erst glücklich gefunden. Und mußte dann lang noch mit Sibylle, dem Schicksal und mir verhandeln, ob es uns denn nun zusteht, das Glück, oder nicht? Ob man es haben darf, warum, gegen wen und wie oft?

Jetzt war mir, als ob sie neben mir geht (neun Jahre lang nebeneinander her). Als müßte sie mir entgegenkommen, jetzt gleich, oder soll ich sie anrufen? Längst im Kopf wieder angefangen, mit ihr zu sprechen. In Wahrheit nie aufgehört und wie jetzt ihre Abwesenheit auch nur einen Augenblick länger? Atmen und weit in die Ferne den Blick. Damit dein Leben dich nicht erdrückt! Damit es dich nicht umbringt, dein Leben! Jetzt am Main, warum Schaumainkai? Eine Uferterrasse, gestutzte Platanen. Wieder Mai. Hell, beinah weiß der Kies. Sand und Steine und trockene Erde. Kommt nicht bald die Sonne durch? Hell und diesig das Licht und ein weißer undurchsichtiger Himmel. Wie Porzellan, wie Eierschalen so weiß. Nur nicht in Panik jetzt, sagst du dir, jeder für sich und geht keiner verloren. Jeder erlöst sich selbst! Einmal in Arles, wie immer am Ufer der Rhône die Zigeuner mit ihren Wagen. Sooft du hinkommst, erkennst du das Bild. Dort vorbei und einer rief mir zu, ein Zigeuner: Komm am Abend! Heut Abend tanzen wir! In welcher Sprache, fragst du dich jetzt. Nach so vielen Jahren und jetzt will es dir nicht aus dem Kopf. Hielt er mich für einen Zigeuner oder dachte er, ich sei ein Tourist? Ist sie da mit mir gewesen? Weiter am Main entlang. Und daß ich wirklich aufgehört hatte, zu trinken! Mehr als fünf Jahre schon und es kam mir immer noch kurz vor, nach der langen Zeit meiner Trunkenheit. Viele Leben. Die Zeit trieb den Fluß hinab und hier gehst du und lebst immer noch. Der Wind kam daher, als ob er mich kennt. Ein alter Mann, der die Möwen füttert und neben ihm einer im Rollstuhl, sonst weit und breit kein Mensch.

Montag oder Dienstag? Warum hier und wohin? Welche Zukunft und welche Schuhe in Zukunft? Hungrig auch, hungrig, aber darum geht es jetzt nicht. Nachsehen, ob das Honorar, das Pflasterstrand-Geld noch da, ein Radfahrer vorbei, und gleich die nächste Zigarette. Vorher Kopfweh, kaum Schlaf letzte Nacht. Erst die Reinschrift zuende und dann gelesen. Lang in die Nacht, in den Morgen hinein, Mandelstam und Dylan Thomas. Aber jetzt hier am Main, hier im Wind, ist mein Kopf mir leicht. Ein Radfahrer, eine Gruppe von Radfahrern wie ein Schwarm fremder Wesen, und in der Ferne die ersten Fußgänger. Schiffe auf dem Main. Gehen und atmen und es fertigbringen, daß du dein Leben aushalten kannst! Und aushalten auch, wie der Fluß vorbeifließt. Laß ihn fließen! Hörst die Schiffe rufen! Weit abgetrieben der Westhafen schon. Schräg gegen die Strömung das andere Ufer, die Stadt. Kam rauschend dahergezogen. Kirchen, Banken, Hochhäuser in den Himmel hinein, der Dom. Der Dom bald schon wie ein Bild, eine alte Erinnerung. Ein Sommertag, weit zurück. Vor hundert, zweihundert, dreihundert Jahren, und du auf der Wanderschaft. Eine Märchengestalt. Mit deinem Leben als Bündel aus weiter Ferne zum ersten Mal auf den Dom, auf den hohen Turm zu. Sandstein, so mild und alt, so ein mattes Rot. Es muß im Sommer einmal, muß ein langer Tag am Anfang des Sommers und der Himmel ein Sommerhimmel. Vielleicht alle hundert Jahre einmal, wann zuerst? Und seither immer wieder gekommen! Es ist immer das erste Mal. Und jetzt suchst du und suchst dich und suchst den Tag und den Weg in deinem Gedächtnis. Die Ferne. Lag nicht so ein Licht auf den Hügeln? Und wurden eben die Kirschen reif? Und wer bist du damals gewesen? Und wer bist du jetzt? (Jeder muß sich selbst erlösen oder es wird nichts damit!)

Weiter jetzt mit dir selbst hier entlang! Warum nicht über Mittag zu Fuß den ganzen Weg durch die Innenstadt? Kein einziger Mensch auf der ganzen Welt, sagst du dir (und dazugehörig gleich auch ein leichter Schreck) hat mir irgendwas zu befehlen! Hier am Main, Kopf leicht, ich hätte mir einen Sturm gewünscht! Aber auch, daß die Sonne durchkäme! Ich hätte gewollt, daß die Glocken läuten. Von allen Seiten gleichzeitig, ein hohes dichtes Geläut. Jede Glocke mit ihrer eigenen Stimme. So mit mir selbst. Gern hätte ich jemand gehabt, der neben mir geht und mir die Namen der Kirchen aufzählt, die Glocken, die

Glockengießer und die Jahrhunderte. Und die Landstreicher, Säufer, Nutten, die Räuber, die Heiligen und ihre Namen und Tage und Lebensgeschichten. Handwerker, Ratsherren, Kaufmannsfamilien. Die Toten und wie sie gelebt haben. Eine so reiche Stadt und die Kirchen allesamt Geizkragenkirchen, leere Kirchen. So mit mir selbst weiter in den Mittag hinein. Flußaufwärts, da kommt der Fluß dir entgegen (da hört er nicht auf, dir entgegenzukommen).

Über den Eisernen Steg, sagte ich mir, Lebzeiten, ein Frankfurter Fußgänger in diesem Jahrhundert (und fing schon an, mich zu freuen). Über den Eisernen Steg, über den Main. Der Zeit, dem Fluß und den Schiffen nach mit dem Blick, und der Abend noch fern. Sankt Leonhard grüßen, den Rententurm grüßen. Gegenüber vom Historischen Museum das alte Konditoreischaufenster siehst du dich betrachten, als hättest du als Kind schon davorgestanden (man muß sich hineinversenken!). Und drei Schritte weiter, den Kopf im Nacken, die Sandsteinbalustrade an der Nikolaikirche. Am Rand des Himmels. Das erste Mal, daß du sie ansehen gehst und wirst oft noch, wirst immer wieder kommen. Bald Sommer. Dann kommst du, jeden Tag Sommerhimmel, und stehst und siehst zu, wie auf dem Sandstein die Sommertage um die Kirche herum im Reigen gehen. Unter dem Himmel, am Himmel entlang. Über den Römerberg in der Mittagsstille. Das leere Pflaster, die Steine fangen zu reden an. Am Brunnen wächst Moos. Japaner, Deutsche und Amerikaner mit japanischen Kameras. Über den Paulsplatz mit Ludwig Uhland, nun muß sich Allesalles! Und die Neue Kräme hinauf in der schweigenden Menge, hinauf zum Liebfrauenberg, wo die Jahrhunderte aufgestapelt sind und aneinandergelehnt und übereinandergebaut wie Kartenhäuser. Die heutige Zeil, die Hauptwache. Allein schon die Namen und dann auch noch wirklich da gehen. Am hellen Mittag, an einem Werktag. Wind im Haar. Frei. Schaufenster, Spiegelbilder. Die Buchhandlung an der Katharinenkirche, Carolus, Montanus, Blazek und Bergmann, Mühlhausen, die Frankfurter Bücherstube. Im Mai 1984, und nirgends ein Buch von mir.*

Vielleicht Straßenmusik. Aus Memphis ein Sänger mit einer Gitarre. Rock, Country, die Beatles, Bob Dylan, Lieder aus Irland und nicht vergessen, viel Blues. Und du bleibst, du läßt dich ein Weilchen da stehen bei der Musik, läßt dich los, beinah als ob du ein anderer Mensch! Als ob du schon anfängst, dich auszuruhen. Sogar Geld in der Tasche, Honorar. Und mit beiden Füßen fest auf der Erde. Mit leichtem Herzen eine Mark gibst du ihm (nie gedacht, daß du das je nochmal fertigbringst, siehst du). Aus New York, Memphis, San Francisco, Dublin, London und New Orleans und hierher. Einen weiten Weg gekommen. Und dann habt ihr euch zugenickt, als ob ihr euch oft noch begegnen werdet im Leben. Bei der Musik stehen, den Wind im Gesicht, und so bunt die vielen Frankfurter Menschen um dich herum. Aus aller Herren Länder hierher nach Frankfurt, du auch mit. Selbst ja vom Dorf und bei jeder erstbesten Straßenmusik gleich Tränen in die Augen vom Wind. Dreimal mußt du dich losreißen, dann doch noch ein Weilchen geblieben. Dann über die Hauptwache mit offenen Augen. Zum Opernplatz und weiter durchs Westend. Inzwischen hätten die Glocken geläutet und jetzt kommen die Schulkinder dir entgegen. Im hellen Mittag. Zuerst die ganz Kleinen. Aber auch wunderschöne Halbwüchsige. Jungen und Mädchen, und gehen hier mit dem Ernst ihres Lebens.

Und ich in den Kinderladen. Zu ihr, zu Carina, das ging mir erst jetzt auf. Deshalb den langen Weg und unterwegs mir mein Leben zusammengesammelt. Du hast ein Kind, es ist Mittag, und jetzt gehst du zu deinem Kind. Über den Opernplatz und weiter durchs Westend. Zeit genug, sogar Umwege. Durch die Eppsteiner Straße. An der Autorenbuchhandlung vorbei. In den Vorgärten Forsythien, Flieder, Jasmin; Frankfurter Vorgärten.

* Aber jeden Tag essen!

Und wie sie blühen und blühen, die hohen Kastanien. Rote und weiße. Du kannst dir Zeit lassen. Gehen und an den vergangenen März denken. Wie du im März hier gegangen bist. Jeden Tag hier und nicht verloren! Jetzt in den Mittag hinein. Wieder Mai. Bald ist Sommer.

[24]

Zuerst in den Grüneburgpark. Da siehst du sie schon bevor sie dich sehen, die Kinder. Du siehst sie bei ihrem Spiel und es ist wie ein Blick in die Zeit, ein Bild, und bleibt dir für immer. Im Mai, ein Mittag. Einmal mit zwei und einmal, bevor sie fünf! Kühl und der Himmel bedeckt. Im nächsten Moment hätten sie dich entdeckt zwischen lauter Fremden. Schon seit sie auf der Welt sind, kennen sie dich. Und kommen jetzt angerannt im Triumph. Durch das hohe Gras, durch Gras und Gestrüpp, durch die Jahre. Auch wenn dein Kind dich mit anderen sprechen und spielen läßt, weiß es doch genau, daß du immerwährend sein Eigentum! Bist und bleibst! Im hellen Mittag vom Park durch die Siesmayerstraße zum Kinderladen. So oft, so viele Jahre hier mit den Kindern entlang, hier unter den Bäumen, daß du auf Schritt und Tritt noch jeden Augenblick, jeden Fleck Gehsteig, deine Schritte, die Stimmen, die Wörter wie Münzen, das Licht, die Lichtmuster in den Laubschatten, die Gedanken und Jahreszeiten dir zusammensuchen und aufsammeln kannst.

Zeit genug! Aus dem Kinderladen Sibylle anrufen. Wenn ich Carina heimbringe, spart sie einen Weg. Und wir, wir hätten für uns, was uns immer bleibt, wie hätten den Heimweg noch, Carina und ich. Vielleicht in der Jordanstraße noch einen Kaffee, damit für Carina ein Übergang, damit sie lernt, wie man den Abschied lernt. Einen Kaffee und sehen, wie es geht. Sie ist also immer noch beim Umräumen, Sibylle. Frisch die Haare gewaschen, wie Flieder lila ein kurzer Rock, und wie dünn sie geworden ist. Nackte Beine. Und die Zeit, deine Pläne? Das Geld? Und was liest du? Noch zu heiß der Kaffee! Wieder Mai. Schlaflosigkeit, Staufenberg, das Dorf und mein Buch und für den Pflasterstrand Frankfurt. Ja, immer noch Kettenraucher. Den Aschenbecher vor fünfundzwanzig Jahren von einem Kneipenwirt in Triest. So sitzt du mit deinem Leben. Und dann steht dein Leben auf und geht ein paar Schritte von dir weg. Das spürst du am Herz. Noch eine Tasse Kaffee und so tun, als ob du die Uhr, die Zeit, dein Leben und den heutigen Nachmittag im Auge behieltest (bald Sommer). Wo ist jetzt Carina? Im Bad, im Flur und im Nebenzimmer. Und muß ohne Mittagsschlaf, weil nämlich längst schon groß, muß im Spiel mit sich allein unentwegt mit vielen Stimmen gegeneinanderreden, um die Welt darzustellen und damit sie nicht müde wird. Und so eng die Wohnung, das merkst du erst jetzt. Sogar ohne mich eng!

Ja sagen, ja, auch weiterhin sehen, wie wir es mit uns und mit unserer Zeit und dem Geld und mit den Behörden, wir schaffen es schon! Müdigkeit, keine Sonne heute. Gestern auch schon nicht, hast du zu sagen vergessen. Und in Arles, weißt du noch, hätte ich sagen wollen, an der Rhône, am Ufer die Zigeuner mit ihren Wagen. *Nomades* schreiben die Behörden in Frankreich auf die Verbotsschilder, wenn sie Zigeuner meinen. Und die Dämmerungen vom Fluß herauf wie mit langen windleichten Seidentüchern, lila-blau-grün. In die Stadt hinein, in die Gassen. Schon auch die ersten Abendfeuer, riechst du den Rauch? Seit wir uns kennen, mit jedem Jahr dunkler sind Sibylles Haare geworden. Erst honigblond und jetzt beinah schwarz. Sie ist neunundzwanzig. Und bevor ich ginge, vielleicht daß wir behutsam, mit Vorsicht, daß wir anfangen auszumachen, wann unser Kind das nächste Mal zu mir darf und wie lang? Vielleicht Donnerstag, also übermorgen? Und so könnte ich mit meiner Müdigkeit endlich zurück in die Friesengasse. Zu Fuß und den Schuhen gut zureden, Schritt für Schritt. Zu mir selbst, in die Gegenwart, in mein Leben zurück. Manuskript und Notizzettel zurechtlegen, mein Dorfbuch, und einstweilen ein Weilchen noch weiter. Heute und morgen, mit mir und dem Buch und der Zeit.

Aber erst noch mit in den Kinderladen. In der Siesmayerstraße das besetzte Haus (inzwischen wären wir angekommen). Neun Kinder und Herbert und Liesel. Sie heißen amtlich Bezugspersonen. Mit Liesel am Küchentisch. Noch keine Eltern, noch früh. Die Kinder mit dem Essen schon fertig, Mittag und Mai, und gleich aus dem Haus hinaus. Ein Stück Brot, ein Stück Käse für mich. Kein Salz da? Eine Mutter, sagt Liesel, hat sämtliches Salz weg! Nur noch Kräutersalz ist erlaubt, weil alle Japaner es mit den Nieren. Statistisch. Es stand im Spiegel. Noch ein paar Löffel Gemüsesuppe, noch warm. Und Liesel von Carina und mir in der Friesengasse, ihr unsere Tage erzählen und wie wir da bei uns selbst zu Besuch. Ihr die Küche in der Friesengasse erzählen. Und die Zeit, das Fenster, den Küchentisch, Licht im Hof. Mittags bleibt sie stehen, die Zeit. Vom Bahnhofsviertel für den Pflasterstrand und von meinem Dorfbuch. Das wird noch lang nicht fertig! Und als ich zehn war, mein Schulweg. Sie ist aus Seligenstadt. Ihre Eltern sind aus dem Banat. Nahrhaft, eine gute Gemüsesuppe. Die Kinderstimmen ums Haus. Und dir noch einmal vornehmen, daß du von jetzt ab jeden Tag ißt.

Jetzt Herbert von draußen herein. Er sieht wie ein Räuber aus. Grünes Hemd, Räuberbart, Räuberaugen, ein Bilderbuchräuber. Die Kinder haben es längst gesehen, die Kinder zuerst. Du Räuber, das bist doch du! Und zeigen ihm seine Abenteuer in den Bilderbüchern. Erzähl, du Räuber, erzähl, was du hier machst! Aus Schwaben, vom Dorf. Und setzt sich zu uns. Die Kinder ums Haus herum und hinten im Garten. Entweder auf das abschüssige Schuppendach. Wie soll man wissen, ob es noch trägt und wen und wie lang? Immer auch glitschig und mit einem zähen Brei aus Staub, Dreck, Regen, Luftverschmutzung und dem feuchten verwitterten Laub vieler vergangener Jahre bedeckt. Und die durchgerosteten Regenrinnen im letzten Moment als Notbremse, griffbereit, werden nicht halten. Wenn nicht auf dem Dach, dann am Teich, an dem Gartenteich, den die Anarchogruppe aus der zweiten Etage. Nach einem Buch: Wie baue ich meinen Gartenteich? Matsch, Erdlöcher, Plastikfolie am Rand, da ist ihnen eine Theorie-Diskussion, ein Bausatz für eine Bombe und eine Hausbesetzung in Nied oder

Fechenheim dazwischen: sind sie dann nicht mehr fertiggeworden, die Anarchisten. Daß die Kinder ab und an ausrutschen, einander ein bißchen auch schubsen (sie kennen sich schon so lang!) und teils mit den Füßen voran, teils kopfüber ins Wasser, in den Teich, eine schmierige braungrüne Flüssigkeit, klebrig, das wäre noch weiter nicht schlimm. Aber weil es ein Zierteich ist, überall über und unter Wasser malerische Felsgrüppchen mit Zacken und Riffen. Und Drahtgitter, Blumendraht, tote Goldfische (Ihr sollt die toten Goldfische in Frieden lassen!). Oder hätten Geld oder etwas, wovon sie denken, es könnte Geld sein, die Kinder. Und gleich damit vors Haus und zum Büdchen hin. Rennt keine Rentner um! Rennt nicht auf die Straße! Rennt keine Beulen in fremde Autos hinein! Lang danach noch stehen Passanten um die Kreuzung herum an allen vier Ecken und schimpfen. Zur Tür herein eine junge Frau. Kommt und will Herbert abholen. Aber sie ist eine Stunde zu früh. Macht ja nichts, sagt sie und bleibt stehen. Schlank ist sie. Ein grasgrünes Leinenkleid, kurz. Sehr kurze Haare, ein schöner Mund, Rätselaugen.

Mittags halb zwei. Ob du es jetzt wiedererkennst, dein Leben? Als ich vom Tisch aufstand, hat die Küche sich einmal um mich gedreht, vier Wände. Durch den Flur, in dem Carina im April Radfahren gelernt hat. Ein langer verwinkelter Flur. An vielen offenen Türen vorbei. Jede wie der Eingang zu einem anderen fremden Land, in dem du vor langer Zeit einmal gelebt hast. Wie der erste Ferientag, der Anfang von einem Lieblingsbuch. In den letzten Raum, der ist leer oder beinah leer. Matratzen auf dem Fußboden. Wände und Fußboden gelb. Müdes Spielzeug, eine Trompete, eine schlafende Trommel. Jacken und Mützen, die auf den nächsten mitteleuropäischen Kälteeinbruch warten oder werden den Sommer über hier überwintern (und meinen womöglich, sie sind es, die alle Tage Domi, Alessandra, Meike, Carina und David heißen und immer wieder mit vielen Stimmen gerufen werden). Mitten auf dem Fußboden auf dem Rükken liegen. Auf einer Matratze. Augen zu. Sogar dann noch ein dauerhaft gelbes Leuchten von allen Seiten. Hell die Kinderstimmen, die aus dem Garten und die in meinem Gedächtnis. Vögel auch. Mich im Wald, Sommer, mich auf einer Waldlichtung vor mir sehen. Himbeeren, Dickicht, die Tannen so dicht und hell wie ein Lied die Sonne herein. Schmetterlinge. Als ob einer winkt, du sollst kommen! Das bist du doch selbst, der da winkt.

Dann Carina in ihrem ersten Sommer. Ich hatte aufgehört zu trinken. Mein zweites Buch (das erste hat keiner bemerkt). Geld verdienen mit Gelegenheitsarbeit. Delirien. Kaum Schlaf. Ich schrieb vier Jahre lang mein zweites Buch zuende. Vier Jahre so müde, daß ich bei jedem Erwachen mir nachsuchen mußte. Und grübeln und Nachschau halten. Hinter mir selbst her mit größter Anstrengung. Wo in meinem Leben und wer ich überhaupt bin? Oft keine Wörter mehr. Und gestern, sag, was war gestern? Morgens mit Carina in den Kinderladen. Alle Vormittage in einem Büro, in einem Lager, in einer Buchhandlung, in einem Antiquariat zur Aushilfe. Nachts geschrieben, nie genug Geld, und die Nachmittage für uns und für unser Kind und den Tag und die Welt, Sibylle und ich. Mittags nach dem Antiquariat unterwegs in den Kinderladen oft im Gehen geschlafen. Müdigkeitseuphorien. Wie mein Herz klopft! Glaubst zu träumen. Und dabei gewußt, das gibt es, daß man an Müdigkeit sterben kann wie am Wegrand ein müdes Pferd. Ein ganzes Jahr lang mit geliehenem Werkzeug, kaum einer Ahnung und nicht genug Geld für Material hier in dem besetzten Haus den Kinderladen renoviert. Die alten Fenster neu. Leitungen legen. Mit Verputz und mit Farben und Leisten gepfuscht. Für keine Arbeit die rechte Sprache gefunden. Und am Ende dann sehen, ob wir es nicht doch fertigbringen, daß wir jetzt sagen können: Unser Kinderladen? Illegal, ein besetztes Haus. Viele Nachmittage von den Eisengittern und Eisenträgern den Rost abgeschlagen und dazu bei jedem Hammerschlag mir meine eigene eiserne Homer-Übersetzung – singen sollst du! Selbst wie ein Gott von oben mir zugesehen und dann wieder mit dem Werkzeug, im Schlaf, im Halbschlaf, mit einem Bohrer, mit einer Schleifmaschine, mit schweren Gliedern, wie eine Maschine, die heiß läuft, und dabei träumt, daß sie träumt.

Mit zwei, die Kinder, erinnerst du dich? Und den Sommer, bevor sie drei wurden. Die Mittage – ich weiß mich noch hier auf dem Fußboden liegen und draußen im Gras, im Sand, da und dort. Erschöpft und immer am Rand von mir selbst und dem Tag und meinem Bewußtsein. Elterndienst. Eine Geschichte erzählen! Sind glücklich alle jetzt auf dich draufgefallen, die Kinder. Laß sie klettern und kriechen und schwer an dir hängen, ein Spiel. Und nach dir rufen mit all deinen Namen! Und halten dich, zerren und ziehen und kauen und lutschen an dir wie die allmächtige Sehnsucht, das Leben selbst. Oder als müßten sie einen Ertrinkenden retten. Gestern oder heute oder im letzten, im vorigen Sommer, in einem früheren Leben, vor einer halben Ewigkeit jedenfalls hast du unbedacht einmal angefangen, eine Geschichte zu erzählen – und die sollst du ihnen jetzt weiter, die wollen sie aus dir herausschütteln und herauskitzeln! Ja, sagst du, eine Prinzessin oder wie ging die Geschichte? Mein Bankkonto überzogen, Sibylles Bankkonto überzogen und ob die Bank wenigstens die Gasrechnung noch einmal abbuchen wird? Aus Versehen, aus Güte und Freundlichkeit (Schlamperei)? Eine Prinzessin, ein Räuber, ein Wolkenschiff, ein Zaubervogel im Wald. Und ihr kennt doch alle die Straßenbahnhaltestelle in Schwanheim, die Endstation? Da gibt es einen Zigarettenautomat und einen Kaugummiautomat. Und daneben zum Sitzen eine Bank. Die ist schon alt, die ist grüngestrichen. Immer kräht dort ein Hahn und der Kuckuck ruft. Die Augen zu und gleich wieder weg. Ein Stück weit weiter den Strom hinab. Laß dich treiben! Und behaupten, das sei ein Spiel! Nur, wer bin ich? Was mag das für eine Geschichte und wo geht sie mit uns hin? Die Augen auf! Wie sie dir mit ihrem Eifer ins Gesicht leuchten und schnaufen. Und jetzt die nächsten paar Wörter, die richtigen Wörter, dann weiter den Strom hinab. Gegenwart. In den heutigen Tag, auf die Kinderstimmen und in dich hineinhorchen. Und spüren, wie du selbst in dir drin jetzt kreiselst und schlingerst. Wie in deiner Kindheit zum Ende des Winters hin, im Nachwinter also, die Eisschollen auf der Lahn. Wie ausgesetzt auf der Ruttershäuser hohen Steinbrücke stehen, die Eisschollen unter der Brücke durch, und als ob die Brücke mit dir dahinfährt. Dem Abend zu und du mußt dich festhalten, mit beiden Händen, mit allen deinen Gedanken, mit aller Kraft festhalten, nur um zu bleiben. Schon näher die Kinderstimmen, Mittag, die Gegenwart und ein dauerhaft gelbes Leuchten. Bald wieder Sommer. Bevor sie jetzt gleich ihrem eigenen Lärm und Geschrei hinterdrein, hier hereinstürzen werden, die Kinder, erst eine Pause. Eine Pause und in Ruhe den heutigen Nachmittag und den Weg mit deinem Kind hell vor dir herträumen. Nicht erst gestern dein täglicher Heimweg noch? So auf dem Fußboden, auf der Matratze. Du atmest, du spürst, wie dein Leben dich trägt.

Nachwort des Herausgebers

Frankfurt – Paris – Frankfurt ist der vierte Roman, der nach dem Tod Peter Kurzecks aus seinem Nachlass erscheint. Das Buch war von ihm als zehnter Band der zuletzt auf zwölf Bände angelegten autobiographisch-poetischen Chronik *Das alte Jahrhundert* vorgesehen (siehe Plan zu *Das alte Jahrhundert*, S. 283 ff.).

Im Unterschied zu den drei bisher aus dem Nachlass erschienenen Büchern ist das »Parisbuch«, so nannte es Peter Kurzeck in Gesprächen, kein Fragment, sondern ein abgeschlossener Roman in 24 Kapiteln, dessen maschinenschriftliche Reinschrift die Vorlage zu diesem Buch ist.

Staufenberg, Lollar, Gießen, Frankfurt, ihre Gegend und ihre Zeit waren für Kurzeck der Stoff, um die sein Erzählen von Anfang an kreiste. Dazu seine Reisen: schon als Fünfzehnjähriger fuhr er mit seinem Freund Wolfram Ostheimer auf dem Motorroller nach Wien. Prag, Marseille, Triest, ausgedehnte Reisen durch Frankreich, über den Balkan, nach Griechenland, in die Türkei, durch Skandinavien bis zum Polarkreis in den sechziger und siebziger Jahren. Spuren davon finden sich im gesamten erzählerischen Werk von Peter Kurzeck.

Paris aber war für ihn immer die besondere Stadt. Keine andere europäische Metropole besuchte er so oft, und über keine andere wird in seinen Romanen so häufig erzählt. In *Keiner stirbt* (1990), seinem vierten Buch, erscheint gleich in den ersten Sätzen und nur ganz kurz ein Icherzähler, der Autor ist dahinter unschwer zu erkennen, und verpasst dem Roman wie mit einem Stempel eine genaue Orts- und Zeitangabe: »*Wo kommst du denn her?* Samstagmittag, eine halbe Stunde vor Ladenschluß, es ist ein sonniger alter Spätsommersamstag vor zwanzig, gut zwanzig, vor bald dreißig Jahren. Vielleicht war es gerade der Tag, als ich frühmorgens hoffnungsvoll aus Paris zurückgekehrt war. (…) Es wird das Jahr 1961 gewesen sein, Gießen an der Lahn.« Zwei Seiten weiter: »Es war vielleicht wirklich der selige

Tag, als ich erstmalig aus Paris zurückgekehrt war. Mit achtzehn; ein langer Sommer. Ich kam morgens um zehn mit dem Zug an. Heimgekommen. Immer noch vier Mark achtzig übrig. Der vorletzte Samstag im September.«* Die erste Reise nach Paris, auf die diese Passagen anspielen, unternahm Kurzeck unmittelbar nach Abschluss seiner immer als bedrückend empfundenen Lehre in »einem niederschmetternden Kramladen«, dem Papierhaus Balser in Gießen, und diese drei Wochen in Paris mussten auf ihn regelrecht befreiend gewirkt haben. Immer wieder blitzt in seinen Büchern die Erinnerung daran auf:

»Und jetzt fällt dir ein, wie du einmal im Sommer 1961 in Paris aufgewacht bist. Ein Sonntagnachmittag im August. Mit achtzehn. Zum erstenmal in Paris. Für drei Wochen ein Zimmer im fünften Stock. Das Fenster bis auf den Fußboden und aus Eisen ein kniehohes Gitter davor. Den Tisch ans offene Fenster. Beinah als ob man schon in der Luft sitzt. Im 17. Arrondissement. Hotel Phénix. Rue du Général Lanrezac. Gleich beim Étoile. Eine ruhige kleine Querstraße zwischen der Avenue Carnot und der Avenue MacMahon.«**

In seinem bildnerischen Nachlass, er umfasst mehr als 200 Gemälde und Skizzen, finden sich unter den Stadtansichten besonders viele Paris-Motive. Unübersehbar damals der Einfluss von Maurice Utrillo und, etwas später, auch von Bernard Buffet auf den jungen Peter Kurzeck. Und so sah er sich – zusammen mit seinem Freund Jürgen Klaus – selbst auch als Künstler in Paris: »Ich hätte ihn malen können, den Wirt. Und auch seinen Himmel malen. Am Anfang des Abends noch nicht, aber so spät in der Nacht kann mir gut vorkommen, daß wir doch schon dabeiwaren. Damals in Paris. Bei den Impressionisten. Mein Freund

* Peter Kurzeck, Keiner stirbt, Stroemfeld / Roter Stern, Frankfurt am Main / Basel 1990, S. 5 und 7.

** Peter Kurzeck, Als Gast, Stroemfeld / Roter Stern, Frankfurt am Main / Basel 2003, 1. Aufl., S. 391.

Jürgen und ich. Jeder einen Strohhut. Bunte Halstücher. Verblichene Leinenjacken in Farben, die gemalt werden wollen.«*

Im Herbst 1991, rechtzeitig zur Verleihung des Alfred-Döblin-Preises, erschien im Verlag Stroemfeld / Roter Stern Kurzecks Erzählung *Mein Bahnhofsviertel*. Ursprünglich war sie im Sommer 1984 als vierteilige Serie in der Frankfurter Spontizeitschrift *Pflasterstrand* publiziert worden.** Für die Buchveröffentlichung wollte Peter Kurzeck in einem kurzen Nachwort erzählen – »zwei, drei Seiten« – wie es im Frühjahr 1984 zu dieser Serie kam. Als Kurzeck sich zu diesem kurzen Nachwort entschloss, ahnte er noch nicht, dass es ihn von nun an bis zu seinem Lebensende begleiten wird. Aus dem Künstlerdorf Schöppingen, er war dort ab Mitte März 1991 für drei Monate Stipendiat, teilte er kurz vor der geplanten Drucklegung des Buches seinem Verleger KD Wolff telefonisch mit, dass *Mein Bahnhofsviertel* ohne Nachwort erscheinen müsse. Sein Text sei, so erinnert sich Wolff, »für ein Nachwort inzwischen viel zu lang, viel länger als das ganze Buch, und sei auch noch gar nicht abgeschlossen. Es werde stattdessen ein separates Buch«.***

* Peter Kurzeck, Oktober und wer wir selbst sind, Stromfeld / Roter Stern, Frankfurt am Main / Basel 2007, S. 200 f.

** Die vier Folgen erschienen am 30. Juni, 28. Juli, 10. August und 24. August 1984.

*** Eigentlich hatte Peter Kurzeck vor, in Schöppingen an einer Fortsetzung seines Staufenberg-Romans *Kein Frühling* zu arbeiten. Im Gepäck hatte er zwölf Kapitel, die 1987, als das Buch erschien, aus dem Manuskript nicht mit ins Buch übernommen worden waren. Sie sollten in das neue Buch eingehen, aber er suchte noch nach einer Form: »alle Tage die Anstrengung eine Form f(ür) d(en) Stoff meiner künftigen Bücher oder erzähle ich das nur so herum?« notiert er am 2. Januar 1991 in seinen Kalender. 2007 erschien die um diese zwölf Kapitel erweiterte Neuauflage von *Kein Frühling*. Zu diesem Zeitpunkt schrieb Kurzeck bereits am Roman *Vorabend*.

Bei Peter Kurzeck verwundert es nicht, dass »zwei, drei Seiten« für die Beschreibung der Zeit einer tiefen Lebenskrise niemals reichen würden. Die plötzliche Trennung von Freundin Sibylle und der gemeinsamen Tochter Carina zum Jahresende 1983 hatte ihn regelrecht aus der Bahn geworfen. »Als das Jahr 1984 anfing, nach der Trennung, hatte ich von einem zum andern Tag nix mehr. Auch keine Wohnung, kein Selbstbild, noch nicht einmal Schlaf ist mir übriggeblieben«, heißt es in *Übers Eis*[*]. So wurde ihm, aus der Absage eines kurzen Nachworts, die Arbeit an einem Roman über das Jahr 1984 zur unausweichlichen Konsequenz. Ein Titel war noch nicht gefunden, er hieß für ihn noch lange einfach »Nachwort«.

Aus Kurzecks Kalendern und anderen Dokumenten lässt sich die Entwicklung des »Nachworts« zeitlich nachverfolgen:

Er beginnt damit am 16. April 1991 und arbeitet an diesem Manuskript mit Unterbrechungen das ganze Jahr hindurch bis ins Frühjahr 1992.

Ab Ende Mai 1992, inzwischen Stipendiat auf dem Künstlerhof Schreyahn im Wendland, und den ganzen folgenden Sommer hindurch, schreibt Kurzeck dann an einer »Rückblende«, die in den Herbst 1977 (»Der dt. Herbst«) und die Reise von Frankfurt nach Paris und zurück, führt. Aus dieser »Rückblende« sollte der vorliegende Roman erwachsen. Von seinem Freund Jochen Schäfer, der damals in der Redaktion der Zeitschrift *Konkret* arbeitete, lässt er sich eine Zusammenstellung der Ereignisse um die Entführung von Hanns Martin Schleyer und eine Liste der *Bild*-Schlagzeilen vom 6. September bis 30. Oktober 1977 schicken.

Von Jahresbeginn 1993 bis in den Sommer hinein kommt es zu langen Schreibunterbrechungen. Damals ist Peter Kurzeck

* Peter Kurzeck, Übers Eis, Stroemfeld / Roter Stern, Frankfurt am Main/Basel 1997, S. 7.

mit der Schriftstellerin Birgit Vanderbeke liiert. Die beiden wollen zusammenleben und sind auf der Suche nach einem geeigneten Ort, die sie um Ostern herum nach Südfrankreich, ins Languedoc, führt. Gemeinsam kaufen sie ein kleines Haus in Saint-Quentin-la-Poterie, einem Dorf wenige Kilometer von Uzès entfernt, und richten sich dort ein. Doch das Zusammenleben gestaltet sich schwierig, und Ende September 1993 zieht Peter Kurzeck nach Uzès.

Am 1. September 1993 liest Kurzeck im Literarischen Colloquium Berlin zum ersten Mal öffentlich aus dieser »Rückblende«. Der vorgetragene Text ist eine frühe, von der Reinschrift des dritten Kapitels des »Parisbuchs« noch erheblich abweichende Fassung.

Im November 1993 skizziert er in einem an den Deutschen Literaturfonds gerichteten Förderantrag sein Buch so:

»Ein umfangreicher autobiografischer Roman, an dem ich seit April 1991 arbeite. Bisher habe ich ca. 170 einzeilige Typoskript-Seiten fertig, doch in unterschiedlichen Stadien der Überarbeitung, und das ist etwa die Hälfte oder etwas mehr als die Hälfte. Ich hoffe, das Buch in anderthalb bis zwei Jahren zu beenden. (...) Das Buch spielt im Jahr 1984, im Frühling in Frankfurt am Main. Es enthält eine lange Rückblende in den Herbst 1977, als ich nach Frankfurt kam, um mein erstes Buch zu veröffentlichen.«*

Im Juni 1994 klagt Kurzeck in einem Gespräch dem Berliner Autor Walter Aue: »Ich habe keinen Titel, so, wie wenn Du einen Menschen gut kennst, und er hat keinen Namen oder Du weißt seinen Namen nicht, und es fällt mir dadurch schwerer an ihn zu denken. (...) Und ich nenne es für mich in Gedanken Nachwort, aber das geht nicht, weil man sonst gleich erklären müßte, warum es so heißt.« Und später im Gespräch: «... so wie

* Nachlass Peter Kurzeck, grüne Mappe »Frankfurt–Paris–Frankfurt u. Änderungen und Notizen«.

ich jetzt praktisch mehr als zwei Jahre mit dieser Rückblende zubringe, die ich im Grunde gar nicht vorhatte.«*

Im November 1994 erhält Peter Kurzeck den *Joseph-Breitbach-Preis*, der damals noch vom Land Rheinland-Pfalz und dem Landesstudio Mainz des Südwestfunks vergeben wurde und mit 4000,– DM noch längst nicht so hoch dotiert war wie heute. Eingereicht hatte Kurzeck einen Text mit dem Titel *Himmel in der Pfalz*. Er entspricht bis auf zwei Eingangszeilen dem ersten Kapitel des »Parisbuchs«.

Bei einer Lesung in thüringischen Altenburg im Februar 1995 trägt Peter Kurzeck einen Text aus der »Rückblende« vor, der dem 11. Kapitel des »Parisbuchs« entspricht. Zu diesem Zeitpunkt ist seine Arbeit an der »Rückblende« bereits abgeschlossen.

Im April 1995 wendet sich Kurzeck wieder dem »Nachwort« zu, setzt aber die Arbeit nicht an dem bereits vor der »Rückblende« geschriebenen Text fort, sondern beginnt ganz neu. Am 4. April 1995 heißt es im Kalender: »Arbeit die 1. Seite korrigiert abgetippt« und am 11. April: »Arbeit Kap 1 zuende.« In kurzer Zeit entstehen die ersten Kapitel, die wir aus *Übers Eis* kennen. Sowohl Erzählzeit als auch erzählte Zeit setzen in *Übers Eis*, im Unterschied zu den bereits geschriebenen Kapiteln des »Nachworts«, im Januar 1984, also unmittelbar nach der Trennung von Freundin Sibylle und Tochter Carina, ein. Noch geht Peter Kurzeck von *einem* dicken Buch aus, in das die »Rückblende« in den Herbst 1977 eingefügt werden soll. Aber im Verlauf des Frühjahrs 1996, die Arbeit an der neuen Kapitelfolge ist weit fortgeschritten, deutet sich eine gravierende Erweiterung des Romanprojekts an.

Am 8. Februar 1996, er ist Stipendiat in Echzell in der Wet-

* aus: L. Der Literaturbote, Heft 59, herausgegeben vom Hessischen Literaturbüro im Mousonturm, Frankfurt am Main, Oktober 2000, S. 51 + 54.

terau, notiert er in seinen Kalender: »in letzter Zeit oft der Gedanke mir mit diesem Buch Lebensgestaltung id. Lit. [in der Literatur]. Seit gestern Vorstellung Buch doch in 4 Bd. 1. Bd bis Ende Kiesstr«. Und am 4. März 1996 schreibt er in einem Brief an Birgit Vanderbeke:

»Jeden Tag einmal denke ich, es wird nicht ein Buch in drei Teilen, sondern es werden vier Bücher. Ernsthaft. Sofort gehen alle meine Konzepte, Seitenzahlen, Kalender, Zukünfte und Berechnungen auf. Sogar Titel fallen mir ein, alles richtig, eine (wie immer) überwältigende geistige Klarheit im Kopp. Erst sollte mir das nur ein Strohhalm oder Behelfsstrohhalm sein, weil mir seit ungefähr Mitte Januar alles gleichzeitig einfiel und das ist wie Ertrinken. Jetzt kommt es mir (mindestens einmal täglich) gut und richtig vor – nicht etwa als Notlösung. Jeden Tag wird die Zeit, in der es mir gut und richtig vorkommt, über Mittag ein bißchen länger. Nachts auch, nachts sowieso.«*

Im Sommer 1996 schließt er die Arbeit an diesem Manuskript ab, der Titel ist gefunden und im Frühjahr 1997 erscheint dann der Roman *Übers Eis* ohne die »Rückblende« in den Herbst 1977. Zu diesem Zeitpunkt sieht er sie als eigenständigen dritten Band einer vierbändig gedachten autobiographisch-poetischen Romanreihe.

In seiner Projektbeschreibung für einen Antrag auf ein Stipendium bei der Stiftung Preußische Seehandlung, den er Anfang 1997 stellt, führt er aus:

»Der dritte Band enthält eine lange Rückblende in das Jahr 1977. Der Erzähler und seine Lebensgefährtin, später die Mutter seiner Tochter, kommen in die Stadt. (…) Mitte Oktober fahren sie nach Paris, um dort einen Freund zu treffen. 1977 war das Jahr der Schleyer-Entführung, die eine massive Terrorismus-

* Nachlass Peter Kurzeck. Der Brief befindet sich zusammen mit dem Manuskript des »Parisbuchs« in der grünen Mappe »Frankfurt–Paris–Frankfurt u. Änderungen und Notizen«.

fahndung zur Folge hatte. (...) Der dritte Band ist bereits fertig, ca. 300 Druckseiten, die ich zwischen 1992 und 1995 schrieb. Anfang und Schluß, den Rahmen für diese Rückblende möchte ich neu schreiben und den gesamten Text abschließend überarbeiten, weil es sich erst im letzten Jahr ergab, daß dieser Teil ein eigenständiges Buch werden soll.«*

Das maschinenschriftliche Manuskript der »Rückblende« legte Peter Kurzeck in einer grünen Mappe mit der Aufschrift »Frankfurt–Paris–Frankfurt u. Änderungen und Notizen« ab. Es gibt nur ganz wenige Korrekturen im Manuskript. Während seiner Zeit als Stadtschreiber in Bergen-Enkheim, September 2000 bis August 2001, entstand dazu noch ein Konvolut mit sechs beidseitig beschriebenen Blättern hand- und maschinenschriftlicher Notizen. In diesen Notizen finden sich zwei Stellen, in denen das Motto für den Roman vorgeschlagen wird. Einmal schreibt er: »Motto: Schriftsteller bist du mit deinem Leben! Von allen Speisen wollen wir kosten!« und weiter unten in gesperrter Maschinenschrift: »Motto: Von allen Speisen wollen wir kosten! / Schriftsteller bist du mit deinem Leben!« (s. S. 267)

Zum ersten Mal finden wir in diesen Notizen auch einen Titelvorschlag für den gesamten Romanzyklus: »Das Alte Jahrhundert. / Die ehemalige Gegenwart oder Das Alte Jahrhundert.«

Schon mit dem Plan von 1997 rückt das »Parisbuch« also fast

* Der vollständige Text dieser Projektbeschreibung ist abgedruckt im Anhang zu *Der vorige Sommer und der Sommer davor*, Schöffling Verlag, Frankfurt am Main 2019, S. 611. Zur erwähnten Überarbeitung ist es nicht mehr gekommen. In ihr wären sicherlich auch die sachlichen Fehler korrigiert worden: so war ein *taz*-Abo 1977 noch nicht möglich, die *Tageszeitung* wurde erst 1978 gegründet. Auf S. 151 bezieht sich der Erzähler auf einen Paris-Aufenthalt im Sommer 1988, hier weicht er also, im Unterschied zu allen anderen Bänden der Reihe *Das alte Jahrhundert*, von der Erzählzeit 1984 ab.

ans Ende der Romanreihe, und das ist auch bei der weiteren Konzeption auf schließlich zwölf Bände so geblieben. In diesen zwölf Romanen sollte das Jahr 1984 bis in den Juni hinein und aus ihm heraus mit vielen Rückblenden und Erweiterungen erzählt werden. (s. Plan »Das alte Jahrhundert« [2007/2010], S. 283 ff.)

Die ersten drei Bände – *Übers Eis*, *Als Gast* und *Ein Kirschkern im März* – behandeln die erzählte Zeit weitgehend chronologisch, es geht um Januar bis März 1984.

Band 4, *Oktober und wer wir selbst sind*, beginnt im Herbst 1983 und erzählt aus der Zeit vor der Trennung.

Band 5, *Vorabend*, nimmt im Romanzyklus eine gewisse Sonderstellung ein. Der Roman setzt ebenfalls im Herbst 1983 ein und springt dann zurück in das Jahr 1982. Von dort aus entfaltet sich das, was Kurzeck mit »die ganze Gegend erzählen, die Zeit« meint. Mit *Vorabend* verwirklicht Kurzeck das Buch, das er schon schreiben wollte, als er noch gar nicht vorhatte, dezidiert autobiographische Romane zu schreiben: im Grunde ist es die erweiterte Fortsetzung seines Dorfromans *Kein Frühling*. Jetzt hatte er die Form gefunden, bettet diese Erzählung der Gegend, der Zeit in sein *Altes Jahrhundert*.

Band 6, *Bis er kommt*, bleibt auch ganz im Herbst 1983.

Band 7, *Der vorige Sommer und der Sommer davor*, beginnt im März 1984 und dann tauchen wir ein in die Sommer 1983 und 1982.

Band 8, *Und wo mein Haus?*, besteht aus vier zurückgelegten Kapiteln aus *Vorabend*.

Im ungeschriebenen Band 9, *Warum gehst du hier?*, sollte aus dem späteren Frühjahr 1984, »Mitte April bis Anfang Mai«, erzählt werden. Offensichtlich hat Peter Kurzeck für diesen Roman die bereits vor der »Rückblende« geschriebenen Seiten des »Nachworts« aufgehoben. In ihnen erzählt er ausführlich, wie es zu der Fortsetzungsreihe im *Pflasterstrand* kam.*

* Dieser Text soll als separater Band bei Schöffling & Co. erscheinen.

Und vom Mai 1984 ausgehend, so sah es der Arbeitsplan Kurzecks vor, sollte auch die »Rückblende« in den Herbst 1977, Band 10, *Frankfurt–Paris–Frankfurt*, erzählt werden.

Zum Schreiben der Bände 11, *Das alte Jahrhundert*, und 12, *Nach dem Sommer*, ist Peter Kurzeck nicht mehr gekommen.

So wird jetzt *Frankfurt–Paris–Frankfurt*, das vor allen anderen Büchern der Reihe entstanden ist, zum letzten Roman des unvollendet gebliebenen autobiographisch-poetischen Erzählwerks *Das alte Jahrhundert*.

Mein Dank gilt Tatjana Anderson (†), Marcel Baumgartner, Jörg Döring, Petra Gienandt, Jan Habermehl, Doris Kern, Michael Kling, Christiane Meyer-Thoss, Carina Wächter und KD Wolff.

Frankfurt am Main, im April 2024
Rudi Deuble

Editorische Anmerkung

Das nachgelassene Manuskript

Das Manuskript *Frankfurt–Paris–Frankfurt* befand sich in Kurzecks Nachlass in Uzès in einer grünen Pappmappe mit der Aufschrift »III – Frankfurt–Paris–Frankfurt u. Änderungen und Notizen«. Es besteht aus 114 einseitig mit Schreibmaschine beschriebenen weißen Blättern (DIN A4). Es hat kein Titelblatt, kein Motto und trägt selbst keine Widmung. Die 24 Kapitel sind nicht nummeriert, sondern werden jeweils durch Büroklammern zusammengehalten. Die 114 Blätter sind mit Bleistift in arabischen Ziffern durchgehend nummeriert. Vor der arabischen Ziffer steht jeweils römisch II (also II 1, II 2 usw. bis II 114). Das Manuskript weist nur geringfügige Änderungen und Einfügungen auf, die teilweise maschinenschriftlich, sonst mit Kugelschreiber ausgeführt sind. Das Manuskript hat Reinschriftcharakter.

Manuskriptedition

Der Text der vorliegenden Edition folgt der Reinschrift. Gestrichener Text wurde nicht wiedergegeben. Offensichtliche Schreibversehen wurden korrigiert, die Schreibung von Orts- und Eigennamen normalisiert. Kurzecks originale Interpunktion wurde bis auf wenige Ausnahmen, bei denen es sich offensichtlich um Flüchtigkeitsfehler handelt, beibehalten. Im Unterschied zu den bisher aus dem Nachlass erschienenen Romanfragmenten finden sich in den Notizen Vorschläge für ein Motto: »Schriftsteller bist du mit deinem Leben! Von allen Speisen wollen wir kosten!« und umgekehrt: »Von allen Speisen wollen wir kosten! Schriftsteller bist du mit deinem Leben!« (s. S. 267).

Zur Edition der Notizen

In der grünen Mappe befindet sich in einer lila Plastikhülle auch ein Konvolut mit Notizen zum »Parisbuch«. Es besteht aus 6 Blättern (DIN A4) und einem Deckblatt, zusammengehalten von einer Büroklammer. Auf dem Deckblatt hat Kurzeck acht Änderungen maschinenschriftlich aufgelistet, die von ihm alle in die Reinschrift aufgenommen wurden.

Fünf Blätter der Notizen sind beidseitig hand- und maschinenschriftlich beschrieben, Blatt 6 einseitig. Die Blätter sind mit 1–6 handschriftlich nummeriert.

Angefertigt hat Peter Kurzeck diese Notizen während seines Aufenthalts als Stadtschreiber in Bergen-Enkheim zwischen September 2000 und August 2001. Alle Notizen dieser sechs Blätter werden nachfolgend im Anhang ediert. Es wurde nicht normalisierend in den Text eingegriffen, die schwankende Groß- und Kleinschreibung wurde beibehalten, gestrichener Text wiedergegeben, maschinenschriftlicher und handschriftlicher Text jedoch nicht differenziert.

In der gleichen Plastikhülle befinden sich lose:

- Eine Doppelpostkarte (30 x 11,4 cm), schwarzweiß, mit Blick auf die Bögen der Arena von Arles. Auf der Rückseite handschriftlich (von Jürgen Klaus): »Das ist die (unblutige) Stierkampfarena in Arles auf deren Treppe zu ihren Füßen ich im glücklichen Sommer fünfundsechzig saß, um Dir postkartig von Ort und Stelle zu sprechen.«
- Zwei Blätter Briefpapier der Zeitschrift *konkret* auf der handschriftlich in roter Tinte in kalendarischer Reihenfolge die Titelzeilen der Tageszeitung *Bild*, beginnend mit dem 6.9.77 und endend mit dem 30.10.[77], aufgelistet sind.
- Eine ausgerissene Seite des *Börsenblatts des deutschen Buchhandels* vom 24. Dezember 1996. Mit Kugelschreiber eingerahmt die Ausschreibung zum Uwe-Johnson-Preis 1997.
- Ein Blatt (DIN A4), zweimal gefaltet. Aufschrift mit Bleistift auf einem zugeklappten Viertel: »Jandl«. Auf der aufgeklappten Seite getippt zwei Gedichte: »dem wahrhaft

Eigenschücksal ...« und: »Nimm Mein Lebendig Worten schnell aus dein ilektrisch Automatenmund ...«

- darunter: »Ernst Jandl Ohne Gruß« (getippt), »28.2.07« (handschriftlich)
- und »Per Post 1.3.07« (handschriftlich von Peter Kurzeck)
- Auf dem anderen zugeklappten Viertel:
- »Rudi letzte Worte ...« (handschriftlich von Peter Kurzeck)
- Eine ausgerissene Seite der Wochenzeitung *Freitag* vom 17. März 2006 mit dem ganzseitigen Text von Jochen Kelter »Metro-Station Stalingrad«.
- In einem Papiertütchen zwei Postkarten mit Paris-Motiven (s/w, unbeschrieben).
- Ein ausgeschnittener Artikel aus der *Frankfurter Rundschau* vom 28. Februar 2006: « ›Nichts wollen wir vergessen‹. Bertan Can Tufan dokumentiert im Film ›Mensch, Günter‹ den Tod Günter Sares 1985 und was für die Sponti-Szene daraus folgte«.
- Eine Farbpostkarte mit Marseille-Ansicht (unbeschrieben).
- Ein Brief, adressiert an »Peter Kurzeck, Hauptstraße 168, 61209 Echzell«. Inhalt: eine Postkarte mit dem Motiv von Michael Sowa, »Der Hahn ist verreist«. Auf der Rückseite, datiert am »6.9.96/11.43 h«, teilt Jürgen Klaus handschriftlich Peter Kurzeck mit, dass er in die chemotherapeutische Spezialabteilung der Frankfurter Uniklinik gefahren wird. Er schließt mit den Worten: »Es würde mich schmerzen, wenn ich jetzt nur Schmerz um mich her zu sehen bekäme, meinetwegen, denn ich bin u. war niemals zum Schmerzen da, hier! Herzlich Jürgen«
- Ein Brief, Poststempel »Hamburg 22.7.92«, handschriftlich adressiert an Peter Kurzeck, Künstlerhof Schreyahn, 3135 Wustrow. Inhalt: zwei Blätter (DIN A4), gefaltet. Ein kurzes Anschreiben von Jochen Schäfer auf einer gefalteten Rückseite. Auf den Vorderseiten die Kopie mit der

Auflistung der *Bild*-Titelseiten vom 29. August bis zum 5. September (1977), also den fünf Tagen vor der Schleyer-Entführung.

- Die Projektbeschreibung Peter Kurzecks für einen Antrag auf ein Stipendium bei der Stiftung Preußische Seehandlung. (s. Nachwort, S. 253).
- Ein Blatt maschinenschriftliches Konzept für die Trauerrede für Jürgen Klaus.
- Peter Kurzecks Dankrede anlässlich der Verleihung des »Großen Literaturpreises der Bayerischen Akademie der Schönen Künste« (korrigierter Fahnenabzug für das *Jahrbuch 13* der Bayerischen Akademie der Schönen Künste).

Weiter befinden sich in der grünen Mappe:

- Das Exposé für den Förderantrag an den Deutschen Literaturfonds vom 4. November 1993 (s. Nachwort, S. 251).
- Eine mehrseitige Kopie »Aus der Protest-Chronik« (*Mittelweg 36*, 5 / 2010) von Wolfgang Kraushaar über den Todesfall Günter Sare am 28. September 1985.
- Drei Briefe an Birgit Vanderbeke (vom 10. Juni 1992, 4. März 1996 und 18. November 1997).
- Drei Blätter mit Selbstbeschreibungen für ein Wochenendseminar »Schule des Schreibens« vom 7. bis 10. September 1998, an dem Peter Kurzeck als Dozent teilnahm.
- Zwei beidseitig handschriftlich beschriebene Blätter unbekannter Herkunft, mutmaßlich mit Notizen aus diesem Seminar.
- Drei geheftete, jeweils mehrseitige Ausrisse einer dreiteiligen Artikelserie »Der Herbst der Terroristen« aus dem Magazin *Der Spiegel* (Heft 38 bis Heft 40 / 1997)

Editorische Zeichen

Text	Text von Peter Kurzeck
<u>Text</u>	Unterstreichung (Kurzeck)
~~Text~~	gestrichener Text (Kurzeck)
[Text]	Hinweis / Ergänzung des Herausgebers
?Text	unsichere Entzifferung

Notizen

[Blatt 1]

Flohmarktsätze: Ich jeden Tag Arbeitsplatz. Ich Arbeitsplatz drei Stück mindestens.

Du Arab, ich Ostarab, wie du glauben ich lüg? (Tel. + Tastaturen + Disketten

+ der kleine Junge, der sich damit auskennt

Die Frauen mit Kopftuch wie vom Feld

Kindersandalen. Du zwei ~~Paar~~? Sandalen? Du wollen zwei Paar Sandalen? Wieso du wollen zwei?

Ich daheim Kinderzwillinge.

Darmstädter Landstraße – über Nacht Einkaufszentrum etc. – bürgernah – II. 8. Kapitel

Wo steht: Frauen fürs Leben gekränkt? (viell. bei Beschr. Leipziger Str – auch noch dazuschreiben + ggf. wdh. – zu Recht fürs Leben gekränkt

Montmartre Treppenstraße alte Laternen. Spätsommerlaub od. Herbstlaub – sieben Nachtkatzen, die ~~mit~~ auf dem Treppenabsatz unter der Lampe bei ihren sieben Nachtschatten sitzen.

Für Ffm (nach Rückkehr v. paris od. + 1 x am Anfang: die Stadt dazu bringen, daß sie es ohne mich nicht gut aushält! 1 x bereits in II. 1–9 Kap + f. II + IV bereits notiert

Arab. Süßigkeiten + Backwaren immer nur dies + das einzeln prob. aber noch nie v diesen arab. Süßigkeiten alles auf einmal.

v. Anfang Ffm – Herbstwolken, Wolkenhimmel, Herbsthimmel

1. Nacht Hansa-Allee + wie wir morgens id. Stadt Sibylle + ich
Klaus Scheffler Polit. + baldiger Reichtum
+ daher erst 1 Tag Hansa-Allee (Nacht)
Ankommen Haussuchung im Diskus

Flohmarkt Vogelstimmenpfeifchen. Die Vogelstimmenpfeifchen gehören eigentlich auch schon unter Naturschutz gestellt.

Musikcassetten beim Schreiben + immer schon wieder vorbei die Stellen auf dies ankommt auf die man achten will + schon wieder vorbei

– Standrecht und Todesstrafe

Wanderer durch die Jahrhunderte – s. 11.1. – 14 od. 15 Kap (Schönhof–Taunus) + 1 x dazu: Geburtsort: Venedig – od. wo steht das schon? – in diesem Buch bei Dom + Main dazuschreiben!

Sept. sonnig + das Obst reif überall im Rhein-Main Gebiet + an den Hängen des Vordertaunus Wiesen + Obst + auf den Hügeln + Bergen der Wald

[Blatt 2]
Lineal (s. Mantelknöpfe) + kennt mich. Ist eingewöhnt. Kommt wenn man ruft.

Rückkehr von Paris. Abend ins Dr. Flotte + zurück id Wohnung – Nacht Wind Bäume Menschen, Herbst. Die Nacht rauscht.

Titel: Frankfurt–Paris–Frankfurt / Motto: Schriftsteller bist du mit deinem Leben!

Von allen Speisen wollen wir kosten!

Gesamttitel: Das Alte Jahrhundert / Die ehemalige Gegenwart oder Das Alte Jahrhundert

Hessenplatz. Im Wind, id Finsternis kurz vor Ladenschluß od. vd Bibl. zurück. Haustüren. Licht im Flur + nur schnell heim!

seine Rolex Uhr od. wie sie heißen drei fast gleiche + nur er sieht den Unterschied

zurück, abends heim, Heizung Badewasser. Die Gasflämmchen im Boiler wie für ein Fest (+ rauschend emporbrannten.

SIEHE Not. III S. 3

1 x Sib zu mir: was sollen wir nur machen, daß wir Zeit haben. (A) Damit uns die Zeit bleibt, alles zu machen, was wir miteinander machen wollen? (A) (nachträglich als Leitmotiv) + ORT Augenblick Wetter

Paris: Werktage, eine Werktagsstadt, überhaupt am liebsten sind mir die normalen Werktage

III sonst vorher immer zu wenig Schlaf + jetzt manchmal morgens Früh im Halbschlaf hören, wie sie im ~~meinem~~ Halbschlaf mitten unter den Fenstern ihren Markt + den Tag aufbauen

Oktober + Sultanspantoffeln. siehe auch II.1 – Kap. 18

Zu ihr: Eine Heldin, wenn man sie quält wird doch erst recht eine Heldin! zu Sibylle sagen.

~~schon nur~~ wir reden schon nur noch davon (sex. Obsess.). Aber immer die Welt mit drin. Wie jetzt, gehen hier Hunger + von nichts genug kriegen.

Sib still + heiß + zart. Riecht gut. Erstens Parfüm + note. Zweitens halbnackt + die Haut riecht. Haut + Haar. Drittens erregt an einem Mittag – erst auf dem Heimweg + dann ins Hotel.

zu Feb 72 – Auto mit durchgehender Sitzbank + fuhren wie die Zigeuner fahren – Blick auf den Horizont auf den äußersten Punkt + darauf zu – + noch mehrfach

Mai 84 – zum Schluß hin – Hauptwache, Opernplatz Schüler, Jugendliche – mit dem Ernst des Lebens in ihren Gesichtern – + ihre Jacken an denen sie sich selbst immer wieder. Müssen die paar Jahre lang ihre Jacken wie Weltanschauungen tragen.

[Blatt 3]
III. Paris Hotelzimmer Spiegel – in dem man sehen kann, ob wir da sind.

4 Uhr früh – ob mein Vater wach (Meine Sorgen sind die Sorgen meines Vaters

Eckart DS 19 – wie ein taghheller Spuk ein Gespensterschiff

Arad – letzter Abend in Rumänien – Auf dem Korso + hin + her die Leute im letzten Licht.

(A) Nachträglich als Leitmotiv (öfter Ort, Augenblick, Wetter + was wir gerade tun + vorhaben:) Was sollen wir nur machen, daß wir Zeit haben. Damit uns die Zeit bleibt, alles zu machen, was wir miteinander machen wollen? Damit sie uns bleibt, die Zeit!

Und: Dafür ist die Zeit ja da!

s. Not. III S. 2 vorletzte Not (A)

Paris Werktage, eine Werktagsstadt überhaupt: am liebsten sind mir die normalen Werktage!

frankfurt. der main. in frankfurt der wind ist meistens westwind. flußabwärts der main und der wind ihm entgegen. kehr doch um, sagt der wind. umkehren nicht, aber sieht fast so aus. die wellen gegen den strom und wie er dann spielt und glitzert, der main. man muß immer hinsehen. wie wenn du im zug, wie wenn du auf einem langsamen heuwagen und dabei mit dem blick zurück. als ob du nicht loslassen kannst, so hat dich der anblick gepackt. wie alles immerfort von dir weg, von dir weg und vergeht und du mußt es dir merken für immer und das herz wird dir schwer! hingegen andere flüße, dort wo sie mit dem wind fließen. vor dem wind her die wellen und eilig, da wird dir so leicht. du gehst, der fluß mit dem wind. alles fließt und du mußt nichts behalten. alles fließt und du freust dich daran. … ein paar jahre lang jeden tag einmal über den main und zurück. war das schon? kommt erst noch. über den main und das herz wird dir weit / Anfang oder z. Schluß hin.

+ siehe auch Rede Bergen

III. Basaltstraße: Wohnungsinhaber – NEU schreiben! Einfacher und besser!

+ id Küche im Boiler leuchten + rauschen die Gasflammen

Wohnungsinhaber besser und auch seine Friedfertigkeit – und bei der Abrechnung vor dem Auszug – mich immer an das Licht der ersten Septembertage und wie ich m. d. Reinschrift anfing. Elektr. Schreibmaschine und Drehstuhl. Musik. Die Stimmen vom Hessenplatz. Die Markise. Hessenplatz: Kinderstimmen. Die Kastanien noch grün.

Erinnerung. Ein Wintermorgen. Ein Montmartre, auf dem es schneit.

Kneipen. Ladeneingänge. Der Geruch von Putzmitteln und Chlor. Paris.

Sanierung Bockenheim. Abbruchhäuser. Noch mit Läden, Kneipen, Imbißkneipen. Stehpizzerias. Secondhandläden. Änderungsschneider. Ausländer. Asylanten. Ramschläden. Ein Obststand im Hauseingang. Räucherstäbchen und indische Kleider. Restbestände. Und wie die Häuser in der Dämmerung stehen. Teils schon leer und mit Brettern vernagelt. Einmal Herbst 77 und einmal Mai 84.

Und auch alle anderen II.I bis IV.

die ersten Wochen in der Stadtbibliothek: Paustowski (Autobiogr), Hubert Fichte, Achternbusch, Lars Gustafsson. / u.v. HU. Müller-Schwefe – Jean Paul: Des Luftschiffers Giannozzo Seebuch und der Wind auf dem Titelbild it 144

ein araber, der mit sorgfalt einen secondhand mantel anprobiert. vorher stoff, nähte futter genau untersucht. alle knöpfe noch dran? und auch fest? (und mehr solche bilder vom markt am chateau rouge).

und bilder vom flohmarkt frankfurt

leipziger straße – citroen wie der von meinem freund eckart – mehr schwebt, als er fährt

ein wein, der postillon d'amour heißt – oder gibt nur vor, so zu heißen? algerischer rotwein.

Frankfurt – Paris – Frankfurt! / Motto: Von allen Speisen wollen wir kosten! / Schriftsteller bist du mit deinem Leben!

Das Alte Jahrhundert. / Die ehemalige Gegenwart oder Das Alte Jahrhundert.

Siehe: Frankfurter Sätze!

mit sibylle. im gehen den wein. herbstbäume im gegenlicht. ein altes pariser pissoir und die stechmücken, die sich hineinverirrt haben. werden in ihrem leben nicht mehr herausfinden! platanen. das herbstlaub. im gegenlicht mit ihr gehen und im gehen den wein austrinken. Jeder Wein ist der beste Wein.

Basaltstraße – Sonntagnachmittag – und die Wolken wie in einem anderen Land – siehe II.1 – Kap. 26 Schluß! Rückkehr von Lauda. Sonntagnachmittag.

Breitbach-Preis-Kapitel: Kleidung vom Roten Kreuz. und dann in einem Secondhandladen in Bornheim. In einer Seitenstraße der Berger Straße in einem Hinterhof. Noch einen alten Pullover. Dezember. Schon kalt. Winterhimmel. Auf dem Flohmarkt am Main die warmen Jacken sind uns zu teuer!

Kalt. Sibylle die Pulloverärmel über die Hände. Kann man sie gut überall anfassen! Anfassen, abknutschen. Streicheln. Langer dicker Pullover, Ärmel über die Hände und Strumpfhosen.

Lektor Suhrkamp, erster Besuch – noch besser und deutlicher: Schultern hoch und merkte, sie gehen nicht mehr zurück

Kaufunger Straße – früh am Morgen – Schnee auf den Autos.

Rahmenhdl. Ffm.: Kinder in Raumfahreranzügen – es wird ihr Krieg sein etc. – s. Schwarzes Buch S. 83

Straßenbahndepot a der Warte II.1 – 28 kap.

d'Orio und sein Laden noch in der friesengasse. II.1 – 28. kap.

ankunft ffm. nachsehen und ev. neu schreiben. wg. haussuchung basaltstraße die erste nacht in der hansaalle und riefen am nächsten morgen mehrmals an. dann in die stadt, sibylle und ich und am tat vorbei, wo sie zettel verteilten.

die putzlappen, mit denen die straßenkehrer das wasser im rinnstein lenken – gibt es die noch?

Kein Beruf, ein Schicksal! (Schriftsteller bist du mit deinem Leben!)

flohmarkt: die vogelstimmenpfeifchen! gleich auch die echten vögel. geben sich gleich mehr mühe. hat sie der ehrgeiz gepackt. (jeder spatz wird zur nachtigall!)

[Blatt 4]
III karawanenmusik, schlangenbeschwörermusik

paris: araber, die wie verschwörer zusammenstehen, araber die dir und jedem auf dem gehsteig ausweichen und dazu den blick senken, und andere araber, die wie [in] ihren morgenländischen märchen einander am arm halten und in gesprächen umherwandeln – – –

und noch einmal andere in einer engen gasse im letzten licht in langen gewändern mit runden mützchen und in einen hinterhof zwischen garagen zu ihrem abendgebet

die erstklässler und die schulkinder. schulwege. ihre stimmen. und mittags manchmal auf dem hessenplatz unter meinem fenster und wenn ich zur leipziger straße ging, um sibylle abzuholen. morgens auf meinem rückweg. herbstmorgen. schulkinder.

paris: araber, die anders gehen, sich anders bewegen, eine andere weltbetrachtung!

Rückfahrt Rumänien – Arad Corso – die Menschen und Abendsonne – aber nicht in oradea gewesen (der andere grenzübergang und wissen nicht, wie es dort ist – und was für menschen und wo sie dort abends hingehen

Rückfahrt Paris – übers Feld gerannt. Sibylle und ich – und ich sah schon den künftigen Schnee treiben – wie er wirbelt und übers Feld kriecht. – (schon oft hier vorbei!)

herbstnachmittag wie in deiner kindheit, wenn du allein daheim bist (jedes haus ist ein fremdes haus) und du mußt dein leben träumen. Hautcreme. Parfümgeruch.

Alleenring: Auf freiem Fuß

weg kaiserstraße – schon jetzt wie ein reicher mann, nicht daß du nächstens bald ein vermögen, womögl. ein paar vermögen und dann fehlt dir dazu die gelassenheit.

Mehr Präsens!

Beim Fahren id. Dämmerung – die Leute id. Häusern – wer sind sie? Wie geht es da zu?

Ffm. Anfang. Geräusche. Der Boiler. Autos. Stadtgeräusche. Und ob Sib. sie auch hört? Sie ihr vorführen!

Weg Bornheim, Alleenring: und wußte schon damals, daß ich einmal Stadtschreiber von Bergen werde! Der erste war Wolfgang Koeppen!)

Zeitschriftenstand. Titelbilder. Frauen + ein zittriger alter Mann, ein Neger vor d. glatten ~~Frauen!~~ lächelnden Frauenbildern + der bin ich auch. Dünn + vertrocknet. Er friert.

Zu Sib. – Mit ihr spielen, sie anfassen! Siehst du, man kann alles machen! Was man will! Die meisten tun es nur nicht! (Bsp. wie Mskr. J.)

Paris und immer wieder den Herbst spüren.

Paris – die Vergasergeschichte. Die Kneipe, als sollten wir ab jetzt die gleiche Straßenecke, die gleiche Kneipe, die gleichen Leute hinter der Bar und die gleichen Gäste immer wieder erleben. Jeden Abend um die gleiche Zeit.

kneipen, ein secondhandkleiderladen und vor dem eingang ein alter araber mit mantel und pelzmütze und wie sorgfältig seine armbanduhr aufzieht und stellt.

Basaltstraße – allein in der Wohnung. Herbstnachmittag. Parfümgeruch. Sitzen und schreiben. Wolken ziehen.

Durch den Tag und die Welt mit den Augen trinken (ev. durch den Herbst und die Welt ...etc.)

In Frankfurt im Oktober die Heizölautos, Lärm und Gestank. Ich kann das Heizöl nicht riechen ohne wieder an meine ersten Morgen als Lehrling zu denken. Ein grauer Kittel. Eine Kanne mit der man das Heizöl aus dem Keller holt. Nicht trödeln! Nichts verschütten. Und Vorsicht daß man sich nicht dreckig macht. Ein Teil des Kellers so niedrig, daß man nur gebückt stehen kann. Schlechte Beleuchtung. Ein altes Haus in der Innenstadt. Lehrling seit dem 10. März.

Am Anfang der Leipziger Straße zwei Mimosenbäumchen. Stehen und frieren – wie kommt ihr hierher? Aber haben es all die Jahre hier ausgehalten. Soll man sich dazustellen und mit ihnen auf den Frühling warten, damit sie dann wieder blühen.

Gasflammen, Eisenbahn, Straßenbahnen. Das Telefon.

Die Turmuhren. St. Jakob, St. Markus. Was noch? Friedenskirche? In meinem Gedächtnis die Turmuhr aus Stfbg.

FEBRUS # 18 – Dancing on the Table (Tim Starfield)

PARIS Paris + (mehrfach) bleibt sich immer gleich. Paris, denkst du, Paris bleibt uns immer?

Pissoir – kein Licht od. alle Lampen kaputt. Ein Pissoir in dem Tag + Nacht Wasser läuft.

Abend Basaltstraße od. Nachmittag bei Edelgard: Sibylle mit dem Blick zu mir. Wenn ich die Hand ausstrecke, dann kann sie nicht anders: muß gleich zu mir kommen, um sich von mir berühren zu lassen. (aus Mskr. J – B 5 a kap. 25

dann in der stadt. früher nachmittag. es ist windig und kühl. manchmal sehen wir uns in den schaufenstern gehen. wolken ziehen. (aus mskr. J – A 5a Kap. 3 – ggf. noch wie sie geht neben mir. im mskr. j nachsehen. und dazu: die wolken, Frankfurter Wolken – ev. schon im vorig. Sommer u. d. Sommer davor.

Leben. Jeder Wein war der beste Wein.

III

immer im märz und september zum schul- und uni-semesteranfang viele notizblöcke kaufen. am boulevard saint michel bei GIBERT joseph, in ganz frankreich gibt es diese läden. buch- und papierhandlung. immer im märz und september sind die blöcke am billigsten. gute schreibblöcke. alle sorten. der laden voller studenten mit bücherlisten.

wie hell und weit die Welt war, als wir in Staufenberg in der Volksschule in der zweiten Klasse mit dem Lehrer Dietz einen Schulausflug gemacht haben. Und die vd. 3. Klasse auch mit

die Spiegelbilder in den Schaufenstern der Innenstadt. Einmal ein Sonntag. Das Wochenende vor Jürgens Abreise (oder die Woche davor). <u>Und nach Jahren dann hättest du gern diese flüchtigen Bilder</u>.

Gern auch diese Schaufensterbilder (die von Paris).

Liebe. Jugend. Später merken wir, daß wir alles gehabt haben. Sogar mehr als wir wußten, aber es war uns nicht genug. Af. weiternot.

Nach dem Besuch bei Siggi in der Kaufunger Straße: Wer mich schon alles gerettet hat. Meistens im letzten Moment. Immer wieder gerettet worden.

Und wo steht (oder soll noch hin): Bewerbung als Prospektverteiler. Frühmorgens in einen Vorort, um mich zu bewerben. Noch dunkel. In aller Frühe schon mit der S-Bahn hin. Und wie sie mit mir spricht, als ob ich nicht Deutsch könnte. Mich fühlte wie der Botschafter eines armen Landes. Heim durch die Morgenkälte. Immer noch früh. + und fängt an hell zu werden.

Bereits mehrfach im Text: Paris! Paris bleibt sich immer gleich. / Und man muß es sich jedesmal entdecken!

Vor einem Schaufenster und darin als Spiegelbild. Und sehen, wie wir davorstehen und uns darin spiegeln und sehen, wie wir uns sehen.

Am Nachmittag ins Hotel. Sibylle und ich. Komm spielen! Ein paar neue Spiele uns ausgedacht oder einfach gefunden (man findet sich selbst!) Und jetzt auf dem Heimweg und wollen das alles ausprobieren!

(Du gehst hier) Du wirst zurückkommen und wieder hier gehen und keiner ruft deinen Namen.

Paris. Pissoir ohne Tür, ein altes Pissoir und Sibylle die vor der Tür im Abendlicht (od. tageszeit?) auf mich wartet. Daß jetzt jetzt ist! / S. Notizen mit den Mücken im Pissoir

Wir sind Paris!

Paris. S. Text. Aber einmal die einzige Stadt auf der Welt, wo Liebende sich auf der Straße etc. oder man hätte auf einen Bahnhof gehen müssen. Abschied oder Ankunft. Mit einer Bahnsteigkarte.

Wohnungsinhaber Basaltstraße. (Klaus Schäfer) – und wie ich über ihn schreiben könnte, aber mir fiel nichts ein!

Und diese ganzen Tage in Paris – Sib. + ich Gedanken lesen wg. Geilheit. Begierde. Ich weiß, was du denkst. Also denkst du es auch! Paris: Metallbett mit Messingkugeln. (Bett zum Anbinden!)

Es ist windig und kühl. Manchmal sehen wir uns in den Schaufenstern gehen. Sib. lebhaft. Zielsicher. Große Schritte

Elvis Presley Tod: 16. August 1977

viell. wie im Sommerbuch und hier nochmal: ich zu Sib.: daß wir es sind, die vergehen. Nicht die Zeit. Man darf das nicht sagen, man hält es nicht aus! Nur jetzt dieses eine Mal. etc.

Bereits für Sommerbuch notiert Not. S. 21 zwei Einträge mit xxx

Paris. Hotel. Im Bett. Nachmittags. Blaue Weintrauben. Sonne. Fenster offen. Fenster bis auf die Erde. Die Stimmen vom Markt.

Tag. Alleenring. Wind. Herbstluft. Klar und kalt. Querstraße im Schatten. Kühl. Und manchmal ein Stück in der Sonne.

In Metz am Flußufer. Sitzen und trinken und den Wein loben. Nachmittags. Nachmittagssonne.

Stfg. Schulhof: Oben für Jungen, unten für Mädchen. Bei den Jungen Eichen, bei den Mädchen Linden und eine Schulhoftanne, die damals noch klein. Und dazw. ein gepflasterter Gehweg auf dem in der Pause die Lehrer mit ihren Frühstücksbroten auf- und abgehen.

Nochmal Juni und wieder mit dem Auto die Gräfstraße entlang und ins Café Bauer. Nur Kurz. Dann gleich aus der Stadt raus. »Im Sommer soll man sich vom Wind / weit durch die Wälder treiben lassen!«

Paris. Mit Sib. über Jürgen. Od. vorher und nachher in Ffm.

Kaffeerösterei. Man geht vorbei und dreht sich nach dem guten Geruch um.

An dem Tag als ich mittags über die Mainbrücken ging: Schüler, Kinder und Jugendliche. Ihre schutzlosen schönen Gesichter.

Siehe oben (auf dieser Seite) Gedankenlesen und: ich weiß, was du denkst /, also denkst du es auch! Und die Schaufensterspiegelbilder. Und wie im Mskr. J. -Nebengeschichten-Heft 2 Kap. 31 aber auch i. d. anderen, Haupt -etc.-Geschichten, wenn er und sie in der Stadt sind. Und jetzt in Paris Sib und ich und auch vorher und nachher in Ffm. Straßen, Kneipen. Menschen und die vielen Bilder der Begierde und Sib und ich uns immer ansehen. Sie sich mit der Zunge über die Lippen und mir auf den Schwanz etc.

Sib. und ich – vor dem eingang von einer alten ladenpassage und als bild in mehreren schaufenstern.

Beim Einkaufen: und ein winziges Gläschen mit englischer Ingwerkonfitüre, das man daheim in den Schrank stellt und für viele Jahre vergißt. Sogar daß wir hier nur zu Gast sind, vergessen wir. ~~(Heimweg in die Basaltstraße)~~ Und deshalb dann doch nicht gekauft. Ein andermal. / Müssen auch sparen! / Heimgehen! Heimweg in die Basaltstraße.

Zu Sib. – in Frankfurt od. in Paris: Man muß mit der Angst spielen, sagte ich, sonst hält man es nicht aus (.. bringt sie einen um).

Alte Araber. Die meisten arm. Manche grüßen.

Zwei städt. Mimosenbäumchen am Anfang der Leipziger Straße.

[Blatt 5]

III

Nochmal ganz die Geschichte meiner Kündigung – 19. August 1971 – af für IV notieren!

als in der schule davon die rede war, tagundnachtbleiche verstanden mit 7, mit 8 (vorher mit gedanken woanders) – und weil ich den wörtern und den bildern, die in den wörtern sind, nicht widerstehen kann, gleich eine weite menschenleere gegend vor mir gesehen. Wiesenland, wo die tage und nächte zum bleichen ausgelegt werden. sorgsam ausgebreitet. vögel am himmel und ganz hinten reihen von bäumen. beinah ohne farbe die landschaft. gleich gewußt, daß man das einem lehrer nicht erklären kann, auch wenn er vom land ist und manches kapiert, was die stadtmenschen vielleicht nicht wissen. mit sieben, sagte ich, oder mit acht. der lehrer hat einen metzger als schwager und ißt manchmal ~~ein~~ im unterricht ein stück brot. wenn man nicht sieht, was drauf ist, dann riecht man es. gute oberhessische dorfmetzger. vielleicht deshalb spricht er manchmal ein bißchen undeutlich. sowieso auf hessisch den unterricht. aber tagundnachtgleiche sagt er natürlich auf hochdeutsch.

ich hatte nicht gedacht, daß ein wort gleiche heißt. auch f. Stfbg. 2 noch notieren

Sib. in Ffm od. in Paris: Muß gleich los, sagte sie. Oh; ~~Liebster~~, sag doch, was sollen wir nur machen, daß wir Zeit haben, alles zu machen, was wir etc. Damit sie uns bleibt, die Zeit. Wird nicht leicht werden, sagt er (also ich) – Mskr. J 11 Mskr. J 11 –4 S. 2

Paris od. Ffm: und sie holt schnell croissants und zigaretten. ich schon im café (wo sie beides nicht hatten) sie weg und schnell zurück. im wind gerannt wie ein Kind – Mskr. J 11 5 S. 2

So schön ist sie. Er spürt es beim Atmen. Sogar am Herz. Mskr. J – Nebengeschichten Heft 1 – zu 11. 5 / 5a / 15 S. 2, 7. Zeile

Paris: im Pissoir die Mücken – im Delirium in diesem dämmrigen goldenen Ewigkeitslicht.

Am Abend nach der Rückkehr auf der Leipziger Str. der Araber – du kennst ihn, du hast ihn an hundert anderen Orten schon gesehen.

Sib. s. Eintrag 3 auf dieser Seite – so schön und aufgeregt und lebendig (aus Mskr. J B 5a / 34 Kap.

Viell. schon vorher hier not.: Paris Hotelzimmer Nachmittag. Auf dem Bett und blaue Weintrauben, Sibylle und ich. Balkontüren offen. Drei Türen in einer Reihe und unten der Nachmittagsmarkt.

Anfang Basaltstraße: Früh am Morgen mit Sibylle zur Straßenbahnhaltestelle. Herbstmorgen. Mittags wird es dann nochmal warm. Morgens Dunst. Schon kühl. Jeden Morgen schon noch mehr Herbst.

Paris und wir denken, ~~dachten~~ uns bleibt noch Zeit, Zeit genug, Zeit für alles. Daß die Zeit unbegrenzt und daß sie auch bei uns bleibt, die Zeit, unsre Zeit – und dann ist es zu spät und wir müssen weiterleben, mit allem was wir vergessen, versäumt, in ewigkeit nicht gemacht haben.

Luxus: sich einen Pariser Nachmittag Zeit nehmen für die Weintrauben im Hotel auf dem Bett. Nachmittagssonne.

Anfang Basaltstraße – Herbstmorgen. Wir sind es, wir gehen. (Weg Stadt, Leipziger Straße, Bahndamm etc

in paris – unser spiel (schon von früher): sie zeigt mir schöne frauen, solche von denen sie denkt, ich finde sie schön. und erzählt mir geschichten dazu. manchmal muß ich ihr helfen dabei. gemeinsam die geschichten. fortsetzungen, pornogeschichten, die sie sich ausdenkt. oder ich sage ihr die ideen für drei-vier-fünf-sech-sieben geschichten und sie sucht sich eine aus und erzählt mir sie neu. ausführlich – schreibt sie für mich auf. spielt sie mir vor. / kann alle frauen spielen. kann vormachen, wie menschen gehen. mußte als kind sehen, was mit ihr wird. wußte es nicht und mußte deshalb genau sehen, wie die menschen sind. vor sechzehn, vor mehr als sechzehn jahren, sagte ich, schon hier gegangen. nichts zu wissen von den leuten, die auf allen straßen an mir vorbeikommen. jeden tag den ganzen tag durch paris und man kann sich die menschen nicht einmal alle merken, bevor sie weg sind. und wo sind sie jetzt? und die zeit auch – wohin? wo geht sie mit uns hin.

einmal vor zwei jahren im sommer beim trampen eine unfreundliche wirtin (crest sur drome). nur kein trinkgeld, sagte sibylle. sie ist wie eine erzieherin im heim. die mit dem teppichklopfer. müßten eigentlich gehen, ohne zu bezahlen! das geht nicht, sagte ich, dann würde sie ihr leben lang an uns denken. und das will ich nicht!

und schon jetzt (basaltstraße – klaus schäffer oder der andere) weiß man, wie es ist, ihm in zehn jahren auf der straße zu begegnen.

Siehe Mskr. J 164 Kap.!!

Ffm–Paris–Ffm: Jahres- und Tageszeiten und jedes Wetter. Die Zeit und mich selbst wie von außen. Wie in einem Film. Aus der Nähe und aus der Ferne. Filmszenen und Fotografien.

In Paris. Mit Sibylle. Morgens schon. Und vorsichtig gehen. Weil man im Himmel ist. Und weiß das auch. Morgens, Mittags, am Nachmittag. Dann geschlafen und jetzt am Abend nochmal hinaus.

s. Not für IV – S. 29 B – wie wir manchmal gespielt haben, Sibylle + ich etc. – ganze Tage von Geilheit erleuchtet. Geil + erleuchtet umhergehen.

Ffm. Änderungsschneider Hessenplatz. Daß man den Laden betritt, mit dem schadhaften Kleidungsstück überm Arm (ein Mantel, der Knopf locker – noch nicht ab, aber locker!) Und selbst schon im Näherkommen (der Schneider blickt auf, der ganze Laden hat aufgeblickt!) im Gehen schon anfängt zu grüßen. Immer deutlicher. Geradezu orientalisch schon. Wie im Morgenland.

Man sieht sie manchmal in ihren Läden hinter der Scheibe bis in die Nacht hinein arbeiten. Manche singen dabei. Das sind die Armenier.

Zu Sib. in Paris. Tänzerin, Sklavin (das Wort!) Als Kind schon träumt man davon.

Abend Hessenplatz. Läden schon zu od. eben noch auf + bei den Änderungsschneidern noch Licht ~~bei~~ in allen vier (od. 3?) Läden. ~~Lampen~~ Licht beschreiben! Neonlicht. Große alte Lampe mit schwarzem Eisenschirm und weit herunter bis ~~auf~~ dicht über den Schneidertisch. Aus (Name Stadt am Schwarzen Meer od. in Anatolien) mitgebracht. Herbstabend heimgehen, Kastanien. Und wissen, daß man sich später erinnert.

III.

Paris. Im Traum mit Sib. über die Felder bei Staufenberg. Aus Traum wieder mit 18 in Paris meinen Onkel aus Böhmen suchen. Pariser Mietshäuser + schon als ich ihn damals wirklich suchte, war mir als ob ich träume

Wie wir nach Sib.s Stiefvater suchten, in unserem ersten Sommer, den einzigen, den sie je Vater nannte etc.

schon woanders not. – aber paßt hier: Mit dir id. Stadt ist schön! Mit dir auch! ~~Aus~~ Für Ffm. Und die Schaufensterspiegelbilder. Aus Mskr. J. – Nebengeschichten Post f. Ev. Denzian

Beim Aufwachen u. Sib. sitzt bei meinem Schlaf. Wie du mir fehlst, wenn du schläfst. Herbst 77 in Ffm und als Erinnerung an Stfbg.

+ was ißt die alte Bettlerin in der Dämmerung auf der (wo?) Kirchentreppe + wo geht sie danach hin?

+ neben dem Gehsteig ein kleiner Araberjunge, der den Autofahrern Zeichen macht, damit sie denken sollen, er ist ein Polizist

mit Sib. – Zeit. Wünsche – Mskr. J. II-4-nächste Seite, die unterstrichenen Sätze und weiter

– Msk. J. III-9 Schluß + 11 letzte Seiten

gasherd u. boiler i.d. küche basaltstraße. die blauen flämmchen. morgens noch früh. draußen dämmrig und trüb.

wenn man trinkt, wie dann alles vorbeischwebt.

in paris die alten araber in ihren secondhandjacken, die noch gewöhnt waren, den europäern auszuweichen (vom gehsteig runter in den rinnstein, die gosse) – und was die jungen wollen, das weiß man noch nicht.

paris – sib. wg. küche und suppe. gemüsesuppe. hat das auch schon am gemüsestand august 75 gesagt. jetzt auch an den metzgerständen. und jürgen auch gleich wg. essen und kochen und ~~einen langen frieden~~ in paris und könnten hier leben. ein langer frieden. in einem langen frieden hier leben wie die impressionisten.

Volksschule – mit den Augen durchs Fenster gelebt + nach der Schule barfuß die Wege

nach pflasterstrand m. honorar weg main. wenn ich jetzt sib begegnen würde. welcher sibylle? aufzählung: Sib von Jahreszahlen. monate. und wie sie immer da war.

Beim Römer – Mit Jürgen am Ende des Winters schon einmal hier. Winternacht.

Stfbg. Schulhof. Herbstwind die Eicheln herunterwirft Tag + Nacht. Jungenseite Eicheln. Mädchenschulhofseite Linden + 1 Tanne (die Schulhoftanne). Und Pausen + Mädchenkleider. Immer auf der Mädchenseite ein paar Lindenblüten abpflücken + in den Mund stecken.

[Blatt 6]

III Not. f. Paris-Buch III / Ffm-Paris-Ffm

öfter (sinngemäß) und alles im kopf mit, alles für immer!

alles im kopf mit und für immer aufheben!

Jürgen Tee bestellt. kännchen mit teebeutel und der kellner bringt und hat den beutel eben rein und wie er den faden mit papierschildchen nochmal sorgsam durch den henkel der teekanne. ein ganzes leben lang seine Sorge + Arbeit + kellneraufmerksamkeit. jahrzehnte. und wir sitzen auf dem platz in sonne und wind.

Hessenplatz: wie die fenster uns ansehen / nachsehen etc.

Hessenplatz: vier änderungsschneider nebeneinander. kleine läden, eine erdgeschoßwohnung. man geht vorbei und hört die nähmaschinen schnurren. schaufenster mit alten holzrahmen und dünnem glas, die man schon fast nirgends mehr findet. man hört alles durch. wenn es kalt wird beschlagen die scheiben (innen warm, draußen kalt).

Elvis August tot. (16? 8. 77)

Basaltstraße. die ersten wochen. nachts käuzchen. von hinter den häusern vom bahndamm aus.

manchmal im schlaf (bei tag, ein heller schlaf) noch in dieser wohnung, eine weibliche wohnung. und paris und mich spüren.

alte araber, die mit ihren mützen und turbanen und brillen wie gelehrte aussehen. secondhandbrillen, die man bei den händlern in großen kästen vorfindet. zum aussuchen! ein franc. zwei francs. drei francs.

Peter Kurzeck
Das alte Jahrhundert (12 Bücher)
Plan zur großen autobiographisch-poetischen Chronik
nach mündlicher Mitteilung von Peter Kurzeck, 13. März 2007

1. Übers Eis
Januar/Februar 1984, die Trennung von Sibylle. Auszug aus der Jordanstraße, ~~Bleibe bei einem Lehrer.~~ Vorläufige Abstellkammer zwei Straßen weiter.

2. Als Gast
Ab 1. ~~Februar~~/März 1984, mit Carina. Einzug in die Eppsteiner Straße. Das feinere Westend. Die Erdstrahlen. Arbeit an „Kein Frühling".

3. Ein Kirschkern im März
März 1984, mit Carina. Die Lesung in Offenbach. Das Wochenende in der Schwalm. Umzug in die Friesengasse in Ffm-Bockenheim in eine leere Wohnung von Freunden, die verreist sind.

4. Oktober und wer wir selbst sind
Oktober 1983, mit Sibylle und Carina, der Monat vor der Trennung. Der Anruf von Jürgen: Das kleine Restaurant in Barjac. Pascale ist fort. Der Erzähler als grüngoldener Drachen.

5. Vorabend
Oktober 1983, am selben Abend. Rückblende: ein Wochenende 1982 mit Jürgen und Pascale in Eschersheim, der Erzähler erinnert sich an das Staufenberg der fünfziger-sechziger-siebziger Jahre. Die neue Ring-Autobahn. Die Ausrottung der Frösche. Der Schwager. Das Weltbild der Igel. Das Fernsehen. Die Paargeschichten. Die ganze Gegend erzählen, die Zeit!

6. Bis er kommt (ein Gespenster-Buch)
Oktober 1983. Telefongespräche mit Jürgen nach der Abreise von Pascale. Günther: „Hast'n Lappen?" Der Goldene Steig.

7. Der vorige Sommer und der Sommer davor
Jürgen kommt mit dem Nachtzug aus Avignon zurück. Erinnerung an den Sommer 1983: mit Sibylle und Carina bei Jürgen und Pascale in Barjac. Und der Sommer 1982: zuerst in den Cevennen, dann nach Saintes-Maries. Und ein langer Frankfurter Stadtsommer.

8. Und wo mein Haus?
Februar 1983. Jürgen und Pascale in Frankfurt. Erinnerung an die US-Army in Gießen. Die Displaced Persons. ~~Zwei Paargeschichten~~ Schwarzmarkt + Währungsreform. Flüchtlingslager + Eisenbahnfahrten.

9. Warum gehst du hier? (Arbeitstitel)
Mitte April bis Anfang Mai 1984. Nachts in der Unterführung vom Schönstraßentunnel beim Hbf ~~am Westbahnhof~~ ruft ein Penner dem Erzähler zu: „Warum gehst du hier?" Mein Bahnhofsviertel.

10. Frankfurt Paris Frankfurt (das Paris-Buch)
Mai 1984. Rückblende: Die Reise nach Paris. Der Unfall. In Paris mit Jürgen im Herbst 1977. Der dt. Herbst.

11. Das alte Jahrhundert
Juni 1984. Schluss der „Chronik". KD ruft an: „Das Rundfunkhonorar ~~ist da~~ kommt bestimmt!" Entschluß, nicht zum Arbeitsamt zu gehen, sondern von nun an als freier Schriftsteller zu leben. Und der Sommer kommt.

12. Nach dem Sommer
(Epilog) Beginnt vor „Übers Eis" und reicht dann bis zu dem Märzabend mit Jürgen in „Als Gast". Und jetzt wollen wir in die Stadt gehen!

18. Feb. 2010

Plan »Das alte Jahrhundert« (2007/2010)*

Peter Kurzeck
Das alte Jahrhundert (12 Bücher)
Plan zur großen autobiographisch-poetischen Chronik
nach mündlicher Mitteilung von Peter Kurzeck, 13. März 2007

1. Übers Eis
Januar/Februar 1984, die Trennung von Sibylle. Auszug aus der Jordan Straße, vorläufige Abstellkammer zwei Straßen weiter.

2. Als Gast
Ab 1. März 1984. mit Carina. Einzug in die Eppsteiner Straße. Das feinere Westend. Die Erdstrahlen. Arbeit an »Kein Frühling«.

3. Ein Kirschkern im März.
März 1984, mit Carina. Die Lesung in Offenbach. Das Wochenende in der Schwalm. Umzug in die Friesengasse in Ffm.-Bokkenheim in eine leere Wohnung von Freunden, die verreist sind.

4. Oktober und wer wir selbst sind
Oktober 1983, mit Sibylle und Carina, der Monat vor der Tren-

* Am 13. März 2007 gab Peter Kurzeck Alexander Losse auf dessen Fragen hin skizzenhafte Auskunft über die nach Oktober und wer wir selbst sind geplanten weiteren Bände des »alten Jahrhunderts«. Auf der Basis der Notizen, die sich Losse während dieses Gesprächs machte, und weiteren Wissens, das Rudi Deuble aus seinen Gesprächen und Telefonaten mit Kurzeck besaß, haben Deuble und Losse den Plan gemeinsam geschrieben. In dieser Form gelangte der Plan im Gesamtverzeichnis 2010 des Stroemfeld Verlags zum (nicht autorisierten) Druck. Kurzeck korrigierte und ergänzte diesen Druck am 18. Februar 2010 handschriftlich.

nung. Der Anruf von Jürgen: Das kleine Restaurant in Barjac. Pascale ist fort. Der Erzähler als goldener Drachen.

5. Vorabend.
Oktober 1983, am selben Abend. Rückblende: ein Wochenende 1982 mit Jürgen und Pascale in Eschersheim, der Erzähler erinnert sich an das Staufenberg der fünfziger-sechziger-siebziger Jahre. Die neue Ring-Autobahn. Die Ausrottung der Frösche. Der Schwager.

Das Weltbild der Igel. Das Fernsehen. Drei Paargeschichten. Die ganze Gegend erzählen, die Zeit!

6. Bis er kommt (ein Gespenster-Buch)
Oktober 1983. Telefongespräche mit Jürgen nach der Abreise von Pascale. Günter: »Hast'n Lappen?« Der goldene Steig.

7. Der vorige Sommer und der Sommer davor.
Jürgen kommt mit dem Nachtzug aus Avignon zurück. Erinnerung an den Sommer 1983: mit Sibylle und Carina bei Jürgen und Pascale in Barjac. Und der Sommer 1982: zuerst in den Cevennen, dann nach Saintes-Maries. Und ein langer Frankfurter Stadtsommer.

8. Und wo mein Haus?
Februar 1983. Jürgen und Pascale in Frankfurt. Erinnerung an die US-Army in Gießen. Die Displaced Persons. Schwarzmarkt + Währungsreform. Flüchtlingslager + Eisenbahnfahrten.

9. Warum gehst du hier? (Arbeitstitel)
Mitte April bis Anfang Mai 1984. Nachts in der Unterführung vom Schönstraßentunnel beim Hbf. ruft ein Penner dem Erzähler zu: »Warum gehst du hier?« Mein Bahnhofsviertel

10. Frankfurt Paris Frankfurt (das Paris-Buch)
Mai 1984. Rückblende: Die Reise nach Paris. Der Unfall. In Paris mit Jürgen im Herbst 1977. Der dt. Herbst.

11. Das alte Jahrhundert
Juni 1984. Schluß der »Chronik«. KD ruft an: »Das Rundfunkhonorar kommt bestimmt!« Entschluß, nicht zum Arbeitsamt zu gehen, sondern von nun an als freier Schriftsteller zu leben. Und der Sommer kommt.

12. Nach dem Sommer
(Epilog) Beginnt vor »Übers Eis« und reicht dann bis zu dem Märzabend mit Jürgen in »Als Gast«. Und jetzt wollen wir in die Stadt gehen!

18. Feb. 2010

Inhaltsverzeichnis

Peter Kurzeck bei Schöffling & Co.

Die Chronik »Das alte Jahrhundert«:

Übers Eis. Das alte Jahrhundert 1
Roman. 328 Seiten. Gebunden
ISBN 978-3-89561-689-1

Als Gast. Das alte Jahrhundert 2
Roman. 448 Seiten. Gebunden
ISBN 978-3-89561-684-6

Ein Kirschkern im März. Das alte Jahrhundert 3
Roman. 300 Seiten. Gebunden
ISBN 978-3-89561-685-3

Oktober und wer wir selbst sind. Das alte Jahrhundert 4
Roman. 208 Seiten. Gebunden
ISBN 978-3-89561-686-0

Vorabend. Das alte Jahrhundert 5
Roman. 1024 Seiten. Gebunden
ISBN 978-3-89561-687-7

Bis er kommt. Das alte Jahrhundert 6
Romanfragment. Herausgegeben und mit einem Nachwort
von Rudi Deuble und Alexander Losse
384 Seiten. Gebunden
ISBN 978-3-89561-688-4

Der vorige Sommer und der Sommer davor. Das alte Jahrhundert 7
Roman. Herausgegeben und mit einem Nachwort
von Rudi Deuble und Alexander Losse
656 Seiten. Gebunden
ISBN 978-89561-692-1

Und wo mein Haus? Das alte Jahrhundert 8
Herausgegeben und mit einem Nachwort von Rudi Deuble
176 Seiten. Gebunden
ISBN 978-3-89561-693-8